U0101416

强 船 报 国

——新中国船舶工业七十年大事记

中国船舶工业行业协会　编

人民交通出版社股份有限公司

北 京

图书在版编目（CIP）数据

强船报国：新中国船舶工业七十年大事记／中国船
舶工业行业协会编 . — 北京：人民交通出版社股份有限
公司，2019.12
　　ISBN 978-7-114-16062-2

　　Ⅰ . ①强… 　Ⅱ . ①中… 　Ⅲ . ①造船工业—工业史—中
国—现代 　Ⅳ . ①F426.474

中国版本图书馆 CIP 数据核字（2019）第 263359 号

书　　　名：**强船报国　新中国船舶工业七十年大事记**
著 作 者：中国船舶工业行业协会
责任编辑：张征宇　崔　建
责任校对：张　贺　宋佳时
责任印制：刘高彤
出版发行：人民交通出版社股份有限公司
地　　　址：(100011) 北京市朝阳区安定门外外馆斜街 3 号
网　　　址：http：//www.ccpress.com.cn
销售电话：(010) 59757973
总 经 销：人民交通出版社股份有限公司发行部
经　　　销：各地新华书店
印　　　刷：中国电影出版社印刷厂
开　　　本：720×960　1/16
印　　　张：18.25
字　　　数：310 千
版　　　次：2019 年 12 月　第 1 版
印　　　次：2019 年 12 月　第 1 次印刷
书　　　号：ISBN 978-7-114-16062-2
定　　　价：68.00 元
(有印刷、装订质量问题的图书由本公司负责调换)

编审委员会

主　　任：郭大成

副 主 任：吴　强　陈民俊　金　鹏

委　　员：（按姓氏笔划排序）

　　　　　王义库　王锦连　左新生　李柱石　安振刚

　　　　　陈文波　嵇安钦　谭乃芬

编纂工作委员会

主　　任：郭大成

副 主 任：安振刚

委　　员：（按姓氏笔划排序）

　　　　　马兴磊　王　华　陈可纯　陈大伟　陈振杰

　　　　　周东军　周安昌　逄秀丽　尚鲜利　嵇安钦

统　　稿：嵇安钦　马兴磊

传承使命　海洋强国
努力推动船舶工业高质量发展

在中华人民共和国成立70周年之际，由中国船舶工业行业协会组织编写的《强船报国——新中国船舶工业七十年大事记》正式出版发行。此书是在《中国工业史·船舶工业卷》的基础上梳理编撰而成。它记载了新中国前进的步伐，展示了新中国船舶工业在中国共产党领导下取得的伟大成就。

新中国成立初期，我国船舶工业主要侧重发展军品，建造出了常规潜艇、大型水面舰艇等各类舰船。改革开放以后，中国船舶工业成为我国最早走向国际市场，最早参与国际竞争的产业。今天，中国已经成为具有世界影响力的造船大国，年造船产量占世界市场份额达到40%左右，产品逐步覆盖市场上全部船型，研发设计、工艺技术和管理水平日益提升，船舶行业与金融业的融合发展进一步深化，我国正在努力向世界造船强国迈进。经过70年艰苦卓绝的拼搏，中国船舶工业为国防建设和国民经济发展做出了重要贡献，产业发展取得了令世人瞩目的辉煌业绩。

回顾新中国船舶工业的发展历程，基本上经历了五个阶段，而这五个阶段也是相互衔接、逐步推进、发展壮大的过程：

一、以军为主，军民结合，奠定现代船舶工业发展基础

从1949年到1960年，是新中国船舶工业发展的第一阶段，这一时期，主要是依靠自己的力量迅速恢复和发展旧中国留下的船舶工业，并借助苏联的技术援助，重点为海军生产舰艇，初步建立新中国船舶工业发展基础。

新中国成立后，党和国家领导同志高度重视船舶工业的发展。毛主席明确提出："为了反对帝国主义的侵略，我们一定要建设强大的海军。"中国船舶工业从抢修改装军船起步，依靠自力更生，逐步走上了以军为主、立足国内，自行研制现代化军用舰船的发展之路，提升了新中国的国际地位，其中最值得

铭记的就是"六四协议"和"五型舰艇"。

1953 年 6 月 4 日中国与苏联两国政府全权代表在莫斯科正式签订了用贷款方式购买一批海军战斗舰艇及成套材料和设备的协议，即"六四"协议。协议还规定，在中国船厂建造期间，苏联向中国派遣技术专家给予指导，并接受中国造船人员在苏联工厂进行培训。"六四"协定是中国船舶工业史上一次大规模的技术引进，是在当时中国工业基础薄弱的特定历史条件下成功的尝试。它不仅及时为海军提供了必需的装备，加强了海军初创时期的实力；同时也促进了船舶工业本身的发展，锻炼和提高了船舶工业的技术队伍，为日后自行研制积累了经验。

这"五型舰艇"，即：护卫舰、鱼雷快艇、鱼雷潜艇、大型猎潜艇、扫雷舰。到 1959 年，这"五型舰艇"全部完工，共生产了 100 多艘。经过新中国成立初期 10 年的努力，船舶工业为中国海军从无到有，由小到大，逐步更新，发展成为一支初具现代化规模的海上作战力量，做出了重要贡献。

在此过程中，为满足生产需要，国家对新中国成立前的一些主要船厂进行了技术改造，并扩建、新建了一批中小型船厂；同时新建了一批关键配套厂（包括 6 个苏联援助项目）。在技术方面，船舶工业一方面有计划地开展了船用材料、设备的国产化工作，同时开展了大规模技术革新，以焊接技术全面替代了铆接技术，用船体分段建造法替代了整船散装建造法；一些科研机构和高校也相继建立起来，如 1954 年在上海建成了第一座拖曳试验水池，在一些大学设置造船系科等，我国现代船舶工业发展基础已经基本建立。

除了军用舰船外，新中国成立之初的 10 年间，我国民用船舶的建造技术也有了大幅提高，其间共建造了 100 余种民用船舶，包括 5000 吨客船、客货船、拖轮、渔轮、挖泥船等，船舶工业总产值比 1949 年增长了 30 多倍。

二、自力更生，艰苦创业，基本形成完备的造修船体系

从 1961 年至 1977 年，是新中国船舶工业发展的第二阶段，这一时期，在苏联政府中断技术援助和西方国家继续对中国实行技术、经济封锁的情况下，克服国民经济暂时困难和"文化大革命"的影响，自力更生，奋发图强，基本建成较为完备的船舶工业造修船发展体系。

从 20 世纪 60 年代初开始，我国船舶工业在建造"五型舰艇"取得经验的基础上，开始了研制新一代军用舰船和批量建造海洋船舶的阶段。在军用舰

船领域，1959年2月4日，我国政府与苏联签订了第二个海军订货协定，但到1960年，苏联政府就单方面宣布停止执行订货协定，撤走专家。毛主席在听到与苏联谈判情况的汇报后，当即指示："核潜艇，一万年也要搞出来"，并指示："自力更生，大力协作，办好这件事。"

我国船舶工业顶住压力，在前期已获得的部分技术资料和设备器材的基础上，立足国内开始仿制苏联装备，并成功仿制出中型鱼雷潜艇、大型导弹快艇、小型导弹快艇等舰艇。更为难得的是，我国还自行研制出了新的"五型舰艇"——核潜艇、中型导弹驱逐舰、反潜护卫舰、中型鱼雷潜艇、导弹护卫舰，且批量投产。同时，为支持航天事业发展，船舶工业还研制出了"远望"号远洋航天测量船，连同打捞救生船、油水补给船、远洋拖轮等，支撑了我国远程运载火箭飞行试验工作。

在民用船舶方面，首先，船舶工业进行了大规模的基础建设。在大连造船厂、沪东造船厂、江南造船厂、新港船厂、广州造船厂等新建、扩建了9座万吨级以上船台，在大连造船厂还新建了一座10万吨级船台。在山海关船厂、北海船厂、新港船厂、文冲船厂、江南造船厂等新建了8座万吨级船坞，最大的是山海关船厂的5万吨级船坞。随着这些船台、船坞的建成，我国形成了以大连、天津、上海、广州为中心的大型船舶修造基地，造船能力得到极大提升，到1978年，我国最大可建造5万吨级的油轮。

其次，船舶工业科研水平也达到了一个新的高度。如1961年成立的中国舰船研究院（七院），拥有20多个研究所，100多个各专业实验室，高级研究人员数千人。又如，1964年成立的上海船舶研究设计院，是我国最重要的民用船舶研究设计单位之一，承接了大量民用船舶的研究设计任务。

其间，为响应中央军委有关三线建设的方针指示，六机部从1965年开始在长江中上游、洞庭湖地区和广西西江上游地区进行船厂建设，在川东、鄂西、湘西及广西河池地区进行柴油机、特辅机和仪器仪表厂等建设，至1980年，六机部系统共计在大、小三线地区新建企事业单位50多个，对改善工业布局，发展内陆工业发挥了重要作用。

至改革开放前，我国船舶工业已经取得了突破性进展。但是，在这一过程中，船舶工业的发展也经历了不少挫折，走了不少弯路。由于工业基础薄弱和长期国际封锁，我国船舶工业水平与西方国家差距越来越大。到改革开放前夕，中国船舶工业已经面临严峻的生存危机，船舶企业订单大幅减少，生产任务不足、亏损严重，为船舶工业发展探出一条新路迫在眉睫。

三、改革开放，走向国际，以市场突破推动产业崛起

1978年12月，党的十一届三中全会提出把全党全国的工作重点转移到以经济建设为中心，并制定了以经济建设为中心，坚持四项基本原则，坚持改革开放的基本路线，标志着中国进入改革开放新阶段，船舶工业也由此拉开进入世界造船第一方阵的序幕。

从1978年至1999年是新中国船舶工业发展的第三阶段，这一时期，进入改革开放初期，主要改革任务是创新体制，夯实基础，与国际造船规范接轨，以市场突破推动产业崛起。通过这一时期的大胆探索，造船基础设施得到极大改善，造船技术水平显著提升，船舶产品出口实现零的突破，我国逐渐成为世界造船业一支举足轻重的力量。

1977年12月6日，刚刚恢复工作不久的邓小平同志接见主管船舶工业的六机部主要负责同志时指出："中国的船舶要出口，要打进国际市场。"随后邓小平同志又几次谈到船舶工业的改革发展问题，提出了船舶工业发展的一系列重要指导原则、基本政策、发展战略、目标和策略，船舶工业开启了保军转民、开拓国际市场的序幕。

首先是通过管理体制改革加快企业走向市场。1982年国务院将主管船舶行业的第六机械工业部改组为中国船舶工业总公司，打破部门、地区界限，并成立了若干地区分公司，实行总公司、分公司和基层企业三级管理体制。中国船舶工业总公司是我国第一家全国性的大型工业公司，是我国经济管理体制改革的一个重大尝试。船舶总公司成立后，开始对船舶企业进行全面整顿，通过不断扩大经营自主权，转换经营机制，开始向建立现代企业制度的方向迈进。为解决造船效率低下的问题，船舶总公司从80年代初开始推动学习生产设计技术，从1995年开始大规模地开展转换造船模式工作，造船生产能力有了大幅提升。1999年，中国船舶工业总公司改组为中国船舶工业集团公司和中国船舶重工集团公司，建立起政企分开、产研结合、促进竞争的新体制，进一步推动了中国船舶工业的快速发展。

其次是进行了新一轮的造船基础设施建设。改革开放初期，我国造船基础设施相对日韩十分落后，以造中小船为主，如1981年完工船舶中，万吨以下

的中小船占当年完工吨位的58.22%，当时日本、韩国已经具备30万吨级油轮生产能力。在这种形势下，中国船舶工业提出了"建大坞，造大船"的口号，在骨干船厂开展了轰轰烈烈的技术改造和基础设施建设。到1995年我国结束了不能建造和修理10万吨级以上船舶的历史，进入建造、坞修30万吨级超大型船舶国家的行列。

三是开展大规模技术引进。为了提高造船技术水平，从1978年开始，中国船舶工业开始了新中国成立以来最大规模的技术引进工作。在船用配套设备领域，我国以生产许可证的方式，购买了近50项世界知名船用设备制造技术包括船用低、中速柴油机、发电机组、起重机械等。在设计技术方面，我国以委托设计和联合设计的方式，引进国外先进船型设计技术，我国先后引进了11.8万吨穿梭油轮、6.9万吨化学品成品油船、2700箱集装箱船等10多型船舶设计技术，设计能力和水平有了大幅提高，还涌现出了"中国江南型"6.5万吨散货船和"中国大连型"9.5万吨成品油轮等世界品牌船型。在规范标准方面，我国进行了大范围的翻译出版工作，先后引进国外七大著名船级社48种、近百册、2000多万字的造船规范文件和5000多项国际标准。修订了大量国家、行业标准，使之向国际标准靠拢。

四是通过产品出口走向国际市场。1980年5月，在邓小平同志的关心和支持下，大连造船厂与香港船王包玉刚之弟、香港联成轮船有限公司董事长包玉星签订了2.7万吨"长城"号散货船建造合同，这是中国造船厂按照国际规范自主研发设计为境外建造的第一条远洋船。1981年9月，"长城"号建成下水，交船后经反复检验，历经太平洋、大西洋恶劣海况的考验，首航成功完全达到了合同要求。1982年1月4日，"长城"号建成交付，标志着中国船舶工业正式走出中国内地，成为我国最早进入国际市场的产业。今天，中国船舶工业在国际市场中的份额由小到大，逐步成为机电产品出口的支柱产业，是我国出口创汇的主要力量，年造船产量的90%为出口船舶，船舶产品出口到世界150多个国家和地区，为中国对外开放、经济发展做出了卓越贡献。

通过在改革开放中的大胆探索，我国逐渐成为世界造船业一支举足轻重的力量。改革开放前，我国造船产量在最高年份也不到40万载重吨，在世界市场上的份额微不足道。到1992年我国造船年产量首次突破100万载重吨。到1995年，我国造船年产量达到175万载重吨，首次超过德国，占到世界造船市场份额的 5% 左右，成为仅次于日本、韩国的世界第三造船国家。到 2000年，全国造船产量达到了 250 万载重吨，彻底巩固了世界第三造船国家的地位。

四、把握规律，抓住机遇，以产量跃升成就第一造船大国

从 2000 年至 2010 年是新中国船舶工业发展的第四阶段，这一时期，主要改革发展任务是提升能力，扩大规模，以产量跃升实现跨越式发展，成为世界第一造船大国。

进入 21 世纪，国际造船市场持续兴旺，为造船业发展提供了良好的机遇。观察世界船舶工业的发展历史，一条基本规律就是造船中心从先行工业化国家逐步向后起工业化国家转移，从劳动力高成本国家逐步向低成本国家转移。同时世界造船产业向劳动力、资本丰富和工业基础雄厚区域转移的步伐在加快。正处于产业快速成长阶段的中国船舶工业，凭借着日益增强的综合竞争优势，牢牢抓住这一机遇，加快承接国外产业转移的步伐，造船产量实现跨越式增长，综合实力显著增强，使我国在造船领域国际地位大幅提升，成为具有世界影响力的造船大国。2002 年至 2005 年，全国造船产量翻一番由 400 万载重吨增长至 1000 万载重吨。2006 年造船完工量达 1587 万载重吨超过欧洲国家的总和。2008 年造船完工量突破 3000 万载重吨，造船完工量、新接订单量和手持订单量三大指标全面超过日本，位居世界第二。2010 年造船完工量达到6757 万载重吨，三大指标全面超过韩国跃居世界第一。十年时间中国的造船产量翻了近 25 倍，创造了世界造船史上的奇迹。

首先是着力提升造船生产能力。随着世界造船产业向中国转移，我国造船生产能力也出现了翻天覆地的变化。《民用船舶工业发展"十五"计划纲要》在准确把握新世纪世界船舶工业发展趋势的基础上，提出了"加强对造修船能力发展的规划和指导"的基本思路。《船舶工业中长期发展规划（2006—2015 年)》进一步明确提出"集中力量在环渤海湾、长江口和珠江口区域新建、扩建一批大型造船设施，扩大造船能力，形成三个现代化大型造船基地"，一批现代化大型造船设施开始建设。2003 年，上海外高桥造船公司一期工程全面竣工，标志着我国第一个具有世界先进水平的现代化总装船厂建成投产。2005 年 6 月，中船江南长兴造船基地开工建设；2005 年 11 月，中船重工海西湾造修船基地开工建设；2006 年 9 月，中船龙穴造船基地开工建设。以这三大基地的建设为标志，中国船舶工业的生产能力跃居世界前列，基本具备了成为世界第一造船大国强国的物质基础。

其次是全面增强科技综合实力。21世纪之后，通过引进消化吸收和再创新，我国已经能够建造几乎所有类型民用船舶。主流船型实现了大型化、系列化、批量化，30万吨级超大型油船（VLCC）、17万吨级好望角型散货船、40万吨级矿砂船、10000箱级及以上超大型集装箱船实现了自主设计建造。在高技术船舶和海洋工程装备领域，超大型液化天然气（LNG）船、30万吨级海上浮式生产储油轮（FPSO）、第六代深水半潜式钻井平台、超大型液化石油气（LPG）运输船、超大型汽车滚装船、10万吨级半潜船、极地船舶等不断取得重要突破，极大丰富了我国船舶产品种类。

三是进一步优化产业结构。长期以来，自主配套率低一直是困扰我国船舶工业健康发展的薄弱环节。伴随着世界船舶产业向我国转移，我国的船舶配套体系也在逐渐完善。低速柴油机、曲轴、甲板机械、舱室机械和大型铸锻件等优势产品的研制能力大幅提升，高速大功率柴油机、综合电力推进系统、超大型螺旋桨、船用压载水处理系统等配套设备成功推向市场，取得良好的效益。目前，我国船舶配套国产化率平均达到50%左右，已经能够满足散货船、油船、集装箱船三大主力船型80%以上的配套设备装船需求。

受益于造船市场高速发展，船舶行业民营经济发展也十分迅速，在江苏、浙江、山东、广东、广西等沿海开放地区涌现出大批各种规模的民营造修船厂，扬子江船业集团公司、江苏新世纪造船股份有限公司等优秀民营造船企业脱颖而出。另外，我国船舶工业在引进外资方面也有了长足发展。1995年12月，我国第一家中外合资造船企业南通中远川崎船舶工程有限公司动工兴建，自1998年投产以来，合资公司通过"引进、消化、吸收、再创新"，在生产管理、技术创新、生产效率、经济效益等方面都起到了很好的示范效应。新世纪以来，我国牢牢抓住世界船舶产业转移和新船需求井喷的大好机会，在能力、技术、产品等产业各方面都呈现出根本的改变，也彻底改变了世界船舶工业格局，造船产量跃居世界第一，成为世界第一造船大国。

五、优化结构，转型升级，以高质量发展引领造船强国新征程

从2011年到2019年是新中国船舶工业发展的第五阶段，这一时期，主要改革发展任务是结构调整，转型升级，以高质量发展实现造船强国目标。特别是 2012 年 11 月，党的十八大召开，标志中国特色社会主义进入新时代，新中国船舶工业也由此开始向世界造船强国迈进。

2008 年 9 月，由美国次贷危机引发的国际金融危机全面爆发，正处于迅猛发展中的中国船舶工业也遭遇了前所未有的冲击。为应对我国船舶工业发展面临的严峻形势，国家出台了一系列政策支持船舶工业发展。2009 年 6 月，国务院发布了《船舶工业调整和振兴规划》，从信贷、扩大国内需求、压控新增产能、加大科研投入等方面做出了明确规定；2010 年 10 月，国务院发布《关于加快培育和发展战略性新兴产业的决定》，海洋工程装备产业成为国家加快培育的重点产业；2013 年 7 月，国务院印发了《船舶工业加快结构调整促进转型升级实施方案（2013—2015 年）》，提出调整产品结构、实施创新驱动、控制新增产能等重点工作；2017 年 1 月，工业和信息化部、发展改革委、国家国防科技工业局等六部门印发《船舶工业深化结构调整加快转型升级行动计划（2016—2020 年）》，提出提高科技创新引领力、调整优化产业结构、发展先进高效制造模式等重点任务。国家出台的这一系列政策对船舶工业持续健康发展提供了明确的指引，为船舶工业加快高质量发展，实现由大到强转变提供了正确的方向。

一是将科技创新能力放在产业发展的核心位置。党的十九大指出，创新是引领发展的第一动力，是建设现代化经济体系的战略支撑。随着新一轮科技革命和产业变革的蓬勃兴起，船舶制造也正朝着设计制造过程的智能化、产品智能化、管理精细化等方向发展，一场抢占技术链和产业链制高点的争夺战正在展开。船舶工业作为典型的外向型产业，以扩大要素投入为主的发展方式已经难以为继，必须着力增强科技创新的实效性，加强重大基础共性、核心关键技术、前瞻性先导性技术研发，努力走出一条符合我国船舶工业自身实际的创新发展之路，有力支撑和引领船舶工业转型升级。

二是坚定不移地化解过剩产能。在当前国际船舶市场持续低迷、世界造船产能严重过剩的形势下，我国船舶工业必须要顺应形势的变化主动调整和削减产能，重点是发挥市场在资源配置中的决定性作用，促进跨行业、跨区域、跨所有制的兼并重组，引导骨干企业主动适应需求变化，主动压减和转移过剩产能。

三是进一步提高船舶工业的产业集中度。当前，我国船舶行业组织结构不尽合理，企业小而分散，产业集中度不高，社会化、专业化水平较低，重复建设、恶性竞争等问题突出。优强企业是船舶工业发展的中坚和主导力量，以优强企业为核心提高产业集中度是提高资源配置效率，增强国际竞争力，推动行业健康有序发展，加快经济结构调整和发展方式转变的重要保证。通过充分利用国内外市场倒逼机制，在大型主力船舶、高技术船舶、海洋工程装备、核心配套领域培育一批创新能力强、专业化水平高的世界级先进企业是船舶工业实现转型升级的必由之路。

四是推进船舶工业全面对外开放。坚持对外开放，深度参与国际竞争与合作，是船舶工业持续快速发展中积累的宝贵经验之一。中国船舶工业正是在对外开放中培育出一批有代表性、有品牌效应、国际化、系列化的先进装备产品，为世界航运业发展和海洋资源开发做出了重大贡献。2018年6月，按照党中央、国务院决策部署，船舶工业实现了全面对外开放，为我国船舶工业在更高水平上开展国际合作铺平了道路。

新时代，经过造船人的不懈努力，诞生了大量高科技高附加值船舶。世界首艘智能化船舶"大智"号航行全球；我国第一艘自主建造的极地科学考察破冰船"雪龙2"号完工交付，奔赴极地；国内首艘大型邮轮顺利开工建造；首艘国产航母交付，助推人民海军走向深蓝。中国造船人无不为此感到骄傲和自豪。实现造船强国的目标，从来没有像现在这样，离我们越来越近。

回顾新中国成立70年来，中国船舶工业几乎是从零起步，经历了从封闭到开放、从传统到现代、从弱小到壮大等一系列深刻变革，实现了从以军为主向军民结合的转变，形成了以军转民、以民促军的良性互动；实现了从计划经济向市场经济的转变，率先打破了计划经济的管理模式，形成了中央企业、地方国有企业、民营企业和中外合资企业共同发展的多元格局；实现了从立足国内向走向国际的转变，将一个完全依赖国内市场的重工业部门，打造成为完全外向型的产业，也使船舶工业成为我国重加工工业中少数能走在世界前列、与世界先进水平较量的行业。

"以史为鉴，可以知兴衰"。《强船报国——新中国船舶工业七十年大事记》通过对新中国成立以来船舶工业发生的大事、要事进行全面细致的搜集和梳理，全面地反映了船舶工业70年来成长、壮大的发展史。循着这70年来的轨迹，可以深切感受到船舶工业百折不挠、艰苦创业的奋斗精神，激励我们在新时代中国特色社会主义建设中，继承和发扬优良传统，攻坚克难，创造船舶工业更加辉煌灿烂的未来。

习近平总书记在庆祝中华人民共和国成立70周年大会上指出："中国的昨天已经写在人类的史册上，中国的今天正在亿万人民手中创造，中国的明天必将更加美好。"

党的十八大以来，习近平总书记高度重视我国海洋事业的发展，发表了一系列重要论述，阐明了建设海洋强国的重要意义，为海洋强国建设指明了方向。海洋强国，造船先行，中国造船人肩负着重大的历史使命。我们一定要"不忘初心，牢记使命"，在习近平新时代中国特色社会主义思想指引下，推动我国船舶工业高质量发展，为实现世界第一造船强国的目标，进而实现海洋强国的伟大梦想，努力奋斗！

中国船舶工业行业协会会长

郭大成

2019 年 12 月 18 日

目　　录

1949 年 ……………………………………………………… 1

1950 年 ……………………………………………………… 3

1951 年 ……………………………………………………… 5

1952 年 ……………………………………………………… 6

1953 年 ……………………………………………………… 8

1954 年 ……………………………………………………… 10

1955 年 ……………………………………………………… 12

1956 年 ……………………………………………………… 14

1957 年 ……………………………………………………… 16

1958 年 ……………………………………………………… 19

1959 年 ……………………………………………………… 22

1960 年 ……………………………………………………… 24

1961 年 ……………………………………………………… 26

1962 年 ……………………………………………………… 29

1963 年 ……………………………………………………… 31

1964 年 ……………………………………………………… 33

1965 年 ……………………………………………………… 35

1966 年 ……………………………………………………… 38

1967 年 ……………………………………………………… 40

1968 年 ……………………………………………………… 41

1969 年 ……………………………………………………… 42

1970 年 ……………………………………………………… 44

1971 年 ……………………………………………………… 46

1972 年 ……………………………………………………… 49

1973 年 ……………………………………………………… 51

1974 年 ……………………………………………………… 52

1975 年 ……………………………………………………… 55

1976 年 ……………………………………………………… 58

1977 年 ……………………………………………………… 59

1978 年 ……………………………………………………… 61

1979 年 ……………………………………………………… 64

1980 年 ……………………………………………………… 67

1981 年 ……………………………………………………… 71

1982 年 ……………………………………………………… 73

1983 年 ……………………………………………………… 76

1984 年 ……………………………………………………… 79

1985 年 ……………………………………………………… 83

1986 年 ……………………………………………………… 85

1987 年 ……………………………………………………… 88

1988 年 ……………………………………………………… 92

1989 年 ……………………………………………………… 96

1990 年 ……………………………………………………… 99

1991 年 ……………………………………………………… 103

1992 年 ……………………………………………………… 107

1993 年 ……………………………………………………… 109

1994 年 ……………………………………………………… 111

1995 年 ……………………………………………………… 112

1996 年 ……………………………………………………… 115

1997 年 ……………………………………………………… 117

1998 年 ……………………………………………………… 119

1999 年 ……………………………………………………… 121

2000 年 ……………………………………………………… 123

2001 年 ……………………………………………………… 124

2002 年 ……………………………………………………… 127

2003 年 …………………………………………………………… 130

2004 年 …………………………………………………………… 133

2005 年 …………………………………………………………… 139

2006 年 …………………………………………………………… 144

2007 年 …………………………………………………………… 149

2008 年 …………………………………………………………… 158

2009 年 …………………………………………………………… 167

2010 年 …………………………………………………………… 172

2011 年 …………………………………………………………… 179

2012 年 …………………………………………………………… 183

2013 年 …………………………………………………………… 188

2014 年 …………………………………………………………… 195

2015 年 …………………………………………………………… 205

2016 年 …………………………………………………………… 213

2017 年 …………………………………………………………… 220

2018 年 …………………………………………………………… 227

2019 年 …………………………………………………………… 233

后记………………………………………………………………… 241

1949 年

1月8日　中共中央政治局会议在《目前形势和党在一九四九年的任务》的决议中指出，1949 年及 1950 年我们应当争取组成一支能够使用的空军，以及一支保卫沿海沿江的海军。

1月15日　天津市解放。天津市军管会交通处接管新港港务局修船总厂，以及大沽造船所、小码头修造厂、海河工程处新河分厂。

4月23日　中国人民解放军华东军区海军在江苏泰州白马庙组建。时任华中军区副司令员张爱萍受命组建海军，任华东军区海军司令员兼政治委员。

5月16日　武汉市解放。中国人民解放军军管会接管了湖北机械厂，第四野战军后勤部接管了国民党海军汉口工厂和汉阳船舶修造厂。

5月27日　上海市解放。次日，中国人民解放军军管会发布第一号命令，宣布接管江南造船所，归华东军区海军领导。同时，军管会又接管了招商局上海机器修造厂，改名为"招商局轮船股份有限公司船舶修造厂"。

6月2日　青岛市解放。随即，山东工矿部接管了国民党海军青岛造船所，改名为"青岛修造船厂"；中国人民解放军青岛军管会派人接管了船机工厂，改名为"青岛市港务局工务科船机工厂"；青岛市渔业公司接管了原国民党农林部黄海水产公司修船厂，改名为"青岛渔船修造厂"。接管后，迅速召集被遣散的职工恢复生产。同年 10 月，青岛市台西区又将分散于市区的修船技工组织起来，成立了"青岛市胜利修船厂"。

6月7日　上海市专门成立了打捞修理委员会。经过半年多的努力，共打捞、修复黄浦江沉船 67 艘，其中有 40 艘立即投入航运。曾经航行于南京与浦口之间的长江火车渡船"南京"号，沉没在黄浦江的龙华地段。上海的船厂职工在飞机频繁空袭的情况下，冒着生命危险对其进行打捞。从当年 8 月到 12 月，历时 151 天，"南京"号终于打捞成功，并首创了压气、抽水并用的打捞工艺。

7月　武昌国立海事职业学校并入新开办的中南交通学院，成立航业系，设有造船科，学制4年。

8月　陈云在上海召开的全国五大行政区领导干部参加的财经工作会议上指出，运输是件大事，要花很大力量去组织航运，要争取时间，建造能迅速完工的船舶。

8月　山东东海专署后勤处"新生船厂"和大连的"兴华修船厂"合并，成立"烟台修船厂"，归胶东军分区海防办事处领导。

8月　福州市解放。中国人民解放军福州市军管会接管国民党海军马尾造船所。人民解放军第二十八军第一大队进驻船厂，组织工人建立3个前线流动修船点，赶造和抢修船艇，支援解放军部队解放闽、浙沿海岛屿战斗。

9月21日　毛泽东在中国人民政治协商会议上宣告："我们将不但有一个强大的陆军，而且有一个强大的空军和一个强大的海军。"

10月1日　中华人民共和国宣告成立，从此揭开中华民族的新纪元，中国船舶工业开始扬帆起航。

10月14日　广州市解放。当地军管会接管黄埔造船所，不久改由江防司令部领导，更名"广东军区江防司令部修船所"。1951年，改名"黄埔造船厂"，由中南军区海军舰船修造部领导。

10月17日　厦门市解放。中国人民解放军厦门市军管会接管国民党海军第三造船厂，改名"人民海军（厦门）造船厂"，隶属华东军区海军司令部管理。

10月　华东区航务管理局的船检部门参照苏联内河船舶技术标准，对我国首批设计建造的 T_1 型"建"字号、T_2 型"新"字号内河拖船进行设计图纸审查和建造检验。

11月19日　交通部召开首届全国航务、公路会议。会议决定，全国各地均应迅速组织打捞沉船，迅速恢复疏浚航道，有计划地建造各种船舶和组织运力，以适应运输的需要。

11月　湖北机械厂、海军汉口工厂和汉阳船舶修造厂合并成立"江汉船舶机械公司"，归属中南工业部领导。

12月22日　中国人民解放军海军学校成立，分设指挥系、机械系。

1950 年

1月　时任广东军区司令员叶剑英视察"广东军区江防司令部修船所"。同年3月，广东军区副司令员邓华、江防司令员洪学智到"广东军区江防司令部修船所"视察，并动员船所员工积极支援解放海南岛、万山群岛战役。当时解放军江防部队准备渡海作战的各类缴获国民党军队的小炮艇正在船厂进行紧急抢修。

3月　交通部下设航务总局，统一管理全国各交通厅、局的业务工作，其下属的各船舶修造厂基本上仍由各省（区、市）交通厅、局管理。随着航运事业的发展，修造船厂不断发展和增多，交通部随即采取相对集中的管理方式。

4月1日　华中航政管理局改组为长江区航务局，当年10月更名为交通部长江航务管理局，内设航政处船舶科（1956年6月改为港务监督船舶检验科），负责船舶检验工作，统一长江航务管理。

4月14日　中央军委海军领导机构在北京正式建立。萧劲光任中央军委海军司令员。从此，海军正式成为中国人民解放军的一个军种。

4月　青岛修造船厂重建船坞坞门，船坞恢复使用，首先使两艘起义军舰进坞抢修成功，同时为海军青岛基地改装成功4艘排水量10吨巡逻艇。

4月　旅大造船公司被东北人民政府航务总局接管，改名为"大连航务局修造船厂"。该厂制成160马力和200马力的烧球式柴油机，使渤海海区渔船的机帆化迈出了第一步。

5月1日　海南岛全岛解放。海南大小造船厂家共计30多家，以建造木质帆船为主。全岛有木帆船253艘，载重量仅99吨。

5月18日　毛泽东在致苏联部长会议主席斯大林的函中提出，为了更快地巩固中国国防，加强中国海军建设，请苏联政府给予经济援助。函中具体提到，为建造护航驱逐舰、大型猎潜艇、基地扫雷艇、远航鱼雷快艇、装甲艇等，请许可输入材料、发动机、辅助机器和武器，在中国船厂具体实施。

6月 为及早解决"两白一黑"（粮、棉和煤）的运输问题，上海市根据陈云的意见，专门成立了华东区船舶建造委员会，负责组织和督促建造一批急需的船舶。当时有48家船厂和65家机械厂共2万多职工参加这项工作。1949年10月到1950年6月，共建造内河拖船72艘，计1.06万千瓦，连同机帆船和木驳在内，共建造192艘船舶。

7月 福建省合并三家轮船公司，组建"福建轮船股份有限公司"，下辖3家船舶修造厂。

8月10日 海军建军会议指出：海军建设方针是，从长期建设着眼，由当前情况出发，建设一支现代化的、富有攻防能力的、近海的、轻型的海上战斗力量。初期以空（海军航空兵部队）、潜（潜艇部队）、快（鱼雷快艇部队）为主，其他兵种部队相应发展。

10月1日 船舶工业局在上海成立，隶属重工业部。船舶工业局的成立，标志着中国船舶工业第一次有了全国统一的领导机构。该局成立的初期，注重调集科技力量，在技术处的领导下建立设计组，先后从上海航务局船舶建造处、华东工业部工矿器材管理委员会接收和抽调了一批干部和技术人员，同时广泛吸收了一批三四十年代在国外学有专长、立志献身祖国造船事业的专家和工程技术人员，加上当时刚毕业的大学生，初步建立了一支专业技术队伍。同年，大连造船厂建厂委员会技术部下设船舶设计室，开始设计沿海货船和港作拖船。船舶工业局成立后，经营管理范围逐步扩大。创建时，直属企业只有江汉船舶机械公司一家（后来的武昌造船厂）。

11月 海军江南造船所利用库存物资，设计、试制42吨3桨小炮艇。新中国成立后，海军面临紧迫的战斗任务，迫切需要大量的沿海巡逻艇，进行护渔、护航和反封锁斗争，以及配合解放沿海岛屿。鉴于过去缴获的一些巡逻艇不适用于海上巡逻，当时又处在经济恢复时期，国家无力大量进口装备，于是便量力而行，自行设计、建造小型巡逻艇（又称"小炮艇"），以满足沿海对敌斗争的需要。

12月29日 政务院任命程望为船舶工业局局长。

是年，海军学校机械系扩编为海军学校第二分校，设有造船系、内燃机系、蒸汽机系和船舶电工系，学制4年半到5年。

1951 年

1月1日　根据《中苏友好同盟互助条约》及《关于中长铁路、旅顺口及大连的协定》，中国政府正式收回由苏联管辖的大连船渠修船造船机械工厂的主权，改名为"大连船渠工厂"（后改名"大连造船厂"）。

1月　中南交通学院改名武汉交通学院。

2月28日　经中南军政委员会交通部批准，长江航务管理局公布试行9种规章制度：《长江区船舶申请检验丈量暂行办法》《船舶申请检验须知》《长江区船舶检验技术暂行规定》《长江区船舶丈量技术暂行规定（草案）》《长江区码头船舶检丈注册给照办法》《长江区船舶乘客定额核定办法（草案）》《填发船舶证书簿须知》《马力计算法》《航行时间核定办法（草案）》。

5月11日　中南军区海军临时党委经上级批准，并经时任华南军区司令员、中南军区代司令员叶剑英同意，决定在广州黄埔建设造修船厂，修复船坞，新建码头、发电厂、厂房及宿舍等地面工程，并规定船厂的任务为能修理3500吨登陆舰以下舰船。同年8月，又在湛江组建"湛江造船厂"。

5月　上海船舶修造厂（上海船厂的前身）建成浮箱组装式800吨浮船坞。

7月1日　周恩来视察大连船渠工厂。

8月　交通部分设海运管理总局和河运管理总局，分工归口领导海、河较大的修造船厂。

12月23日　依据重建新中国船舶工业体系的需要，以叶在馥、原宪千、杨橺为代表的我国造船界的科技先驱，带领一批有识之士创建了中国造船工程学会大连分会（中国造船工程学会于1943年成立）。

12月　海军召开有关军区海军领导干部会议，提出《关于有效地管理海军修造工作的建议》，要求迅速建立起各级舰船修造部门，确立上下技术业务指导关系，以便统一管理舰船修造工作。

是年，华东工矿部直属第八厂归山东省工业厅管理，改称"大华机器厂"。该厂试制成功仿英 1254 型低速 40 马力柴油机。

是年，青岛修造船厂为海军青岛基地设计建造成功率 220 马力、航速 10 节、排水量 10 吨的钢质巡逻艇 4 艘。

是年，青岛渔船修造厂自行设计建造成排水量 130 吨、功率 115 马力木质渔船，命名为"五一"号。这是国内自行设计的第一艘机动渔船。

1952 年

1 月 1 日　中苏两国政府签订协议，由中国重工业部和苏联海运部按照平权合股原则，实行合营，在大连船渠工厂基础上创办大连中苏造船公司，由中苏双方各派股东 3 人组成公司股东会。

1 月 15 日　华东工业部与中法求新机器制造轮船厂的法商代表通过商谈达成协议，将该厂租赁给华东工业部后再转交船舶工业局领导，并改名"求新造船厂"。

1 月　青岛修造船厂建成 43 吨钢质海岸巡逻艇两艘。除完成修船任务外，还先后建造水文测量船"新黄河号"和改装成功 4 艘 10 吨海岸巡逻艇，成为中华人民共和国成立后依靠自己力量建造和改装的第一批工程船舶与军用舰艇。

2 月 15 日　海森实业有限公司与马勒有限公司签订租赁合同，又与船舶工业局以换文方式，将马勒机器造船厂转租给船舶工业局，并改名"沪东造船厂"。

4 月 25 日　周恩来批准海军建造 30 艘小炮艇的批量造船计划报告。

4 月　以萧劲光为团长、罗舜初为副团长的中国海军代表团赴苏，与苏联政府商谈有关购买海军装备及在军舰建造方面给予技术援助等问题。

8 月 2 日　中国政府发表声明，严正谴责港英当局劫夺中国在香港的原属中国航空公司和中央航空公司包括 70 架飞机和油船在内的全部资产，并宣布征用英国在华的一切资产。

8月15日 上海市军管会发布命令，征用沪东造船厂和另一由英商经营的英联船厂以及该厂在浦东的和丰船坞（后属海军四八〇五厂）。从此，沪东造船厂正式改为国营企业，归属船舶工业局；英联船厂并入上海船舶修造厂；和丰船坞由华东军区海军征用。

8月17日 周恩来率中国政府代表团去苏联，就第一个五年计划苏联援助建设的156项（含后加15项）工程项目举行谈判。其中有关造船工业的新建项目工程有渤海造船厂、河南柴油机厂、陕西柴油机厂、汾西机器厂、平阳机械厂、东风仪表厂、江宁机械厂、九江仪表厂，改扩建项目工程有大连造船厂、芜湖造船厂、武昌造船厂。此外，原为渤海造船厂的子项（重型铸锻）改成在武汉建设武汉船用机械厂、武汉重工铸锻厂。

8月 沿承晚清福建船政艺圃的"省立高级航空机械商船职业学校"，从马尾并入福州工业学校。在全国院校调整中，福州工业学校"船舶制造科"并入上海船舶工业学校，"航海科"并入厦门集美航海专科学校。

9月1日 根据重庆民生实业公司总经理卢作孚的申请，经中央人民政府批准，对民生公司实行公私合营，其下属的民生机器厂也改为公私合营民生船厂，归长江航运局领导。

9月18日 上海航标厂试制成中国第一架测量六分仪。

9月29日 中央人民政府政务院财政经济委员会主任陈云签批交通部筹备成立船舶登记局。

9月 海军成立舰船修造部，林真任部长，于笑虹任政治委员。该部成立后，陆续接收、合并和建设了一批工厂作为海军的修船基地。

9月 人民海军厦门造船厂与厦门要塞修械厂合并，定名为"华东海军厦门基地造船厂"，担负中国人民解放军海军舰艇修理任务。

10月15日 经政务院批准，海军江南造船所改属船舶工业局领导。

是年，海军舰船修造部，在总设计师徐振骐主持下，总结海军江南造船所和青岛造船厂的建造经验，提出50吨小型巡逻艇的设计方案，并由江南造船所进行具体设计和建造。首艇达到了战术技术要求，航速为11.5海里/小时，代号为53甲，随即开始批量生产。当时为满足中南军区海军的急需，除为适应南海海区气候作适当修改外，仍由江南造船所在上海分段制作艇体，然后将全艇设备和分段部件运到广州，并派技术人员和工人到广州装配合龙，完成试航交船。这是新中国自行设计和成批建造的第一批小型巡逻艇。

是年，国家撤销重工业部，成立第一、第二机械工业部（简称一机部、二机部，余类推），船舶工业局划归第一机械工业部领导，改名"船舶工业管理局"。

是年，海军舰船修造部组建海军造船设计室，负责舰艇的研究设计工作。

是年，文登专署实业公司石岛黄海修船厂设计生产出山东省第一台渔船用114型12马力柴油机，并用于改装机帆船。

1953 年

1月　农业部以水产处为基础成立水产管理总局，统一领导水产系统的修造船厂。

1月　杨俊生经营的上海大中华机器造船厂实行公私合营，改名"中华造船厂"，由船舶工业管理局领导。

1月　江汉船舶机械公司改名为"武昌造船厂"。"武船"始建于1934年6月6日，当时名为"武昌机厂"，1937年改名为"湖北省航业局修船厂"，抗战期间内迁四川改名为"湖北省万县机械厂"，1947年在文昌门设立武昌分厂，新中国成立后成立"江汉船舶机械公司"。

2月　江南造船所正式改名"江南造船厂"。

3月　上海航务学院与东北航海学院合并成立"大连海运学院"，设有轮机系。同年9月，福建航海专科学校并入该学院。

5月　在船舶工业管理局技术处设计组基础上，成立船舶产品设计处（1955年改名第二船舶产品设计室）和勘测队，主要承担沿海和内河民用船舶的设计工作，归属第一机械工业部设计总局领导。

6月2日　交通部召开第二届海运专业会议。会议指出，船厂的工作任务和方针是进一步缩短修船时间，提高修船质量，降低修船成本。

6月4日　中苏两国政府全权代表在莫斯科正式签订了"六四"协定。协定签订之前，中国政府派时任海军司令员萧劲光、副司令员罗舜初等赴苏，与苏联指派的海军部代表商谈用贷款方式购买一批海军战斗舰艇及成套材料和设备事宜。经多次协商，苏方同意将六种型号舰艇（6601护卫舰、6602木质鱼雷快艇、6603中型鱼雷潜艇、6604大型猎潜艇、6605基地扫雷舰和6610基地扫雷舰）及其建造技术有偿转让给中国，在中国船厂进行装配建造。协定规定中方向苏方订购战斗舰艇81艘以及飞机、海岸炮等技术装备。协定还规定，在中国船厂建造期间，苏联向中国派遣技术专家给予指导，并接受中国造船人员在苏联工厂进行培训。

8月24日　船舶工业局建立了新中国第一所综合性的船舶工业中等专业学校"上海船舶工业学校"，以培养船舶工业中等专业人才。该校设船体制造、船舶机械、焊接等3个专业，学制3年。同年10月改名为"上海船舶制造学校"。

8月　大华机器厂归属国家第一机械工业部管理，正式更名为"潍坊柴油机厂"。

9月　朱德视察大连中苏造船公司。

10月3日　交通部颁布《船舶检验丈量费率标准》，统一全国船检收费标准。

11月　中国造船工程学会将《中国造船》杂志1950—1951年连载的由杨俊生、辛一心、朱天秉、龚应曾编译的《中国钢船规范》的船体部分印发单行本，成为我国民间版本的船舶建造规范。

12月4日　毛泽东在中共中央政治局扩大会议上审查海军建设五年计划方案时指出：为了肃清海匪的骚扰，保障海道运输的安全；为了准备力量于适当时机收复台湾，最后统一全部国土；为了准备力量，反对帝国主义从海上来的侵略，我们必须在一个较长时间内，根据工业发展的情况和财政的情况，有计划地逐步地建设一支强大的海军。

是年，船舶工业管理局根据由国家计委审批的计划，对江南、沪东、求新、武昌和芜湖造船厂5家老厂进行了改建和扩建，同时开始新建广州第一造船厂（后来的广州造船厂），大连造船厂的香炉礁第一期扩建工程也开始实施。

为了建造鱼雷潜艇，江南造船厂改建3座旧船台，拆除船台区老式把杆，配备起重设备；新建舾装试车码头；扩建船体加工车间、舾装车间和钢板抛丸除锈间；改造两座建造沿海货船用的船台，增添船台起重设备。

为了建造护卫舰，沪东造船厂进行全厂扩建总体规划设计，新建船体联合车间、1500吨级横向下水滑道、舾装和系泊试验码头，还改造了其他生产车间，增添了生产和起重设备。

武昌造船厂新建放样间、船体车间、船台、横移区和纵向下水滑道及码头等；为了建造基地扫雷舰，又调整工艺路线，增建舾装车间、电工车间、配套设备库和动力站房等。

求新造船厂原来主要修理渔船，确定建造猎潜艇后，改建船台和码头，同时相应地改建了船体车间和电工车间。

芜湖造船厂原是一个地方小厂，确定建造木质鱼雷快艇后进行改建，并新建了木材烘房、木工车间、胶合车间、下水滑道和码头。

是年，福州军区在马尾造船所内设"水兵师车船处"。

1954 年

2月17日　海军与第一机械工业部签订《建造苏联转让军舰协定书》。双方议定，海军负责提出建造军舰提货单，支付建造费，组织监造和试验试航工作；第一机械工业部负责从苏联取得图纸、材料、设备和武器，组织工厂建造，限期将军舰交付海军。

3月　武昌造船厂建成总长366.8米的机械化船舶纵向下水滑道。

4月　船舶工业管理局由上海迁至北京，陈扬任局长。

5月　船舶产品设计分处成立，主要从事苏联转让舰艇的技术文件和图纸资料的翻译和中国化工作，同时负责处理舰艇建造中的设计技术问题。它是新中国早期的军用舰艇专业设计机构。全国各地外语学院输送了200多名俄语专业毕业生到船舶产品设计分处，翻译复制了十几万份的图纸资料，为转让舰艇的开工建造创造了条件。

6月　由第一机械工业部报请国家计划委员会（简称国家计委）批准了苏联专家委员会提出的报告和建议方案。这个报告认为，中国船舶工业部门原有的6家船厂经过必要的改造和扩建，可以承担建造苏联转让舰艇的任务。建议方案中建议，护卫舰由沪东造船厂建造；木质鱼雷快艇由芜湖造船厂和广州造船厂建造；中型鱼雷潜艇由江南造船厂建造；大型猎潜艇由求新造船厂建造；基地扫雷舰由武昌造船厂建造。后来，由于南海舰队的需要，而台湾海峡当时已被封锁，建造大型猎潜艇和基地扫雷舰的任务改由大连造船厂和武昌造船厂派出生产和管理人员，随同成套供应的材料和设备，分别到设在广州黄埔的四〇四工地和广安工地进行建造。同时，鉴于潜艇建造基地布局的需要，决定由武昌造船厂建造中型鱼雷潜艇。

7月16日　"民众"号（后改名"东方红31"号）长江大型客货船建成，载客936人，载货500吨。这是新中国成立后自行设计、建造、检验的第一艘大型长江客货船。该船由交通部河运总局张文治主持设计，江南造船厂建造。

7月　南海水产公司渔轮修造工场首批4艘木质渔船建成出海试捕。时任中共中央华南分局代理书记陶铸亲临渔轮出海现场。他指出，开发南海渔业就从这几艘船开始。同月，南海水产公司渔轮修造工场迁至新洲，兴建南海水产公司渔轮修造厂，开始批量建造木质渔轮。

8月23日　时任海军司令员萧劲光与时任第一机械工业部部长黄敬，就转让制造舰艇中的有关舰艇制造数量、进度、经费，国外定购的器材、设备、技术资料的交接，工厂建设规模以及造船工业发展长远计划等一系列问题进行了全面协商，并作了具体安排。

8月　在辛一心、方文均主持下，上海船模试验所建成国内第一座70米×5米×2.5米（长×宽×深）船舶流体力学试验水池——单轨悬臂式船模拖曳水池。同时成立了新中国第一个船模试验所。中国造船专家们多年的夙愿终于变成了现实。

10月　第一机械工业部厂长会议提出发展船舶工业的方针是"军船第一"。

是年，沪东造船厂建造，上海港务监督船舶检验科执行建造检验的1000

吨级蒸汽机货船"人民1"号交付使用。以后,经沪东造船厂改进设计,又建成"人民14"至"人民17"号4艘。以上船舶主机是由王平轩早年设计、船舶产品设计处补充设计、沪东造船厂生产的735千瓦三胀式蒸汽往复机。

是年,交通部公布《关于长江区船舶申请检验暂行规则》《船舶监督检查暂行办法》等规章。

1955 年

1月1日 苏联将中苏合营大连中苏造船公司的苏方股份售予中国。同时,该公司改名为国营大连造船厂,归船舶工业管理局领导。

2月18日 朱德视察江南造船厂。

3月 由于海军南海装备建设的急需,在广州黄埔建立四〇四工地,建造大型猎潜艇。

8月22日 国家计委批准建设河南柴油机厂和陕西柴油机厂。

8月28日 国家计委通知,中共中央批准第一造船厂(即渤海造船厂)设计任务书。

8月 青岛修造船厂建造成排水量28吨木质快艇两艘,经试验达到设计要求,装备海军航空兵部队。

10月 黄敬在一机部厂长会议上指出,造船工业的方针是"以军为主,以军带民"。

11月30日 上海水产公司委托上海中华造船厂建造的钢壳250马力混合式渔轮第一对渔轮竣工交船。该渔轮由第一机械工业部船舶工业管理局船舶产品设计处进行设计。设计的指导思想是要适应渔获对象的特性,结合渔场渔情,并能充分发挥渔轮的利用率,采取尾拖、对拖作业两者兼备的混合式拖网设计。在具体设计中吸取美式、日式渔轮的长处,并在渔捞设施中提高机械化程度,改善生活条件等,使渔轮的各方面设施有所改善。这是新中国成立后中国自行设计自行建造的第一对钢壳渔轮,被命名为"沪渔401""沪渔402"。

经实船使用。该型船具有航速快、拖力大等优点，是当时国内比较先进的渔轮，比原来的日式手操网渔轮有显著的进步。

11 月　刘少奇、邓小平等视察大连造船厂。

12 月 10 日　"55 甲"型沿海巡逻艇建成。为改进海军快艇的性能，海军舰船修造部设计处参照苏联转让的鱼雷快艇艇型和动力设备，完成一型沿海巡逻艇的初步设计，委托船舶工业管理局第二船舶产品设计室进行技术设计和绘制施工图。该型艇先由沪东造船厂试制，后在求新造船厂、大连造船厂和广州造船厂等批量生产。该型沿海巡逻艇排水量为 72.8 吨，最大航速为 22.5 节。这是新中国自行设计和成批建造的第二批巡逻艇，代号为"55 甲"。该型沿海巡逻艇在解放沿海岛屿和巡逻警戒、护渔等多次战斗中发挥了重要作用。

12 月 23 日　6602 型木质双管鱼雷艇首艇在芜湖造船厂建成。该型艇装有 533 毫米口径的鱼雷发射管两座，以及双管 25 毫米火炮和雷达等设备。从 1954 年起，苏联提供全套产品设计图纸资料，分批提供艇体半成品和器材设备，并派遣专家来华指导。用进口半成品装配建造第一批艇后，从第二批艇开始即用进口木材由船厂自行加工胶合建造。

12 月 27 日　国家计委批准建设东风仪表厂、平阳机械厂、山鹰机械厂、汾西机器厂、江宁机械厂、淄博蓄电池厂等一批新厂。

12 月　上海港务监督船舶检验科完成我国自行设计建造的第一艘沿海客货船"民主十号"的建造检验与发证，开始了我国对沿海客货船的新船建造检验业务。该船载客 525 人，载货 500 吨，由江南造船厂建造。

是年，鉴于海军南海舰队装备建设的急需，华南地区造船力量又十分薄弱，台湾海峡又长期被封锁的实际情况，国家决定参照芜湖造船厂建造木质鱼雷快艇的办法，新建广州第一造船厂的各主要车间。与此同时，在广州的黄埔四〇四工地和广安工地，分别进行了一些改建和新建工程，由大连和武昌造船厂组织生产队伍前往造船。

是年，武昌造船厂第二次在广州设"广安工地"，为南海水产公司设计建造钢质尾拖渔轮"南海 102"。这是广东省建造的第一艘钢质尾拖渔轮，250 马力，排水量 238.2 吨。

是年，根据海军指示，青岛修造船厂改名为"海军三〇一工厂"。

是年，潍坊柴油机厂开始试制生产6160型柴油机。

是年，山东文登专署实业公司石岛黄海修船厂试制成功2225型40马力烧球式柴油机和55型40马力木壳机帆船。

1956年

1月10日　毛泽东在时任上海市市长陈毅陪同下，视察了江南造船厂正在建造中的我国第一艘（6603型）中型鱼雷潜艇。

1月23日　经国务院批准，交通部通令，自1956年3月1日起全国航海机动船舶内部使用《1948年国际海上避碰规则》。

1月　在上海船模试验所的基础上，成立第一机械工业部造船科学研究所。当年，船模试验所改名造船科学研究所，属船舶工业管理局领导。稍后，交通部也组建了船舶科学研究所筹备处。

3月18日　6604型大型猎潜艇首艇在求新造船厂建成。

3月　地方国营厦门造船厂合并9家私营船厂，改名"地方国营厦门第一船舶修造厂"。

3月　天津区港务局港务监督船舶检验科派验船师驻新港船厂执行船舶建造检验，开始了我国验船师驻厂检验工作。

4月　周恩来领导编制了全国科学技术12年（1956—1967年）远景发展规划。当时，由海军副司令员罗舜初主持，薛宗华、扬汉、王朋等参加组成海军组，编制了两艇（潜艇与快艇）、两雷（鱼雷与水雷）和海军电子设备（雷达、声纳与通信设备）的发展规划；由交通部张文治和第一机械工业部方文均等参加交通运输组，编制了船舶科学技术发展规划。这两个规划都提出关于筹建船舶研究所（包括试验设施）的建议。

5月12日　第一届全国人大常委会第四十次会议决定成立水产部，统一领导水产系统的修造船厂。水产部在各地设有水产公司，分管地方渔轮修造厂。

5月　国务院第六办公室会议纪要中指出："第一个五年计划期间，船舶工业管理局主要力量放在军用舰艇方面，主要是转让制造苏联五型舰艇。"

7月9日　交通部批复武汉船厂（后为长江航运管理局青山船厂）设计任务书。

7月　船舶工业管理局在上海召开和举办有80多个单位参加的大型造船工艺经验交流会和展览会，着重推广各型舰艇建造中的新工艺、新技术，对促进国内舰船建造工艺起到了一定作用。

7月　福州市成立"公私合营福州船舶修造船厂"，由福州地区68家作坊式小型船厂组成。

8月1日　经过五年艰苦筹备，交通部在北京正式设立中华人民共和国船舶登记局（标志为"ZC"），首任局长张致远。船舶登记局的成立，标志着新中国船检事业承载着实现中国航运独立主权的历史使命登上历史舞台。由此，以船舶入级与安全监督为己任的中国船舶检验机构破土而出，成为我国水运交通安全保障的技术力量。

10月23日　船舶登记局根据时任交通部部长章伯钧批复，开始启用"中华人民共和国船舶登记局"（Register of Shipping of the People's Republic of China）中英文名称及其局徽和载重线标志，并规定国际航行船舶采用中英文对照的国际通用安全证书格式，国内航行船舶采用中文书写的证书格式。

11月1日　沪东造船厂建成具有6个船位的水平船台及其机械化横向下水滑道。

11月　旅大水产修造厂开始大批量生产814型（大）200马力木质拖围网渔轮，年造船25艘。

12月25日　新中动力机厂试制的6350C型柴油机通过鉴定。该机在350转/分时，额定功率为441千瓦。

12月　6605型基地扫雷舰首舰在武昌造船厂建成。

是年，1470千瓦的蒸汽机拖船由新港船舶修造厂试制成功。1954年开始，交通部河运总局设计科设计该型拖船。该型船由新港船舶修造厂试制成功后，经交通部副部长朱理治、孙大光等组织鉴定修改后，20世纪50年代后期投入批量生产。

是年，全面实行对资本主义工商业的社会主义改造，各地方船厂进一步合并、改造，实行公私合营，并分别归口到各省（区、市）的工业、交通、水产厅（局）领导。众多的地方私营小船厂，经过合并和改造，小生产的落后方式有了明显的改变，形成了比较集中的地方船舶修造力量，显示出组织起来、走社会主义道路的优越性。

是年，中国人民解放军军事工程学院海军工程系共设置水面舰艇设计制造、潜艇设计制造、舰艇内燃机、舰艇蒸汽动力装置、舰艇电气设备、舰炮与弹药、射击指挥仪、海道测量、鱼雷、水雷、无线电通信、有线电通信、雷达和声纳等14个专业，学制5年。当时从全国各地抽调一批教师，支援该院的教学工作。该学院于1953年9月成立。

是年，上海水产公司船厂研制成功了250马力的大木壳双拖网渔轮。这是该厂自行设计、建造的当时国内最大的木壳渔轮。主机初时采用求新造船厂生产的6267型船用柴油机，后来采用上海水产公司船厂设计制造的6250型四冲程250马力船用柴油机。该船适航性、经济性好，工作生活条件优于小木壳船，颇受欢迎。

是年，我国首次外派验船师以船东监造组方式到德意志民主共和国执行船舶检验任务。

1957 年

2月　福州军区第二修船厂移交厦门市管理，与厦门市第一船舶修造厂、港务局修船场等合并，组成"厦门市船舶修造厂"。

4月　船舶工业管理局局长陈扬在厂长会议上提出，造船工业方针为"全面规划，统筹兼顾，以工艺工作为主，总结转让制造的经验，并推广到民用产品"。

5月30日　6601型护卫舰首舰在沪东造船厂建成。

5月　第一机械工业部和交通部联合签署关于建造首批远洋船以及第二个五年计划期间建造34艘航行于华北沿海和长江的较大型船舶的协议。

5月 船舶工业管理局在上海召开第一次船舶标准化会议（同年发布第一批船舶专业标准）。

6月 由交通部河运总局设计、新港船舶修造厂制造的双联双胀蒸汽机通过鉴定。该型机用作370千瓦长江拖船的主机，先后装船30余艘。

6月 交通部发出《关于建立船舶检验机构加强船舶技术监督工作的指示》，首次明确了船舶登记局与地方船检业务部门的分工。船舶登记局及其下属机构负责对申请入级的船舶在建造、修理和使用中执行技术监督和检验；非入级铁驳、专用船以及属中央管辖港口的船舶检验工作由船舶登记局及其下属单位负责，属于地方管辖的港口、船舶检验工作由省交通厅负责。

7月15日 船舶工业管理局转发第一机械工业部与海军司令部联合发布的《军用船舶监造工作条例试行草案》，推行军代表监造制度。

8月30日 交通部批复长江航运局南京船舶修造厂（后来的金陵船厂）设计任务书。

8月 第一机械工业部部长黄敬在给国务院的报告中指出，通过建造"六四"协定中苏联转让的6种型号的舰艇，我国船厂的技术水平提高了，掌握了焊接技术、机械自动靠模气割技术、船体分段和总段装配工艺等先进技术和工艺，并在民船建造中逐步推广应用。同时，也学到了苏联在产品设计和工厂设计方面的先进经验，特别是通过对部分舰艇的中国化修改设计，为自行设计打下了基础；在科学管理方面，学会了运用编制船舶工艺计划和其他工艺文件组织生产，提高了企业管理水平。总之，通过这次大规模引进苏联技术，中国船舶工业生产技术水平有较大的提高，并缩短了与世界造船技术水平之间的差距。

8月 船舶工业管理局在给周恩来的报告中提出，到1957年7月底止已基本上完成苏联转让舰艇的建造任务。

9月10日 交通部颁布《船舶技术及施工图纸送审暂行规定》，明确了船检部门是船舶设计图纸资料的技术审查和批准部门。

10月10日 中华造船厂建成黄河破冰船"克凌一号"。

10月23日 全国人民代表大会常务委员会第82次会议，根据周恩来提出的议案，审议了《1930年国际船舶载重线公约》，决定予以承认。

10月25日　我国第一艘中型油轮顺利下水。该油轮由船舶工业管理局第二产品设计室负责初步设计与技术设计，大连造船厂负责施工设计与建造，船舶检验局检验。这艘油轮是我国开发建造的第一代中型沿海油轮，命名为"建设九号"（后改名为"大庆九号"）。油轮总长110.1米，型宽15米，型深7.4米，装油量4500吨，排水量7106吨，航速12.75海里/时，续航力2400海里，能载运闪点在28摄氏度以下的燃油，并能在冰区航行。

10月27日　6603中型鱼雷潜艇首艇在江南造船厂建成。

10月31日　时任国家计划委员会（简称国家计委）主任李富春在给第一机械工业部部长黄敬的信中指出，今后军舰建造以自力更生为主，必须尽快解决国内建造军舰所需的原材料和各种设备，成套供应海军。信中强调，必须在"二五"计划期间解决这些问题，并要求一机部、二机部、电机工业部和冶金工业部等明确分工。嗣后，国家计委印发《关于解决成套供应海军装备的意见》。在国家统一领导和各有关部门的大力协同下，船舶工业通过"一五"计划期间的初步建设，到20世纪50年代后期在建的舰艇已开始部分地采用国产材料和设备。

11月1日　"山东151"号渔船检验证书上被盖上了"青岛市水产管理局船舶检验专章"，标志着我国沿海渔船无安全检验的历史结束。在水产部的统一部署下，青岛市水产管理局接管了青岛港务管理局主管的有关水产系统船舶的技术监督和登记检丈工作，在水产系统内首先开展对专业渔船的检验业务。

11月　交通部所属水运科学研究院上海船舶科学研究所筹备处与第一机械工业部造船科学研究所合并，成立船舶科学研究所。

12月23日　全国人民代表大会常务委员会第八十八次会议决定，有保留地接受《1948年国际海上避碰规则》。

是年，护卫舰首舰和中型鱼雷潜艇首艇分别在沪东造船厂和江南造船厂相继建成，并通过验收，列入海军装备序列。

是年，中国人民解放军海军学校改名海军机械学校。

是年，海军三〇一工厂为海军部队建造成排水量70吨的木质中速炮艇4艘。该艇设1000马力和220马力主机各两台，最高时速可达25海里，装备两门37毫米双管高射炮和两挺高射机枪，经过水面试验，运行正常，达到设计使用要求,装备海军舰艇部队。从 1956 年 8 月至 1957 年 10 月,该厂还先后为中国海军建成排水量 63 吨钢质登陆艇 10 艘、排水量 7.5 吨钢质水翼快艇 1 艘。其中,排水量 7.5 吨钢质水翼快艇成为新中国第一艘钢质水翼快艇。

1958 年

2 月　第一、二机械工业部合并为第一机械工业部,统一领导全国国防工业和民用机械工业的科研、生产和建设。船舶工业管理局改名为第九工业管理局(简称一机部九局),邓存伦任局长。其部分直属厂下放地方领导。

4 月 7 日　九局厂长会议召开。会议提出,船舶工业总的发展方针是"军民并重,大小兼顾,内外兼顾,三年大船,五年大机,七年特机和仪表,十年建成完整的船舶工业体系"。

4 月 17 日　海军舰船修造部组建海军第一研究所,海军司令部(简称海司)军械部组建海军第二研究所,海司通讯兵部组建海军第三研究所,海司航海保证部组建海军第四研究所。

4 月 24 日　朱德视察芜湖造船厂。

4 月　为发动船舶工业的"大跃进",第一机械工业部九局和上海市联合组织上海和大连新建造的南北 7 船在吴淞口海面举行了大会师。参加这次大会师的有:5000 吨沿海货船"和平 25"和"和平 28"号、3000 吨沿海客货船"民主 14"号,长江客货船、火车渡船、拖船和工程船等。

4 月　由第二船舶产品设计室改名的第一机械工业部设计总局第六设计分局再次改名为"第九设计院",划归第一机械工业部九局领导。该院面向全国,承担船舶工业、海军、航运和水产等各系统、各地区船舶企事业基本建设设计工作,并为日后大规模基本建设作了技术准备。与此同时,勘测队也逐步发展成为勘测研究院,为船舶工业的基本建设服务。

4 月　沪东造船厂制成由第四船舶产品设计室设计的 1100 千瓦四缸三胀

式蒸汽往复机。该机用作"民主14"号乙型沿海客货船的主机，其动力装置为蒸汽重热循环，采用提高锅炉效率和中间抽气加热给水，使全船煤耗量较常规蒸汽往复机动力装置有明显的下降。

6月21日　毛泽东在军委扩大会议上指出，除继续加强陆军和空军的建设外，必须大搞造船工业，大量造船，建设"海上铁路"，以便在今后若干年内建设一支强大的海上战斗力量。

6月27日　聂荣臻呈报中共中央和毛泽东《关于开展研制核潜艇的报告》。月底，经毛泽东批准，由罗舜初、刘杰、张连奎、王诤4人组成核潜艇研制工程领导小组。

6月　沪东造船厂制成由第四船舶产品设计室蔡祖宏、朱谦才等人设计的1765千瓦五缸单流式蒸汽机，用作"和平25"号和"和平28"号沿海货船的主机。

6月　福州军区后勤部第一修船厂移交给福建省交通厅，定名"福建省交通厅航运管理局马尾造船厂"。

7月9日　周恩来视察广州造船厂。

7月　中共中央批准正式研制核潜艇，并以海军为主组成总体设计分组，以二机部为主组建核动力设计分组。

8月13日　第一机械工业部船舶产品设计院在上海成立，下设5个专业设计室。

8月31日　5000吨级沿海货船首船"和平25"号建成。该船由第二船舶产品设计室陈冠戈、马瑞彬主持初步设计和技术设计，由大连造船厂绘制施工图并建造交付使用。"和平25"号总长115.5米，型宽16米，型深9.5米，满载排水量8730吨，航速13.01海里/小时，续航力2400海里，自持力12昼夜。该轮是根据国家"一五"计划，我国自行设计和建造的第一艘中型货轮。该船由船舶登记局建造检验与发证，后入苏联船舶登记局，作为中国远洋运输公司第一艘货船，改名"和平"号，远航东南亚和非洲。

8月　中华人民共和国船舶登记局更名为"中华人民共和国船舶检验局"（简称ZC，即"中船"二字汉语拼音的首个字母），为国家技术监督机构，同时办理船级检验业务，隶属关系和职能不变。

8月　厦门海军103厂移交地方管理，与厦门船舶修造厂合并，组成地方国营厦门造船厂。

9 月 20 日　毛泽东在罗瑞卿陪同下视察芜湖造船厂建造的木质鱼雷快艇。

9 月 30 日　邓小平视察渤海造船厂。

9 月 30 日　由沪东造船厂制造、船舶检验局检验的中国第一台 1470 千瓦 6ESDZ43/82 型直流扫气增压低速柴油机试运行。经过一年多时间的调试和改进，1959 年底 1 号机安装于"和平 60"号沿海货船上。

10 月 27 日　刘少奇视察江南造船厂。

10 月　上海渔轮修造厂设计建造的钢筋木壳 350 马力对拖渔轮交付。该型渔轮主机为自行设计的 6260ZC 型船用增压式柴油机。

11 月 24 日　海军科学技术研究部（简称海军科研部）成立，于笑虹任部长。该部统一管理各研究所（室）的工作，并在北京郊区筹建大型船模拖曳水池。该工程后因组建第七研究院，为统一规划建设而停建。

12 月　福建马尾造船厂试制成功 6 吨级钢丝网水泥船，首开全国钢丝网水泥船建造先例。

是年，"江蓉"号申渝线客船由江南造船厂建成。1957 年，第二船舶产品设计室以进口的两台 6KVD43 型柴油机作主机，设计"江蓉"号申渝线客船。该船首次采用极 U 形首部线形，并配以弧形折角线，主船体采用纵横混合结构，上层建筑采用波形板，其他方面也吸取前人经验并加以改进。该船营运后成为当时终年通航申渝线的经济、美观、快速、实用的船型。

是年，建材部玻璃陶瓷研究院在北京管庄玻陶研究院成立玻璃钢研究小组，用国产原材料制得我国第一块玻璃钢板，在北京试制成功第一艘酚醛玻璃钢板拼装的机动游艇。同年，上海耀华玻璃厂试制成功中国首条聚酯玻璃钢（玻璃纤维增强塑料）艇。从此，我国玻璃钢工业发展历史揭开序幕。

是年，海南建成三亚船厂、三联造船厂、海口渔船厂，主要从事修理和建造 100 吨级以下的木质风帆运输船和渔船。海南岛截至本年共拥有木帆船 749 艘，载重量 10042 吨。

1959 年

1月1日　船舶检验局颁布实施首版《钢质海船建造规范》《船舶材料试验规范》《船舶焊接规范》《海船消防设备规范》《海船航行设备规范》《海船电力设备规范》《海船无线电设备规范》《船舶吨位丈量规范》《海船信号设备规范》《海船载重线规范》《海船救生设备规范》及《海船入级章程》等12种规范、规章，其中在《海船入级章程》中将入级船舶的最高船级符号定为★ZC1。

2月4日　中国政府与苏联政府签订《关于在中国海军制造舰艇方面给予中华人民共和国技术援助的协定》（简称"二四"协定）。协定规定，苏联政府向中国提供5种型号的舰艇（6631常规动力导弹潜艇，6633中型鱼雷潜艇，6621、6623大型和小型导弹艇以及6625水翼鱼雷艇）、2种导弹（潜对地弹道导弹和舰对舰飞航式导弹）、有关51项设备的技术图纸资料及9种型号的主机和部分装备器材；同时将上述导弹潜艇、鱼雷潜艇和导弹的建造特许权转让给中国，并派专家来华指导。

2月7日　中苏两国政府签订《科技合作协定》。其中规定，由苏联提供技术援助，建设15家无线电设备厂（含水声设备厂1家）；科技合作项目122项（包括由苏联提供厂区初步设计资料的船用仪表厂1家）。

2月　经一机部九局批准，沪东造船厂新建的一座低速重型柴油机车间土建工程竣工。

4月28日　九局厂长会议提出"在一二年内实行军民并举，以军为主，以军带民，机船并举，以机为主"的船舶工业发展方针。

6月24日　黄埔修造厂建造的6610型扫雷舰首艘（工厂编号051号）交付使用，舷号"3-386"。该舰同年3月25日下水试航。

9月　周恩来与苏联共产党中央委员会第一书记赫鲁晓夫在北京会谈有关核潜艇制造的技术援助问题后，毛泽东说"核潜艇，一万年也要搞出来！"

9月 大连造船厂会同大连海运学院等单位设计、制造的 ESD60/106 型 2205 千瓦回流扫气非增压低速柴油机于国庆节前装上试验台试运转。后经过近一年时间的改进，解决了试运转中出现的拉缸、单向阀阀片断裂等问题，用作"建设9"号油船主机。

9月 海军三○一工厂自行设计建成排水量117吨钢质新型高速护卫艇"八一"艇，装备海军部队，从而使青岛地区小型作战舰艇的建造能力有了新的突破。

10月17日 海军党委在给中央军委的报告中提出，今后海军建设以导弹为主和不断改进常规装备，以发展潜艇为重点，同时发展中小型水面舰艇。

11月29日 第九工业管理局与第一机械工业部所属其他4个管理局一并划定为国防工业管理机构。九局的性质由民用局改为军工局。

12月12日 中共中央批准九江仪表厂设计任务书。

是年，由第二船舶产品设计室设计、沪东造船厂建成第一艘舱温为 – 18 摄氏度的 500 吨冷藏船。其冷藏系统也由第二船舶产品设计室负责设计，采用间接冷藏方式。该船后来由沪东造船厂批量生产，并曾出口印度尼西亚。

是年，沪东造船厂开建"和平"系列沿海货船。20 世纪 50 年代末，上海海运局提出设计、建造装载量 3000 吨、主机采用柴油机的沿海货船。该型船由船舶产品设计院第二产品设计室设计，沪东造船厂完成施工图绘制并建造。船上首次采用沪东造船厂制造的 6ESDZ43/82 型低速柴油机及主机遥控、辅锅炉自控、辅机集控等技术，并设有烟管火警自动报警器。该型船尺度适宜，吃水 5.5 米，可抵达港口较多，操纵灵活，可进出狭窄航道，排水量 4850 吨，航速 13 节，经济实用。1959 年到 1960 年，沪东造船厂建成该型船多艘，依次命名为"和平 59"至"和平 63"号，为日后多厂批量建造创造了条件。

是年，旅大水产修造厂开始试制上海七○八研究所设计的 803 型 375 马力钢质拖围网渔轮。

是年，青岛渔船修造厂建造成 250 马力渔船，并自制 250 马力四冲程柴油机；建成排水量 189 吨、功率 200 马力木质渔船 1 艘。

是年，由上海求新造船厂试造 VQX802 型 350 马力艉滑道式单拖渔轮"沪渔 350"。该船总长 36.64 米，两柱间长 31 米，型宽 6.6 米，型深 3.9 米，平均吃水 2.9 米，第一次应用液压起网机。

是年，上海船舶修造厂自行设计制成国内第一艘 30 米×8 米钢丝网构架混凝土水泥船及载货量 60～120 吨钢丝网水泥船。

是年，福建马尾造船厂建成 50 吨级和 30 吨级钢质港口交通船各 1 艘，成为福建采用焊接工艺建造钢质船舶的开端。

1960 年

1月5日　中共中央根据当时的国际形势，为加强战备、准备打仗，对国防工业的管理作出了一系列重大决策，批准成立中央军委国防工业委员会。

1月17日　九局和海军修造部联合向中央军委、国防科委提出第二个五年计划后 3 年造船建设任务的报告，力争"三年突破尖端""五年基本完成体系"。

1月　海军所属二〇一厂划归第一机械工业部九局领导，定名"黄埔造船厂"。

2月12日　朱德视察广州造船厂，并为《广船工人》报题写报头。

2月　中央军委在广州召开扩大会议，会议提出海军装备建设以导弹为主、以潜艇为重点的方针，并确定了海军建设的目标和造船工业"三区两线"的布局。

3月25日　国家计委批准黄埔造船厂设计任务书。任务书拟定"年产中型导弹潜艇 12 艘，24000 吨，或三分之一转产空排水量 2000 吨级反潜护卫舰 8 艘"。

4月　苏振华任核潜艇研制工程领导小组组长。

4月15日　由船舶产品设计院第二产品设计室许学彦、何志刚、彭惠平等相继主持总体设计、江南造船厂建造的"东风"号万吨远洋货轮下水。该船首次采用国产低合金钢为主船体结构材料。

4月20日　4500吨级沿海油船首船"建设9"号在大连造船厂建成，由船舶检验局检验发证。后改名"大庆9"号。

6月4日　国营烟台水产公司渔船修造厂建造的山东省第一对250马力渔船"山东160"下水，船长32米，载重130吨。

7月16日　苏联政府照会中国政府，单方面决定终止同我国签订的包括"二四"协定在内的几百个协定和合同，撤走专家，停止提供技术资料和器材设备。至此，我国引进苏联技术的工作被迫中断，我国船舶工业开始走自力更生、奋发图强的发展之路。新中国船舶工业的发展也由此进入第二个历史阶段。

7月　求新造船厂建造的"气象1"号专用海洋调查船交付。1959年7月，中央气象局委托第一机械工业部九局研制气象调查船。船舶产品设计院第二产品设计室袁随善等在苏联专家克里诺夫指导下主持设计了"气象1"号专用海洋调查船。该船设有气象、水文、化学、生物试验室和制氢室，排水量为834吨，功率为440千瓦。船舶产品设计院还为该船研制了7台专用绞车。

8月　贺龙在给中共中央和毛泽东的报告中提出，在国防尖端工业方面和一切建设方面都必须贯彻执行奋发图强、自力更生的方针。

9月13日　船舶检验局公布首版《海船稳性规范》。

9月14日　第二届全国人大常委会第二十九次扩大会议决定，第一机械工业部分为第一机械工业部和第三机械工业部，九局归属第三机械工业部领导。

9月　九局召开"五型舰艇"自力更生会议，主要内容是解决建造军舰的材料设备立足于国内的问题。

9月　大连工学院恢复造船系（原造船系于1952年全国高等院校院系调整时并入上海交通大学）。

10月27日　陈云视察河南柴油机厂。

12月19日　江南造船厂自行设计，全部以国产材料和设备建造的国内第一艘以电力驱动的"浦江"号火车渡船完工。这是我国建造的第一艘采用直流电力推进的民用船舶。该船选用两台580伏、520千瓦的双电枢直流发电机作为推进用发电机，首、尾螺旋桨各由1台470千瓦的双电枢直流电动机驱动。

12 月 "第九工业管理局" 改名为 "第九工业管理总局"（简称九总局），时任第三机械工业部副部长赵启民兼任总局局长，边疆任总局分党组书记、总局第一副局长。

是年，为配合建造钢质渔轮，上海渔轮厂试制成功自行设计的 6260C 型和 6260ZC 型船用柴油机，额定功率分别为 250 马力和 350 马力。

是年，毛泽东明确指示，要下决心搞尖端技术。中央军委要求国防工业：3 年突破尖端，5 年基本形成体系，8 年独立完整；对海军建设提出 "以导弹为主，以潜艇为重点" 的方针和近期建设目标，并确定船舶工业按 "三区两线" 布局的 8 年建设规模。

是年，"民主 18" 号申甬线客货船在沪东造船厂建成。该船排水量 7590 吨，载客 773 人，载货 800 吨。

是年，山东省烟台地区石岛黄海造船厂更名为 "山东省烟台地区石岛黄海造船厂"。该厂研制生产了 6267 型 250 马力柴油机和 810 型 250 马力木质拖网渔船，走出山东省研制生产大功率渔船第一步。

是年，马尾造船厂继 1958 年研制钢丝网水泥机动小艇 "尖兵号" 成功之后，为了继续探索研究以钢丝网水泥替代木材和钢材，试制 60 马力钢丝网水泥渔船 "三八号" 1 艘。后由福建省东山国营渔场使用。

是年，黄埔造船厂建造的 "052" 型扫雷舰 3-387（500 吨）、0110 护卫艇 3-508（97 吨）和消磁船 "磁海 951"（210 吨）各 1 艘完成交付使用。同时，开始建造 225 吨武装木渔船和 90 吨渔船各两艘。

是年，海南现代机械轮船进入海上运输市场，木质帆船数量开始减少。到 1970 年，木帆船在国营运输企业基本被淘汰。集体木帆船也在 1970 年左右陆续减少，逐渐退出海上运输主市场。

1961 年

1 月　根据国防工业三级干部会议的精神，第九工业管理总局召开造船工业整风会议（3—25 日）。会议的中心内容是贯彻中央军委提出的"军品第一、质量第一，在确保质量的基础上求数量"的方针。会后，所属 19 个企业从月初开始进行整风，到 11 月上旬全部结束。

3 月 上海航海仪器厂试制成功全部用国产零件装配的第一个国产陀螺球（电罗经核心部件）。

4 月 第九工业管理总局华东地区配套办事处在上海成立。嗣后，华北配套办事处在天津成立，东北物资供应办事处在沈阳成立。

4 月 中华人民共和国船舶检验局完成我国第一艘远洋客船"光华"轮的检验发证，使其成功远航印度尼西亚，完成了接运受难华侨的光荣任务。1958年，中华人民共和国船舶登记局改称中华人民共和国船舶检验局（简称船舶检验局），被认定为国家对船舶的技术立法和技术监督机关，对外起船级社作用，确立了"局社一体"的中国船舶检验体制。1959 年，经国务院批准，船舶检验局获得代表中国政府签发国际航行船舶证书的授权。同年，在中央有关部局支持下决定开展船用产品的制造检验，编制实施了第一套船舶规范和入级章程，船舶检验和船用产品检验在我国航运和造船业中逐步展开。1960 年，开始办理船舶入级业务。

5 月 5 日 中央军委办公厅通知，军委办公会议讨论同意，舰艇研究院的工作方针是："集中力量，首先完成'二四'协定转让产品的仿制任务，并通过仿制掌握和消化苏联转让的技术资料，培养和锻炼技术力量，逐步形成较完整的造船科学体系，为自行设计新型舰艇打下基础。"

6 月 7 日 经中共中央批准，中央军委于 1960 年 12 月 27 日发出《关于组建航空、舰艇、军事无线电电子三个研究院的通知》。据此，海军党委于1961 年初提出了组建该院的方案报告，1961 年 4 月 28 日得到中央军委的正式批准。6 月 7 日，海军发布命令，正式成立国防部舰艇研究院，番号为国防部第七研究院（简称七院），刘华清任院长，戴润生任政治委员。七院属国防部建制，在国防科委领导下进行工作。其党政工作和日常工作的组织领导由海军负责。七院的成立体现了依靠科学技术发展船舶工业生产力这一指导思想，也标志着船舶工业科学技术工作进入了一个新的历史发展阶段。

7 月 15 日 广州造船厂划归第三机械工业部第九工业管理总局领导。

7月 时任国防工业委员会主任贺龙主持召开了国防工业工作会议,研究贯彻落实调整、巩固、充实、提高的"八字方针"。会议提出国防工业调整的原则是:中央军委扩大会议确定的方针任务不变,实施步骤放慢,将原来设想的三、五、八年的奋斗目标相应地推迟一些时间;国防工业科研、生产建设仍然要缩短战线;今后几年生产方面以常规武器为主,科研以尖端武器为主,基本建设以补缺配套为主。船舶工业主管部门为贯彻执行"八字方针",落实国防工业建设的重大决策,确立三个"转变"的船舶工业建设指导思想:一是从军民结合转向军品第一;二是从常规舰艇为主转向以尖端舰艇为主;三是从转让装配制造转向国产化试制。

8月9日 由第一机械工业部船舶设计院设计、上海江南造船厂为上海市渔业公司建造的400马力拖网渔轮"沪渔501号""沪渔502号"投入生产。该型船以对拖为主,兼作围网或单拖,适航性、快速性、稳性都达到较高水平。布置形式是甲板室在后部,前甲板作业,机舱位于中后,鱼舱在中间,4吨/60米串联式绞网机安装在甲板室前,船上配置制冷设备,采用间接冷藏方式,可使鱼舱温度保持在−2摄氏度左右。这是我国当时唯一装有冷藏设备的渔轮。其主机是进口德意志民主共和国的R8VD136型船用柴油机,立式6缸4冲程,额定功率400马力。

8月 第九工业管理总局技术情报研究所成立。

9月 第九工业管理总局厂长会议提出,为贯彻国防工委北戴河工作会议精神和调整计划的意见,"最近三五年内,战斗舰艇由原定18型减为8型。当前,要确保大型导弹快艇和中型鱼雷潜艇。今明两年基本建设以'三机一电'(高、中速柴油机,特、辅机,蓄电池)工厂为重点。"

9月 海军工程学院在海军机械学校的基础上成立。

11月29日 为了加强对国防工业的统一领导、管理和组织及其与其他有关部门的协作联系,经中共中央批准,国务院成立国防工业办公室。

11月 我国自行设计和成批建造的第三批沿海巡逻艇首艇建成。1959年,海军舰船修造部在前两批巡逻艇建造和使用经验的基础上,吸收各舰队及军事院校设计的几个巡逻艇型号的优点,开展新型巡逻艇(0111型)的初步设计,并由大连造船厂绘制施工图,于1960年开始建造。1962年春,为改善该型艇的性能和完整设计图纸,海军又委托七〇八研究所在首制艇的基础上改进设计，仍由大连造船厂建造。该艇排水量为108.6吨，最大航速30节，定型时正式命名为62型高速护卫艇。

12月　江南造船厂成功建成国内第一台12000吨自由锻造水压机，填补了我国重型机械工业的一项空白。该万吨水压机于1962年在上海重型机械厂正式投产，开始为国家电子、冶金、化学、机械和国防工业等部门锻造大批特大型锻件。

是年，求新造船厂在"113型"渔船基础上进行改进，建成"801型"渔船。此船为钢质焊接、横骨架结构、单甲板、单螺旋桨、首柱前倾、流线型平衡舵、前机型，排水量250吨。主机采用求新造船厂和沪东造船厂生产的6267型船用柴油机，立式6缸4冲程，装有离合器，可直接倒、顺车，额定功率205马力，航速9.5节；主要渔捞设备为4吨/40米机械传动并联绞钢机（后修改为串联式），起放网集中于后甲板操作，容易掌握。

是年，广东省渔轮厂试制成功6300型柴油机。这是广东省自制的第一台400马力船用中速柴油机。

是年，船舶检验局完成对5000吨沿海货船"和平25号"和"和平58号"分别改装为"和平""友谊"号远洋货船的改装初次入级检验，签发船级证书和国际航行船舶安全证书，同时从当时国际形势出发又委托苏联船舶登记局上海验船处代发国际公约要求的国际航行船舶安全证书。

1962 年

1月　以由交通部与第三机械工业部合办的船舶科学研究所的部分科技人员和干部为基础，组建交通部上海船舶运输科学研究所。

4月1日　船舶检验局颁布实施我国第一部钢质内河船舶建造规范《长江钢船建造规范》。

4月13日　国家计委发出通知，要求船舶建造和船用器材设备生产执行船舶规范。

4月　船舶检验局在对1959年首批海船建造规范修订基础上，公布实施《1962年钢质海船建造规范》。

6月　船舶工业主管部门与海军有关部门召开会议，专门解决苏联第二次转让中的4种型号舰艇建造的技术协调问题，以便组织力量攻克难关。在仿制中型鱼雷潜艇中，围绕高强度低合金耐压艇体钢材的焊接问题，以及舰艇潜望镜、升降装置、发射管、蓄电池等技术难点，采取办训练班、派工作组蹲点、组织三结合攻关小组等形式，终于一一攻克。为了解决大型导弹快艇主机的质量问题，第六机械工业部（简称六机部）多次派工作组帮助工厂攻克难关，还请有关工业部门专门安排该艇配套设备的研制工作。

8月　山西柴油机厂根据苏联转让的图纸制造6150C型柴油机通过鉴定，嗣后即大量生产，作为小型舰艇用主机和辅机。

9月8日　广州造船厂开工建造"55"型登陆艇。

10月3日　中国造船工程学会第一次会员代表大会在上海召开。大会选举张文治为理事长，于笑虹、程辛、杨俊生、杨槱为副理事长。

10月　国家科委船舶专业组召开专业组扩大会议，审议全国船舶科学技术发展十年（1963—1972年）规划。

12月8日　大连造船厂为交通部远洋运输局建造的567型万吨级远洋货船"跃进"号竣工交付。该型船由苏联引进基本设计及材料设备，系我国"二五"计划项目中的重点产品。船长169.9米、型宽21.8米、型深12.9米，载重量1.34万吨，满载排水量2.21万吨，安装7C-1型9561千瓦蒸汽船主机1台，航速18节，续航力1.2万海里。该船1958年7月22日开工建造，9月28日上船台合拢，11月27日下水。"跃进"号不仅是我国自行建造的第一艘万吨级远洋货船，而且实现了我国造船业由建造小型船舶向建造大型船舶的新的历史性跨越，标志着我国造船业和远洋运输业进入新的发展阶段，是我国造船史上的一个划时代的里程碑。

是年，由七〇八研究所设计、沪东造船厂建成高级客船"昆仑"号，其上层建筑首次全部采用铝合金结构。

是年，汾西机器厂试制的"锚-1"型大型水雷生产定型。

是年，交通部成立水运总局，主管水上运输、船舶修造和港口机械。

1963 年

3月18日　国务院批准交通部黄埔船舶修造厂（后为广州文冲造船厂）建造1.5万吨和2.5万吨两座万吨级船坞。

3月　广东省航运厅文冲船舶修造厂划归交通部领导管理，更名为"交通部广州文冲船舶修造厂"。

4月1日　"广东省新中国船厂"成立。

5月　"水产部渔业机械仪器研究所"成立。

6月28日　国家计委批准七〇二研究所建设总体设计任务书。

8月1日　黄埔造船厂开建"0111甲"型高速护卫舰。

8月22日　第三机械工业部上报国家计委《关于船舶出口问题的报告》，提出船舶出口的方针、任务和分工协作问题，以及中国可能出口的产品及竣工验收办法，并请求上级明确把船舶出口作为长期任务。

8月29日　边疆任第九工业管理总局局长。

8月　第九工业管理总局"船用仪表工艺研究所"成立。

9月17日　经第二届全国人大常委会第102次会议决定，中共中央、国务院批准成立第六机械工业部（简称六机部），方强任部长、党组书记，刘星任常务副部长。六机部主管原第九工业管理总局所属的企事业单位。这是中共中央和国务院在船舶工业发展的关键时刻采取的正确步骤，对海军装备建设以及航运事业的发展都具有重大意义。六机部成立后，认真贯彻中共中央关于"独立自主、自力更生"和"军民结合、以军为主"的方针，重点实施"二四"协定"转让制造"舰艇的仿制和国产化，以及立足国内的船用设备的生产协作。

9月25日　时任国务院副总理兼国防科委主任聂荣臻在接见第七研究院第二次科技工作会议代表时，明确指出："为了解决海军装备的有无问题，现阶段主要是搞出鱼雷潜艇和鱼雷快艇。"

9月27日　时任国务院副总理兼国防工业办公室（简称国防工办）主任罗瑞卿在上海视察3家船厂之后，向中共中央和毛泽东递送了《关于造船工业建设几个问题的报告》，提出船舶工业今后10年内应先搞"两艇一雷"，后搞"两艇一弹"。报告指出，近几年内应把生产重点转到海上斗争和护航、护渔迫切需要的鱼雷快艇、高速炮艇、辅助船和运输船上来，尽可能多生产，以装备部队。自1961年起，船舶工业主管部门曾多次召开领导干部会议，坚决落实国务院和中央军委关于调整生产方向、缩短战线、突出重点的指示，加强军船生产，促进新型舰艇的仿制。

9月　第三机械工业部船舶标准化研究所、新技术推广所划归六机部，并分别改建为六机部标准化研究所和新技术推广所。

10月7日　国务院批准颁布《中华人民共和国船舶检验局章程》，确立了船舶检验局对我国船舶执行安全技术监督的法律地位。

10月　六机部成立政治部。各企、事业单位成立政治部或政治处。

11月18—21日　上海求新造船厂为大连海洋渔业公司建造的1100马力捕鲸渔轮"元龙"号第三次航行试验结束，完工交船。

12月20日　沪东造船厂首制6625型铝质单水翼双管鱼雷艇交船。根据1959年中苏"二四"协定，苏联有偿转让6625型铝质单水翼双管鱼雷艇的技术设计和施工图纸。1962年，经中共中央军委批准开始用国产材料设备试制该艇。该艇可由铁路运输，艇上装有口径为533毫米的鱼雷发射管两座。该艇本应安装功率为1100千瓦的主机，但由于国内当时仅有功率为880千瓦的柴油机，故轴系、螺旋桨和水翼等均在原型艇的基础上进行修改设计和试制。同年6月，决定该型艇的试制任务分成两步进行，先试制滑行艇，后试制水翼艇，并由七〇一研究所陈法全、李慧敏等主持图纸资料的译制和修改设计，沪东造船厂负责试制。

12月　国产化的"航海1"型电罗经在上海航海仪器厂试制成功。

是年，我国远洋货船"跃进"号发生沉船事故，催生了中国政府对船舶检验机构的立法。船舶检验与入级业务在国务院批准的《船舶检验局章程》中确立了法律地位。这也推动国家船检机构加强规范科研规划，修订和充实船舶规范和安全技术标准，进一步健全船检服务体系，并于1965年成立技术委员会，加强船舶检验和分级管理，开展对船用产品在生产厂的制造检验，以保障船舶建造质量。

1964 年

1 月 "六机部船舶工艺研究所"成立。

2 月 造船工业会议文件《贯彻中央军委确定的造船工业方针任务的措施》中指出:"今后 7 年内造船工业的奋斗目标是:组织一个 7 艇、4 船的大会战,主要解决品种和配套的问题。军用产品的生产,1967 年以前,要攻破'两艇一弹',完成试制,并为小批量生产作好准备。"

3 月 "六机部造机工艺研究所"成立。

3 月 20 日 黄埔造船厂建造的第一艘"037"型反潜护卫艇开工建造。

5 月 30 日 船舶检验局完成大连船厂建造的 5000 吨远洋货船"团结"号的入级建造检验,独立签发了船级证书和国际航行船舶安全证书。

6 月 22 日 交通部成立"上海船舶设计院"。

7 月 23 日 毛泽东、周恩来、朱德、李先念等接见中国共产党七院首届党员代表大会代表。

8 月 毛泽东针对当时的国际形势,借鉴苏联卫国战争的经验教训,提出要立足于准备打仗,并按一、二、三线布局和调整一线的战略决策,重点建设战略后方。根据毛泽东的指示,中共中央书记处会议作出了首先集中力量建设三线,迅速加强三线建设的决策。

8 月 由芜湖造船厂建造的导弹艇交付海军。该艇于 1962 年 8 月在芜湖造船厂下水。

10 月 7 日 中共中央批准六机部党组改为党委,由 11 人组成,方强任书记。

10 月 由七○五研究所与七○一所、七○四研究所共同承担施工设计图纸任务,武汉船用特种机械厂生产的国产化快艇用鱼雷发射装置通过国家二级鉴定,并正式定型生产,装备部队。该装置是 1963 年 9 月试制成功的。

11月16日 由大连造船厂加工部件、黄埔造船厂组织建造的037型反潜护卫艇首艇建成并交付部队使用。鉴于"转让制造"的猎潜艇存在风浪中耐波性较差、续航力较弱等使用问题，不适应中国的海区特点，1959年10月海军提出研制以反潜为主、兼顾护卫，具有较大续航力的反潜护卫艇（代号为037）。该型艇的排水量为375吨，装有4座五管火箭式深弹发射装置、尾发射架与发射炮，以及双管57毫米、双管25毫米口径火炮等。该艇由第一机械工业部船舶产品设计院第一产品设计室设计。设计建造工作是在"转让制造"大型猎潜艇取得的经验及苏联转让的6641猎潜艇设计图纸和部分器材设备的基础上进行的。

12月 中共中央决定，由海军抽调大批干部到六机部机关及所属企、事业单位任政治部、处的领导工作，以加强思想政治工作。

12月 我国建成第一艘采用交流电制的工程船舶"浙乐蛎2"号1100吨挖蛎壳船。该船是由江南造船厂为浙江乐清县黄华建造的。

是年，由长江船舶设计院设计、重庆东风船厂批量建造成可由船舱内直接装油的800吨级直达油船。

是年，汾西机器厂试制的"锚-2"型中型水雷生产定型。

是年，为发展山东海上渔业生产需要，山东省烟台地区石岛黄海造船厂收归山东省水产厅管理，定名为"山东省黄海造船厂"，成为当时全国八大渔船修造厂之一。

是年，潍坊柴油机厂研制成功12V160型500马力增压柴油机，进一步丰富了160系列功率档次，形成了系列主导产品。

是年，上海市渔业公司设计生产的61F型探鱼仪获全国新产品二等奖。61F型和CYT型探鱼仪是我国50年代末到60年代初渔船装备的主要机型。同年，该公司设计生产的63D型电子管自动测向仪获得全国新产品二等奖。

是年，上海渔轮修造厂研制的6260ZC型额定功率350马力柴油机被评为国家新产品一等奖，350马力钢质对拖渔轮获国家新产品三等奖。350马力/钢质对拖渔轮的最大特点是起网时能将翼网从两舷25.5米长的走道直接拖上，形成拖网滑道的技术革新，基本上摆脱对拖渔轮起网时的笨重、落后的操作方式。

1965 年

2 月 22 日　中共中央决定，舰艇研究院由国防科委划归六机部领导，改名为"六机部第七研究院"，于笑虹任院长。

3 月 20 日　由周恩来总理主持的中央专委第十一次会议批准，核动力潜艇研制工程重新上马。

3 月　海军四八○七厂在福建省福安县下白石镇成立。

4 月　六机部于 13—15 日在北京召开企业干部会议，贯彻中央关于加强备战工作的指示，把战备生产作为船舶工业当前的主要任务，并决定增强华南造船能力和配套能力。

5 月　交通部船舶设计院与长江规划设计院合并成立长航船舶设计院。

6 月 25 日　7ESDZ75/160 型 6484 千瓦船用低速柴油机在沪东造船厂试制成功，通过船舶检验局检验。该机用作我国首艘自主设计制造万吨远洋货船"东风"号的主机。

6 月　以七○一研究所第二研究室和核动力研究所潜艇总体科两部分力量为基础组建七院核潜艇总体研究所。该所组建后，在所长夏桐、副所长宋文荣的组织下，黄旭华、尤子平等以原海军造船技术研究室以往数年研究的初步方案为基础，开展了鱼雷攻击型核潜艇的方案研究和论证。中央专委批准的鱼雷攻击型核潜艇研制原则是：自力更生、大力协同，在现实基础上争取先进，尽快突破核潜艇关键技术，解决潜艇核动力的有无问题。同时，第一艘核潜艇主要战术技术性能要满足战斗艇的要求。基于这样的研制指导思想，在总体研究设计和主要设备系统的选型上确保发挥核潜艇的隐蔽性、机动性和反潜作战优势，需突破七大关键项目，即：研制符合潜艇要求的核动力装置，解决核潜艇水滴形艇型的水动力性能，设计研究大直径艇体结构强度，研制远程水声系统、反潜电动声自导鱼雷及大深度发射系统、综合空调系统和惯性导航系统等。

7月 "海军二〇一、二〇二、二〇三、二〇四厂"分别更名为"中国人民解放军四八〇一、四八〇二、四八〇三、四八〇四工厂"。

8月6日 黄埔造船厂建造的第一艘"0111"型高速护卫艇（工厂编号028，舷号558）在"八六"海战中性能良好，荣立三等功，受到海军表扬。

8月 国家建设委员会（简称国家建委）召开了全国搬迁工作会议。会议提出对搬迁项目要实行大分散、小集中的原则，少数国防尖端项目要按照"靠山、分散、隐蔽"的原则进行建设，有的还要进洞。于是，全国规模的三线建设就此全面展开。

8月 中共中央专委第十三次会议原则批准六机部党委的报告，确定了核潜艇研制分两步走的重大部署。第一步先研制鱼雷攻击型核潜艇，第二步研制弹道导弹核潜艇。会议确定这项重点工程的研制原则是：大力协同，立足国内，从现实出发。并明确了第一艘核潜艇既是试验艇，又是战斗艇。为了配合完成洲际运载火箭发射的全程飞行试验，在这次会议上，周恩来还着重提出了"海上观察船"的研制任务。

8月23日至9月9日 六机部在北京召开部党委扩大会议。会议指出："今后两三年的主要任务是把工作重点立即转到'两艇一弹'（中型鱼雷潜艇、大型导弹快艇、舰舰导弹）的试制、生产上来，把主要材料、设备立足国内"。扩大会议着重指出船舶工业的主要矛盾是总装与配套不相适应，矛盾的主要方面是船用设备不配套；并明确规定三年内的主要任务是在国内自行解决大型导弹快艇和中型鱼雷潜艇主要材料设备的生产。

9月 江南造船厂装配建造的6633型潜艇首艇交付部队使用。

10月19日 七〇二研究所建成长474米、宽14米、水深7米的大型深水船模拖曳试验水池。

11月5日 中国技术进口公司与瑞士苏尔寿兄弟有限公司签订RD系列柴油机制造技术转让中方的协议。

11月26日 黄埔造船厂在新厂区建成360米纵向弧形滑道完工交付使用。

12月31日 万吨级远洋货船"东风"号在江南造船厂交付使用。该船总长为161.4米，船宽20.2米，船深12.4米，载重量1.3488万吨，排水量1.7182万吨。船体采用了国产的高强度低合金钢结构材料，主机采用我国自行设计制造的第一台 8820 马力船用重型低速柴油机，装置了比较新型的废气锅炉供汽的蒸汽透平发电机组、通信导航设备和舱室空气调节装置等。"东风"号是我国自行设计，材料、设备基本立足国内生产制造的第一艘万吨级远洋货船，并由船舶检验局独自签发了我国的船舶入级证书和国际航行船舶安全证书。它集中反映了当时我国船舶设计、制造水平以及船舶配套生产能力，为中国大批量建造万吨以上大型船舶奠定了基础。

12 月 31 日　沪东造船厂首制 6621 型钢质导弹艇交付部队。1959 年苏联转让的 6621 型钢质导弹艇是当时世界上技术先进的战斗快艇。该艇能同时发射 4 枚舰舰导弹，并配备有两座自动双管 30 毫米舰炮和较新的技术装备，有较强的攻击能力、较好的耐波性。沪东造船厂于 1960 年开始建造首艇。苏联专家撤走后，该厂依靠自己的力量，攻克了大量技术关键，完成了该艇的装配建造。首艇于 1963 年 8 月下水，同年 9—12 月进行系泊试验，1964 年 1—6 月完成工厂试航，同年 8 月开始国家试航。

12 月　文冲船厂一号船坞建成投产。该船坞是当时全国最大的 1.5 万吨级修船干船坞。12 月 26 日，万吨级货船"星火"号进坞修理。这是广东船舶工业首次坞修万吨级船舶。

是年，汾西机器厂试制的"锚-3"型触线水雷生产定型。

是年，潍坊柴油机厂全年生产柴油机 600 多台，全部达到了一等品标准，被第八机械工业部和山东省树为典型，并号召全行业和山东省工交系统向潍柴学习，推广潍柴经验。同时，经国务院批准，潍柴被评为全国 70 个大庆式企业之一。

是年，九江仪表厂技工学校易名九江仪表技术学校。九江仪表厂技工学校于 1960 年 3 月成立，学制两年。该校于 1962 年改名九江仪表技工学校，1963年又改名九江船舶技工学校。1965 年，该校改为半工半读中等专业学校，开设精密机械加工、导航仪表装配与调试两个专业。

是年，为了进一步密切科研与生产的关系，经中共中央、国务院、中央军委决定，国防部第六、七、十研究院分别并入第三、四、六机械工业部，各研究院改属各部领导。根据这个决定，第七研究院由国防科委划归六机部领导，改名六机部第七研究院，于笑虹为院长，胥治中为党委书记。

1966 年

1月19日　中共中央专委第十四次会议正式批准研制小型钢质导弹艇。该艇是我国自行发展的第一代小型钢质导弹艇（代号为024），可同时发射两枚舰舰导弹，并有一座双联装25毫米半自动炮。它与大型钢质导弹艇一起组成海军导弹艇部队。该型艇由七〇一研究所花琦如等主持设计，芜湖造船厂试制，总建造师为吴仲洋。艇上的导弹发射装置由七一三研究所设计。

2月14日　外贸部、交通部和六机部向时任国务院副总理、中央财经小组副组长李先念报送《关于承造中波轮船公司万吨级远洋货船的联合请示》。李先念批示，同意中波轮船公司管理委员会1965年的决定，今后添置的船舶由中波双方各负责一半。并指出，为了提高我国造船水平，扩大中国政治影响，增加外汇收入，由中方负责添置的船舶不向第三国购买，而是进口一些船用设备，由六机部建造。

3月18日　由沪东造船厂试制的6625型铝质可收放式水翼鱼雷快艇设计、生产定型。经过改进的单水翼型铝质双管鱼雷艇保持了苏联原型艇速度快、隐蔽性好、可由铁路运输的优点，又解决了固定式水翼伸出舷外不利于使用的问题。这是我国从国产化试制走向自行研制鱼雷艇的一个重要转折。

3月　上海汽轮机厂试制的12VE230ZC型柴油机通过部级鉴定，开始批量生产。该型柴油机是1962年12月由第一机械工业部下达的试制任务。工厂于1965的12月完成样机试制。

4月1日　中国人民解放军副总参谋长彭绍辉主持召开民船平战结合会议。总参谋部于4月8日发出《关于民船平战结合问题的会议纪要》。

5月4日　中国船舶行业第一个厂管所"大连造船厂船舶产品设计研究所"诞生。

5月　广州船舶工业学校改名为广州船舶技术学校，升格为中等专业学校。1960年3月，第一机械工业部在黄埔成立广州船舶工业学校，内设中专部、技工部，学制分别为 4 年和 3 年。1961 年 5 月，该校迁武汉。留下的技工部与广州造船厂技工学校等合并成立广州船舶技工学校，至 1962 年 7 月停办。1963 年 7 月，第三机械工业部第九工业管理总局决定该校复办，由黄埔造船厂管理。

6 月 2 日　周恩来、叶剑英、陈毅、贺龙、聂荣臻、徐向前、李先念，接见了六机部造船工业和造船工业政治工作会议代表。这次会议讨论和研究的主要议题是：突出政治的五项原则，用毛泽东思想办企业，办科研，办学校，办一切事业；进一步落实生产、科研和基建任务；保证以两年时间完成原定 1966 年至 1968 年 3 年的主要任务。

6 月 9 日　六机部在北京召开三线建设座谈会。会议提出贯彻执行"靠山、分散、隐蔽"的方针，要求所有新建项目（包括已建和在建的）的关键部分凡有条件的都要下决心进洞。

6 月　海军舰艇建造规范组成立，海军为组长单位，六机部为副组长单位。

8 月 30 日　由大连造船厂装配建造的 6631 型常规动力潜艇首艇交付部队训练使用。

10 月 24 日　六机部下达四川柴油机厂在武隆建厂的计划任务书。

12 月 30 日　六机部批准三线地区的川东造船厂、重庆造船厂和涪陵快艇厂的计划任务书。

12 月　武昌造船厂装配建造的 6633 型潜艇首艇交付部队使用。

12 月　广州造船厂建造的 65 型护卫舰首舰建成交船。该舰于 1965 年 8 月 1 日开工，1966 年 6 月 25 日下水。

是年，核潜艇各主要分系统以及其他专用材料设备的研制全面展开。据统计，我国建造第一艘核潜艇所需的材料有 1300 多个规格品种，装艇设备、仪表和附件有 2600 多项、4.6 万多台件，电缆 300 多种、总长 90 余公里，管材 270 多种、总长 30 余公里。参与这些材料设备的研究、设计、试验、试制和生产的计有 2000 多家厂、所、院、校，涉及 24 个省、自治区、直辖市和 21 个部、委，协作规模之大在中国造船和军工史上都是空前的。这是一项技术难度大、涉及专业门类广、进度安排紧的跨行业、跨部门的系统工程，实行国家集中统一领导、组织指挥和全国大力协同相结合的原则。这也是研制核潜艇中突破七大主要关键技术的根本保证。

是年，由江南造船厂建造的排水量1000吨左右的火炮护卫舰首舰（代号为65）交付部队使用。该舰是我国第一艘采用交流电制的舰艇。其电站由5台100千瓦的柴油发电机组成。为配合该舰的建造，七〇四研究所、上海电器科学研究所与各电机、电器制造工厂协作研制了船用交流发电机、电动机及船用电器。1965年，广州造船厂开工建造后续舰，从1966年底起相继交付部队使用。通过这型护卫舰的研制，我国自行研制水面舰艇的技术水平得到提高，为研制导弹护卫舰打下了坚实的基础。

是年，大连造船厂开始用该厂自制低速柴油机代替进口柴油机做主机，改进原4500吨级油船设计，建造载油量5000吨（船体基本不变）的油轮。先后建成"大庆24"号和"大庆25"号。此后，该厂又设计、建造了载重量为1.5万吨级油船。该型船为尾机舱型，排水量2.1万吨，主机为7ESDZ75/160型低速柴油机，航速15.5节，共建造4艘，供航行沿海以及日本近海使用。

1967 年

3月20日　由七〇一研究所、求新造船厂和上海耀华玻璃厂共同承担建造的712型玻璃钢双水翼试验艇在求新造船厂下水，随即开始试验。

3月　根据中共中央、国务院和中央军委的通知，七院由国防科委接管。

5月　国务院通知，对六机部实行军事管制。

6月　国产化机电式潜艇鱼雷指挥仪首台样机在黄浦仪器厂试制成功。该装置是由七〇五研究所和黄浦仪器厂协作完成的。

7月18日　国防科委、国防工办、总参谋部就研制远洋测量船队的工程计划报送毛泽东、周恩来审批。

8月30日　中央军委发出《特别公函》。鉴于核潜艇研制进入关键时刻，"文化大革命"使很多工厂和科研单位的正常秩序受到破坏，使研制工作面临危机，中共中央军委向参加核潜艇工程的单位和广大工作人员发出了该公函。《特别公函》指出：核潜艇工程是毛泽东亲自批准的一项国防尖端技术项目，所有承担工程项目的单位和人员要群策群力，大力协同，排除万难，保质保量按时完成各项任务。《特别公函》的发出和贯彻执行，对保证研制任务不中断，保证工程进度和质量都起到很大的促进作用。

是年，江南造船厂建造了"长江3001"号上游用、功率为2500千瓦的推船4艘。

是年，由上海船舶设计院设计，广州渔轮厂建造了援越小型浅海打捞船。该船采用功率295千瓦的柴油机为主机，可打捞重量不超过700吨的沉船。

是年，经中共中央军委批准，中型常规动力鱼雷攻击潜艇（035型）的自行研制任务正式下达。该型艇的排水量稍大于6633型艇，主要是提高水下航速和续航力。035型潜艇总体设计人员与七〇二研究所科技人员相互配合，对该型潜艇线型的各种方案做了大量的模型试验研究，最后选定了水下航行阻力较小的线型方案，从减小航行阻力方面保证了035型潜艇的快速性。七一二研究所研究设计了大功率推进电机和相应的控制设备，采用了晶闸管和磁场反向等新技术，并由湘潭电机厂试制。他们还研究设计了新型的铅酸电池，由淄博蓄电池厂试制。动力装置则选择由6E390型柴油机强化改进的6E390ZC-1型中速柴油机，由陕西柴油机厂试制。多艘035型潜艇的实航快速性测量表明，该型艇水下航速超过了预定要求。

1968 年

5月17日　中央军委批复海军党委报告，同意建设昆明第二套鱼雷厂：西南曙光机械厂、西南云水机械厂、西南高峰机械厂、西南车光机械厂、西南向阳机械厂、七五〇试验场。

6月　毛泽东、周恩来批准了国防科委于1967年7月18日提出的远洋测量船队的研制计划。

8月31日 大连造船厂采用爆炸焊接技术,研制成功核潜艇工程急需的第一张 B30 白铜与 12 镍 3 铬钼钒钢复合板。

10月 由七○八研究所金柱青等主持总体设计、七○二研究所进行水动力模型试验研究、七○四研究所研究设计专用设备、沪东造船厂建造的我国第一艘排水量为 3165 吨的海洋综合调查船试航交船。该船由国家海洋局接收,命名为"实践"号。该船甲板上装有 9 台深水绞车,包括索长 1.2 万米的深水液压绞车、1.37 万米底栖生物拖网及海底采样绞车、6000 米地质绞车、双滚筒电缆绞车等。许多甲板专用机械是首次研制的。该船用双桨推进,采用两台国产 6ESDZ43/82 型主机,总功率 2×1470 千瓦,服务航速 14.5 节,设主动舵,最低航速为 3.75 节。船体的结构设计保证该船可在薄冰区作业。

是年,国务院国防工办〔1968〕办六字 262 号文件规定:三八八厂(中南光学仪器厂)于 1969 年交六机部管理。

是年,中华造船厂研制的 195 千瓦全液压绞吸式挖泥船首次获得成功。

是年,潍坊柴油机厂根据周恩来指示,自主开发采用四冲程增压中冷技术的 6200Z 型中速(450~600 马力/750~1000 转/分)柴油机,填补了国内400~600 马力中速柴油机的空白。该机采用了增压及中冷新技术,平均有效压力达到 12.7 公斤/平方厘米;在活塞平均速度为 7.5 米/秒的状态下,强化系数达到 95 以上。其性能指标达到国内先进水平并成为我国灯光围网渔船的首选动力。由此,潍坊柴油机厂奠定了在国内中速柴油机行业的优势地位。

1969 年

1月10日 在庆祝毛泽东视察"115"号潜艇 13 周年之际,海军特授予该艇"56-110"荣誉舷号。

2月9—12日 周恩来在听取造船工业汇报时指示:造船工业以潜艇、快艇为重点,特别是潜艇。潜艇、快艇这一套要加快些。同时,造船工业应建设10 个万吨级船台,以适应远洋运输发展的需要。

3 月 20 日　周恩来在听取全国计划会议汇报时指示:六机部除造军舰,也要多造民船。造船要统筹规划,以六机部为主,邀请交通部、水产部共同研究,要考虑军民两用。

4 月 2 日　大连造船厂为上海海运局建造的我国第一艘 15000 吨远洋油轮"大庆 27"号下水。该船总长 163.4 米,型宽 20.6 米,型深 11.1 米,吃水8.87 米,主机为 7ESDZ75/160A,功率 6490 千瓦,航速 14.5 节,10494 总吨,载重 15150 吨。

6 月 26 日　海军装备部和七院召开会议,确定研制 312 型艇具合一式的遥控扫雷艇。会议决定以七一〇研究所为主开展研究设计工作,七〇八所、七〇四所、七〇一研究所配合,中华造船厂负责试制。

8 月 31 日　国务院、中央军委决定成立造船工业领导小组。

8 月　第七研究院由国防科委划归海军领导,袁意奋任政委,饶守坤任院长。

9 月 18 日　国家计委批准沪东造船厂、大连造船厂各建两座万吨级船台,江南造船厂、中华造船厂、上海船舶修造厂、新港船舶修造厂各建一座万吨级船台的计划。

12 月 17 日　六机部下达宜昌船用中速大功率柴油机厂设计任务书,开始建设鄂西地区宜昌柴油机厂和江峡船舶柴油机厂。

12 月 25 日　海军驻厂军代表与黄埔造船厂签订援助坦桑尼亚的 6 艘 0111型护卫艇建造合同。

是年,沪东造船厂在七〇八研究所设计人员的支援下,设计建造了 7500吨级"长征"号客货船。该船的航区为上海至青岛、大连。该型船载客 960名,载货 2000 吨,主机采用两台该厂制造的 9ESDZ43/828 型柴油机,航速18.1 节。

是年,七〇八研究所完成低磁钢江河港湾扫雷艇(058 型)设计,由中华造船厂建造。该艇是 1967 年 11 月由海军和国防科委分别下达了战术技术任务书。

是年,由七〇八研究所设计、文冲船舶修造厂建造的第一艘穗琼线客货船"红卫 7"号年内交船。

是年，中共中央决定将国防工业各部分别划归总参谋部、总后勤部、空军和海军领导。六机部归海军领导。

1970 年

1月29日　国务院、中央军委决定，中国人民解放军军事工程学院海军工程系、西北工业大学水中兵器系划归六机部领导，并在此基础上组建船舶工程学院（1975年正式定名哈尔滨船舶工程学院，水中兵器系仍划归西北工业大学）。

2月　周恩来在听取全国计划会议情况汇报后严肃指出，要加快远洋船队的建设，"四五"计划期间要从110万载重吨扩充400万载重吨，力争到1975年在远洋运输方面基本改变长期依靠租用外籍船的被动局面。南洋物资部围绕1975年基本结束租用外籍船，70%外贸海运量由国内船舶承运这一总目标，研究提出了一个在"四五"计划期间建造远洋和沿海船舶的计划。按照国务院业务组的意见，交通部所属的远洋和沿海船舶"四五"计划期间需由国内建造180万载重吨，其中六机部建造100艘162万载重吨，交通部建造20艘18万载重吨。

3月　交通部与六机部联合向国务院递送《关于加速扩大长江运输能力的报告》。报告中提出，到1975年应把长江已拥有的77万吨船舶增加到182万吨。除进口一部分外，其余96万吨全部由国内建造。经过磋商，这批船于"四五"计划期间由六机部和交通部安排建造。1970年到1973年，六机部拟建造329艘、42万吨，交通部拟建造147艘、16万吨，其余38万吨则于1974年到1975年间再予安排。

3月　福建福州造船厂与福建省水产运输队合并，成立"福建省水产造船厂"。

3月　上海船舶工业学校迁往镇江，原校址交给上海柴油机厂，改为油泵分厂。

6月　国营青岛造船厂与七〇八研究所联手研制的我国首艘271型100吨

登陆艇交付部队使用。该型艇首次采用分段建造法。这是中国人民解放军海军20世纪70年代装备的登陆艇。该型艇于1967年12月完成最终设计，主要用于两栖攻击登陆或运送部队、车辆和货物在没有港口的内河及海岸登陆。

7月20日　自本日至8月6日，造船工业领导小组和核潜艇工程领导小组在北京召开弹道导弹核潜艇、大型导弹驱逐舰等新5型舰艇技术协调和交底会议。

7月　中共中央批准成立六机部革命委员会，黄忠学任主任。这个时期，六机部的主要力量放在军品方面，工作方针是以核潜艇为重点，带动5种类型舰艇的研制。

7月　沪东造船厂第一座万吨级船台建成。

12月25日　周恩来主持中共中央专委会议，批准远洋测量船的总体技术方案和船队的组成，并批准成立远洋测量船工程领导小组。会议确定远洋测量船队需有两个编队，共7型计14艘船（即主测量船、远洋调查船、打捞救生船、深潜工作船、油水补给船、后勤供应船和援救拖船两艘）

12月26日　中国第一艘核潜艇胜利下水。该艇总体设计从1966年开始，设计与建造交叉进行。全部施工图纸和文件近万份，设计总周期约5年。1968年5月，首制核潜艇开始在总装船厂放样。同年11月，总体建造开工。1969年船厂成立以张峰为总指挥、郭文声为副总指挥的首艇现场指挥部，对建造工作实施集中统一管理。首制艇经两年的船体建造，于1970年4月完成了总体试水。1970年7月，船厂成立以王荣生为组长的船体质量复查小组。9月，又成立以盛德林为组长的浮箱下水领导小组。为了圆满完成码头系泊试验这一阶段的试验任务，成立了以陈琪为总指挥，宋文荣、孟庆宁、彭士禄、邹振堂等为副总指挥的现场指挥部。

同日，载重量为1.5万吨级的矿煤船"安源"号在上海建成交船。该船由中华造船厂范敬康主持设计，并由该厂建成。该船为大舱口、长舱、尾机舱型，结构上采用顶边水舱，为当时较大的散货船。

12月　上海船舶修造厂利用当时江南造船厂建造"岳阳"号的技术图纸，采用碳素钢船体、中机舱型，建造"风雷"号万吨远洋货船。

12月　针对中日渔业谈判，周恩来指示要在1971年或1972年上半年建造或改装70组、280艘灯光围网渔船，以便达到中日渔业谈判中规定的进入协议区捕鱼的中方船数。此后，灯光围网渔船的建造工作全面展开。

是年，由长江船舶设计院首次设计，青山船厂建成"东方红117"型川江双体客船。

是年，新港船舶修造厂利用长期搁置未用的蒸汽轮机动力装置（功率为3675千瓦），自行设计、建造了第一艘蒸汽轮机万吨级散货船"天津"号。该船航速12.4节，性能稳定。

是年，4500立方米自航耙吸式挖泥船"劲松"号和"险峰"号一对姐妹船在江南造船厂建造。1966年，交通部委托六机部建造4500立方米自航耙吸式挖泥船，六机部安排江南造船厂、上海船舶设计院、七〇八研究所成立三结合小组负责该船设计，江南造船厂负责建造。该型船舱容各为4500立方米，采用可控螺距螺旋桨，电站功率偏低，耙头效率尚有待提高。后经检修改进，加大功率，基本能胜任长江口和天津新港的疏浚任务。

是年，由七〇八研究所设计，中华造船厂建成长艏楼型1220吨级航道测量船。该船为双机、双桨、双舵，可作高速和低速航行，设有集控机舱，导航、定位、测深、计程和通信系统完备。

是年，青岛渔船修造厂自行设计建造成VQY810型排水量为271吨、功率270马力钢质渔船两艘。该型船采用了固定导桨推进，还使用了1.6吨米液压舵机、5吨/60米液压绞网机，被国家标准委员会列为近海定型渔船，成为国家水产局出口产品之一。

是年，旅大市渔轮厂自行设计的8300C型600马力柴油机试制成功。同时，自行设计并成功建造871型600马力钢质拖网渔轮"争光"号。

是年，为扩大修船规模，交通部广州文冲船厂2.5万吨级修船坞开工建设。

1971 年

6月21日　周恩来接见水产战线的代表时批示："我们要发展灯诱围网，今年全国要搞25组，上海今年要搞7组。"为了落实周恩来关于"发展灯诱围网"的指示，上海造船系统组织"灯渔大会战"。

6月25日　周恩来、叶剑英主持中央专委会议，听取汇报。周恩来指示：中国第一次搞核潜艇，要多花一些时间充分进行试验，取得经验。次日又对试验试航计划作了指示：分四阶段进行试验试航，即第一码头试验，第二水面试验，第三潜水试验，第四深潜试验。要注意安全，不要赶时间。

6月25日　交通部青岛红星船舶修造厂在造船工地举行"庆祝'大庆409'号5000吨油轮下水，向中国共产党的生日50周年献礼大会"。"大庆409"号油轮长134米、宽19米、型深5.70米，满载排水量7800吨，载油量5000吨，自重1700多吨，是我国自行设计建造的第一艘5000吨级钢质江用油轮。

6月　由三七四厂试制的"鱼-2"型空投喷气直航反舰鱼雷批准定型，随后投入生产，装备海军部队。

7月　国产第一台6ESDZ75/160B型8820千瓦船用柴油机在沪东造船厂试制成功。

8月16日　我国首艘核潜艇完成系泊试验。试验分单机单系统和联合调试两步进行。主动力系统联合试验是全艇的关键项目，有37个系统、250台设备同时投入工作。而启堆试验又是系泊试验中最关键、最重要的一步。4月开始向艇上反应堆装核燃料，6月反应堆达到热态临界，7月1日首次实现在核潜艇上以核能发电。7月6日，主机在坞内低速运转，整个主动力系统经联试通过初步考核。系泊试验历时四个半月，共完成试验项目592项，启堆10次，反应堆运行400多小时，堆功率达52%，完成了试验任务。

8月23日　我国第一艘核潜艇首次以核动力航行驶向试验海区，进行航行试验。为了完成首艘核潜艇航海试验，专门成立了以中国人民解放军海军北海舰队为主，由使用、科研、生产和领导部门参加的试航领导小组，组长为马中全，副组长为孙亮平、陈佑铭、郭文声、岳英等。另外，还成立了首制艇科研工作组，彭士禄为组长。

9月22日　2000吨（举力）垂直升船机在东海船厂建成。

9月24日　由七〇五研究所研究设计，七〇五研究所的五〇工厂、平阳机械厂、东风仪表厂大力协同攻关制造的我国第一条热动力自控鱼雷试制成功，经海军军工产品定型委员会批准设计与生产一次定型，命名为"鱼-1"

型鱼雷。"鱼-1"型热动力自控鱼雷是一种由舰艇发射,用以攻击水面舰艇的大型鱼雷。热动力自控鱼雷的国产化试制成功,在我国水中兵器研制史上具有重大的意义。它不仅结束了我国鱼雷靠进口的历史,而且为我国鱼雷的科研、生产从国产化试制跨入自行开发奠定了基础。

11月23日　船舶检验局公布《1972年船舶检验工作条例》。

11月30日　由七〇八研究所完成设计的"渤海1"号"自升式海上石油钻井平台"在大连造船厂建造成功。该型钻井平台总长60.4米,总宽32.5米,型深5米,井槽尺寸10.5×10.8米,设4根各长73米、直径2.5米的桩腿,作业水深30米,最大钻井深度4000米,满载排水量5700吨。这是我国自行设计建造的第一座自升式海上石油钻井平台。

12月31日　我国第一代中型导弹驱逐舰(051型)首舰在大连造船厂建成并交付海军使用,舷号105,舰名"济南"舰。该型舰由七〇一研究所李复礼、潘镜芙等主持设计工作。首舰1968年12月24日在大连造船厂开工建造,总建造师为李日然。1970年7月30日下水。该型舰是我国自行设计制造的第一艘051型导弹驱逐舰。该舰标准排水量3250吨,满载排水量3670吨。舰体最大长度132米,最大宽度12.8米。该舰装备有我国自行研制生产的高参数大功率蒸汽动力装置,最大航速36节,船员约280人,是当时中国海军研制的最大吨位、武器装备力量最强的水面战斗舰艇。

是年,首艘中尾机舱干货船"庆阳"号在江南造船厂建成。根据用户要求和国外新船型的发展趋势,江南造船厂与七〇八研究所、上海交通大学、中国远洋运输公司上海分公司组成三结合设计小组,并由胡南山主持设计了中尾机舱干货船。该型船货舱布置合理,共建造3艘。

是年,由七〇八研究所设计、哈尔滨船厂建成自航自卸柴油机电动双抓斗挖泥船。

是年,由上海船舶设计院设计,东海船舶修造厂建造了功率为1910千瓦的远洋救助拖船"红救6"号。该船采用可控螺距螺旋桨,两台主机由驾驶室遥控,经液力耦合器齿轮减速后并车。

是年,为适应国际海运日益增长的需要,上海、天津和广州航道局委托上海船舶设计院设计小型水文测量船,由东海船舶修造厂建成并交付使用。该型船备有测深仪、电台、雷达等,先后共建造11艘。

是年，山东省黄海造船厂建造815型400马力钢质围网渔船和6300型400马力柴油机。

是年，渤海造船厂一期工程建成。20世纪50年代末期开始筹建的渤海造船厂，缓建后于1968年又重新续建。渤海造船厂是生产大型战斗舰艇的船厂，原是由苏联帮助设计的国家重点建设项目。在工厂建设过程中，毛泽东曾两次签发电报，指示沈阳军区派部队支援施工。该军区两位副司令员先后率领部队进厂支援建设，使该厂的一期工程按计划建成。渤海造船厂一期工程建成后，改善了沿海地区的船厂布局。

1972 年

2月15日　国务院、中央军委通知，中央决定将上海交通大学划归六机部领导。

4月　沪东造船厂在1000吨沿海油船上试用无首支架下水新工艺获得成功。

4月　大连造船厂建造的1.2万吨大舱口重吊远洋货船首制船"大冶"号交付天津远洋运输公司使用。该船是中国第一艘万吨级大舱口远洋货船，按照中国船舶检验局海船规范设计建造。船总长163米，型宽20.8米，型深12.8米，航速18.7海里/小时，续航力1.5万海里。船体设Ⅲ级冰区加强，可航行世界各航区。

5月　312型艇具合一遥控扫雷艇建成，交付海军入役。该型艇是由无线电遥控操纵或必要时由1～3人驾驶的"艇具合一式"扫雷兵器，由七一〇研究所技术人员刘治平为主开展研究设计，七〇八研究所、七〇四研究所、七〇一研究所配合，中华造船厂试制建造。该艇具有艇体小、吃水浅、机动性强等特点，适用于港湾、江河、岛礁区昼夜作业，可在雷区以外遥控扫雷，以减少和避免人员的伤亡。"艇具合一"提高了该扫雷艇的机动性、灵活性和战斗力。在援越扫雷作战中，中国扫雷技术组荣获越南一等战功勋章和奖状。该型艇成为世界上第一艘参加实战并成功扫雷的遥控扫雷艇。

7月30日　六机部、交通部、农林部、海军联合向国家计委打报告，提出由六机部负责编制全国造船工业统筹规划。规划主要内容是：统一规划修造船能力及布局，统一平衡长远规划及年度生产计划，统一技术政策，统一规划全国及地区造船配套定点。

9月29日　江南造船厂建造的2万吨运煤船"长风"号交船。该船总长175米，两柱间长162米，型宽22.3米，型深13.2米，设计吃水9.5米。设计吃水排水量28419.81吨，设计吃水载重量21890.1吨，服务航速16节，续航力1.3万海里，燃油消耗量32吨/日，是我国第一艘自行建造的两万吨级货船。

12月28日　旅大市渔轮厂自行设计的873型600马力钢质拖网渔轮制造成功。同年6月10日　旅大市渔轮厂自行设计的872型600马力钢质围网渔轮制造成功。

是年，由七〇七研究所研制的Ⅰ型惯性导航设备，经多次攻关改进后装上某型潜艇，参加了首次试航。这是我国自己研制的第一型潜艇用惯性导航设备。

是年，文冲船舶修造厂建成400立方米/时、可挖深15米、排泥距离900米的绞吸式挖泥船。

是年，黄河航运局船厂设计建成采用单柱式液压升降驾驶台的500吨级钢质浅水货轮"鲁航101"。该船设计结构合理，是我国当时适于浅水航运的当时最大内河货轮。

是年，根据周恩来发展灯诱围网渔船的指示，福建省灯光围网渔船建造办公室委托马尾造船厂、福建省水产造船厂、厦门造船厂建造5组灯光围网钢质渔船15艘（其中网船5艘、灯船10艘），当年先后完成建造任务。

是年，李先念在国家计委《关于灯光围网渔船完成情况的报告》上批示："要发展能加工的冷藏船。"据此，在完成灯光围网渔船的同时，有关部门积极安排并小批量生产300吨到600吨的冷藏运输船。由上海和广州渔轮厂建造的冷藏渔船还分别向西非和西亚出口。

1973 年

1 月　由沪东造船厂黄尚武等主持设计，沪东造船厂建成 25000 吨远洋散货船"郑州"号，交付上海海运局使用。该船适用于装运小麦、谷类或煤炭、矿石，并可兼载木材，可航行于世界各港口及我国沿海各港口，是我国当时最大尺寸的远洋散货船。该船总长 184.7 米，型宽 23.20 米，型深 14.2 米，设计吃水 9.8 米，满载吃水 10.2 米，满载排水量 3.26 万吨，设计船速 15.5 节，营运船速 14 节，续航力 14000 海里。主机为沪东造船厂制造的 6ESDZ75/160 型低速柴油机，额定功率 12000 马力。

2 月 1 日　福建马尾造船厂建造的 1500 吨沿海钢质货船交付营运。这是新中国成立后福建省建造的第一艘千吨级以上钢质货船。

3 月 1 日　我国政府正式接受《1948 年政府间海事协商组织公约》，恢复在政府间海事协商组织（IMCO）的合法席位，开始全面开展国际间船检工作交流与合作。

6 月　山东省黄海造船厂承担研制 815 型 400 马力钢壳围网渔船和 6300 型 400 马力柴油机的任务。该型渔船、柴油机于 1970 年设计，1971 年开工，1973 年 6 月提前 15 天完成建造任务，共生产 815 型围网渔船 14 艘和 6300 型柴油机 14 台。

9 月　经国务院和中央军委批准，全国船舶标准化工作会议召开。会议确定了 49 个专业标准化技术归口单位，提出了船舶标准化工作纲要，成立了船舶标准化委员会，把分散在各个部门的船舶标准化专业力量组织起来，开展全国船舶标准化工作。

9 月 28 日　由三省（辽宁、山东、河北）一市（天津）组成设计组，旅大市渔轮厂在 872、873 船型基础上设计 8302 型 600 马力拖网渔轮，并试制成功。

10 月　我国第一艘钻井船——浮动式钻井船"勘探 1"号在沪东造船厂建成。1970 年 4 月，为勘查海底石油，国务院业务组决定改装、建造和进口钻井船各 1 艘。由沪东造船厂组织七〇八研究所、海洋地质调查局和上海交通大学进行联合设计。为了争取时间,将两艘旧的 3000 吨货船加连接跨桥,修改设计成双体钻井船。该船装有国产钻机,可在东海海区水深 30～100 米范围海域作业。1972 年 12 月 28 日在长江口试航,定名为"勘探 1"号。

11 月　由七〇七研究所研制的固定台式"长河 3"号导航系统设计定型。

11 月　黄埔造船厂承建的两艘"037"型反潜护卫艇开工建造。

12 月 1 日　中国船舶检验局颁布实施《长江水系小型船建造规范》《长江水系营运小船检验规程》和《钢质海船建造规范(1973)》。

12 月 26 日　国营青岛造船厂北方方案定型试制艇首艘 037 艇交船。该艇于 1971 年 10 月 9 日正式开工建造,1973 年 6 月 30 日采用无艉支架坞车下水。从验收情况来看,各种指标均达到或超过技术要求。特别是艇速比设计提高了近一节,得到上级领导机关的好评。

是年,由七〇八研究所设计、广州造船厂建造的客货船"马兰"号和"山茶"号交付运营。该型船航行于广州、三亚和香港之间。该船载客 600 名,载货 260 吨,振动小、噪声低,在客运淡季可加深吃水,装货 500 吨。

是年,七二五研究所试制成功微型单管以燃气流为热源的高温合金燃气腐蚀试验装置,填补了国内高温燃气腐蚀测试技术的空白。

是年,天津塘沽海洋捕捞公司船厂建造了我国第一艘玻璃钢船壳的海洋捕捞渔船。

1974 年

1 月　黄埔造船厂建造的"037"型反潜护卫艇"281"号、"282"号艇,在参加西沙自卫反击战中与其他舰艇协同作战,击沉南越海军护卫舰 1 艘,击伤南越海军驱逐舰 3 艘,取得了西沙自卫反击战的胜利。

3 月 20 日　经过船厂、设计院及海运局等 100 多个单位的通力协作,我国第一艘 2.5 万吨级浮船坞"黄山"号在上海建成投产。"黄山"号全长 190 米、宽 38.5 米、高 15.8 米,沉入水下最大深度是 13.2 米,具备较高的自动化和电气化程度,能抬起 2.5～3.0 万吨载重量的海轮进行坞修。"黄山"号浮船坞的建成投产是我国造船工业史上的一个里程碑,被党史和共和国史列入大事记。当年,上海科学教育电影制片厂还专门录制了影片《黄山号浮船坞》。

4月　中型常规动力鱼雷攻击潜艇武昌造船厂首制艇建成交船。

4月　广东省成立造船统筹领导小组,负责中央和地方船舶工业及配套厂家的统筹协调工作。同年 10 月,广东省军工局组建广东省船舶设计研究院。

5月1日　国务院和中央军委决定,第三、四、五、六机械工业部由国务院直接领导,撤销军委国防工业领导小组及其办事机构。根据这一决定,六机部重归国务院领导。

6月　2.4 万吨级油船首船"大庆 61"号建成。20 世纪 70 年代初,经上海船舶运输科学研究所研究论证,提出将载重 1.5 万吨级油船增大到载重 2.5 万吨级,以提高经济性。据此,大连造船厂设计、建造载重 2.4 万吨级油船"大庆 61"号。该船为肥大型船,驾驶室仪表集中管理,主机采用从南斯拉夫进口的 6RND76/155 型低速船用柴油机,服务航速 15.77 节。

8月1日　中共中央军委发布命令,命名我国第一艘核潜艇为"长征 1"号,正式编入海军序列。从此,中国海军跨进了世界核海军的行列。这标志着我国舰艇装备技术已发展到了一个新水平。党和国家多位领导人曾先后视察了核潜艇建造工厂和部队。中央委员会副主席叶剑英在观看了核潜艇研制纪录片后,带头鼓掌并赞扬说:"核潜艇搞出来了,人民感谢你们!"

10月21日　中国政府代表团出席政府间海事协商组织在伦敦召开的国际海上人命安全会议。会议 11 月 1 日结束,通过了《1974 年国际海上人命安全公约》。会议讨论中采纳中国代表团的意见,修改了公约中的生效条件等内容,又在公约已有英、法、俄、西班牙文本的基础上增加了具有同等效力的中文文本。

11月　由江南造船厂承建的中型常规动力鱼雷攻击潜艇首制艇建成交船。

11月　"沉-3"型非触发引信沉底水雷生产定型。该型水雷由前卫仪表厂负责研制。该水雷不仅具有较高的抗扫和抗自然干扰等性能,而且还具有较大的灵活性。它既可采用联合引信，布放于 6~50 米水深处，打击大、中型水面舰船；也可采用单一引信，布放于 100 米以内的水深处，打击潜艇。"沉-3"型水雷先后由前卫仪表厂和苏州船用机械厂生产。

12月　由广州造船厂建造的 13000 吨级远洋散货船"辽阳"号交付使用。该船为华南地区建造的第一艘万吨级船舶，于 1971 的 3 月开工建造。

12月　河南柴油机厂生产的国产化轻 42-160 型大功率高速柴油机生产定型。

12月　中山大学建成船模试验水池。该水池全长 156 米，宽 6 米，深水段水深 3 米，浅水段长 66 米，水深可在 0.8 米以下根据需要进行调节。

12月　福建省马尾造船厂建造的 3000 吨钢丝网水泥沿海货船"古田"号建造完工交付。该船是世界上同类船舶中吨位最大的。

是年，重庆东风船厂建成"东方红 119"号客船。该型客船借鉴川江客货船的技术经验，性能比旧船有所改进，旅途生活条件比旧船舒适。

是年，全国船舶标准化委员会在上海举行 3 型远洋干货船定型会议。会议选用中尾机舱型的"庆阳"号作为继续建造的定型船型。

是年，上海海运局、上海船舶设计院与江南造船厂成立三结合设计组，设计、建造载重量 1.6 万吨级矿煤船。首制船"长春"号于年内建成。该船为大舱口、长舱、尾机舱型，用 1 台 6ESDZ76/160 型柴油机作主机，专运矿砂，经济实用。

是年，新港船舶修造厂设计、建造"大庆 40"号油船。该船采用上海船舶运输科学研究所提供的球鼻首线型，载重量为 1.15 万吨，服务航速 16 节。

是年，国务院造船统筹办公室组织渔船选型调查，将原 34 种型号渔船简化为 6 种型号，即：渤海区为 873 型，东海区为 831 型，东海、黄海区为 200 千瓦带导管的渔船型，南海区为 96 型，福建地区为 810 型，大连地区为 872 型。后两种型号为围网渔船。除东海、黄海区用带导管的渔船外，其他海区的渔船均不带导管。主机都为 600 马力的柴油机。国务院造船统筹办公室曾推荐发展尾滑道渔船，以促进更新换代；并明确部门分工，由水产部门设计、建造各型捕捞船，由七〇八研究所研究、设计各种渔业辅助船。

是年，潜艇用鱼雷发射装置由海军军工产品定型委员会批准设计与生产定型。潜艇用鱼雷发射装置比水面舰艇的要复杂得多。20 世纪 60 年代前期，七〇五研究所就开始在江南造船厂测绘潜用气压鱼雷发射装置。发射装置的发射气瓶直径大，用无缝钢管缩口困难。为此，设计人员到大连造船厂协作试制。他们大胆采用焊接工艺，经2000次充气试验，证明产品安全可靠。在做破坏试验时，爆破不在焊缝处开裂，也不产生金属碎片。这一产品的试制成功，也为国内高压容器加工闯出了一条新路。

是年，广州柴油机厂成功试制12000马力低速柴油机。这是广东制造的第一台万匹马力低速柴油机。

是年，广州船舶及海洋工程设计研究院成立。该院成为华南地区最大的船舶科研设计单位。

1975 年

1月17日　中共中央任命边疆为六机部部长、党组书记。

2月　我国第一代中型导弹驱逐舰（代号为051）设计和生产定型。该型导弹驱逐舰对海攻击能力强，续航力大，并有较强的反潜和防空能力。舰上装有大功率蒸汽动力装置，配备有导弹武器系统、火炮武器系统、反潜武器系统，以及声纳、雷达、通信、导航设备和作战指挥与武器控制系统等。这是当时我国研制的最大吨级的水面战斗舰艇。负责主持该舰设计工作的有七〇一研究所李复礼、潘镜芙等。1967年完成技术设计后，同年5月开始施工设计。首舰于1968年12月在大连造船厂开工试制，1970年7月下水，1971年12月31日完成试航。到1975年我国第一代中型导弹驱逐舰设计和生产定型时，除大连造船厂外，还有广州造船厂和中华造船厂建成该型舰，并陆续建造多艘装备舰队。该型舰成为当时我国海军水面舰艇的主力舰种。

2月　037型反潜护卫艇被批准设计和生产定型。自首艇在黄埔造船厂建成后，已有4种设计配套方案，包括安装空调装置以适用于南方和安装辅锅炉与暖气设施以适用于北方的方案，全部材料和设备立足于国内，并能满足批量生产需要。1972年为适应批量生产的需要，又对施工图作了全面整理，建造厂也从南海的黄埔造船厂扩展到上海的求新造船厂和北方的青岛造船厂。该型艇在各个舰队中的多年使用情况表明，其战术技术性能良好，能满足海军的使用要求。

2月　军工产品定型委员会批准小型钢质导弹艇（代号为024）生产定型。该型艇于1966年4月在芜湖造船厂开工，8月下水，9月在江上进行系泊及航行试验，10月到11月进行海上试验（包括发射模型弹的试验），试验结果达到和超过了设计要求，12月正式交付海军使用，同月完成设计定型，并经国务院、中央军委军工产品定型委员会批准命名为66型小型导弹艇。1971年后，芜湖、求新造船厂等均小批量生产该型艇。该艇是当时我国自行设计的最大吨级的滑行艇，具有较高的快速性能和较好的耐波性，在浪高两米时航速比静水最高航速仅减少7%，总体布置也较合理。它的研制成功表明我国导弹艇的发展已完成从"转让制造"到自行研制的过渡。

4月9日　江州造船厂建造的由62式重型舟桥组成的我国第一座加强型50吨浮桥，在长江江面架设成功。

5月26日　根据国务院、中央军委的决定，七院及其所属单位重新划归六机部领导。国务院、中央军委任命林毅任七院党委书记兼院长。

9月22日　旅大市渔轮厂自行设计并成功地建造了8101D型600马力拖网渔轮。该产品在1977年12月被农林部确定为国家第一个定型渔轮产品，并荣获全国科学大会重大科技成果奖。

10月　上海船舶修造厂新建的2万吨级船台竣工。

11月13日　我国派代表团出席政府间海事协商组织（IMCO）第九届大会。会议首次选举我国为B类理事国，并通过中文为该组织的官方语言。

12月　053H型导弹护卫舰首舰在沪东造船厂交付海军入役。053H型导弹护卫舰是我国自行建造的第一型对海导弹护卫舰。1974年由沪东造船厂承接建造，1975年6月28日下水，12月建成服役。该型舰长108.5米，舰宽10.8米，吃水3.2米，标准排水量1674吨，满载排水量1940吨，以柴油机为动力，最大航速28节，续航力2000海里（18节）、5700海里（14节），自持力10天，舰员198人，装备"上游-1型（SY-1）舰对舰导弹"、全自动舰炮、火箭深水炸弹发射器、水雷等舰载武器，以及雷达、声纳、通信、电子对抗等电子设备，主要用于中近海护航、对海警戒和支持登陆、抗登陆作战。

是年，由上海船舶设计院设计，东海船舶修造厂试制成功功率为970千瓦的消防船。该船采用可控螺距螺旋桨、反应舵和侧推装置，并备有高压水枪。后该型船消防系统改用泡沫、1211和水3种介质灭火。

是年，由七〇八研究所设计、广州渔轮厂建造的南海渔业调查船交付。该船为1325千瓦双桨尾滑道型。

是年，由七〇八研究所设计、文冲船舶修造厂建造了"红卫9"号和"红卫10"号客货船。该型船载客由"红卫7"号的324名增至553名，载货从200吨增至250吨，吃水3.5米。

是年，由七〇五研究所为主导、多家单位大力协同研制的"鱼-3"型潜对潜电动声自导鱼雷通过设计定型。装备在鱼雷攻击型核潜艇上的"鱼-3"型鱼雷，是我国自行设计的第一型反潜鱼雷。我国鱼雷的研制工作从直航式跨越单平面自导反舰型，直接研制"鱼-3"型双平面声自导反潜型，可以说是一次飞跃。1966年3月，国防科委批复该型鱼雷研制任务书。1969年秋，"鱼-3"型零批原理样雷湖上试验成功。为适应设计定型的紧迫进度，七〇五研究所决定预先投产用于设计定型的小批正样雷，并经修改设计后，于1971年春在上海全部总装成功。1972年，该批设计定型正样雷顺利进行了湖上和海上试验。

是年，我国自行研制的第一型非触发沉底水雷完成生产定型，命名为"沉-2甲"型水雷。"沉-2"型水雷为我国自行研制的第一型非触发沉底水雷。它是按照我国的海域条件和实际需要，由七一〇研究所研究设计，前卫仪表厂、汾西机器厂联合试制，并由汾西机器厂投入生产。该型水雷主要用来布设于沿海地带，打击大、中型水面舰船或潜艇。

是年，上海渔业机械仪器研究所与上海渔轮厂研制成功以围网作业为主、拖围兼用的8201型渔船。该船采用液压机械，变幅吊杆，与上海船舶设计院、上海渔轮厂合作研制的海水预冷运鲜船可以配套使用，以达到保鲜的目的。

是年，国务院和中央军委批准大型导弹快艇（6621钢质导弹艇）生产定型。随后，该型艇大批量建造，装备海军部队。从20世纪60年代后期起，该型艇所用的材料设备逐步立足国内生产。1970年，全面国产化的大型导弹艇试制成功，正式交付部队使用。20世纪70年代除沪东造船厂建造该型艇外，西江造船厂也于1971年建成首艇。

是年，新港船舶修造厂在建造短途客货船"天山"号基础上，又建成"天华"号。上述两船各载客 1200 名、载货 400 吨、排水量 5900 吨、服务航速 13 节。它们担负了大连至烟台航线 70% 的客运任务。

1976 年

1 月　威海船舶修理厂与上海船舶设计院合作完成了海河联运顶推船组的设计。

2 月　福建省水产造船厂更名为福建省渔轮修造厂。

3 月 30 日至 5 月 22 日　万吨远洋科学调查船"向阳红 5 号"和"向阳红 11 号"在太平洋海域成功进行首次远洋科学调查。

6 月 6 日　我国第一座 10 万吨级现代化深水油港——大连新港建成。

6 月　沪东造船厂第二座万吨级船台建成。

8 月 23 日　大连造船厂设计、建造的 5 万吨级载重量大型油船"西湖"号交付广州海运局使用。"西湖"号是我国第一艘 5 万吨级远洋油船，总长 234.2 米，型宽 31 米，型深 16.8 米，吃水 12 米，排水量 6.44 万吨，主机采用 B&W8K74EF 型低速柴油机，功率 1.118 万千瓦，航速 15.5 节，续航力 1.5 万海里，由中国船检局进行建造检验，主要航行于中国至日本、波斯湾及东欧各航线，进行原油运输。

8 月　汉光机械厂研制的双 130 舰炮数字式指挥仪由海军军工产品定型委员会批准定型。双 130 舰炮数字式指挥仪配置在导弹驱逐舰上。舰炮武器系统的技术责任单位为船舶系统工程部。该舰炮指挥仪是我国自行研制的第一代中口径舰炮数字式指挥仪，1966 年开始战术技术论证，1968 年开始研制。

9 月　船舶检验局修订《1959 年海船入级章程》，公布实施了第一本中英文版《海船入级规则》，将最高船级符号定为★ZCA、★ZCM，自 1977 年 1 月 1 日起实施。

9 月　我国自行研发的第一代大型鱼雷艇首艇（代号 027IIB）在桂江造船

厂建成交船。该艇是钢质四管鱼雷艇。首艇经试验试航表明,主要性能达到了战术技术任务书要求。

是年,在"风雷"号万吨级远洋货船建成后,江南造船厂在后续船的船首加装了球鼻。该型后续船分别由江南造船厂、上海船舶修造厂、中华造船厂、广州造船厂等多家船厂小批量生产,至1975年共生产了20多艘,均以"风"字头命名。

是年,金陵船厂建成供长江下游区间客运用的"东方红411"客货船。该船是具有1226客位的长江下游区间客货船,必要时也可以航行于长江中游。该型客货轮设双机、双舵、双桨,总长82.80米、型宽13.30米、型深3.85米,排水量1550吨,主甲板往上共设四层甲板。由于它有较佳的总体性能,载客量相对增大,外形美观,颇受旅客欢迎。

是年,为适应西沙群岛与广州之间的客货运输需要,广州造船厂设计、建造了琼沙线客货船"琼沙"号。该船载客214名,载货200吨、淡水150吨,主机采用3台8NVD48A-2U型柴油机,航速16节,并首次采用两个不同周期的U形减摇水舱,效果良好。

1977 年

1月 由七〇七、七一七研究所共同研制的星光导航仪通过技术鉴定。星光导航仪是集光、机、电技术于一体的大型精密复杂设备,也是导弹核潜艇的主要导航设备。

2月6日 广州造船厂开工建造的051型导弹驱逐舰"广州号"交付海军南海舰队服役。该舰于1970年3月1日在广州造船厂开工建造,1971年4月28日下水,1974年6月30日建造完工。

3月1日 国内第一艘自行设计、上海船舶修造厂建造的3.5万吨级三节组合式浮船坞"长山"号建成出厂。

5月1日　上海市水产局承担援助柬埔寨渔业项目，其中400马力渔轮4艘抵柬时，柬副总理英萨利等到磅逊港参加接船仪式。

7月31日　国务院、中央军委常规装备发展领导小组批准双37毫米舰炮设计定型。

7月　在沉寂了多年后，中国造船工程学会恢复活动。

7月　由沪东造船厂建造的12VE390型机通过部级鉴定。六机部于1974年8月下达12VE390型机的研制任务。沪东造船厂由沈维安提出方案并主持设计。该机的性能、可靠性和振动情况均较18VE390型机有显著改进。

7月　黄埔造船厂承建的"296"号潜艇进行我国首次潜艇大深度深潜试验，取得一次性圆满成功，填补了我国该项重大科研项目空白。

8月　邓小平在军委座谈会上指出："装备就是要求质量，要设军代表，要派好的。"

9月　中国船舶检验局出版首部中英文对照的《海船入级规则》。

10月31日　叶剑英视察七〇二研究所及其研究试验基地。

12月6日　邓小平召见了国防工业各部的部长，包括由外贸部即将调任六机部任部长的柴树藩。邓小平在谈话中分析了国防工业面临的国际国内形势，对国防工业各部的工作都做了重要指示。在谈到船舶工业时，他说，"中国的船舶要出口，要打进国际市场"。他指出：我国船舶工业虽然从总体上说还比较落后，技术上要比先进国家落后20年，甚至50年，但我们已经有了相当的工业基础，我们劳动力价格便宜，可以比日本的船便宜十分之一。而且中小船人家先进国家不干，我们可以干。他坚定地说："总之国际市场有出路，要有信心。"

12月　由中华造船厂设计、建造的远洋援救拖船（远洋测量船队5型船之一）首制船建成。该型船在伴随编队或单独航行时，均能完成以拖带为主，兼顾消防、水下抢修、停泊供电等任务。该型船研制过程中，通过各单位协作攻关，解决了单机为3310千瓦的大功率可控螺距螺旋桨和船舶在高海况下的拖带等技术关键问题。该船为长艏楼单甲板6615千瓦（9000马力）双可调螺旋桨，配有35吨自动拖缆机，无限航区远洋救助拖轮。首制船于1975年7月开工，1976年4月下水，1976年8月试航。

12月 中央军委作出了关于加速研制新型武器装备（包括各类舰载武器）的决定。

是年，由大连造船厂建造的自升式钻井平台"渤海3"号交付。20世纪60年代初期，石油部委托六机部研制自升式钻井平台。由七〇八研究所练淦等主持设计、大连造船厂试制的第一艘自升式钻井平台命名为"渤海1"号，从1972年使用以来，已顺利地完成了数十口井的钻探任务，并经受了10级大风和唐山大地震的严峻考验。"渤海3"号是"渤海1"号的改进型。

是年，沪东造船厂建造的3700吨远洋货轮"友花"号交船，订购方是著名马来西亚华侨——"糖王"郭鹤年。其设计按国内使用的3000吨沿海货轮为母型船修改而成，按照中国船检标准验收。这是新中国成立以来首艘出口的远洋轮船。

1978 年

3月18日 全国科学大会在北京召开，六机部系统获科学大会科技成果奖616项，获奖单位达183个。

大连造船厂陈火金等为了解决军工生产大型合金钢结构成型加工的关键技术，应用爆破原理，研究成功一批爆炸成型和爆炸焊接新工艺，其中"无模爆炸成型"获1978年全国科学大会成果奖。

威海船舶修理厂于1977年建成国内自行设计的第一艘1000吨沿海散装货轮，其中"千吨沿海货轮全液压甲板机械"项目荣获1978年全国科学大会奖。

青岛造船厂与上海七〇八研究所联手研制的我国首艘271型100吨登陆艇和生产的037型猎潜艇，分别荣获1978年全国科学大会奖。

黄河航运局船厂设计建成单柱式液压升降驾驶台500吨级钢质浅水货轮，

成为黄河运输的主要船型,荣获 1978 年全国科学大会授予的科技成果二等奖。

中国人民解放军第四八〇八工厂自行设计研制的 BB-1.4 潜艇螺杆泵与围带式布缆机同时获 1978 年全国科学大会奖。

上海渔机所 67-3 型半导体小型探鱼仪和 ZD 型定位仪分别获 1978 年全国科学大会奖。

4 月 20 日　常规动力导弹潜艇改装成水下发射试验潜艇并交付使用。

5 月　国家水产总局成立,下设渔机局,管理渔船修造企业。随着机构的演变,大连、广州、宁波、烟台和青岛 5 家渔轮厂隶属国家水产总局后,又在天津、温州、福建和厦门等地建设了一批渔轮修造厂和船用柴油机厂。

6 月 28 日、29 日　邓小平听取六机部、海军汇报造船工业的情况时指出:我们造船工业应该打进国际市场。我们造的船比日本便宜,我们的劳动力便宜,一定可以竞争过。要多造船,出口船,赚外汇,主要多搞中小型船,以民养军。他还指出:造船工业最大的问题是改造问题,要积极地引进技术,这样搞起来就快了;技术水平和管理水平是一致的;引进就要全部引进,要彻底革命,不要改良主义;国际市场有出路,要有信心。

7 月 26 日　国务院、中央军委批转国防工业办公室《关于调整国防工业管理体制几点意见的请示报告》。据此,六机部将原来下放的船舶工业企、事业单位全部收回,实行以部为主的领导体制。

10 月　中国技术进口总公司与法国热机协会签署购买 PC 型和 PA 型两个系列船用中速柴油机的制造技术的协议,并将其安排在陕西柴油机厂、沪东造船厂和江峡船舶柴油机厂同时生产。

11 月　我国第一艘侧壁式气垫船(719 型)在福建马尾造船厂建成,满载排水量 70 吨。该型船由七〇八研究所设计。

12 月 18 日　中国共产党召开了十一届三中全会,提出把全国工作着重点转移到社会主义现代化建设上来。全会后,中共中央提出了"调整、改革、整顿、提高"的方针,制定了以经济建设为中心、坚持四项基本原则、坚持改革开放的基本路线,从此开始进行中国特色社会主义现代化建设,中国船舶工业也由此拉开建设造船大国的序幕。

12 月　中华造船厂建成 072 型大型登陆舰首舰。1975 年,海军提出研制大型登陆舰（072型）的任务，要求航速超过18节，装载约450吨，有较强的装备。该型舰由七○八研究所承担设计，并着重对主要技术关键组织了攻关。该舰于1979年进行了各种试验，试航航速超过20节，在2°坡度滩头登陆时，吊桥末端最大涉水深度不超过0.8米。该舰操纵灵活，登陆、退滩方便，航速快，登陆性能与国外同类产品相比毫不逊色。

12月　经国务院批准，镇江船舶工业学校改建升格为镇江船舶学院。

12月　中国船舶检验局颁布第一版英文版《钢质海船建造规范》。

12月　中国船舶检验局颁布第一部《长江水系钢船建造规范》。

是年，国务院国防工办批复同意江西九三一八厂（江新造船厂）划归六机部为直属厂。

是年，长江船舶设计院设计的"江汉57"号客船，由武昌造船厂建造成功。该船采用常规船首与双尾船型相结合的船型。实船试验表明，它与原型船"东方红46"号相比，在同功率下航速由27.1公里/小时提高到31.22公里/小时，若仍维持27.1公里/时的航速，则可节省功率25%以上。该项成果已于国家"七五"计划期间在全国内河船舶设计中推广应用。

是年，为了进行远洋调查，国家海洋局于1972年委托七○八研究所设计比"实践"号更大型的海洋综合调查船，由沪东造船厂建成，命名为"向阳红9"号。该船为双桨、双主动舵，排水量4437吨，能耐12级风，首次试装减摇水舱、电渗析制淡水装置，还装备有重新研制的6000米地质绞车、1.37万米底栖生物拖网绞车，以及卫星导航、多普勒声纳和万米测深仪等设备。

是年，一○二○研究所研制成功我国第一台A型卫星导航舰载接收机。该机1979年初通过鉴定，并安装到"远望"号远洋测量船上，与计算机配套使用。

是年，六机部部长柴树藩率领着各大船厂厂长和专家组成的25人考察团赴日本考察。日本船厂造船设施先进，管理严谨和科学，使考察团成员打开了眼界。由此，六机部决定与日本船厂建立对口合作关系，其中包括：大连造船厂与日立造船厂，江南造船厂与三菱重工，沪东造船厂与三井造船株式会社，广州造船厂与石川岛播磨，天津新港船厂与大阪船厂。

1979 年

2月25日 六机部在北京召开了船舶工业工作会议。会议着重研究讨论了船舶工业学习贯彻中共十一届三中全会的精神问题。会议确定把工作着重点转移到船舶工业现代化建设上来，全面调整产品结构，开拓生产门路，克服任务不足的困难。会后，在国务院的直接领导和帮助下，船舶工业争得了国内造船任务，有效缓解了船舶工业在调整生产方针、由军转民过渡中的困难。

3月19日 邓小平指示，六机部可建立上海、大连、广州等3个造船专业公司。

3月 中国造船工程学会第二次全国会员代表大会在北京召开，参加会议代表143名，改选了学会领导，张有萱为理事长。

4月8日 中国政府批准接受《1969年国际船舶吨位丈量公约》。

4月 天文定位支系统通过技术鉴定，装备"远望"号远洋测量船。天文定位支系统是"远望"号远洋测量船综合导航系统的主要组成设备。1970年6月，有关部门下达天文定位支系统研制任务。随后，七一七研究所在七〇九研究所、七一三研究所及长春光学机械研究所协助下，分别进行系统和单机的研制。该系统经过反复试验，证明其工作原理成立，信息匹配正常，系统工作基本稳定，定位和测航向精度可以满足技术要求。

6月 交通部、国家水产总局联合下达《关于水产部门船检机构名称和印章等问题的联合通知》。该通知决定国家水产总局的船舶检验机构对外用"中华人民共和国船舶检验局渔业船舶分局"（简称渔船分局）的名称；下属各省、自治区、直辖市水产部门的船检机构对外用"中华人民共和国船舶检验局渔业船舶分局××检验处"的名称，各检验处是渔船分局在各省、自治区、直辖市的执行机构；在渔船集中的主要港口设检验站，作为检验处的派出机构，对渔业船舶实行监督检验和发证；各检验处受渔船分局和各省、自治区、直辖市水产局的双重领导。

6月　由胜利油田和天津大学联合设计、山东烟台造船厂建造的我国第一艘1000吨浅海座底式石油钻井船"胜利1号"交船，填补了国内空白。"胜利1号"是针对莱州湾极浅海吃水浅、海床坡度缓、淤泥层厚、承载力低的特点，以及浅水破碎波的海洋环境和胜利油田的实际情况要求，选用了大沉垫、细支柱、轻型梁板式上层平台，带抗滑桩的结构形式。"胜利1号"是固定甲板高度，平底驳型非自航工作船舶，主要用于勘探开发海底石油资源，适用于水深1.5～5米泥沙质较平坦的海域作业。该船由沉垫、支撑、生活楼及钻井设备等组成，可在风力8级、波高2米、潮流2海里、温度–10摄氏度条件下进行正常钻井作业。钻井深度3200米，空载吃水1.5米，满载吃水2.0米，满载重量2030吨。该船1977年7月开工，1978年6月22日下水，由船舶检验局执行建造检验与发证。

10月7—13日　中华人民共和国船舶检验局渔业船舶分局第一次工作会议在浙江省金华市召开。

10月　1975年6月开工建造的"向阳红10"号远洋综合调查船竣工交付。研制远洋调查船的任务，一是为在洲际运载火箭发射试验之前对各预设海域的水文、气象和地理等海洋条件进行考察，以便选定数据舱落点海区；二是在临试验之前，尚需将该船作为海上气象中心收集、分析和预报气象。该船由七〇八研究所担任总体设计，江南造船厂建造。远洋综合调查船满载排水量为1.32万吨，具有抗12级风和环球航行的能力。船上设有气象系统、通信系统、海洋调查实验系统、水声试验系统，装备有直升机及其起、降、存放设施等，可担负高空气象探测、远洋科学考察、水下通信试验和中继通信等任务。

11月　由七〇八研究所负责总体设计、江南造船厂建造的远洋打捞救生船首船竣工交付。该船为万吨级大型远洋打捞救生船，主尺度和线形与"向阳红10"号远洋调查船相同。船上配备有深潜救生艇、56吨液压折臂起重机、救生钟、3座减压舱、2架大型直升机及机库、直升机起降平台与导航设备、快速工作艇、1000米深水锚、5只200米水深大型定位锚及其装置，为海上定点作业提供了保证。船上的氢氧救生系统是国内当时最完善的船用救生设备。此外，该船还配有水声测漂系统。远洋打捞救生船首船于1975年开工建造。交付使用的实船试验表明，该型船性能良好，具有抗12级台风的能力。

12月22日　由七〇八研究所主体设计、江南造船厂建造的"远望"号主测量船举行交船仪式。20 世纪 60 年代中期，国防科委遵照中央专委的决定，组织二、四、六、七机部和中国科学院及海军等部门进行论证，提出研制远洋测量船队的计划。1970 年 12 月 25 日，周恩来主持中央专委会议，初步确定测量船队的规模，并批准了主测量船的总体设计初步方案。"远望 1"号和"远望 2"号主测量船是我国自行研制的第一代综合性海上活动跟踪测量站。该型船续航力大，抗风及耐波性能强，全长 190 米，高 38.5 米，宽 22.6 米，9 层舱室相当于 14 层楼高；甲板上装有 50 余副天线；船上使用的电力约等于一座 30 万人口的中等城市的日常生活用电；满载排水量 2.1 万余吨；主机功率为 1.1771 万千瓦；编队平均航速 18 节。

12 月 由中国水产科学设计院与旅大市渔轮厂共同设计，东海研究所和舟山海洋渔业公司参与，旅大市渔轮厂建造的第一对 8154 型 600 马力单甲板双拖尾滑道冷冻渔轮试制成功。船上装有新研制的平板冻结机，用以速冻鱼虾。该船采用串联液压绞机及门形架从尾滑道起网。

是年，国务院国防工办〔79〕办计字 356 号文批复成立船舶电站设备专业公司。

是年，青岛渔船修造厂自行设计建成 VIS401 型 1300 马力 600 吨冷藏运输船"鲁冷 3"号。该船性能良好，主机可遥控，操作方便，冷藏效果好，投入国际航线运行。

是年，船舶工业在总结以往质量管理经验的基础上，学习国外先进科学管理方法，开始逐步推行全面质量管理（TQC）。在全国"质量月"活动的推动下，江南造船厂通过中日技术合作，引进质量检验和质量管理软件，结合工厂实际，开展自主质量管理，在加强传统的专职检验的基础上，强化工序质量控制，健全自检、互检手续，严格控制和掌握产品制造质量。

是年，威海船舶修理厂和烟台船厂成功制造出莱州湾海河联运顶推船组。该船组由 500 马力双桨双机推轮和 800 吨驳船、顶推船配套组合而成。该型船组于 1976 年 1 月由上海船舶设计院完成设计，1978 年列入全国新产品试验重大科学研究项目和山东省交通工业生产计划。

是年，"实验二号"海洋科学考察船在广州造船厂建造完成，交付使用。该型船是 1100 吨级的海洋地球物理勘探船，主要用于海洋油气、矿产资源开发等有关的地质、地球物理和海洋工程环境与井场、管线工程调查。

是年，为香港华润公司建造的"友谊13"号和"友谊14"号300吨级沿海快速鲜、活货船在广州造船厂设计建造完成，交付使用。该型船专为运载新鲜瓜菜、冰鲜、活畜等货物设计，主要航行于湛江—香港航线。

1980 年

1月7日　中国政府批准接受《1974年国际海上人命安全公约》和《1972年国际海上避碰规则公约》。

1月　广东造船公司成立，统一管理六机部在广东省的所属企业，并归口管理广东省属船舶工业企业。

1月　由武昌造船厂建造的深潜救生艇（代号为7103）下水。自1971年起，武昌造船厂、哈尔滨船舶工程学院、上海交通大学、华中工学院等单位共同组成研制工作组，负责研制能在深海中对失事潜艇艇员实施集体脱险救生的深潜救生艇。海军医学研究所负责艇上救生支持系统的研究。该艇由工作母船——远洋打捞救生船携带和吊放，排水量约30吨，航速4节，一次对口援救20人以上。

3月25日　胡耀邦在谈话中说：中央常委讨论了国务院机构问题，决定合并、裁撤一些部门，有的要缩小，有的要改为公司，要求两年内完成。六机部可以先行一步，进行改革试点。

4月4日　山东省烟台检验处对1978年受理检验的首家渔业船舶、船用产品制造厂——淄博渔轮柴油机厂的8300C型600马力船用柴油机签发产品证书。

4月8日　中国政府批准接受《1969年国际船舶吨位丈量公约》。

5月16日　六机部批准恢复渤海船舶工业学校。

5月18日　我国向太平洋预定海域发射第一枚运载火箭获得圆满成功。当日，以"远望"号主测量船为核心的远洋测量船队共12艘船舶和6艘导弹驱逐舰为护航舰只组成的混合编队，从舟山基地出发，横跨赤道，远航至东经

128 度、南纬 7 度公海海域，开辟我国第一个海上活动试验靶场和跟踪测量站，并圆满地完成了远程运载火箭全程飞行试验的再入段和落点测量以及打捞回收数据舱任务。

5 月　海军颁发了《关于海军驻厂军事代表业务工作若干问题的暂行规定》。该暂行规定明确军代表工作以检验验收为中心，坚持"质量第一"的方针，加强财务管理，保证部队能按国家计划及时接收质量优良、配套齐全、价格合理的军事技术装备。

5 月　远洋测量船综合导航系统研制成功，随船执行发射远程运载火箭的海上测试任务。远洋测量船综合导航系统是一个一机多控，相互取长补短，综合利用，连续向全船提供精确的船位、航向、航速和水平姿态信息的导航系统，涉及面广，技术复杂。其主要设备有惯性导航设备、天文定位支系统、卫星导航接收机、奥米加接收机、计算机等共 7 种 8 套。该系统的技术责任单位是船舶系统工程部。国内有 8 个研究单位、2 家工厂承担了系统和单机的研制和生产任务。

7 月　六机部购买 B&W 船用低速大功率柴油机系列制造技术，并将其安排在沪东造船厂和大连造船厂生产。

7 月　中国船舶检验局颁布《移动式近海钻井平台法定检验和入级检验暂行办法》和《海上移动式近海钻井船构造和设备规则》。

8 月 11 日　国营青岛造船厂建造的全国第一艘 5820 吨沿海散装货轮"鲁海 64"交船。该船长 114.98 米、宽 15.40 米、型深 8.80 米。主机为潍坊动力机厂制造的功率 2200 千瓦柴油机。航速 13.4 海里，满载排水量 8756 吨，载货 5820 吨。该船于 1977 年 8 月开工建造，1978 年 7 月 9 日下水，并一次试航成功，达到设计要求，填补了山东省内一项空白，创造了当时山东省最大船舶建造纪录，开启了我国中型货轮建造时代。

8 月 12 日　中共中央、国务院、中央军委和国防科委致电大连造船厂，祝贺该厂在配合潜艇水下发射运载火箭试验中作出杰出贡献。

9 月 23 日　我国政府批准接受《1972 年国际集装箱安全公约》。船舶检验局为船运集装箱的批准、检验和发证业务的主管机构。

9 月　国家标准总局在北戴河召开全国船舶标准化技术委员会会议，邓永清任主任委员（原全国船舶标准化委员会撤销）。

9月　经国务院和中央军委批准，中国船舶工业公司成立，直接负责对外经营贸易。这是船舶工业主管部门外贸管理体制上的一次重大改革。同年，该公司与经贸部中国外贸运输公司以及香港环球航运集团、香港汇丰银行、日本兴业银行共同在香港组成国际联合船舶代理有限公司（简称国联）。

11月10日　经国家水产总局批准，中华人民共和国船舶检验局渔船分局颁发《渔业船舶监督检验细则》。《细则》规定了渔业船舶建造检验、初次检验、特别检验、年度检验、临时检验、船用产品检验的要求。同时公布《渔船检验部门应审查的渔业船舶设计图纸及文件目录》和《渔业船舶建造检验项目表》《运营渔业船舶检验项目表》等。

12月8—12日　中华人民共和国船舶检验局渔船分局派代表参加政府间海事协商组织稳性、载重线和渔船安全分委会第23次会议（SLF23），开始积极参与有关渔船安全的国际性交流活动。这是中华人民共和国船舶检验局渔船分局第一次参加国际性活动。

12月　青岛市东风船厂为黄岛发电厂建成1500吨钢质自卸自航煤船。该船长88.53米、宽13.60米、型深6米，功率800马力。该船荣获青岛市产品质量一等奖和国家科技进步三等奖。

是年，6633型潜艇改装工程在武昌造船厂动工。6633型潜艇进行批量建造时，对不少后续艇做了改进，如加强空调、制冷和制淡水的能力，以适应中国海区的气温条件。为了加强该型潜艇的海上攻击能力，1976年由七〇一研究所李建球、杨焕生等进行加装飞航式导弹的改进设计，并以冯元龙为主设计了艇上的导弹存放和发射耐压筒。

是年，七二五研究所与东北轻合金加工厂合作，研制成中强耐蚀可焊铝-镁系2103合金及其配套焊丝，并在芜湖造船厂建成我国第一艘全焊接铝-镁合金结构的"龙门"号沿海工作艇，而后，在哈尔滨船舶修造厂又建成全焊接铝-镁合金结构的边防巡逻艇。

是年，海军军工产品定型委员会批准三联装回转式舰舰导弹发射装置设计定型。该装置安装在我国自行研制的第一代导弹驱逐舰上。该产品由七一三研究所设计，分别由大连造船厂、中华造船厂和广州造船厂制造。该型舰舰导弹发射装置技术复杂，试验充分，研制周期也长。1966年开始设计，1967年至1968年在现役驱逐舰上做过中间试验，1980年设计定型，前后共花了15年时间。该型发射装置的研制成功，对中国海军水面舰艇武器装备的导弹化起到促进作用。

是年，安徽省疏浚处船厂建造的 2280 千瓦的全液压绞吸式挖泥船首制成功。

是年，根据七〇八研究所的设计图纸，湖南益阳船厂建成采用气胎离合双出轴的 200 立方米/时全液压绞吸式挖泥船。

是年，六机部的三线建设主要项目相继建成或基本建成，开始为海军建造潜艇、快艇和水面舰艇等提供少量装备，同时也为当地经济建设提供一些民用船舶和非船舶产品。六机部的三线建设首先从川东地区拉开帷幕。从 1965 年开始先后在涪陵、重庆建设了川东造船厂和重庆造船厂；在万县建设了江云机械厂、清平机械厂、武江机械厂、长平机械厂、永平机械厂、江陵仪器厂、衡山机械厂、长江机械厂、五三研究所、六八〇二医院；在江津、永川建设了四川柴油机厂、红江机械厂、红阳机械厂、重庆船用柴油机配件厂、江津增压器厂、四川齿轮箱厂；在重庆建设了重庆重型铸锻厂。1968 年 5 月 17 日，中央军委批复海军党委报告，同意在昆明建设西南曙光机械厂、西南云水机械厂、西南高峰机械厂、西南车光机械厂、西南向阳机械厂等第二套鱼雷厂，以及七五〇试验场。1969 年 2 月 14 日，毛泽东圈阅同意中央军委办事组关于在长江中游另建一个潜艇生产基地的报告。同年 11 月 5 日，军委国防工办正式下达筹建江州造船厂的任务。同时，建设与其配套的浔阳电子仪器厂、江西航海仪器厂、九江船用机械厂、江西朝阳机械厂、江西船用阀门厂、六三研究所、五四研究所。1969 年 12 月 17 日，六机部下达宜昌船用中速大功率柴油机厂设计任务书，开始了鄂西地区宜昌柴油机厂和江峡船舶柴油机厂的建设。为加强华南地区的造船力量，在广西柳州建设 1 家快艇厂，在梧州建设 1 家造船厂和 1 家辅机厂。此外，七院系统还依据厂所挂钩、分片划块的原则，确定 10 个研究所与有关专业设备厂相结合，分别在万县、涪陵、宜昌、九江和昆明地区选址建设。六机部系统在内地建设的投资达 18.6 亿元。在十多年里，共计新建企、事业单位 81 个，其中分布于大、小三线地区的主要建设项目有 50 多个。另外，在川东、湖北和云南等地建设的科研设计机构 10 余个，并将沿海地区相应的科研机构迁往上述地区。

1981 年

1 月 10 日 国家水产总局在浙江省舟山召开 8154 型 600 马力尾滑道冷冻渔轮技术鉴定会。会议认为,8154 型渔轮的设计与建造符合设计任务书要求,它将成为我国渔轮 20 世纪 80 年代更新换代产品,并将成为我国跨洋捕捞作业的骨干船型之一。

1 月 由沪东造船厂和七一一研究所联合研制的 6E34/82SDZC 型长冲程低速柴油机通过部级鉴定,性能比 43/82c 型柴油机有很大提高,达到了 20 世纪 80 年代国际同类型产品的先进水平。

1 月 我国第一家按国际标准生产集装箱的专业厂——广州造船厂集装箱分厂建成投产。该集装箱分厂是经国家计委批准、利用外资的补偿贸易项目。

2 月 由七〇八研究所设计、中华造船厂建造的大舱口多用途货船"海上建筑师"号交船。此船是香港海洋服务公司向中国机械进出口公司订购的大舱口多用途货船,要求能运干货、杂货、汽车及集装箱货,装备有长吊臂的起重机,可以采用中国的建造规范和某些国产设备。

2 月 广东造船公司与新加坡华昌国际有限公司合作,在香港成立华昌国际船舶有限公司。这是我国南方地区船舶工业对外经营的第一个窗口。

3 月 4—9 日 国家机械委在上海召集六机部、交通部、上海市政府相关领导,研究成立上海船舶工业公司事宜。3 月 10 日,与会单位联合向国务院提交建议成立上海船舶工业公司的书面报告(沪府〔1981〕38 号)。

3 月 18 日 国务院以国函字 27 号批复同意成立上海船舶工业公司。批文明确规定上海船舶工业公司管辖以下企事业单位:六机部、交通部在上海、江苏、安徽直属企业,上海船舶设计院,上海市闵行船厂、东沟船厂。

4月　经国家标准局同意，船舶标准化委员会改组为全国船舶标准化技术委员会。同时，该委员会在成都召开了扩大会议，明确提出采用国际标准，逐步健全我国船舶标准体系，提高船舶标准水平，以满足军用、民用船舶和出口船舶的需要。

4月　我国第一艘弹道导弹核潜艇下水。国防部部长张爱萍主持了弹道导弹核潜艇首艇的下水典礼。

4月　国务院工业管理体制改革通知指出，全行业性的改组可先在汽车、船舶、卷烟等少数行业试点。

8月27日　上海船舶工业公司在上海科学会堂召开成立大会。

8月　中国船舶检验局出版首版《船用产品录》。

9月8日　在薄一波主持下，船舶工业总公司筹备委员会成立。

9月　国家重点工程"运载火箭数据舱深海溅落点定位和测量船漂泊轨迹测量系统"通过鉴定。全系统包括13个单机，由数十个单位参加协作研制。其中系统总控制台、小型计算机、计时系统及无线电启爆电台由哈尔滨船舶工程学院负责研制；深海坐底声纳、舰载水声无线电转发器由东风机械厂负责研制；测漂仪、速度深度测量仪、数字测深仪由江宁机械厂负责研制；无线电接收机由七五〇厂负责研制。在该系统研制过程中，先后进行了6次大型海上试验。1980年，装备这套系统的"远望"号远洋测量船远航南太平洋，执行发射远程运载火箭的海上测试任务。

12月10—16日　首届中国国际海事会展在上海展览中心成功举行。来自21个国家和地区的700多位来宾参加了学术会议和其他重要活动，参加学术会议的代表共3200多人次；来自15个国家和地区的120家公司参展，观众达31000多人次。

是年，上海渔轮厂研制成400马力的8105型198总吨拖网渔船。该船首次采用双速比齿轮箱、大直径螺旋桨和塑料活络隔板，可在水深150米抛锚。

是年，中国船舶无损检测人员资格认可委员会成立。

1982 年

1月4日 2.7万吨远洋散货船"长城"号在大连造船厂完工交付香港联成轮船公司使用。这是改革开放后我国第一艘按照国际标准、适应国际规范、自主设计建造的大型远洋船舶,按英国劳氏船级社规范设计、建造,船舶检验局和劳氏船级社联合建造检验,入英国劳氏船级,可驶入北美洲大湖区,满足18种国际有关起卸港的规定。"长城"号的成功交付叩开了中国船舶走向境外市场的大门。该船由七〇八研究所完成合同设计和技术设计、大连造船厂建造。该船采用肥大船型,加装球鼻艏,污水处理满足美国对大湖的防污染标准,机、电、导航和起重设备等均进口,主机采用 B&W8L55CFCA 型低速柴油机,服务航速14.5节,续航力1.7万海里,舱容3.83万立方米。

1月 邓小平指示国防工业要实行"军民结合,平战结合,军品优先,以民养军"的方针,并指出除了完成军品科研生产任务外,要全力以赴地搞好民品科研生产。根据这个指示,我国船舶工业进一步调整生产方向,拓宽经营渠道。"六五"计划期间,船舶工业绝大多数企业初步完成了调整生产方针的任务,从以军为主转到军民结合、军品优先,大力发展民品生产。

1月 中国船舶检验局由职能事业局改为全能事业单位,对下属机构实行垂直领导管理。

1月 青岛北海船厂为石油部修理及改装"渤海4"号钻井平台取得成功。这是我国第一次修理海上钻井平台。2月,该平台被拖往东海大陆架开钻作业,使用情况良好,受到石油部的赞扬。

3月 福建省厦门水产造船厂研制的木质机帆船灯光围网技术获"国家科技推广奖"。

4月1日 中国船舶工业总公司筹备工作会议在京西宾馆召开。

4月 在国务院、国家计委和国家经委的推动和支持下,船舶工业部门与航运部门多次协商和密切合作，对"六五"计划期间的国内航运和造船任务作出了重要安排，并商定由中国船舶工业总公司承接交通部订购 250 万吨民用船舶的建造任务。一次安排这样大量的造船任务，在我国造船史上是前所未有的。这批船舶是航运部门对国内船舶实施更新换代的重要组成部分，其中绝大多数是万吨级以上的沿海和远洋货船。

5 月 4 日　中国船舶工业总公司正式成立。根据国务院机构改革方案，国务院决定撤销国家六机部，组建中国船舶工业总公司，这是我国经济体制改革的一次重要尝试。根据中国船舶工业总公司章程第七条规定：中国船舶工业总公司受国务院的委托，对全国船舶工业实行统筹规划，研究有关全国船舶工业的方针、政策和法规，提请国务院决定。中国船舶工业总公司由原国家六机部所属全部 138 个企、事业单位和交通部所属的 15 个大中型修造船企、事业单位合并组成，其中造修船厂 26 个、船用配套厂 66 个、研究设计院所 35 个、高等及中等专业院校 5 个、其他事业单位 21 个。全公司职工 30.36 万人，固定资产原值 44.77 亿元。1981 年工业总产值 17.53 亿元，船舶产量 41.77 万吨，修船产值 1.61 亿元。中国船舶工业总公司成为国务院第一个由国家部委改为公司的经济实体，也是我国第一家正部级公司。柴树藩任董事长，张有萱、程望任副董事长，冯直任总经理，彭世禄、潘曾锡、王荣生任副总经理。

5 月 14 日　广州船舶工业公司成立。原广东造船公司撤销。

5 月　七〇六研究所与四四五厂合并，调整为七一五研究所。

6 月 10 日　江南造船厂建造 2.7 万吨远洋散货船"世沪"号交船。该船同大连造船厂建造的"长城"号是同型船。

8 月 7 日　福建省人民政府批准成立"福建省船舶工业公司"，为隶属省经委厅局级机构，系企业性质的经济实体，并担负全省船舶工业生产统筹规划和组织协调工作。公司收辖马尾造船厂、福建省渔轮修造厂、厦门造船厂、上游船舶修造厂。

8 月 11 日　经国家经委和对外经济贸易部批准，中国船舶工业公司改名为中国船舶工业贸易公司。

9 月 16 日　广州造船厂为美商设计、建造的 11100 吨全集装箱船"巴布亚"号下水。这是我国华南地区为外商建造的第一艘万吨级集装箱船。

9月17日　教育部、中国船舶工业总公司下达通知：国务院正式批准，将中国船舶工业总公司所属上海交通大学移交给教育部领导，实行教育部与上海市双重领导，以教育部领导为主。

9月　经国务院批准，中国海洋石油平台工程公司正式成立，隶属中国船舶工业总公司领导。这标志着近海工程专业开始从造船行业衍生出来，成为一个既依托船舶工业，又相对独立的新分支。

9月　蓬莱县造船厂成功设计出 YLJ-1176/0.9-392/1.2 型液压流网起网起线机。该机可代替过去人力起网起线作业，大大减轻劳动强度。它的研制成功，加速了渔业机械化的进程，填补了国内利用液压机械起网流网和钓河豚鱼的空白。

10月7—16日　我国首次以潜艇从水下向预定海上目标区发射运载火箭获得成功。中共中央、国务院、中央军委为此发了贺电。贺电指出："这是党的独立自主、自力更生方针的又一胜利。"

11月　汾西机器厂试制的"锚-4甲"型水雷经海军军工产品定型委员会批准生产定型。"锚-4"型非触发水雷用于封锁水深流大的海区，采用非触发声引信，具有较高的抗自然干扰能力，动作区域性好。为了提高"锚-4"型水雷的战斗性能，1980年开始改进，增加雷体固有的浮力，使倾斜角减小，提高引信线路的稳定性，并相应地改善其工艺性。为了进一步提高产品的可靠性，从1983年开始，工厂与驻厂军代表又共同进行了引信线路集成化研制，并于1985年12月定型，命名为"锚-4乙"型水雷。

12月1日　中华人民共和国船验局渔船分局颁布第一部钢质渔船检验规程——《运营钢质海洋渔船检验规程》。该规程自1983年1月1日起试行。

12月20日　船舶检验局公布实施首版《海上移动式钻井船入级与建造规范》。

12月28日　天津船舶工业公司成立。

12月　江南造船厂3号船坞改建为5万吨级船坞工程竣工。

是年，潍坊柴油机厂生产的"6160—9"增压型柴油机获得国家质量银质奖。

1983 年

1 月 15 日　船舶检验局颁布实施《钢质海船入级与建造规范（1983）》，开始将海船入级规则和建造规范合并，并将入级船舶的最高船级符号更改为★ZCA（船体），同时增加轮机入级符号★ZCM 和冷藏装置入级符号★ZCR，以及有关船舶类型、特种任务、航区限制、冰区加强、特定航线、腐蚀控制和船舶自动化等船级附加标志。

1 月　山东、广东、湖北、江苏等省的船舶工业公司先后成立。

2 月 25 日　北海船厂首次坞修"龙潭"号万吨级船舶，开创了修理万吨级外轮的历史。

5 月 20 日　重庆船舶工业公司成立。

5 月　中国船舶工业总公司制订《船舶工业工人技术等级标准》。该标准把原来 332 个工种合并简化为 136 个工种，缩减了 59%。例如，把轮机钳工、内燃机钳工、冷冻机钳工、舾装钳工及辅机钳工 5 个工种合并为船舶钳工，要求应会其他工种技能。这一新的复合工种技术等级标准的推行，促使工人向一工多艺、一专多能方向发展，有利于提高工人的技术素质。

6 月 25 日　上海渔轮厂建造的中国第一艘冷海水保鲜运输船"沪冷 1 号"通过部级鉴定。

7 月 1 日　我国批准接受经 1978 年议定书修正的《1973 年国际防止船舶造成污染公约》。

8 月 27 日　由黄埔造船厂建造 JU—200MC 自升式钻井平台（"华海一号"）完工交付。该平台钻深可达 6000 余米。1981 年 9 月，广东造船公司和新加坡华昌公司正式签订了该平台建造合同，由黄埔造船厂于当年开工建造，1982 年 12 月 19 日下水。

8 月　中国船舶检验局在上海设立海船规范科学研究所。

9 月　中国船舶检验局颁布首版《海上平台安全规则》。

10月15—25日　中国船舶工业总公司第一次工作会议在北京举行。会议提出，1984年和1985年两年的主要任务是：执行军民结合、军品优先，国内为主、积极出口，船舶为主、多种经营的方针；集中力量，抓改革、抓整顿、抓改造，在经营管理上、科研技术上、企业素质上和经济效益上有一个显著的提高。

10月31日至11月1日　中国造船工程学会成立40周年纪念大会和国际学术报告会在北京召开。

11月　中国船舶工业总公司在上海召开了民船设计工作座谈会，成立了由13个船厂、研究所组成的造船生产设计指导小组，开始了有组织地研究、改革落后的造船方式，探索新的造船模式。

12月31日　马尾造船厂建造的福建省第一艘5000吨级散货船"盖山"号完工交船。该船建造期间，江南造船厂派出工程技术和管理人员进行现场指导，为马尾造船厂设计、生产与管理技术的提升奠定了良好基础。

12月　035型潜艇通过国家鉴定。该型潜艇的快速性、操纵性、适航性、水下续航力及水下辐射噪声等性能比6633型潜艇有较大的提高和改善，装艇设备基本稳定可靠。它的研制成功，表明我国在发展常规动力潜艇技术方面已经跨入自行研制阶段。在研制过程中，针对降低潜艇噪声技术和研制新型潜用武器、水下新能源及电子设备等做了大量的探索工作。我国发展常规潜艇的实践表明：采取循序渐进、突出重点的技术政策，侧重在一个或几个方面有所发展、提高和创新，最终能够形成新一代的武器装备。这是一条可贵的历史经验。

12月　经国家教育委员会批准，中国船舶工业总公司所属九江船舶工业学校被列为全国重点中等专业学校之一。

12月　第2届中国国际海事会展在上海举行。

是年，船舶工业管理干部学院成立。

是年，广东省政府办公厅〔1983〕279号文《关于广东省船舶设计研究院改变隶属关系交接问题的批复》，明确自1983年4月1日起，广东省船舶设计研究院划转中国船舶工业总公司管辖。

是年，广州造船厂为美国普利斯顿航运公司和纳尔逊航运公司设计、建成两艘1.11万吨全集装箱船。该型船按劳氏船级社规范设计、建造，采用尾机舱型、无人机舱、自动化电站等。

是年，求新造船厂设计、建造了当时国内最大的两艘破冰船。它们的功率分别为 3825 和 6625 千瓦。该型船可连续破开 0.8 米的冰层，反复冲击则可破 1.2 米的冰层。上述两艘船舶的交付使用，保证了北方海域航道和近海石油钻采平台的安全。

是年，七二五研究所与西南铝加工厂合作研制完成铝-锌-镁系中强耐蚀可焊铝合金及其配套的合金焊丝（S121），为快艇的铆接艇体和焊接鱼雷壳体提供了一种新的结构材料。同年，七二五研究所又研制成新的船用 ZL115 铸造铝合金，应用于潜水泵、多用途反潜鱼雷操雷头和尾舱壳体等。至此，我国船用铸造铝合金及其铸件的生产已从单一牌号过渡到多系列牌号，并向优质铸件的方向发展，基本上满足了船舶工业发展的需要。

是年，由七〇一研究所负责改进设计、求新造船厂建造的改进型反潜护卫艇（037-I 型）首艇建成。该型艇系将原型艇加长 4 米，增大了排水量，以增加油、水装载量，提高续航力；设置海上纵向加油装置，以满足海上补给需要；采用 380 伏交流电制代替原来的 110 伏直流电制，以顺应船用电机电器的发展。另外，副炮改用全自动小口径舰炮武器系统；反潜武器增加了指挥仪，构成反潜武器系统。因此，该型艇的武器系统在作战指挥和控制方面有了改善，战术技术性能有所提高。

是年，海军与沪东造船厂试行按经济合同制的办法，首签建造合同，即由沪东造船厂负责设计和建造 053H2 型导弹护卫舰。该舰总建造师为周振柏。该舰与 053H1 型舰在装备方面的不同之处是：舰上导弹、火炮、雷达等装备采用了先进技术和更先进科研成果，增加了新型电子战系统，机舱实现了集中自动控制，有较舒适的居住条件。全舰为封闭式，长桥楼型，比 20 世纪 70 年代研制的第一代导弹护卫舰有较大的进步。在此期间，七〇一研究所还进行了低噪声反潜护卫舰的研究。所有自行研制的护卫舰都能在近、中海域执行护渔、护航和对海警戒的任务。

是年，德意志联邦共和国诺德·克劳斯·奥登道夫和彼德·杜勒航运公司向上海船舶修造厂订购的 1.23 万吨集装箱多用途船的首制船完工交船。

是年，由七〇八研究所承担方案和技术设计，渤海造船厂承担施工设计和建造的浅吃水（5.8 米及 6.8 米）肥大型散货船首制船建成。该船载重量 8000 吨至 1.04 万吨，配用 6EZSDZ43/82 型国产低速柴油机 1 台，服务航速 11.3

节，可江海直达，每千瓦运货4.4吨。该型船是国内首次开发的浅吃水万吨级经济散货船。由于吃水浅，适应性强，载重量大，经济效益显著，它已成为浙江地区海上运输的主要船型。

1984 年

1月1日　船舶检验局颁布实施《海上固定平台入级与建造规范(1984)》。

1月　由七〇八研究所设计、中华造船厂建造的480箱、8200吨级集装箱船完工交船。该船是1982年香港快航船务公司委托设计的亚非航线集装箱船，命名为"快航"号。该型船按法国船级社规范及10余种国际法规设计、建造，采用多项国产设备，主机可烧重油，先后共建成4艘。

1月　大连船舶工业公司成立。

2月1日　船舶检验局颁布《海上平台安全规则》。

2月　西安船舶设备工业公司成立。

2月　"鱼-4甲"型潜对舰电动声自导鱼雷，由国务院、中央军委军工产品定型委员会批准为一级设计生产定型，正式装备海军部队。该鱼雷母型为从苏联引进的电动音响自导鱼雷。在六机部召开的第一次电雷协调会上，西北工业大学三系和东风仪表厂曾分别提出过主被动联合自导方案和纯被动自导方案。1976年决定采用上述两个方案，并确定由平阳机械厂负责两型电雷总体设计制造和全雷的总装协调工作。该型雷经过5年研制，3次海上试验，积累了131条次的数据，各项主要战术技术指标基本达到要求。

2月　国务院、中央军委军工产品定型委员会正式批准"鱼-4乙"型鱼雷设计定型。按照西北工业大学三系提出的主被动自导方案研制的"鱼-4乙"型鱼雷，由平阳机械厂与西北工业大学一起进行样雷研制。在十余年的摸索和改进过程中，攻克了不少技术关键，特别是成功地设计了先进的小型电深控装置，突破了主被动自导难关。

3月24日 《福建日报》头版头条刊登55名厂长、经理呼吁信——《请给我们"松绑"》，并配发了导语。随后，《人民日报》转载这封呼吁信，将"松绑"风吹向全国。马尾造船厂厂长参与了企业改革呼吁。以"松绑"呼吁信为源头的企业改革浪潮迅速向全国展开，在国内企业界造成较大反响。

3月 中国造船工程学会第三次会员代表大会在武汉召开，会议代表265名，改选和调整了部分学会领导，张有萱继任理事长。

4月10日 中华人民共和国船舶检验局渔船分局授予王传典等56人验船师工作职称。这是渔船检验系统评出的第一批验船师。

4月15日 船舶检验局颁布《船舶建造检验规程》。

4月30日 由七○八研究所张炳炎、邵佩夫等主持合同设计和技术设计、江南造船厂建造的新加坡700箱集装箱船"海皇·碧玉"号和"海皇·绿玉"号交付。我国于20世纪80年代初开始远洋运输全集装箱船的开发。1981年，以先进技术指标和优惠价格中标，建造新加坡海皇航运有限公司的700箱、总吨位1.372万吨、带起重机的集装箱船。该船所有技术指标均满足合同要求，其中振动和噪声水平低于国际标准允许最低值，服务航速17.8节，获得船东好评。

5月 根据中共中央经济体制改革的精神，经国家计委、国家经委、国防科工委批准，由航空工业部的六一四研究所与七○三研究所实行跨部门联合，在无锡成立中国舰船与工业用燃气轮机研究发展中心。

6月20日 青岛北海船厂在坦桑尼亚海军基地建成的两艘115吨钢质浮码头举行工程交接签字仪式。此项工程得到坦桑尼亚国防部官员高度评价。

6月20日 元末明初古船在蓬莱水域被发掘，长28.6米，宽5.6米，为国内发现的最大古船。

7月15—22日 中国船舶工业总公司第一次科技工作会议在北京召开。这次会议中心议题是研究进一步贯彻中央关于科技工作的方针，讨论船舶工业1984—2000年科技发展战略目标、技术政策和重大措施，讨论科技体制改革的方向和今后一个阶段的工作。

7月24日 6RLB76船用柴油机在大连船用柴油机厂试车成功。这是我国当时制造的最大的柴油机，额定功率1.728万马力。

7月31日 沪东造船厂设计、研制的1.2万马力18E390VA型船用大功率中速柴油机通过鉴定。这标志着我国船用大功率中速柴油机的研制和生产达到新的水平。

7月　上海船舶修造厂建造的我国第一座半潜式钻井平台"勘探3"号交付。1971年，国家计委在布置双体钻井船研制任务的同时，提出设计1艘单体中心转筒抛锚式钻井船的任务。七〇八研究所、海洋地质调查局与上海船舶修造厂共同组成联合设计组，于1974年提出5个设计方案进行比较，最后经审查决定采用半潜式钻井平台方案。1978年，该平台完成技术设计，1979年在上海船舶修造厂开工建造。这一平台具有中国船舶检验局和美国船级社双重船级，在东海进行各种海上试验和钻探作业时，经受了11级大风及5米浪高的恶劣海况考验，平稳安全，能顺利进行钻井作业。该平台获国家科技进步一等奖。

7月　由七一六研究所研制、江云机械厂生产的机电式深弹反潜指挥仪设计定型。该装置配置在导弹驱逐舰上，用以控制深弹发射。该型深弹反潜武器系统的技术责任单位为船舶系统工程部。

8月15日　大连造船厂为渤海石油公司建造的可居住340人的自升式生活平台"渤海9号"竣工交付。该平台获得中国船检局和挪威船级社的双重船级证书。

8月22日　中国船舶工业总公司首届教育工作会议在北京召开。会议通过了《一九八四年到二〇〇〇年船舶工业人才规划》和《中国船舶工业总公司关于加强教育工作的决定》，以及《关于开展微机和外语培训的意见》等。这次会议对于把教育工作与人才培养有机结合，以及把职工教育引向正规并与学历教育相结合起了重要作用，促进了船舶工业教育工作的发展。

8月30日　厦门造船厂为海军建造的"917"号捞雷艇下水，年内完工交船。

9月　中国人民解放军第四八〇八工厂自行设计制造成两台CD-20-6型鼓轮式电缆机。该机全部采用电子液压操纵，由鼓轮式自动收放装置、测力计、自动测速装置等组成，具有无级调速、预余量控制及20吨以内张力控制、恒功率输出等功能，经中国船舶工业总公司等12个单位鉴定为国内首创、接近国际同类型布缆机性能。该机被"邮电1"号船采用，完成从上海至日本的海底布缆任务。

10 月　杭州机械专科学校改名杭州船舶工业学校。

10 月　大连渔轮厂 8154A3 型 600 马力尾滑道冷冻渔轮被辽宁省人民政府评为辽宁省优质产品。同月，大连渔轮厂 8154 型 600 马力尾滑道冷冻渔轮获农牧渔业部技术改进一等奖，8154 型双拖尾滑道冷冻渔轮速冻工艺获农牧渔业部技术改进二等奖。1984 年 12 月，8154A3 型 600 马力双拖尾滑道冷冻渔轮被农牧渔业部评为部级优质产品。

11 月 11 日　中华人民共和国船舶检验局渔船分局发出《关于对湛江渔业公司气胀救生筏检修站认可的函》。这是渔船检验机构认可的第一个筏站。

12 月 12 日　中华人民共和国船舶检验局渔船分局颁布《钢质海洋渔船建造规范》。这是我国第一部钢质渔船建造规范，于 1985 年 1 月 1 日开始实施。

12 月　由芜湖造船厂建造的改进型大型鱼雷艇（代号 027IIB）试制艇通过技术鉴定。1976 年，由桂江造船厂建造的该型艇首制艇在试验中发现一些问题需改进设计，为此决定再试制 1 艘。此后，七〇一研究所于 1978 年底完成修改设计施工图纸，由芜湖造船厂于 1979 年 9 月开工建造，1980 年 9 月完成船体水密性试验，1983 年 9 月下水，同年 11 月下旬完成系泊试验，1984 年 1 月中旬完成海上快速性、4 级海情耐波性、鱼雷射击指挥仪攻击和四管鱼雷齐射等 20 个项目的试验，随后交付部队训练试用。改进后的试制艇达到了战术技术要求。该艇的研制成功标志我国鱼雷艇研制技术有了进一步的提高。

是年，新港造船厂荣获全国十佳企业管理优秀单位称号。

是年，为适应国内原油运输的需要，大连造船厂为广州海运局设计、建成了 6.5 万吨级油船。该船为单甲板、尾机舱型、单螺旋桨、球鼻艏油船，能满足大庆原油南运湛江及航行中东、日本，通过苏伊士运河开往罗马尼亚等航线的要求。

是年，由江陵仪器厂生产的双 37 舰炮指挥仪试制成功，完成定型。在设计定型试验中，曾遇到过平稳性和精度不能满足要求的问题。经过七一六研究所和江陵仪器厂共同努力，较好地解决了上述问题。双 37 舰炮武器系统的雷达、指挥仪、舰炮都是自行研制的，技术责任单位为船舶系统工程部。该指挥仪的研制成功是我国自主开发小口径舰炮武器系统领域中的一次突破。

是年，大连造船厂爆炸加工研究所成立。该所为推进造船与造机工艺技术的发展，做出了积极贡献。

是年，中国船舶工业总公司根据人才规划，决定恢复杭州船舶工业学校、武汉船舶工业学校，并将徐州船用阀门厂改建为徐州船舶工业学校。

是年，中央军委座谈会提出了武器装备研制实现合同制的意见。为此，国防科工委起草了《国防科研试制费用管理暂行办法》和《武器装备研制合同暂行办法》，由国家计委、财政部、总参谋部和国防科工委联合拟定后上报国务院、中央军委。

1985 年

2月4日　昆明船舶设备工业公司成立。

3月10日至4月29日　大连渔轮厂建造的6艘8154型600马力尾滑道冷冻渔轮参加了我国第一支远征西非的渔船队。经过50天航行，1万余海里的航程，顺利到达加那利群岛的拉斯帕尔马斯港，经受了远洋航行的考验，完成了艰巨的自行渡航任务。这在我国渔业史上是史无前例的，令国内外渔业界瞩目，实现了我国海洋渔业界多年来"打出去"的愿望。同年，8154型冷冻渔轮荣获"国家质量奖优质奖"。

6月　中型导弹驱逐舰较大型的收放式减摇鳍装置定型。这项技术是舰艇在高海情下提高舰载武器使用性能的一大关键。当时，它在我国舰艇技术中还是一个薄弱环节。1966年7月，七〇四研究所在试验样机装艇试验成功的基础上，着手为中型导弹驱逐舰研制较大型的收放式减摇鳍装置。该装置的单鳍面为3.6平方米，从控制系统中的敏感元件、陀螺机组到执行机构，全部由国内自行研制。在这套装置上第一次采用电液伺服阀，开创了国产减摇鳍装置采用伺服阀的先例。该装置各项技术性能指标均可与国外同类装置相比。

7月20日　时任全国人大常委会委员长彭真视察大连造船厂。

9月11日　国家计委批准大连造船厂香炉礁区新建20万吨级船坞的扩建任务书。1985年8月扩建工程正式动工。

9月 九江船舶工业公司成立。

10月13日 黄埔造船厂建造的出口孟加拉国037型猎潜艇"孟Ⅱ"艇（舷号P812）起航开赴孟加拉国。该艇于当年6月在黄埔造船厂下水，9月25日完工交船。037型猎潜艇因造价低廉、性能适中，很适合世界上一些发展中国家的近海防卫需求。此型艇还出口到埃及和阿尔及利亚等国家。

10月 国家计委、国家经委批准的沪东造船厂技术改造工程项目开工。

11月28日 中国船舶工业总公司发布《关于进一步扩大基层企业自主权的补充规定》。

12月4日 经国务院批准，交通部发出《关于成立船级社的通知》，并将船级社的性质和任务确定为："中国船级社是一个非官方的公众团体，其主要任务是承办国内外船舶和海上设施的入级检验、公证检验，接受有关单位委托或按协议规定各种代理检验等。凡是悬挂中华人民共和国国旗的各种国际航行的船舶及海上设施入级检验，均由中国船级社办理；中国船级社设在北京，根据工作需要可在国内外主要港口设立分支机构；并拟订《中国船级社章程》，设立董事会和技术委员会。"

12月 第3届中国国际海事会展在上海举行。

是年，由江南造船厂设计并建成2.1万吨散装货船共4艘，船名依次为"振奋1"至"振奋4"号。该型船配用苏尔寿5RND68M型低速柴油机，吃水9.5米，服务航速14.5节。与此同时，上海船舶设计研究院对该型船进行了改进设计。改型船应用先进节能技术，采用更多的国产设备和材料，载重量为2.04万吨，主机改用6RLB56型低速柴油机，主要尺度和线形都与2.1万吨的原型船不同，航速14节。该型船首艘由上海船厂建造，命名为"振奋5"号。

是年，由上海船舶设计研究院设计、大连造船厂首制的3.5万吨级的海洋散货船"鼎湖山"号建成试航。该船为肥大型，吃水11米，主机采用6RLB66型低速柴油机1台，航速14.5节，备有3台15吨起重机，以运煤为主，兼运谷物、矿砂，适合在国内维修，经济性好。与此同时，属"六五"计划期间开发的新船型之一的3.9万吨级散货船也由上海船舶设计研究院设计，江南、大连和渤海造船厂及上海船厂等批量建造，1985年起陆续投入营运。凡由江南造船厂建造的，主机一律采用6RTA58型柴油机，功率为7200千瓦，航速14.4节，载重量3.9万吨，定为39BC型。

是年，船舶工艺研究所及江南、沪东造船厂研制成功钢管内壁涂塑新工艺，取得了良好的技术经济效果。

是年，江州造船厂建造沿海双体客船"瑞昌"号。该船由上海交通大学进行方案和技术设计，江州造船厂为主进行施工设计和建造。该船总长98米，片体型宽8米，总型宽26米，最大排水量4664吨，设计航速16节，载客1502名，是当时国内最大沿海双体客船。

是年，海军装备修理部得以恢复，对舰船实施集中统管、综合修理。海军装备修理部于1961年成立。1963年后成立海军装备部，下设装备修理部和工厂管理部。1969年，装备修理部和工厂管理部归属海军后勤部，改称舰船修理工厂管理部；1974年，划归海军装备技术办公室；1983年，又归海军后勤部。

是年，据1985年全国工业普查统计，我国有造修船厂886家，工业总产值43亿元（1980年不变价格），民用钢质船舶产量191万吨，船舶修理完工价值6.2亿元，年末职工人数39万人，固定资产原值53亿元，船台1176座（5000吨级以上的64座，最大的为10万吨级），船坞279座（5000吨级以上的42座，最大的为5万吨级），浮船坞98座（钢结构37座，最大的为2.5万吨级），同1949年相比，增长幅度都在三四十倍以上。其中，中国船舶工业总公司所属造修船厂有26家，工业总产值21.7亿元，民用钢质船舶产量73.2万吨，民用船舶修理完工价值1.6亿元，年末职工人数14万人，固定资产原值29.5亿元，成为船舶工业的骨干力量。

1986 年

1月1日　经国务院批准，中国船级社正式成立，与船检局实行"一个机构、两块牌子"的工作机制，合用"ZC"标志。由此，中国船级社成为以船舶入级与安全监督为己任的船舶入级检验机构，承担起我国船舶检验主力军的责任和使命，按照国际规则和要求开展各项业务。一批新型船舶相继加入中国船级社船级，入级船舶总量在这一年突破1000万总吨，船型种类也开始向多样化发展，船用产品检验开始走出国门，进入国际市场发展。

1月16日　上海渔轮厂制造8105型198总吨400马力拖网渔轮通过部级鉴定，同年获国家质量银质奖。该渔轮较817型拖网渔轮又有许多改进：耐波性能良好，运动缓和上浪轻，主要设备经受过大风浪恶劣工况考验，能适应渔场作业需要；改进了起网方法，首次应用尾部液压卷网机（4吨/25米）的起网方式，安全省力；首次成功采用双速比齿轮箱，匹配低转速大直径螺旋桨，提高了螺旋桨推进效率；采用深水锚机，解决渔场锚泊问题；制冷系统具有实用性，舱温保持在2℃～-2℃，改善渔获物保鲜；稳性Ⅰ级。

1月20日　第六届全国人民代表大会常务委员会第十四次会议通过新中国成立以来制订的第一部《中华人民共和国渔业法》（简称《渔业法》）。《渔业法》为渔船检验工作提供了法律依据，明确了渔业船舶检验是法定检验，具有强制性法律效力。

3月29日　渤海埕北A区采油平台生产模块陆上建造工程竣工。该生产模块由日本负责技术设计，大连造船厂负责施工设计，于1985年1月29日在大连造船厂投料开工。采油平台为桁架式钢结构，上面设有钻井、采油、储油、输油、动力等生产设备，陆上建造时由3个组块合成，总重量2000吨。内部安装126台原油处理设备、1152个自动监控测试仪表以及严格的防火防爆设施。整个工程均按国际规范设计施工。

3月　在北京京城大厦钢结构工程招标中，中国海洋石油平台公司和沪东造船厂，经过同国内外厂商的激烈竞争，一举夺标。这是船舶工业总公司，也是我国第一次由国内企业承建高层建筑钢结构工程。

4月14—21日　中国船舶工业总公司第二次工作会议在北京召开。会议提出船舶工业"七五"时期的主要任务是：打基础，上水平，为后10年船舶工业的振兴准备技术和物质条件。

4月16日　李鹏、田纪云、郝建秀、宋健等国家领导人在中南海怀仁堂接见船舶、电子行业的20多名专家，并与他们进行了座谈。李鹏在讲话中希望船舶成为我国主要出口商品之一。

4月　中央新闻纪录电影制片厂张景泰导演带剧组到黄埔造船厂采访，拍摄有关"柯拜船坞"遗址造船工业纪录片。该纪录片发行世界156个国家和地区。

5月　国务院授权国家经委，颁发了一个新规定，进一步控制包括以下6类船舶产品在内的一批机电产品必须立足国内制造。这6类船舶产品是：12万吨级以下的货船、油船、挖泥船、995千瓦以下的拖船和远洋渔船、船用集装箱、自升式和半潜式钻井平台。

6月　大中型舰艇综合导航系统被批准设计定型。该系统是继远洋测量船综合导航系统之后的第二个综合导航系统，由平台罗经、卫星/奥米加组合导航仪、电磁计程仪等主要设备组成。承担该系统和单机研制、生产任务的有3个研究单位、8家工厂。系统的技术责任单位是船舶系统工程部。我国研发的第三个综合导航系统用于中、小型舰艇，由哈尔滨船舶工程学院负责研制，与第二个综合导航系统同年同月获批设计定型。

7月　由七一六研究所在机电式深弹反潜指挥仪的基础上研制成的数字式深弹反潜指挥仪完成设计定型。该装置配置在导弹驱逐舰上，兼有控制火箭式深弹和大型深弹发射的功能。

7月　中国船舶工业总公司召开专门会议，总结交流七船厂通过对口合作从日本船厂引进"软技术"的情况和经验，加强协调管理，进一步推进合作"软技术"的消化吸收和横向交流。从1978年开始，我国先后有大连造船厂、江南造船厂、沪东造船厂、广州造船厂、新港船厂、上海船厂、北海船厂与日本相关知名船厂结成对子，签署了合作协议和具体的项目合作合同。其中，大连、新港、广州、北海4船厂同日本相应船厂建立了"友好企业"关系。对口合作是我国造船厂同具有世界先进水平的国外造船企业的全面接触。通过合作，我国船厂取得了明显进步，在短时间内缩小了同世界先进水平的差距，增强了适应国际船舶市场需求的能力。

8月7日　位于我国南海北部湾东北部的"潿10-3油田"投入试生产。这是我国海上石油对外合作以来，在南海海域第一个投入试生产的油田。"潿10—3单点系泊（SPM主体）工程"由黄埔造船厂建造。

10月25日　我国第一座可以模拟风、浪、流海洋环境的试验水池在七〇八研究所建成，并通过国家验收。

12月2日　国营青岛造船厂为胜利油田建造的2000马力浅海多用途拖船下水，该船在国内首次采用大功率喷水推进技术。

12月23日　福建马尾造船厂为庆祝建厂120周年，举办纪念福建船政创办 120 周年学术研讨会。厂史陈列馆建成并对外开放。

12 月 "红旗-61"型舰空导弹系统试验成功。"红旗-61"是我国研制的第一代中近程防空导弹。"红旗-61"防空导弹先作为地空导弹预先研究，1967 年中央军委决定改为舰空导弹，并指示由 12 个研究所、11 个工厂、2 个试验基地和有关配套协同单位共同承担这一系统的研制工作。

是年，中国造船工程学会在扬州召开了三届二次理事会，补选了 36 名年龄较轻的理事。

是年，山东省交通厅航运管理局烟台海运公司威海船厂海河联运顶推船组获全国科技进步三等奖。

1987 年

1 月 12 日　中央领导人邀请全国各地为国家作出突出贡献的 19 位专家到中南海做客，中国船舶工业总公司被邀参加的是江南造船厂总工艺师卢在。

1 月 20 日　大连造船厂为挪威克纳森航运公司建造的我国第一艘 11.5 万吨级穿梭油轮"兰希德克纳森"号交付使用。这是一艘具有 20 世纪 80 年代国际先进水平，自动化程度很高的大型现代化油轮。总长 256 米，型宽 46 米，型深 22.2 米，采用了端点自动定位、双主机、艏侧推、双可变螺距螺旋桨、双组合舵、高压轴带发电机和 24 小时无人机舱制等先进装置和技术，配备有两台各为 7180 千瓦的 MAN/B&W4L70MCE 低速柴油机。该船于 1985 年 6 月 29 日开工建造。

1 月　由沪东造船厂与七一一研究所联合研制适用于 3000 ~ 7000 吨级浅吃水肥大型船舶作主机的 E34/82SDZC 型船用低速柴油机系列首台样机研制成功，并通过鉴定。其功率范围为 1840 ~ 2940 千瓦。该型机保留了 43/82 系列机的主要结构，吸收了"长行程型"柴油机的各项主要技术。其主要技术参数比 43/82 C 型机有很大的提高，达到了国际同类型机的先进水平。

1 月　国务院、中央军委正式批准的《国防科研试制费用管理暂行办法》

和《武器装备研制合同暂行办法》颁布实行。此后，有关部门又制订了一系列实施细则、办法和规定。这一重大改革，使国防科研管理的运行机制发生了深刻的变化。

2月　烟台造船厂为山东省牟平县辛安河金沙矿开工建造200立升采金船。根据地质部门的勘探结果，200立升采金船可以像船一样移动，在河滩地带采集黄金。它的建造填补了我国黄金机械的一项空白。

3月3日　6.9万吨化学品/成品油船在大连造船厂建成。该型船是大连造船厂与挪威奥斯柯航运公司联合设计，为奥斯柯航运公司建造的。该型船是我国第一次建造的新船种，也是当时国际最先进的船种。为此，大连造船厂成为我国第一家能够建造化学品船的船厂，该型船也成为我国第一代化学品船的代表。

4月27日　我国第一艘航海训练舰"郑和号"在求新造船厂建造完成，正式交付海军大连舰艇学院使用。该舰由七〇八研究所设计，1985年7月6日上海求新造船厂和海军正式签订建造合同。1986年7月12日下水后，经码头试验、航行试验合格后交船。"郑和"号训练舰是我国自行设计建造的第一艘远洋航海训练舰。这是中国人民海军成立以来，为海军院校建造的第一艘远洋航海训练舰，被誉为"中国军校第一舰"。

5月26日　中华造船厂为丹麦王国建造的"巴尔蒂玛太阳"号顺利下水。这是我国为丹麦建造的5艘2700吨多用途集装箱船中的第一艘，也是我国出口船舶中国产化程度较高的一艘，选用的热油锅炉具有当时国际先进水平，在我国尚属首次采用。

6月2日　国际船级社协会（IACS, International Association of Classification Societies）第21届理事会正式批准中国船级社（CCS）成为正式会员的申请。这意味着中国船级社经过两年的精心筹备，终于叩开了IACS的大门。由此，中国船级社开始全面受理技术合作和授权检验的国际协议，普遍开展中国旗和外国旗船舶的入级检验和法定检验，加快国际服务网络建设。加入IACS，对于中国船级社来说是一次历史性的跨越，意味着中国船级社拿到了重要的国际通行证，并获得国际保险商协会的认可，船舶拿到中国船级社的入级证书便可以航行到世界各地。

6月11日　马尾造船厂与荷兰IHC公司合作建造的2300立方米耙吸式挖

泥船建成,在上海吴淞口完成试挖作业。经专家鉴定,该船性能达到 20 世纪 80 年代国际先进水平。1985 年 1 月,福建省代表团赴荷兰,与荷兰 IHC 公司签订合作建造挖泥船的技术服务、设备供应合同,由马尾造船厂建造。

7 月 20 日 沪东造船厂建造的 4.2 万吨级远洋货轮"泰平海"号正式竣工交船。这是该厂为青岛远洋运输公司建造 8 艘同型船的最后一艘。该船建造质量和性能达到 20 世纪 80 年代世界先进水平,配套设备国产化率达到 75%。

8 月 27 日 广东香洲渔船厂建造长 19.5 米、型宽 5.6 米、型深 2.1 米、吃水 1.55 米、满载排水量 67.4 吨的玻璃钢金枪钓刺渔船下水。这是当时全国最大的玻璃钢渔船。

10 月 10 日 为适应承担发射国际商业卫星的海上跟踪测量任务,"远望1"号、"远望 2"号远洋测量船完成中修及现代化改装工程。

10 月 江南造船厂建造的首艘 6.4 万吨巴拿马型散货轮"祥瑞"号交付使用。该船是由江南造船厂与香港 PC 公司合作设计的,船长 225 米,型宽32.2 米,型深 18 米,设计吃水 12.5 米,入法国船级社。"祥瑞"号船一上市,便在伦敦租船市场上单独挂牌,是中国首次进入伦敦租船市场的船舶。该船因其优异的经济性能被称为"中国江南型"。

11 月 4 日 福建省渔轮修造厂开工建造出口日本的"郑和"号仿古官船。

11 月 由江宁机械厂研制的新型声线轨迹仪完成设计定型。

12 月 18 日 中国船舶工业第一个企业集团——大连船舶工业公司(集团)成立。它以中国船舶工业总公司直属企业为基础,逐步发展成包括地方船厂、配套厂、船舶科研单位及金融机构在内的东北造船企事业集团。

12 月 26 日 福建省渔轮修造厂建造的"FJ815"型、"FJ816"型钢壳渔轮经鉴定,确认为国内首创船舶产品。

12 月 由上海船舶设计研究院为主进行方案设计和技术设计,沪东造船厂为主进行施工设计并建造的 6.3 万吨级油船首制船交船,该船命名为"大庆 91"号。同年,该厂对该船型稍做修改后,建成第二艘,出口智利。

12 月 500 型空布训练沉底水雷设计定型。500 型空布训练沉底水雷是供海军航空兵部队进行海上布雷训练使用的一种新型训练水雷,由汾西机器厂和海军航空兵一师共同研制。该型水雷可用于进行与战雷相同的各项准备、检查、安装和布雷等训练科目的操练。其特点是设计了快速充气浮圈系统,使水雷可以整体回收。

12月　第4届中国国际海事会展在上海举行。

是年，中国船舶工业总公司系统掀起学习优秀知识分子代表华怡的热潮。华怡是七〇八研究所气垫船专家，是在中国共产党哺育下成长起来的新中国优秀知识分子。

是年，军品生产锐减，民品生产大幅上升。军品生产占船舶工业总产值的比重，由1979年以前30年中的平均产值62%，到1985年下降为22.9%，到1987年进一步下降为14%，民品产值则上升为86%。1983年，中国船舶工业总公司召开工业工作会议，提出了"国内为主，积极出口，船舶为主，多种经营"的方针，以此落实各项具体任务。会后，各企业根据自己的实际情况，加快调整生产结构的计划性和针对性。按照军民结合、造船为主、造修结合、多种经营的原则，改变生产组织，强化经营环节，提高应变能力。地方所属的一些中小型船厂，除个别外，基本上稳定了长期修造民船的任务。一批地方所属船用配套设备厂，除少数按照军品优先的原则，继续承担军品配套任务，保留必要的军品生产能力外，多数转产民品，不再承担军品配套任务。

是年，"特-1"型火箭上浮水雷年内完成设计定型。"特-1"型火箭上浮水雷是一种兼有锚雷和沉底雷之所长的特种水雷。该型水雷为七一〇研究所的重点研制项目。七一〇研究所为研发该型水雷，从1981年起进行了上百次的大、中、小型江、河、湖和海上试验及实验室试验，解决技术关键30余项。"特-1"型水雷布设深度大，隐蔽性与抗扫性好，水下定位准确，上浮速度快，爆炸威力大，动作区域性好。它的研制成功为海军装备现代化建设做出了贡献。

是年，港湾扫雷艇（082型）经试航试验成功后交船。1976年，海军在第三次反水雷装备规划会上提出了在该段时期内反水雷装备的发展方针，确定研制新一代的艇具合一港湾扫雷艇（082型）。该型艇装备有电磁、声、次声及截割爆破扫雷具，有效作用范围较312型艇大数倍。艇上设备采取了抗强冲击措施，各型设备能在强磁场环境下正常工作，实现了高度集中控制及自动化。该艇于1984年在江新造船厂开工建造。

是年，国务院、中央军委决定改革国防科研经费拨款制度，对军品研制实行合同制。新的拨款办法将武器装备研制费、应用和基础研究费的大部分都按计划立项分配给各军兵种，中国船舶工业总公司掌握的经费很少，并且型号研制由军方与企事业单位签合同，预研通过合同、基金等形式下达给承担任务的单位，实行项目管理。这一做法顺利实现了从指令性计划向计划指导下的合同制过渡，逐步建立了适应社会主义市场经济的军工科研生产管理体制，对完成研制周期长、跨部门协调复杂的军工研制任务起了重要的体制保证作用。

1988 年

1 月　山东省黄海造船厂自行设计生产的 HC814 型 136 千瓦拖网渔船获得国家优质产品银质奖。HC814 型 136 千瓦系列渔船的本型船于 1974 年 3 月开始设计，1975 年 1 月开始建造。本型船经过多次改进，增加了箱龙骨，改造了导流管，增加了稳性，提高了拖力，受到我国沿海渔民欢迎，1986 年 12 月获农业部优质产品奖。

2 月 2 日　中国船舶工业总公司第三次工作会议在北京召开。会议的主要内容是进一步推进改革，部署 1988 年及"七五"计划后 3 年的工作。

3 月 10 日　烟台造船厂设计建造的 882 千瓦"Z"推港作拖轮通过省机械厅组织的鉴定。该拖轮是烟台造船厂与七〇八研究所协作的产物。这是我国自行设计并建造的第一艘 882 千瓦"Z"推港作拖轮，在船舶种类和规格两个方面均填补了国内空白。

5 月 30 日　中国船级社加入国际船级社协会（IACS），并成为该协会理事会成员。至 1988 年，中国政府已参与船舶建造和检验的有关国际公约有：《国际海上人命安全公约》《国际船舶载重线公约》《国际防止船舶造成污染公约》《国际船舶吨位丈量公约》《国际海上船舶避碰规则公约》（有关船舶信号设备）《国际集装箱安全公约》等。

6 月　中国造船工程学会第四次全国会员代表大会在广州召开，会议代表 350 名。这次会议改选了学会领导，潘曾锡为理事长；调整了组织机构，原编辑工作委员会并入学术工作委员会。在各地科协的支持下，北京、天津、辽宁、黑龙江、上海、江苏、浙江、安徽、福建、江西、山东、武汉、广东、广西、四川和云南等地建立了 16 个造船工程学会。1988 年，地跨陕西、山西、青海 3 省的西安造船工程学会建立。

7 月　截至本月底，中国船舶工业总公司系统 12 家企业被批准晋升为国家二级企业。它们是：大连船用柴油机厂、大连船用推进器厂、渤海造船厂、大连造船厂、广州造船厂、上海导航仪器厂、上海航海仪器厂、新中动力机厂、安庆船用柴油机厂、保定蓄电池厂、华南船舶机械厂、大连船用阀门厂。根据国务院《关于加强工业企业管理若干问题的决定》和有关文件，我国船舶工业企业先后开展企业升级工作。

8 月 6 日　昆明船舶设备集团公司成立。

8 月 16 日　由七〇八研究院设计的"鸿翔"号侧壁式气垫船在中华造船厂建造完成，交付使用。"鸿翔"号为 258 客位双体气垫船，属于第三代气垫船，具有经济、实用、可靠、结实的特点，适宜于向大型海洋双体侧壁式气垫船过渡。

8 月 19 日　时任国务院总理李鹏视察导弹核潜艇。翌日，视察大连造船厂。

9 月 19 日　青岛北海船厂建成我国第一座极浅海步行坐底式钻井平台"胜利 2"号。这是我国造船史上的一项重大突破。该平台由胜利油田与上海交通大学、青岛北海船厂联合研制，是一座能够"涉水、步行"的两栖钻井平台。它的研制完成是我国产、学、研联合研制新型重大技术装备的成功范例，属国际首创。该平台长 72 米、宽 42.50 米，外体甲板高 12.60 米，内体甲板高 10.80 米，总重 5082 吨。它是为开发黄河入海口附近、渤海湾沿岸方圆 8700 多平方公里的滩涂和浅海地区所蕴藏的丰富石油资源而特殊设计的。该平台的建造成功，标志着中国平台建造技术又有新的突破，引起世界造船业的关注。

9 月 14—27 日　我国自行研制的弹道导弹核潜艇在东海海域进行水下发射运载火箭试验并取得成功。在此期间，在我国南海海域还成功地进行了具有重大意义的鱼雷核潜艇的 3 项深水试验，包括极限深度试验、水下高速航行试验和大深度鱼雷发射试验。弹道导弹核潜艇和远洋测量船队的研制和试验成功，使我国成为继美、苏、英、法 4 国之后，世界上第五个拥有海上机动发射战略导弹能力的国家，以及继美、苏、法 3 国之后世界上第四个拥有远洋测量船队的国家。这两项重点工程的研制成功，也标志着我国自行研制第一代舰艇的历史任务已基本完成，船舶工业的科学技术水平已提高到一个新的高度，并开始转入研制新一代舰艇的发展阶段。

10月5日　烟台造船厂为胜利油田建造的浅海座底式钻井平台"胜利3"号举行交货仪式。该平台由胜利油田钻井设计院负责技术设计，烟台造船厂承担生产设计，主船体由上海中华船厂分包建造，钻台、上层建筑等由烟台造船厂建造并负责总体调试。该平台借助于沉垫内的压载水舱进行注水或抽水，以艉端先着底的方式从漂浮状态下沉座底或从座底状态起浮至海面。它适用于渤海湾内水深2~9米泥沙质海底、海床宏观坡度1/1000左右、最低环境温度不低于–10℃进行钻井作业。

10月　我国建造第一艘4000辆汽车滚装船"沃尔夫斯堡"号在江南造船厂交付。

11月　"鱼-3"型鱼雷的改进型"中华鲟-2"型鱼雷通过鉴定。该改进型鱼雷是曙光机械厂、七五〇试验场和七〇五研究所联合筹集资金协作开发的。

12月29日　国内第一艘5000吨江海直达货船在福建马尾造船厂建造完工交船。该船采用当时最新的江水净化设备，有效防止泥沙积淀。

12月31日　大连造船厂为挪威克诺森航运公司建造总长为260米的11.8万吨穿梭油船交付。这是我国当时建造的最大吨级的船舶。

是年，中国船舶工业总公司分别成立全国海洋船标准化技术委员会、全国船用机械标准化技术委员会、全国船舶舾装标准化技术委员会及其下属的10个分技术委员会。同时，交通部成立了全国内河船标准化技术委员会，农业部也成立了全国渔船标准化技术委员会。到20世纪80年代末，在现行的293项国家标准中已有65%达到国际标准，在船舶专业标准中也已有50%达到国际标准。

是年，中国船舶工业总公司印发船总规〔1988〕66号文件，将原六〇一研究所、六〇二研究所、六〇三研究所合并，成立中国船舶工业综合技术经济研究院（后来六〇二研究所没有并入）。

是年，中国船舶工业总公司徐州阀门厂移交徐州市管理。

是年，中国船舶工业总公司第五十三研究所调整搬迁，划归成都市管理。

是年，中国船舶工业总公司成立中国船舶工业物资总公司，归口领导各地区物资管理处（站）。

是年，经国务院、中央军委批准，船舶工业军工生产能力作了大幅度调整，总体上压缩了80%。

是年，汉光机械厂研制的功能分布式双130舰炮微机指挥仪由海军军工产品定型委员会批准设计定型。该指挥仪系我国自行研制的第一型舰炮微机式指挥仪，其可靠性比原数字式指挥仪提高一个数量级。它的研制成功，使我国中口径舰炮指挥仪实现了更新换代。该指挥仪于1985年2月在汉光机械厂装出样机。样机装出后，于1986年7月完成工厂调试、可靠性试验及环境试验，同年完成装舰海上试验，并正式交付部队使用。

是年，贯彻落实邓小平关于船舶出口和引进先进技术的指示，我国船舶工业走出了一条"出口—引进—再出口"的发展道路。通过船舶出口和技术引进，各骨干船厂的造船技术水平和产品质量普遍有了提高。自1979年国家开展评选优质产品到1988年，中国船舶工业总公司共有325项产品获国家和部级优质奖。其中，民用船舶获金质奖的有11.5万吨穿梭油船、6.9万吨化学品成品油船和2.7万吨"世沪"号散货船等。大连造船厂建造的6.9万吨化学品成品油船与11.5万吨和11.8万吨穿梭油船，是具有20世纪80年代国际先进水平的新型船舶。沪东造船厂建造的2700箱大型冷风集装箱船，自动化程度高，技术密集，属"未来型"船舶。这些出口德意志联邦共和国、挪威和美国的新型船舶获得了良好的国际赞誉。20世纪70年代后期，中国船舶出口获得突破，打开了国际船舶市场的大门。

到20世纪80年代末，中国船舶工业不仅渡过了国际船舶市场的低谷期，在激烈的国际竞争中站稳了脚跟，而且使出口船舶的建造技术又提高一步，在国际市场上扩大了阵地。据统计，1952年到1978年的27年，共计出口中小型船舶864艘，计16.11万载重吨。从1979年到1988年的10年内，共出口船舶261艘，计258万载重吨，实际出口创汇14.3亿美元，出口范围已遍及世界五大洲二十多个国家和地区。出口船舶的建造质量和技术性能已接近或达到世界20世纪80年代的先进水平。

1989 年

1月14日 中国船级社颁布《钢质海船入级与建造规范（1989版）》。

1月 在西昌卫星发射塔建造工程招标中，中国国际海洋石油工程公司和武昌造船厂中标。该工程是国家重点建设项目。工程于同年3月开工，12月竣工，保证了"长征2号"捆绑火箭按时发射成功。为此，国防科工委赞誉武昌造船厂为"铸造通天塔大师"。

1月 大连渔轮厂设计建造的8160型1000马力拖网尾滑道渔轮荣获农业部优质产品奖称号。该型船总长44.36米，垂线间长38.00米，设计水线长41.00米，型宽7.60米，型深3.75米，设计吃水2.85米，满载排水量499.68吨，空船重量331.14吨，主机8300ZC1×1，1000马力×450转/分钟，设计航速11.5节。

2月3日 时任中共中央政治局常委、书记处书记、中纪委书记乔石视察大连船用柴油机厂。

2月11日 沪东造船厂在上海南浦大桥主桥钢结构工程招标中一举中标。

3月2日 沪东造船厂为智利索那普石油公司建造的6.2万吨"哈恩角"号原油轮交船。

3月9日 机械电子工业部船舶行业办公室成立。其主要任务是：组织制定船舶工业行业的方针、政策；负责船舶工业限额以上的建设项目的初审；组织编制船舶工业行业长远规划；负责拟定船舶工业行业法规，进行必要的行政干预；审查颁发船舶工业产品生产许可证；归口管理船舶工业的部颁标准和专业标准。

3月16日 当时国内最大的20万吨级船坞在大连造船厂香炉礁新区开工兴建。3月1日，大连造船厂与交通部第一航道局签订建设20万吨级船坞承包合同。

3月27日　渤海造船厂与上海海运局签订建造我国第一艘3.5万吨浅吃水肥大型运煤船合同。这是我国重大技术装备攻关项目，由中国船舶工业总公司和交通部共同组织科研开发，上海船舶设计院设计。

4月3日　中宣部、国家体改委、全国总工会表彰1988年度全国思想政治工作百家优秀企业和百位优秀个人，大连造船厂和江南造船厂党委书记滕一龙分别获得优秀企业和优秀个人称号。

4月5日　由七〇八研究所设计、沪东造船厂建造的高技术海洋石油开采船舶5.2万吨浮式海上储油船"渤海友谊"号交船。这是我国建造的第一艘浮式生产储油卸油船FPSO。该型船的建成，不仅实现了我国FPSO设计与建造零的突破，而且也建成世界上第一艘用于浅水、冰海海域的FPSO，显示了我国海洋工程研制水平上了一个新的台阶，标志着我国海洋石油开发进入全新的时代。

6月3日　沪东造船厂和上海船厂联合制造成功第一台苏尔寿7RTA84EB型船用低速柴油机。该机最大功率为2.31万千瓦，安装在沪东造船厂为德意志联邦共和国建造的2700箱冷风集装箱船上。

6月10日　九江船用机械厂设计制造的卧式铰链开盖式7.85MPa深海机器人压力试验筒通过评审。该设备属国内首创，达到20世纪80年代国际先进水平。

8月28日　江泽民、李鹏等党中央、国务院领导人在中南海同来自教育和科技战线上有突出贡献的12位专家进行座谈。七〇八研究所高级工程师、著名船舶设计大师许富良参加座谈。

8月30日　宜昌船舶柴油机厂研制的首台ZW24型1760/200M造纸机在河北省武安市造纸厂安装调试完毕，出纸一次成功。该机日产文化纸26.3吨，系中小型造纸厂造纸的理想机型。

8月　中国船舶工业总公司原万县6厂调整搬迁重庆市，并与重庆五洲实业公司合并组建华渝电气仪表总厂。

9月2日　国家技术监督局正式授权中国船舶工业总公司成立"国际计量认证船舶评审组"，负责船舶类产品技术检测及大型实验室的国家计量认证评审和受理申请工作。

9月6日　福建省政府口岸办公室批准马尾造船厂为外轮修理基地。

9月22日　在中共中央组织部召开的全国先进基层党组织表彰大会上，中共江南造船厂委员会和中共上海船用柴油机研究所委员会获"全国先进基层党组织"称号。

9月23日　斯太尔 WD615-67 型首台机动车由四川柴油机厂试制成功。

9月26日　江宁机械厂开发研制的 SJN2031 型 B 超仪在无锡通过生产鉴定。该 B 超仪经临床应用表明，在技术性能等方面具有 20 世纪 80 年代中期世界同类产品先进水平。

9月　由中国国际海洋石油工程公司和武昌造船厂联合总承包，在武昌造船厂建造的西昌卫星发射塔架一期工程完工。它是国内当时最大的航天发射设施。

9月　由青岛北海船厂建成的全国第一座极浅海步行式钻井平台"胜利 2"号一次调试成功并步行下水，在国内外引起了强烈反响，被中央电视台《神州风采》节目选为"中国船"的代表产品。该平台投产后在渤海湾附近成功地钻探了 3 口高产井，为探明该地区的石油储量、制订开发规划提供了宝贵资料。平台因各项性能良好，受到业主好评，并被评为中国船舶工业总公司优质产品。

10月14日　大连造船厂生产的 3.5 万吨浅吃水经济型散货轮和 8 万吨成品/原油轮被国家计委确定为"1989 年国家级新产品"。

10月31日　中华造船厂为上海铁路局设计建造的我国当时最大、最先进的火车轮渡"北京"号下水。该船长 134.6 米，型宽 17.2 米，满载排水量 6088.1 吨。它是上海铁路局为解决芜湖到裕溪口的铁路运输问题建造的两艘火车轮渡中的第一艘。

11月10日　由七〇八研究所设计、天津大沽船厂制造的我国第一艘全垫升式气垫登陆艇（722 II 型）在天津大沽船厂建造完成交船。该型气垫船总重 73 吨，载重量 12.5 吨，最高时速达 85 公里。该型艇的成功设计和研制建造，标志着我国气垫船技术跨入实用化阶段。

11月13日　福建省渔轮修造厂设计建造的"郑和"号、"飞帆"号仿古官船通过国内首创先进技术鉴定。

12月2日　在第 38 届国际尤里卡世界发明博览会上，七〇二研究所研制的"信天翁-I 型、II 型冲翼艇"荣获博览会最高奖"评委会大奖"。七〇四研究所的"油污水分离装置"获金奖。沪东造船厂的"柔性组合电热器"、中华造船厂和华东物资配套供应办事处普航室的救生衣灯获银奖。

12月3日 福建省马尾造船厂承造的首批8艘出口秘鲁渔船完工,在莆田秀屿港由20000吨级远洋半潜驳船启运秘鲁。

12月 第5届中国国际海事会展在上海举行。

是年,中国船舶工业总公司成立华雷机械电子集团。

是年,宁波渔轮厂设计制造的8154型冷冻艉滑道拖网渔轮在1989年全国艉滑道拖网渔轮行业评比中荣获第一名。

是年,福建省渔轮修造厂建造8154G型441千瓦尾滑道冷冻拖网渔轮荣获福建省首届工业品博览会银质奖。同年,在全国冷冻尾滑道渔轮产品质量行业评比中,多种性能指标和质量指标均已超过一等品标准,经审核获部优产品称号。

1990 年

1月6日 由昆明船舶设备工业公司研制的首条5000公斤/小时烟草制丝生产线在河南许昌烟厂通过国家鉴定。经过试生产和专家鉴定,该生产线达到或接近国外同类生产线水平,国产化率达到90%~95%,投产后一年可为国家节省80万公斤烟叶,价值2000万元,当年即可收回全部设备投资。

3月30日 由广州船舶及海洋工程研究院设计、西江造船厂建造的新型超浅吃水漓江游艇通过了技术鉴定。该艇总长29.8米,型宽5.4米,吃水0.43米,航速20公里/小时,载客92人。该艇采用了纯侧向推进等新技术。

4月8日 时任中共中央总书记江泽民视察渤海造船厂。

5月8日 沪东造船厂为德意志联邦共和国汉堡哈劳公司承造的2700箱大型冷风集装船"柏林快航"号交船。该船总长233.915米,两柱间长220.415米,型宽32.3米,型深18.8米,可装载2717个集装箱。设计服务航速21节,续航力2.4万海里,船员定额16人,入德意志联邦共和国劳氏船级社船级。该船是当时世界最高水准的全格栅集装箱船,也是最大的集中供冷风的冷藏装箱船，由沪东造船厂和德意志联邦共和国雪夫考公司联合设计。该船在建造中共采用了 50 多项先进专利技术。

5 月　上海船厂和大连船用柴油机厂接受两台 5RTA52 型低速大马力柴油机订单。这两台柴油机通过瑞士苏尔寿公司向德意志联邦共和国出口。该型柴油机功率为 9650 马力，具有当时国际先进水平，是我国首次向西方工业发达国家批量出口大功率船用柴油机，标志着我国船舶配套能力向世界先进行列又迈出了一步。从 1980 年开始，中国船舶工业总公司就有重点地从国外引进世界名牌船用设备 48 项。经过消化吸收和改进提高，我国船用柴油机的生产技术水平和生产能力均得到大幅提高。至 20 世纪 80 年代末，我国按引进技术生产了柴油机 776 台，零部件国产化自给能力达到 80% 以上。

5 月底，安庆船用柴油机厂研制的 DFF·500 麸质浓缩离心机通过技术鉴定。DFF·500 麸质浓缩离心机是国家"七五"科技攻关项目。该产品的研制成功，填补了我国分离机械产品的一项空白。

6 月 2—3 日　国务院重大办、交通部和中国船舶工业总公司在大连联合主持召开 3.5 万吨级浅吃水经济型散货船鉴定会。鉴定委员会一致认为，该型船设计先进，施工方便，建造质量良好，是一种装载量大、快速性好、装卸方便、能耗低、效益高的优秀船型，适合我国航道水浅、港口多为河口港的国情，是我国北煤南运的又一主力船型。该船型为我国当时建造的最大浅吃水（宽度吃水比 3.2）肥大型（方形系数 0.825）运煤船。

6 月 11—16 日　中国船舶工业总公司在天津召开有 8 个重点船厂、主要配套厂和有关研究院（所）等单位参加的缩短造船周期座谈会。会议总结了中国船舶工业进入国际市场后的经验和教训，指出我国造船业造船周期过长，造成的成本上升，将抵消人工成本低的优势。为提高国际竞争力必须下大力气缩短造船周期。会议确定，"八五"期间在基建和技改方面，重点安排骨干船厂改造，增加 3.5 万吨级以上造修船能力；在企业管理方面，以缩短船台周期为中心，狠抓生产技术准备和深化生产设计，推广壳舾涂一体化新工艺，积极学习国外先进造船技术和企业管理经验，实现 1992 年造船产量突破 100 万吨。

6 月　农业部设立渔业船舶检验局，对外沿用"中华人民共和国船舶检验局渔船分局"的名称。

7 月 10 日　中国船级社与利比里亚共和国政府海事主管机关签订船舶法

定检验全面授权协议,开始接受外国政府授权代行有关船舶法定检验。

7月13日 1990年度国家科技技术进步奖揭晓。中国船舶工业总公司共获奖15项,其中一等奖2项,二等奖6项。

7月15日 上海船舶工艺研究所研制的双组分高压无气喷涂设备在上海通过技术鉴定。专家鉴定认为,该设备达到国外同类产品20世纪80年代水平。该设备被列为"七五"科技攻关项目,属国内首创。

7月25日 中国船舶工业总公司颁布《关于进一步理顺地区公司管理体制的决定》和《进一步理顺大连、昆明集团公司管理体制的意见》。该两个文件的颁布,对于进一步理顺我国船舶工业管理体制,尽快提高国际竞争力,具有十分重要的指导意义。

7月 上海船用柴油机研究所和碳酸盐研究所联合研制的陶瓷发动机,进行了上海至北京1500公里装车路试,最大时速45公里。这是继美国、日本之后仅有的几次成功的陶瓷发动机装车试验。无水冷陶瓷发动机是我国"七五"期间重点科技攻关项目。

8月13日 大连船用推进器厂生产的9.5万吨级油船配套螺旋桨完工交付大连造船厂。该桨直径7.6米,净重27.4吨,是我国制造的首只超大型船用螺旋桨。

9月10日 《中国船舶报》创刊。《中国船舶报》是我国唯一一份以宣传报道船舶工业行业发展态势为主要内容的综合性报纸。读者遍及船舶工业各企、事业单位以及大中专院校、航运、港口、船检、海军、贸易及相关机构等。

10月25日 时任中共中央总书记江泽民视察大连造船厂、大连船用柴油机厂和筹建中的大连造船新厂。

12月3日 大连造船新厂正式成立。大连造船新厂的前身是大连造船厂香炉礁厂区,始建于20世纪70年代初。经过改扩建后,大连造船新厂拥有了10万吨级半坞式船台和海上石油工程专用平台各1座,配置有580吨龙门吊及其他相应起重、加工设备,建有船体装焊车间和自动化程度较高的船体、舾装生产线。大连造船新厂近期年生产能力为20万吨,远期生产纲领目标为年造船吨位76~79万吨。

12月14日 历时6年,总投资1.4亿元的沪东造船厂技术改造项目竣工验收。该项目是新中国成立以来，上海船舶工业最大的技术改造项目。项目对造船船台进行了扩建。扩建的船台能建造 7 万吨级以下各类船舶，是当时上海市区最大的一座纵向下水的万吨级船台。通过本次技改，项目还引进了一批较先进的加工、切割及电子计算机等设备，新建船体加工装焊车间、机电安装车间、柴油机车间等设施，共新增建筑面积约 7.4 万平方米。沪东造船厂具备年产船舶 32 万吨、船用中低速柴油机 15 万千瓦的生产能力。

12 月 15 日　江南造船厂提前全面完成年度生产任务。全年累计造船 21.73 万吨，超过年生产计划 45%，占中国船舶工业总公司造船总量的三分之一，创我国单个造船企业年造船产量历史新高。同时，该厂手持新船订单 68 万吨，合同金额 20 亿，名列全行业榜首。

12 月 27 日　中国船舶工业总公司所属保定蓄电池厂为中美合资北京吉普汽车有限公司"切诺基"吉普汽车配套而开发研制成功的 58475 型免维护铅酸蓄电池顺利通过科技成果鉴定。该产品的各项电气性能均达到美国 SAE 标准和 AMII5203"免维护蓄电池"规定要求。该蓄电池耗铅量、比功率、比能量及免维护性能等综合技术性能均达到 20 世纪 80 年代国际先进水平，是 SLI 电池换代产品。

是年，在全国优质产品评选中，中国船舶工业总公司获得国家优质奖的产品是：由江南造船厂建造的 2.4 万吨汽车滚装船；由江苏省无锡电机厂生产的 1FC5 系列船用三相无刷同步发电机；由江西九江仪表厂生产的 JJD 型系列单三相电度表校验台；由广州造船厂生产的 929—115 型水翼；由大连船用柴油机厂生产的 5SMCE 船用柴油机；由四川齿轮箱厂生产的永进-纳维勒斯 GW 系列船用齿轮箱；由大连造船厂建造的 11.8 万吨穿梭油船。

是年，中国石油天然气总公司华东勘察设计院与北海造船厂联合完成的"模块式天然气丙烷制冷轻烃回收装置"，经投料试产取得成功。它能将原来燃放于大气的天然气进行回收，并生产出丙烷、丁烷、轻油、液化气等有用的化工产品，对减少污染、节能节资具有重要意义。

是年，上海渔轮厂研制的 8157 型尾滑道拖网渔轮荣获国家级新产品奖。

是年，中国船舶工业总公司完成工业总产值 55.4 亿元，超过计划 17.9%，比上年增长 19%；实现销售收入 59 亿，比上年增长 30.2%。1990 年新增船舶订单 121.4 万吨，至年底手持船舶订单 222 万吨。

是年，中国船舶工业总公司修船生产创历史最好水平，实际完成的修船产值比上年同期增长 17.5%。其中，外轮修船产值和创汇比 1989 年分别增长 36% 和 18%；国内远洋船舶修理艘数和产值比 1989 年分别增长 46% 和 77%。

1991 年

1 月 14 日　时任中共中央总书记江泽民视察大连造船厂。

1 月 26 日　中国船舶工业总公司首批 40 家企业签订第二轮为期两年的承包经营合同。此举对尽快搞好搞活国有企业，提高企业的经济效益，实现我国第二步发展战略目标有着重要的意义。

2 月 22 日　我国第一艘液化石油气（LPG）船"华粤"号在江南造船厂建成。这是我国船舶工业的又一重大突破。该船总长 96.95 米，垂线间长 89.6 米，型宽 14.6 米，型深 6.6 米，吃水 5 米，航速（满载）14.01 节，续航力 5000 海里，载重量 2402 吨，可装载 3000 立方米液化石油气，适用装载丙烷、丙烯和乙烯、丁二烯、丁烷、丙丁烷混合气，入中国船级社船级。

2 月　由华中理工大学和沪东造船厂联合承担的中国船舶工业总公司"七五"重点开发项目"肥大型船型及其节能装置试验研究"通过技术鉴定。从 1983 年开始进行项目研发，先后共开发了 8 个节能新船型。这些船型的共同特点是：节能效果显著，船体稳性增强，船舶的载重量得到提高，具有很好的经济性。

2 月　由上海交通大学和七〇四研究所联合研究的"可控被动式减摇水舱试验研究"课题通过上海科学院组织的成果鉴定。可控被动式减摇水舱是国际上 20 世纪 80 年代发展起来的一种新颖减摇系统装置，能满足多种舰船（尤其是需要在漂泊或低速状态下作业的舰船）对减摇的要求。

2 月　由中国船舶工业总公司船舶工艺研究所研究开发、江都船厂实施的"中小型船舶水上合拢工艺"通过了中国船舶工业总公司组织的技术鉴定。该工艺是在船舶建造中将其横向划分为前后两段，分别建造下水，然后再借助专用装置进行水上合拢的造船方法。应用这项工艺，船厂在原有设施基础上，就可以用小船台造大船。该工艺投资少、效率高，能有效降低造船成本、缩短造船周期，属国内首创。同时它还能用于船舶的修理和改装，具有更广阔的前景。

3月8日　北海船厂在国际招标中揽获10艘印度航运公司万吨级运输船接长项目。这是我国首次承修的大批量改装船工程。

3月21日　首届全国工业企业技术进步成就展览开幕。中国船舶工业总公司展团由56个参展单位组成，参展项目共150余项。参展项目中除了曾经在国际上获奖的项目外，大都是曾经荣获国家科技进步奖、国家发明奖、国家质量金银奖和总公司科技进步奖的产品。

4月5日　由沪东造船厂建造、出口泰国的"053HT"型导弹护卫舰首舰——"昭伯耶"号正式交付泰国海军。该舰采用全封闭式长桥楼线形，机舱实行无人操作，并备有导弹、自动火炮、反潜装置、作战指挥情报系统等先进电子武备，是一艘多功能新型舰艇。当"昭伯耶"号抵达泰国时，泰国海军举行了隆重的迎舰仪式，泰国及部分国际报刊在显著位置做了报道。

4月20日　我国第一个跨地区的船用设备专业公司——大连船用锅炉工程公司成立。该公司由11个厂、所联合组成，具体归口负责组织、协调我国船用锅炉国产化的科研、设计、制造等工作。

4月23日　由沪东造船厂与法国FCB公司合作制造的"平衡式盾构掘进机"安装完毕，成功试车。这种被誉为"掘土先锋"的盾构掘进机为沪东造船厂首次制造，直径为6.34米，总长37米，重约280吨，总推进力为3370吨，掘进速度可达3米/小时左右，并可一次完成混凝土制作的管片镶嵌与灌浆工作。

4月30日　由上海船厂承建的我国第一座闸桥——上海吴淞路闸桥建成通车。该闸桥长142.5米，宽近30米，总投钢量为2千多吨。该闸桥4月15日主体工程竣工。

4月　由大连造船厂船研所、上海船厂船研所和镇江船舶辅机厂联合设计的"自由降落式救生艇架"试制成功。该装置是1990年国际上流行的救生撤离装置，当船舶发生海损事时可以迅速将船员撤至安全区域，具有应急性能好、撤离速度快、安全可靠等特点，打破了挪威、德国发达国家在该领域的垄断。

4月 大连船用推进器厂生产的船用调距桨,3批次、6种规格、56套(件)被日本厂商订购,销往国际市场。

4月 船舶工艺研究所在求新船厂、武汉水运工程学院和福建省渔轮修造厂等单位的协助下,研制成功国内第一台具有国际先进水平的智能型微机控制肋骨冷弯机。该冷弯机功能齐全,肋骨成形精度高、质量好。整个加工过程全部由计算机控制,能自动进料、自动弯曲、自动检测弯曲的角度、自动检测补偿肋骨弯曲过程中的回弹与伸长量、并自动打印标志。特别是该机在工作时能做到实时分析、判断、处理,具有"自适应"和"自学习"能力。其智能控制系统,不仅大大改善了劳动条件,提高了加工精度,而且能提高工效十多倍。

5月11日 宜昌船舶柴油机厂引进丹麦技术开发研制、具有世界先进水平的世界第一台6L35MC低速大马力柴油机完工验收。

5月25日 沪东造船厂承接的上海南浦大桥主桥钢结构加工任务完成。该主桥钢结构全长765米,共43个节段,由86根大型钢梁组成,总重6239吨全部钢梁采用高强度特殊钢板焊接,总装采用14.4万套高强度螺栓连接,共有45万只螺孔。沪东造船厂以上万条焊缝一次合格率达到96%,45万只螺孔无一返工的出色成绩,为南浦大桥建成作出了贡献。

5月 由上海船舶研究设计院设计并提供整套设计图纸,巴基斯坦卡拉奇船厂制造的1.7万吨散货船开工建造。这是我国船舶工业首次向国外船厂提供大型船舶设计技术。它标志着我国船舶设计已具备了进入国际市场的水平。

6月3日 沪东造船厂改进提高的新一代导弹护卫舰建成。该舰上备有导弹、自动火炮、作战指挥系统等数十项现代化电子武备,机舱实行无人操作,备有遥控监测装置,外形采用全封闭长桥楼线形,舰内还设有娱乐等生活设施。

6月8日 由江州造船厂建造的100立升改进型采金船交付。该船是1990年国家级新产品,总长28米,型深2.2米,吃水1.6米,排水量594吨,总装机容量554千瓦。该船的选矿设备当时为国内最新研制,采用了胶带溜槽,经过试验,具有结构简单、使用可靠、操作方便、选矿回收率较高的特点。这艘采金船主要用于开采阶地冲积砂矿床。

7月1日　由中华造船厂、江南造船厂和德国希拉克公司共同投资经营的上海爱德华造船有限公司签约成立。这是我国造船行业第一家合资造船企业，总投资1250万美元。

7月2日　大连造船新厂为挪威安缉尔斯·威尔海尔姆森公司和美国欧迈公司建造的9.8万吨成品油船"维洛米·爱拉"号交付使用。该船是我国按照当时国际标准、公约自主开发设计建造的吨位最大的出口船舶。该船总长240.7米，型宽41.2米，型深21米，船体采用双层底、双舷侧结构，油舱经特殊涂装处理，可装载原油和成品油。该船船上操纵和监控设备高度自动化，机舱自动化按DNV船级社E0级无人机舱要求设计，使该船成为一艘具有20世纪90年代国际先进水平的大型浅吃水油船。

7月9日　由七〇二研究所设计、武江机械厂制造的我国第一代载人式有动力"水下机器人"——单人常压潜水装具，经过近40天无人与载人潜水作业试验，均获成功。这种新型"单人常压潜水装具"，外形酷似身着宇航服的人体。其高2.1米，重650公斤，作业水深300米。装有可360度自由活动的手臂和腿，能全位置行走与定位。它身上还分别装有记录高度、深度和方向的测向仪以及水下录像装置和照明灯，可代替潜水员进入危险海区进行水下勘察作业。

7月13日　宜昌造船厂建造的汉申线集装箱运输专用船"集轮1001"号正式通过技术鉴定并投入营运。该船是长江第一艘集装箱运输船，是国家"七五"重点科技攻关项目。该船总长70米，型宽14.2米，型深4.8米，吃水2.8米，航速20公里/小时，最大载重量144吨，可装载国际标准集装箱ICC型98只。

8月15日　中国船舶工业总公司与比利时船东的15万吨级好望角型散货船建造合同正式签订。由此我国造船企业开始进入了国际好望角型散货船造船市场。

9月12日　由上海东联船舶工程有限公司、上海船厂等共同参与设计并建造的国内第一艘15万吨级巨型浮船坞"南通"号竣工。该坞是香港远洋轮船有限公司出资建造的，总长254米，外宽58米，内宽48米，沉深16.7米，举力3.6万吨，是当时国内自行设计、建造最大的一座浮船坞。

11月29日　上海船用柴油机研究所和沙州船用锅炉厂联合研制的"LYS16—

1.6"船用辅锅炉,通过了中国船舶工业总公司主持的鉴定。该辅锅炉是我国自主研制的新一代大型船用辅锅炉,性能指标达到了国外同类产品的先进水平,针形管传感结构填补了国内空白,具有结构紧凑、布置合理、热效较高等特点,特别适合无人机舱船选用。

11 月　中国船舶工业总公司船舶工艺研究所研制的 F—C1 防腐型环氧粉末涂料通过中国船舶工业总公司组织的专家技术鉴定。

12 月 1 日　船舶检验局公布实施我国第一部覆盖全国主要内河的《内河钢船建造规范》。

12 月 17 日　武昌造船厂机械制造分厂完成南京汽车制造厂汽车生产线安装工程。该工程是我国与意大利合资项目,有 6 条生产线,总长达 1115 米,其中最长一条生产线长 239 米,是我国当时最长的一条汽车生产流水线。

12 月 18 日　由上海船舶研究设计院设计、渤海造船厂建造的我国第一艘 3.5 万吨浅吃水肥大型散货船"宁安 1"号交付使用。该船总长 185 米,型宽 32 米,设计吃水 9.5 米,航速可达 14 节。

12 月　第 6 届中国国际海事会展在上海举行。

是年,中国船舶工业总公司完成工业总产值 84.2 亿元,商品产值 80.6 亿元,分别比上年增长 18% 和 22.9%。造船完工 80.9 万吨,比上年增长 28%。全年新船订单比上年增长 40.7%,创历史新高。

1992 年

1 月 11 日　上海船厂为巴西船东生产的 7RTA48 超长冲程船用低速柴油机正式通过验收。这是我国向南美出口的第一台整机。该机是由上海船厂和瑞士苏尔寿公司联合设计的最新一代产品,功率 6730 千瓦（9150 马力）,每马力小时耗油量为 131 克,达到国际先进水平。

1 月 22 日　时任中共中央总书记江泽民视察镇江锚链厂。江泽民在听取了工厂负责人的工作汇报后又参观了工厂产品陈列室和生产车间,并且为工厂题词："质量为本，走向世界"。

1月　1991 年国家级科技进步奖揭晓。中国船舶工业总公司共有 10 项科技成果获奖，其中民用项目有 3 项：一等奖，5.2 万吨浮式生产储油轮；二等奖，烟草成套设备国产化；三等奖，"极地"号南极科学调查船改装设计。

4月24日　江南造船厂为德国扬子公司建造的 4200 立方米半冷半压式液化气（LPG）船签字交船。该船在我国是首次建造，总长 99.95 米，型宽 16.2 米，型深 9 米，设计吃水 5.9 米，服务航速 14 节。

5月3日　时任国家主席、中央军委第一副主席杨尚昆视察大连造船新厂。

6月16日　海洋工程国家重点实验室建成并通过国家验收。该实验室依托于上海交通大学，涵盖了"船舶与海洋工程""力学"与"土木工程"3 个学科，均拥有一级学科博士点及博士后流动站，其中"船舶与海洋工程"和"力学"学科为国家一级重点学科。该实验室 1993 年正式对外开放。

6月18日　青岛北海船厂自行研究和设计制造的翻转滑道下水装置通过了技术认可。该翻转滑道下水装置在我国属首例，实现了船舶水平建造和横向下水，填补了国内一项空白。

6月25日　由上海航海仪器厂、上海导航仪器厂、上海航测仪器厂合并组建的上海航海仪器总厂在上海浦东成立。

7月17日　由胜利油田钻井院设计，荣成市第一造船厂为胜利油田建造的浅海移动式试采试验平台"胜利开发 1 号"交付使用。该平台长 56 米，宽 20 米，高 23 米，拖航排水量为 1179 吨，于 6 月 13 日建成下水。

7月　江南造船厂申请股份制试点，获中国船舶工业总公司、国有资产管理委员会、国家发展和改革委员会批复同意。

9月25日　由胜利油田和上海交通大学研究设计，青岛北海船厂负责施工设计和建造的"胜利2"号极浅海步行坐底钻井平台，通过了国家科委主持的科技成果鉴定。该平台是一种在潮间带步行及工作的新型钻井设备，属国际首创。

10月21日　镇江锚链总厂生产的直径为 122 毫米的大规格船用锚链，通过了中国及美国、英国、德国、意大利 5 国船级社的认可。这是我国当时生产的最大规格的船用锚链，可供 20 万吨级船舶使用。

10月　中国船级社公布实施《海上固定平台入级与建造规范》。

10月　中国船级社颁布首版《海船法定检验技术规则》。

11月6—8日 第一届中国大连国际海事展览会（原名"大连国际海事技术交流及展览会"）在大连国际博览中心举行。国内以大连造船厂为主共计有60个标准展位，国外以挪威17家集团为主共计有20个标准展位。同时，还举行海事技术交流会，论文集共收集论文40余篇。

11月 烟台造船厂设计建造的2500千瓦全回转拖轮获国家科技进步三等奖。全回转拖轮采用Z型推进装置，使舵桨合一，螺旋桨可绕垂直轴作360度旋转，具有可急停、急回转、快速倒车、微速航行、原地回转、水平横移等优异性能，操作十分简便，特别是在狭窄、拥挤的港区作业时有无可比拟的优越性。

11月 海军第四八〇五工厂制造的国内首条无导爪瓦楞纸板生产线，获第四届中国新技术、新产品博览会金奖。该生产线仅需采用国产低强度材料，就能造出优质五层瓦楞纸板，造价只有同类进口生产线的1/3，深受用户欢迎。

是年，国家科委和国防科工委重点科技项目"300千瓦超导单极电机"在武汉船用电力推进装置研究所超导试验室发电试验成功。这是我国第一台300千瓦超导单极电机，它的诞生标志着我国已进入超导单极电机研究的世界先进行列。

是年，中国船舶工业总公司完成工业总产值101.6亿元，造船完工吨位111.7万吨，分别比1991年增长20.6%和37.9%；船用柴油机全年完成546台（61.5千瓦），船用仪表全年完成269台（套），分别比1991年增长25.9%和57.3%；修船生产继续保持增长势头，累计完成产值8.8亿元，比1991年同期增长18%，实现创汇0.7亿美元；非船产品稳步增长，累计实现产值28.5亿元，比1991年同期增长13.4%，创非船产值历史最高纪录。

1993 年

2月14日 国务院颁布《中华人民共和国船舶与海上设施检验条例》，进一步明确中华人民共和国船舶检验局和中国船级社的法律地位、职能和工作范围等。

2月16日　农业部渔船检验局公布《钢质海洋渔船建造检验规程》。

3月18日　江都造船厂为新加坡CHA公司建造的7000吨新型自卸煤船交付使用。该船总长103米，型宽23米，型深6.6米，排水量近万吨，按美国船级社无限航区船舶最新规范设计建造。它采用了V形装载舱，漏斗隧道式的自卸系统，设计独特；全船实行中央集中控制，自动化程度高，靠港3小时内即可完成全船卸煤作业，达到当时国际先进的煤炭运输船水平。

4月2日　马尾造船厂建造的第一艘出口德国的7300吨级、可装载599个标箱的集装箱船"MIJO"（米爵）号完工交付船东。该船由德国阿明·克伦伯格航运公司委托建造。以此为开端，马尾造船厂开始成批量建造出口欧洲各国的599标箱、617标箱、700标箱、820标箱等多用途集装箱货船。这些船船型新颖，技术等级高，质量优良，营运效益好，深受欧洲船东欢迎。其中，700标箱集装箱货船已成为国际航运界的标杆产品。

4月26日　大连船用推进器厂研制生产的超大型船用螺旋桨正式交付。该螺旋桨直径为7.73米，重达30.1吨，有5个叶片，是当时我国生产的最大的船用螺旋桨。经专家鉴定其几何尺寸、化学成分、机械性能等各项技术指标符合国际权威船级社的标准，达到世界同类产品的先进水平。世界上包括中国只有4个国家能够生产这种超大型螺旋桨。

5月1日　中国船级社公布实施我国第一部高性能船入级和技术规范——《海上高速船入级与建造规范》。

6月　中国船舶工业总公司系统所属的广州造船厂、沪东造船厂、大连造船新厂、江南造船厂和大连造船厂5家企业，跻身1992年度中国500家最大工业企业之列。

6月19日　农业部颁布《海洋渔船安全规则》。

6月22日　江南造船厂建造的7.5万吨浮式生产储油装置（FPSO）"渤海明珠"号交付中国海洋石油总公司使用。该船是当时我国建造的最大的近海采油、处理与储存的储油装置，总长215.13米，型宽32.8米，型深18.2米，满载吃水11.7米。

8月6日　广船国际H股在香港证券交易所挂牌上市。

8月18日　农业部发出《关于渔船设计单位实行渔船设计资格认可证书

制度的通知》。

8 月 28 日　时任中共中央总书记、国家主席江泽民视察大连造船新厂。

10 月 28 日　广船国际 A 股在上海证券交易所挂牌上市。至此"广船国际"成为我国第一家在沪港两地证券上市的造船公司。

12 月 5 日　澄西船舶修造厂为香港和合轮船公司修理的"美和"号修复交付使用。该船是一艘油货混装的超大型船，长 335 米，型宽 52 米，型深 28 米，载重吨 26.5 吨。该船的修理工作量创当时中国修船之最，仅置新换钢板总量就达 1600 余吨。修理期为 235 天。

12 月 10 日　上海船舶工业行业协会第一届会员大会暨成立大会在上海工业展览馆召开，首届会员共有 83 个单位。

12 月　第 7 届中国国际海事会展在上海举行。

1994 年

3 月 28 日　大连造船新厂为比利时考贝尔·弗莱特公司建造的 15 万吨散货船"萨玛琳达"号交付使用。这是我国当时自行设计建造并出口的最大吨位散货船。该船总长 270.25 米，型宽 44 米，型深 24 米，设无人机舱，装有世界上最先进的"全球海上遇险安全系统"，可航行于除极地外任何航区。

4 月 18 日　由国际海贸组织举办的 1994 年度"海贸"奖颁奖大会在英国伦敦举行。国际航运界、造船界行政官员、专家和知名人士 450 多人出席了大会。鉴于中国船舶工业十多年来的迅速发展和卓越成就，中国船舶工业总公司总经理王荣生被授予该年度"海贸"最高奖——杰出贡献人物奖。美国海岸警卫队司令 J，Willian Kime 将军代表国际海贸组织向王荣生总经理授奖。

4 月 29 日　时任中共中央总书记、国家主席江泽民视察江南造船厂。

6 月 17 日　南京金陵造船厂为广州海运（集团）公司建造的大型浮船坞"飞龙山"号交付使用。该浮船坞总长 199.68 米，型宽 47 米，型深 16.5 米，能坞修自重 1.6 万吨、载重量 3.5～5 万吨级散货船。该坞由上海船舶设计研究院负责方案设计和技术设计，金陵船厂负责施工设计。

7月13日　中华造船厂为上海市煤气公司建造的真如煤气储配站30万立方米干式煤气柜落顶建成。这座干式煤气柜直径67米，总高度107米，为当时亚洲最大。

8月6—9日　第二届中国大连国际海事展览会在大连国际博览中心举行。本次展会近100个展位，展会期举办了海事技术交流会，并出版论文集。

9月7日　求新造船厂为香港远东水翼船务有限公司建造的全铝自控水翼客船"北星"号交付使用。该船总长30米，型宽8.6米，采用喷水推进，满载排水量118吨，可一次载客300人。该船适航性好，艏艉底部装有由计算机控制自动调整升力的新型水翼。高速时，水翼升力把整个船体托出水面进入翼航状态，最大航速42节（约80公里/小时）。该船由七〇一研究所、七〇二研究所和求新造船厂自主设计。

12月18日　10万吨级浮船坞"衡山"号在澄西船厂建成投产。该浮船坞总长257米，型宽52米，型深18.5米，举力3万吨，由一艘26万吨级旧油船改建而成。该船坞由上海船舶研究设计院设计。

是年，沪东造船厂全年完成35.32万吨船舶建造任务，由此成为我国第一家年造船产量跃上35万吨的船舶企业。

1995 年

1月14日　国家重点工程、我国当时最大的20万吨级造船坞在大连造船新厂建成投产。该船坞全长365米，宽80米，深12.7米，配有900吨龙门吊，最大造船能力30万吨。该船坞由第九设计研究院设计。

2月　由中国人民解放军总后勤部军事交通运输研究所与长江游艇厂联合研制的"长城930"高速双体交通艇通过了有关部委组织的技术鉴定。该艇是我国建造的第一艘高速双体交通艇，综合性能指标居国内领先，达到国际同类型艇的水平。"长城930"艇采用玻璃钢艇体结构，总长9.99米，型宽3.05

米, 型深 1.29 米, 载客量 16～20 人, 续航力 220 公里, 航区为沿海 III 类地区, 航速 35.47 节。

3 月 8 日 历时两年半建设的国内当时最大修船干坞——广州文冲船厂 10 万吨级修船坞建成投产。该坞长 300 米, 宽 62 米, 深 11.9 米。它的建成提高了我国的修船实力。该坞由第九设计研究院设计, 是国家"八五"重点工程。

3 月 28 日 江南造船厂建造的新一代远洋航天测量船"远望 3"号正式交付。该船总长 180 米, 型宽 22.2 米, 满载排水量 10792 吨, 由七〇八研究所设计, 入中国船级社船级。"远望 3"号测量船是中国第二代综合性航天远洋测控船, 主要担负卫星、飞船和其他航天器全程飞行试验的海上测量和控制任务。全船集中了 20 世纪 90 年代科学技术精华, 汇集了我国船舶、机械、电子、气象、通信、计算机等方面的先进技术, 硬件设施达到了国际先进水平。

4 月 19 日 中国船舶工业行业协会第一次会员代表大会在武汉举行。该协会是由船舶工业企业、科研设计院所、专业院校, 以及相关联的企事业单位, 按照平等自愿的原则组成的全国性船舶工业行业组织, 其宗旨是维护全行业的共同利益, 推动和促进全行的共同发展。首批会员单位共 584 家, 占全行业总数的 60%。中国船舶工业总公司总经理王荣生当选会长。

4 月 30 日 时任中共中央总书记、国家主席江泽民参观第二届全国工业企业技术进步成就展览会的"船舶馆"。中国船舶工业总公司负责人向江泽民汇报了船舶工业近年来的重大科技成果及正在进行的重大工程的情况。

5 月 2 日 时任国务院总理李鹏在参观第二届全国工业企业技术进步成就展览会时, 特意参观了"船舶馆"。参观中, 李鹏询问了大连造船新厂 20 万吨级船坞建造的情况。

5 月 22 日 由哈尔滨工程大学设计、哈尔滨船舶修造厂建造的"哈防汛"指挥艇交付使用。该艇是国内第一艘双体球艉型船, 总长 42 米, 最高航速 29 公里/小时。该艇是一种新型节能型船, 与单体双隧道艉型船相比, 相同情况下可提高效率 35%。

5 月 按照时任国务院副总理李岚清 1995 年提出的力争在 2000 年使我国的造船产量占世界份额 10%, 即年产量达到 350 万吨的要求, 中国船舶工业总公司召开了第二次缩短造船周期会议。会议提出了"外学日韩, 内学广船"的号召, 决定全面转换造船模式, 逐步建立现代造船模式, 并要求骨干船厂要把转换造船模式，推行生产设计、成组技术和壳舾涂一体化作为硬任务，两年内基本到位。

11月28日 华润大东船务工程有限公司10万吨级的"华东"号浮船坞竣工投产。该浮船坞由沪东造船厂按照中国船级社最新规范设计与建造，总长255.9米，坞墙长221.6米，内坞墙间宽45米，最大沉深吃水16.0米，起浮时间120分钟，适用于10万～12万载重吨级各类船舶进坞修理。

11月 中国船舶工业总公司、国家经贸委批复江南造船厂建立现代企业制度试点的方案。该方案明确：江南造船厂建立现代企业制度分两步走。第一步，改制为国有独资公司；第二步，结合船舶工业结构调整，逐步发展为以江南造船厂为龙头的大型企业集团，在条件成熟时通过股份制改造等形式实现投资主体多元化。

11月 中国船级社发起组织亚洲船级社非正式会议（ACS）。

12月26日 广州黄埔造船厂举行037-Ⅱ型导弹护卫艇"772""773"号艇交船仪式。037-Ⅱ型导弹护卫艇是首次采用招标方式发包兴建的海军舰艇。该型舰建造6艘，全部配属驻香港部队。

12月 第8届中国国际海事会展在上海举行。

是年，化工部青岛海洋涂料研究所研制的ZHY-171阻尼涂料获得国家科技发明三等奖。ZHY-171阻尼涂料与防锈底漆装饰性（或防护性）面漆配套构成阻尼涂料系统，具有降低船舶振动和噪声的功能。该涂料系无溶剂型，具有常温固化、厚涂、施工安全、阻尼性好等特点，适用于船舶壁薄结构部位的减振降噪。

是年，中国船舶工业总公司完成工业总产值151亿元，比1994年增长13%；实现销售总额138亿元，比1994年增长13.4%。其中，造船产值93亿元，增长约15%；修船产值13亿元，增长13%；非船产值45亿元，增长4.7%。全年承接船舶订单248万吨，超过"七五"期间5年接船的总和，全年实现出口创汇5亿美元。

是年，大连造船新厂完成交工船舶51.4万吨，承接造船订单72.8万吨，一举创造全国同行业历史最好纪录。

是年，国家计委批准七〇八研究所建立国家船舶设计研究中心。

是年，我国造船年产量达到175万载重吨，首次超过德国，占到世界造船市场份额的 5%，成为仅次于日本、韩国的世界第三造船国家。

1996 年

1 月 12 日　农业部颁布《中华人民共和国渔业船舶监督检验管理规定》。

1 月　由七○八研究所与深圳江辉船舶工程有限公司联合研制的"225 客位双体侧壁式气垫船"交付使用。该船是当时我国内地建造的最大的玻璃钢客船，由招商局发展有限公司与长江航运总公司蛇口公司共同投资建造，投入蛇口与香港间航线的营运。

4 月 30 日　时任国务院总理李鹏视察芜湖造船厂。

4 月　中国船舶工业行业协会、中国船舶工业行业协会船艇分会、上海船舶工业行业协会主办的"第一届中国国际船艇及其技术设备展览会"在上海波特曼酒店举行，展览面积为 1000 多平方米。

4 月　由大连造船新厂承担的"全面取消 1:1 地板实尺放样工艺研究"课题通过专家鉴定。该课题的实施，实现了以计算机辅助设计取代传统的船体结构地板实体手工放样。

5 月　由沪东造船厂承担的国家重点企业技术开发项目"计算机辅助船用大功率柴油机设计、制造、管理集成系统一期工程"（简称 CADIS-I），经过 5 年的开发、应用、完善等阶段，通过专家鉴定。该系统以船用低速大功率柴油机为对象，在建立工程数据库和综合管理信息库的基础上，形成设计信息管理、辅助设计、辅助制造和生产管理等 4 个分系统，融合柴油机设计、制造管理为一体，实现了基础信息共享，在国内属首创。应用该系统后，可缩短技术准备期、产品制造期，降低生产制造成本，增加效益。

6 月 3 日　江南造船（集团）有限责任公司正式挂牌。这是我国造船系统首家按现代企业制度规范改制的企业。

7 月 1 日　中国船级社（CCS）社长首次出任国际船级社协会（IACS）主席。根据国际船级社协会安排，1996 年 7 月 1 日至 1997 年 6 月 30 日，中国船级社社长董玖丰担任国际船级社协会理事会主席。在这一年的任期中，董玖丰的主要职责是加强国际船级社协会与国际海事界的合作，进一步完善 IACS 的自身建设，使 IACS 的影响力和权威性在严峻的国际金融形势下进一步提升。董玖丰的当选，即展现了中国造船业在国际上举足轻重地位，也体现了中国船级社的实力。

7月24日　时任全国人大常委会委员长乔石视察了大连造船新厂。

8月12日　由七〇八研究所设计、沪东造船厂建造的出口泰国的新型综合补给船"锡米兰"号交船。该船是我国首次出口的综合补给船。总长 171.4 米，满载排水量 2.2 万吨，最高航速 20 节。全船采用电脑网络系统集中控制和管理，具备横向、纵向和直升机垂直补给等现代化补给手段。该船的建成标志着我国海军综合补给船的设计建造水平达到了世界先进水平。

8月20日　由求新造船厂与七〇一研究所合作研制的全铝自控水翼高速船"南星"号提交验收。这是一艘高科技船舶，长 28.5 米，宽 8.6 米，全船采用防腐高强度船用铝材焊接建造，最大时速 42 节，载客 300 人。

9月1日　中国船级社公布实施首版《船舶安全管理体系认证规范（1996）》。

9月20日　由日本住友银行、三和银行牵头的 18 家国际银行向中国船舶工业总公司提供 1.03 亿美元贷款协议签字仪式举行。该融资被用于大连造船厂、江南造船（集团）有限责任公司和沪东造船厂建造的 6 艘出口马来西亚船舶。此举表明了国际金融界对我国船舶工业出口充满信心。

10月1日　中国船级社公布实施我国第一部内河船舶入级规范——《钢质内河船舶入级与建造规范（1996）》。

10月28日　青岛北海船厂建造的 10 万吨级钢质浮船坞"泰山"号竣工投产。该船坞由上海船舶研究所技术设计，青岛北海船厂施工设计和建造，工程总投资 1.98 亿元。该坞举力为 2.8 万吨，总长 249.6 米，型宽 54 米，内净宽 43 米，型深 18 米，最大沉深 15 米，最大坞修能力可达 12 万载重吨。该坞的投产填补了我国北方无大型修船坞的空白，优化了我国修船业的布局。

11月26日　由大连造船新厂为挪威安德新·威廉姆森公司建造的 15 万吨大型油船"维洛米·扬子"号签字交付使用。这是当时国内建造的最大吨位的大型原油船，总长 270 米，型宽 44 米，型深 24.2 米，按最新国际标准设计建造。

11 月　中国船级社被欧盟（EU）认定为首批认可的船级社。

12 月 21—23 日　福建省马尾造船厂与马尾开发区等单位联合举办船政文化国际学术研讨会。出席研讨会的有法国、美国和中国大陆及港台等地专家学者、海峡两岸退休高级海军将领共 70 多人。"船政文化"获得与会人士一致确认。"艰苦创业、为国图强，崇尚科学、勇于变革，励志进取、精益求精，反对侵略、忠心报国"的船政精神也得到史学界认可。

是年，国家计委批准 1.65 万立方米 LPG 船、7 万吨大型自卸船、9000 吨散装水泥船等 3 个项目为国家级攻关项目。

是年，1996 年度国家科技进步奖揭晓，中国船舶工业总公司共有 15 个项目获奖，其中民品项目 6 项。

是年，中国船舶工业总公司第八次工作会议提出"三三三工程"：即到 2000 年，工业总产值达到 300 亿元，造船产量突破 300 万吨，利税总额实现 30 亿元。

1997 年

1 月 8—9 日　经中国人民银行批准的中船财务有限责任公司首届股东会议召开。当时，财务公司有股东 22 家，资本金约 3 亿元。

3 月　第三次全国工业普查结果显示，截至 1995 年底，全国船舶行业共有独立核算企业 2025 家，其中船舶制造企业 1146 家、船舶修理企业 707 家、船舶设备制造企业 172 家；有从业人员 43 万人，拥有资产 412.7 亿元；有 5000 吨级以上干船坞 47 座，浮船坞 74 座；有 5000 吨级以上船台 58 座，1995 年末船舶生产能力为 635 万综合吨，年产量达 513.1 万综合吨。

4 月 13—16 日　第二届中国国际船艇及其技术设备展览会在上海国际展览中心举行。

4 月　根据《国务院批转国家计委、国家经贸委、国家体改委关于深化大型企业集团试点工作意见的通知》精神，中国船舶工业总公司经过认真调研，针对昆明地区船企实际情况，依照"主副分离，突出主业；产权分离，责权清晰"的原则，形成了改革方案：（1）昆船公司改制为国有独资的昆明船舶设备集团公司，主营业务是为船舶工业提供综合配套设备。（2）昆船公司所属的实体企业，五〇〇二厂与五〇二二厂合并改制，五〇一二厂与五〇三二厂合并改制，五〇六二厂整体改制。改制后的3家企业为昆明船舶设备集团公司的子公司。（3）成立公共事业管理中心、教育培训中心、职工再就业中心等机构，统一负责生产、生活、后勤保障工作。

6月3日　江南重工股份有限公司股票在上海证券交易所挂牌交易。该公司的5400万股A股于5月16日在上海证券交易所上网发行，共募集资金3.14亿元。

6月　中国船舶工业总公司在大连召开转模两年工作总结会，同时部署今后三年深入"转模"的目标和任务。

7月1日　船舶检验局颁布《海上固定设施安全技术规则》。

7月18日　国营靖江造船厂为香港恒和船务公司建造的"虹春"号12000吨散货轮顺利下水。该船的建成开创了江苏省地方船厂建造万吨船的先河。

9月1日　中国船级社公布实施《1997年内河高速船建造与检验规定》。

12月6日　福建省船舶工业公司与广船国际股份有限公司签订合作协议。依照协议，广船国际主要与新的厦门造船厂为对子，重点开展合作与交流。针对厦门船厂近期承造3.5万吨级各类船舶，中远期承造6万吨级各类船舶的规划目标，广船国际将提出自己的方案供对方借鉴。同时合作双方还将就发展修船和其他非船产品，促进和提升厦门船厂的管理水平，帮助厦门船厂做好产品升级换代等事项进行深入合作。

12月　第9届中国国际海事会展在上海举行。

是年，国家计委批准大型集装箱船实船设计开发、2000TEU级集装箱船技术研究、4000TEU以上大型集装箱船技术研究等3项国家攻关项目。

是年，济南昌林气囊容器厂研制成功"昌林"牌浮式充气橡胶靠球（护舷），填补了这一行业的国内空白，获得国家发明专利。

是年，青岛前进船厂（第四八〇八厂）将电弧喷涂技术成功地应用于海军某型油污水监测处理船的防腐处理。在对该船主船体、主机舱等易蚀部位进行大面积电弧铝喷涂后，经有关权威部门检测，船舶的防腐能力得到很大提高。至此，国防科工委下达的"应用电弧喷铝技术提高新建造油污水监测处理船钢结构耐腐蚀性能试验任务"圆满完成。该项目被评为全军科技进步一等奖。

是年，中国船级社开始出版英文电子版《钢质海船入级和建造规范》《钢质内河船舶入级和建造规范》。

是年，中国船舶工业保持良好发展势头，造船产量首次突破200万吨，手持船舶订单430万吨，手持合同金额达400亿元。自此，我国船舶工业步入了一个新的发展期。

1998 年

1月1日　福建省船舶工业集团公司正式挂牌。

1月1日　国务院颁布的《当前国家鼓励发展的产业、产品和技术目录》开始试行。6万吨以上高技术、高性能大型船舶的船舶主机、船用电站、船用曲轴和特辅机及电子仪表4类被列入目录。

1月13日　我国首套大深度船用饱和潜水系统在武汉通过专家鉴定。该系统由海军、武昌造船厂和七一九所联合研制。

2月12日　我国首制当时最大的1750立方米/小时绞吸式挖泥船在武昌造船厂交付长江航道局使用。该船由上海船舶研究设计院设计。

3月9日　由大连造船新厂为大港石油管理局建造的我国首制自升式气垫组合钻井平台"港海一号"交付使用。该平台是国家"八五"科研重点攻关项目，由七○八研究所设计。其突出的特点是可在极浅海地区（海图0~2.5米）进行作业。

4月14日　农业部渔船检验局颁布《钢质海洋渔船建造规范（1998）》。

4月14—17日　第三届中国国际船艇及其技术设备展览会在上海世贸商城举行。

4月16日　上海海运（集团）公司所属的上海海运联合船坞有限公司重组为中海工业有限公司，旗下拥有立新船厂、立丰船厂、菠萝庙船厂、外轮修理厂、城安围船厂、荻港船厂、丰昌公司、丰兴公司、万度力公司、测厚公司、鸿宾公司及坞修等企业。

5月8日　沪东重机股份有限公司成立。1998年4月20日，沪东重机股份有限公司股票已在上海证券交易所成功发行。沪东重机股份有限公司是由沪东造船厂柴油机制造部门和上海船厂柴油机制造部门组合而成。

5月28日　国务院新闻办公室发表了"海洋白皮书"——《中国海洋事业的发展》。白皮书分6个部分论述了中国海洋事业的发展，指出：海洋经济是21世纪我国新的重要的经济增长点。为了实现这个目标，中国船舶工业需要高速发展，要优先发展深水岸线的港口建设，要积极发展海洋运输业，要努力缩小中国海洋科技水平与发达国家的差距。

6月5日　大连造船新厂为希腊森纳玛丽斯公司建造的11万吨成品油轮"海皇"号交船。

6月10日　大连造船厂建厂一百周年。时任中共中央总书记、国家主席、中央军委主席江泽民题词："面向世界，开拓前进，努力发展船舶工业"。

6月　在国务院机构改革中，中华人民共和国船舶检验局与中国船级社实行"局社、政事分开"。中国船级社作为事业单位承担船舶与海上设施的具体检验业务。

7月25—28日　第三届中国大连国际海事展览会在大连星海会展中心举行。展会由中国船舶工业行业协会与大连市人民政府共同发起并主办，原名为"98中国国际船舶制造、港口及海运技术、运输设备展览会"。来自芬兰、法国、德国、韩国、挪威、罗马尼亚、新加坡、西班牙、英国等11个国家及国内的展商参加展会。展会面积6000平方米。

8月9日　芜湖造船厂建造的中远海测量船"海洋18号"交付海军。该船可在100海里以外海区执行海洋测绘、水文气象调查和物理参数测量等任务，装备有多项世界一流的测量系统。该船填补了我国中海和远海领域测量的空白，首次为我国赢得了世界海洋组织划定海域的测量任务。

8月9日　超宽度范围海洋测深仪在哈尔滨工程大学水声研究所历时5年研制成功。该测深仪测深宽度在水深的数倍以上，分辨率和测量精度达到国际IHO海道测量标准，使我国的海洋测绘能力达到了世界先进水平。

9月1日　中国船级社颁布实施符合IMO和IACS最新规定的《船舶安全

管理体系认证规范（1998）》和《船舶安全管理审核操作指南》。

10月1日　船舶检验局颁布《集装箱法定检验技术规则（1998）》。

11月20日　船舶检验局发布《内河船舶法定检验技术规则（1999）》。

11月28日　国务院办公会明确全国船舶工业行业管理由国防科工委负责。国防科工委要承担起行业管理的责任，制订政策法规、发展规划，防止重复建设，保证船舶工业的健康发展。

12月5日　我国自行设计的当时最大功率、多功能海洋救助拖轮"德翔"号在东海船舶修造厂交付使用。该船总长93.93米，型宽15.60米，型深8.40米，最大持续功率5280×2千瓦，最大系柱拖力1500千牛。

1999 年

3月17日　中国海洋石油总公司北方钻井公司完成"渤海4"号大型钻井平台的改造。原平台由日本日立船厂于1977年建造。经改造的"渤海4"号钻井平台成为当时国内设备最先进、甲板面积最大、悬臂梁负荷及跨度最大、钻井服务能力最强的大型海上石油钻井平台。

3月27—30日　第四届中国国际船艇及其技术设备展览会在上海世贸商城的展览中心举行。

4月2日　船舶检验局发布《国际航行海船法定检验技术规则（1999）》《非国际航行海船法定检验技术规则（1999）》。

4月　淄博柴油机厂"Z6170型柴油机试制"被国家科学技术部等5部委列为"1998年度国家重点新产品计划"。

5月1日　船舶检验局颁布《内河船舶法定检验技术规则（1999）》。

5月8日　由中国远洋运输（集团）总公司和日本川崎重工株式会社合资兴建的南通中远川崎船舶工程有限公司开业。

5月9日　广州新中国船厂为汕头港务局建造的1500立方米耙吸挖泥船"汕港浚8"号交付使用。该船总长69米，型宽14米，型深5.1米，满载吃水 4.2 米，泥舱容积 1500 立方米（装载 2400 吨），最大挖深 14 米。由七〇八研究所设计。

6 月　时任中共中央军委主席江泽民签署命令，给"远望 3"号远洋航天测量船记集体一等功。"远望 3"号是 1995 年由江南造船（集团）建造并投入使用的我国新一代远洋航天测量船，由七〇八研究所设计。

7 月 1 日　国防科技工业十大集团公司成立。十大集团公司的成立是国防科技工业管理体制改革、增强企业活力和竞争力、加速国防现代化建设的重大举措。其中，中国船舶工业总公司改组为中国船舶工业集团公司和中国船舶重工集团公司。

9 月 1 日　船舶检验局颁布《起重设备法定检验技术规则（1999）》《海上拖航法定检验技术规则（1999）》。

9 月 7 日　由江南造船（集团）有限责任公司为瑞士劳拉希亚航运公司订造的 1236 箱高速无舱口盖集装箱船"劳拉希亚·苏塔娜"号交付使用。该船是我国首制高速无舱口盖集装箱船，首次采用机舱集控室，实现了真正意义上的"一人驾驶"。

9 月 11 日　由江苏扬子江船厂为澳大利亚帕斯明可矿山公司建造的 5100 吨自卸船交付使用。该船采用半艉式平甲板船型，三机三桨，全回转喷水侧推，卸货速度为 2000 吨/小时。由上海船舶研究设计院设计。

9 月 27 日　中国船舶重工集团公司网站开通。这是国防科技工业十大集团公司中第一家开通网站的企业。

10 月 12 日　时任中共中央政治局常委、中纪委书记尉健行视察大连造船新厂。

10 月 18 日　上海外高桥造船基地正式开工建设。这是我国规模最大、技术设施最先进的造船基地。整体项目分两期建设。根据建设纲领，建成后年造船能力为 180 万载重吨。中船第九设计研究院负责总体规划和设计。

10 月 26 日　由中国长航集团青山船厂为挪威博尔有限公司和加拿大西斯班集团建造的 2.5 万吨全潜式重大件特种运输船"博尔"号命名。该船总长 146 米，型宽 36 米，是当时青山船厂建造的最大船舶。

10 月 27—29 日　国防科工委召开国防科技工业体制改革工作会议。学习贯彻党的十五届四中全会精神和中共中央总书记江泽民对国防科技工业的重要批示。会议具体研究和部署了军工企业改革、调整、脱困和发展的目标、措施，动员军工企业干部职工进一步解放思想，统一认识，坚定信心，真抓实干，努力加快军工企业的改革和发展，开创国防科技工业的新局面。

11月13日 上海船厂造机公司制造的5RTA48T柴油机实现了国内大功率柴油机排放氮氧化物（NO_x）测试与取证零的突破。其排放NO_x加权平均值为12.7克/千瓦时，低于国际海事组织规定的17克/千瓦时标准。

12月22日 江南造船（集团）有限责任公司为加拿大船东建造的我国第一艘7.08万吨大型自卸船"希拉安"号交付使用，实现我国大型自卸船建造史上零的突破。该船总长225米，型宽32.2米，型深19.5米，舱容6.8万立方米，航速15节，可在无岸基卸货设备的港口进行卸货作业。该船是国家"九五"重点科技项目，由上海船舶研究设计院设计。

12月 第10届中国国际海事会展在上海举行。

2000 年

3月28日 由从事游艇、高速艇、消防救生、巡逻缉私、环境保护、捕捞养殖、渔船等各类小型船艇及其配套装备的研究、设计、制造、修理、经贸等企、事业单位组成的中国船舶工业行业协会船艇分会正式成立。

4月3日 正茂集团公司与中国海洋石油总公司南方钻井公司签署了国产ORQ4级石油平台系泊链供货合同，负责提供两套ORQ4级系泊链用于南海5号、南海6号钻井平台，打破我国海洋石油钻井平台系泊链依赖进口的局面。

4月5日 渔业船舶检验局颁布《中华人民共和国渔业船舶法定检验规则（2000）》。

4月7日 当时世界最大型的2.2万立方米半冷半压式乙烯液化气船"航海人火星"号在江南造船（集团）有限责任公司交付使用。该船总长170米，型宽24.2米，型深16.7米，载重2.28万吨，配置4个独立的双环液罐，入德国劳氏船级社。

4月20—23日 第五届中国国际船艇及其技术设备展览会在上海国际会

议中心隆重举行。展会期间,船艇分会召开会员大会,通过了分会章程,组建了组织机构。

5月31日　金陵船厂首次建造的高技术等级的8050载重吨滚装船"芬马斯特"号交付瑞典诺迪克公司使用。该船总长162.58米,型宽20.6米,最大持续功率1.26万千瓦,可在冰区航行,入英国劳氏船级社。

6月16日　"陕西-大发6DL-26"柴油机通过了中日专家鉴定。"陕西-大发6DL-26"柴油机是陕西柴油机厂引进日本大发柴油机株式会社专利技术制造的首台国产机。该型机的废气排放指标符合国际海事组织有关内燃机排放法规要求,可满足21世纪环保要求,是农业部500吨渔政船首选主机。

6月27—30日　第四届中国大连国际海事展览会在大连星海会展中心举行。本届展会面积10000平方米。134个国内企业和39个国外企业参展,日本和韩国首次组团参展。

7月14日　山西平阳机械厂与太原重型机械学院共同开发研制的新型电液比例负载敏感变量径向柱塞泵通过专家鉴定。该产品是山西"九五"期间重点科技攻关项目。

8月28日　江南造船(集团)有限责任公司和求新造船厂完成资产重组,求新造船厂成为江南造船(集团)造船事业二部。

10月12日　中国机电产品进出口商会船舶分会会长会议通过《中国船舶出口行业暂行规范》,并从即日起施行。

10月20日　当时亚洲最大的5000吨升降船台在海军四八〇五厂建成。该升降船台长150米、宽23米、高2.4米,由13个主动平台、12个被动平台、52只大型动滑轮架和数百米钢轨组成,全部钢结构件重近2000吨,承载净重5000吨。

2001 年

1月　国家有关部委表彰"九五"国家重点科技攻关项目,船舶工业有12项成果获优秀科技成果奖:大连新船重工有限责任公司的5.2万吨大舱口多用途货船；15 万吨苏伊士最大型原油船；大连造船厂的大型多功能化学品船；江南造船（集团）有限责任公司的 16500 立方米半冷半压式液化气船；中华造船厂、上海船舶研究设计院的 9000 吨远洋散装水泥运输船；沪东造船集团的 2000 标准箱集装箱船；大港油田集团有限责任公司、中船集团公司七〇八研究所的"港海 1"号自升式钻井平台；上海船舶研究设计院、上海船厂的 5 万吨浅吃水肥大型运煤船；七〇八研究所、文冲船厂、中华造船厂的 500、800、1500 立方米/小时耙吸式挖泥船；大连造船厂的 2.8 万吨多用途散货/集装箱船；广州广船国际股份有限公司的 3.5 万吨成品油轮和江南造船（集团）有限责任公司的三峡水利枢纽工程永久船闸人字门。

1 月 18 日　由浙江龙山船厂改建的当时国内最大的疏浚船交付上海航道局使用。该船是将 1979 年从日本进口的 6500 立方米的耙吸挖泥船改装而成，由中国船舶工业集团公司七〇八研究所设计。

3 月 9 日　国家"九五"攻关项目——玻璃钢（玻璃纤维增强塑料）金枪鱼延绳钓渔船"古德 1"号交船。该船总长 29.18 米，垂线间长 24.00 米，型宽 5.40 米，型深 2.40 米，吃水 1.90 米，排水量 143 吨，主机功率 350 马力，航速 10.5 节。

4 月 3 日　汕头大洋船舶工业总公司建造的"海关 201"号交付海关总署使用。该船总长 35 米，型宽 13.3 米，型深 4.5 米，满载排水量 238 吨。它是我国自行设计建造的小水线面双体船，首次采用了钢和玻璃钢混合的结构形式，长斜轴系推进动力传动，艉轴推进功率转换率达到 92% 以上。

4 月 8 日　沪东造船集团、中华造船厂重组的沪东中华造船（集团）有限公司挂牌成立。

4 月 10 日　时任中共中央政治局常委、中纪委书记尉健行视察南通中远川崎船舶工程有限公司。

4 月 19—22 日　第六届中国国际船艇及其技术设备展览会在上海国际会议中心隆重举行。本届船艇展共有 11 个国家和地区的 102 家厂商参展。

7 月 28 日　我国第一艘大吨位海上浮式储油轮（FPSO）"渤海世纪"号由大连新船重工有限责任公司交付中国海洋石油总公司使用。"渤海世纪"号船体长 287.4 米，宽 51 米，储油量 15 万立方米，年处理能力 400 万立方米，设计能力可连续生产 25 年。

7月　国务院发布通知，其中福建船政建筑被列为第五批全国重点文物保护单位。

9月18日　我国自行设计建造的第一艘1.8万吨半潜船"泰安口"号在广州广船国际股份有限公司下水，填补了中国造船业在半潜船建造领域的空白。"泰安口"号载重量1.8万吨，总长156米，型宽32.2米，型深10米，入中国船级社船级。

9月20日　由江南造船（集团）有限责任公司承建的国内最大坞门——外高桥造船公司1号船坞坞门制造完成。该坞门长109.9米，宽12米，高13.2米，总投钢量2950吨，总重约5500吨。

9月21日　南通中远川崎船舶工程有限公司建造的5400标准箱集装箱船"中远·安特卫普"号交付使用。该船总长280米，型宽39.8米，型深23.6米，续航力2.2万海里，航速24.5节，入美国船级社（ABS）船级。

9月25日　重庆民生轮船有限公司建造的滚装船"民苏"号首航。该船总长85.5米，型宽15.8米，型深3.7米，吃水2.5米，主甲板室净空高3米，满载航速不小于26千米/小时，可装运300辆汽车，是当时国内最大的内河滚装船。

9月　基于VCBP研究成果，中国船级社颁布第一部具有超大型船舶高新技术含量的《钢质海船入级与建造规范》。

11月2日　由海军第四八〇五厂建造的亚洲第一艘河道曝气复氧船在上海苏州河投入运行。该船采用国际先进的电动机驱动360度全回转推进器，配置变压吸附（PSA）制氧和曝气装置制氧，工作噪声小于65分贝。该船长26米，型宽6米，为钢质双舵桨环保船。

11月15日　大连造船厂为瑞典斯坦纳航运公司建造的12300吨滚装船"斯坦纳·先觉"号交付使用。该船安装4台中速柴油机，双轴双舵可调桨、双艏侧推，航速23节，中控无人机舱，是新一代高速滚装船。

11月28日　我国第一家合资船舶设计公司大连福凯船舶设计有限公司挂牌成立。该公司由瑞典FKAB公司、大连船舶工程技术研究中心有限公司和福建造船工业公司共同投资。大连福凯公司在船舶设计领域为中国及欧洲船东提供船舶概念设计和基本设计。

11月28日　在第三届上海国际工业博览会上，江南造船（集团）有限责任公司建造的 2.2 万立方米半冷半压式液化气船获展会银奖，是船舶行业唯一获奖的参展产品。

12 月 4 日　第 11 届中国国际海事会展及论坛在上海国际展览中心隆重开幕。自 1981 年在上海举办第一届国际海事会展以来，国际海事会展的举办对于刚刚开展船舶出口的我国造船界走向世界，开展与国际海事界和先进造船国家的交流建立了重要渠道。此后随着我国船舶出口不断扩大，上海海事会展一届比一届规模增大，内容越来越丰富，成为与汉堡等海事展齐名的国际知名海事会展。以后，大连又举办国际海事会展，并逐步形成规模和影响（上海和大连隔年举办一届）。

12 月 20 日　福建省船舶工业集团公司、中国华融资产管理公司、福建东南造船厂、福建建设开发公司、福建省琯头海运总公司等 5 家企业共同发起设立福建省马尾造船股份有限公司。

12 月 22 日　我国第一艘大型专用巡视船"海巡 21"号在江南造船（集团）有限责任公司交付上海海事局使用。该船总长 93.23 米，型宽 12.2 米，型深 5.4 米，排水量 1500 吨，航速 22 节，满载时最大续航力为 4000 海里，由七○八研究所设计。

2002 年

1 月 8 日　南通中远船务工程有限公司为上海海上救捞局改装的海上救捞船"重任 3"号交付使用。该船总长 196 米，型宽 46 米，是当时我国当时最大的海上超大型半潜驳船。

1 月 8 日　江苏新世纪造船股份有限公司为希腊 Victoria Steamship Co，Ltd 建造的 5.23 万吨散货船"APOLON"号交船。该船总长 190 米，型宽 32.26 米，型深 17.2 米，续航力 18000 海里，是上海船舶研究设计院自行开发、设计的新型巴拿马型双壳散货船。

3 月 17 日　泰州口岸船舶有限公司为 CPL 公司建造的 140 米海洋铺管工

程船顺利下水。该船总长 140 米,型宽 40.6 米,型深 8.7 米,自重 1.2 吨,入美国船级社(ABS)。该船艏艉装有 6 台 360 度全回转舵桨,舯装有两台可升降式 360 度全回转舵桨,配有 DPS-3 型动力定位系统、1200 吨吊车和直升机平台。全船水密门及走道由 150 台摄像机监控,科技含量高,装备优良。海上作业时,航速可达到 5 节。该船是一艘流动的海上石油管道加工厂,可在船上进行管道的预制、酸洗、镀锌,并能进行海底管道铺设等施工作业,工作人员可以达到 370 人。

3 月 30 日　时任中共中央总书记、国家主席、中央军委主席江泽民视察中国船舶重工集团公司七〇五研究所。

3 月　《国务院关于印发军工企业改革脱困方案的通知》(国发〔2002〕7号)正式将江州造船厂、江新造船厂、芜湖造船厂、安庆船用电器厂和西江造船厂等 5 户企业列入军工企业 160 户拟关闭破产企业建议名单(以后,西江造船厂撤出建议名单,东海船厂补充列入)。

4 月 24—27 日　由上海船舶工业行业协会、中国船舶工业行业协会船艇分会等联合主办的第七届中国国际船艇及其技术设备展览会在上海国际会议中心举行。

5 月 25 日　厦门船舶重工股份有限公司在海沧新址揭牌。该公司是福建省船舶工业集团公司以厦门造船厂的主营资产出资为主体,联合其他 4 家社会资本共同发起建立的。

6 月 8 日　江都亚海造船公司为德国 FH Bereling 公司建造的 3.2 万吨多用途船"凯莉·多尼亚"号命名。该船总长 188.3 米,型宽 27.7 米,型深 15.5米,可装载集装箱 1871 标准箱,航速 14.5 节,入挪威船级社。

6 月 10 日　时任中共中央政治局常委、国家副主席、中央军委副主席胡锦涛视察大连造船重工有限责任公司和大连新船重工有限责任公司。胡锦涛指出,造船行业是技术密集型和劳动力密集型相结合的行业,与其他通用机械行业相比,我国在国际上具有一定的竞争优势。我们要珍惜这一优势,真正在国际造船领域争得我们应有的一席之地。

6 月 26—29 日　第五届中国大连国际海事展览会在大连星海会展中心举行。本届展会的突出特点是国外参展企业增多,共有 17 个国家和地区的 102家企业参展,同时有 118 个国内企业参展,展会面积达 12000 平方米。

8月23日　广州文冲船厂有限责任公司为广东省航道局建造的1000立方米耙吸式挖泥船"粤道凌1"号交付使用。该船总长79.3米，型宽14米，型深5.3米，总装载量2140吨，最大挖泥深度15米。该船是广东省建造的当时最大型耙吸式挖泥船，入中国船级社船级。

8月27日　中国船级社公布《内河高速船入级与建造规范》。

8月31日　我国自行制造的第一艘超大型油轮（VLCC）"伊朗·德尔瓦"号在大连新船重工有限责任公司交付伊朗国家油轮公司使用。该船总长333.5米，型宽58米，型深31米，双底双壳，适合于运载闪点低于60摄氏度的原油产品。该船的成功制造，标志着我国在VLCC的设计、建造上实现了突破。

9月2日　渔业船舶检验局颁布《中华人民共和国渔业船舶法定检验规则（内河、玻璃钢、海洋木质及小型钢制渔业船舶法定检验技术规则）》。

9月15日　时任中共中央政治局常委、全国政协主席李瑞环视察大连造船重工有限责任公司。

12月5日　江南造船（集团）有限责任公司为粤海铁路有限责任公司建造的我国第一艘跨海铁路渡船——琼州海峡跨海渡船"粤海铁1号"在海南岛海口市交船。"粤海铁1号"的投入使用，结束了海南与内陆不通铁路的历史。该船总长165.4米，型宽22.6米，艉部开敞式分层，配置防摇、抗横倾装置，具有抗击海上8级风浪的能力。"粤海铁1号"排水量13400吨，载重量4080吨，可同时装载节长14米的货列40节或节长26.6米的客列18节，还可同时装载汽车50辆，最大载客量1360人，航速15节，双机双舵可调桨、双艏侧推，入中国船级社船级。

12月28日　南通中远川崎公司建造的30万吨级超级油轮"远大湖"交付使用。"远大湖"轮是中国远洋运输（集团）公司经营的第一艘超大型油轮。该船总长333米，型宽60米，型深29.3米，航速15.9节，入挪威船级社和中国船级社双重船级。

是年，中国海军"青岛"号导弹驱逐舰和"太仓"号综合补给舰顺利完成了新中国海军舰队的第一次环球之旅。

是年，据中国船舶工业行业协会统计，全国造船完工量417万载重吨，新接订单量656万载重吨，年底手持订单量1314万载重吨。全国纳入统计的467家船舶工业企业全年实现主营业务收入437亿元，利润总额5亿元。

2003 年

1月15日 七○八研究所历时9年编写完成的《船舶设计实用手册》出版发行。该手册有共5个分册，约600万字，具有很强的实用性、指导性和参考性。

1月27日 广州广船国际股份有限公司为瑞典格特兰航运公司建造的客滚船"威斯比（VISBY）"号交付使用。该船总长195.8米，型宽25米，航速28.5节，自动化控制程度为当时世界最高水平。该船是当时中国造船业建造的第一艘客滚船。

2月19日 沪东中华造船（集团）有限公司为中海（集团）总公司批量建造的5668标准箱集装箱船首制船"新浦东"号交船。该船总长279.9米，两柱间长265.8米，型宽40.3米，型深24.1米，载重量6.9万吨，航速25.9节，续航力2.1万海里，入英国劳氏和中国船级社双重船级。"新浦东"号是当时国内自行建造的装箱量最大、航速最快、技术性能最先进的大型集装箱船。

3月1日 中国船级社编制的《海上浮式装置入级与建造规范》正式生效。该规范共分7篇，对海上浮式装置的入级与建造提出了中国标准。

4月9—12日 2003年中国（上海）国际游艇展暨第八届中国国际船艇及其技术设备展览会在上海新展览中心举行。

4月10日 三峡水利枢纽三大主体工程之一的三峡永久船闸全面竣工，并通过了国家验收，工程合格率达到100%。武昌造船厂、江南造船（集团）有限责任公司、中南光学仪器厂、武汉船用机械厂等分别参与了永久船闸南北线人字门、浮式检修门、液压启闭机等重大金属结构件制造工程建设。

5月2日 时任中共中央政治局常委李长春视察大连新船重工有限责任公司和大连造船重工有限责任公司。

5月　时任中共中央政治局常委、国务院总理温家宝在辽宁视察期间听取了有关船企的情况汇报。温家宝说，对国有企业的技术改造，国家要给予支持。如钢铁、船舶工业，都有较好的基础，要打入国际市场，不能搞内部恶性竞争。船舶业是个有潜力的行业，也有发展机遇问题。钢铁、船舶工业优势不能丢。

6月22日　上海外高桥造船公司为中国海洋石油南海西部公司建造的15万吨海上浮式生产储油船（FPSO）"海洋石油111"号命名交船。这是上海外高桥造船基地建设以来交付的第一艘船，标志着中国最大造船基地的一期工程建设成功。

同日，上海中船海洋工程有限公司在沪挂牌。该公司由江南造船（集团）有限责任公司、上海外高桥造船公司、七〇八研究所、中船国际贸易公司共同出资组建。其经营范围包括海洋工程的市场开发、研制、设计、营销及技术服务；可承接海洋工程及相关工程船舶制造、改装修理项目，工程承包及项目管理，海洋工程咨询服务，海洋工程系统设备代理、采办。

6月25日　上海外高桥造船公司为泰昌祥轮船（香港）公司建造的17.5万吨好望角型散货船"祥瑞"号命名交船。这是当时国内建造的最大吨位散货船。

6月27日　长航集团江苏金陵船舶责任有限公司为法国船东建造的37300载重吨化学品船"BRO EDWARD"号交船。该船总长184.90米，两柱间长176.00米，型宽31.00米，型深16.40米，设计吃水9.50米，结构吃水10.50米，主机为MANB&W6S50MC型，功率8580千瓦，航速15.0节，续航力12000海里。该船双底双壳，有前倾型首球鼻艏，可调桨首侧推，方艉及开放型艉柱，连续平直甲板。入级法国BV船级社，无限航区。该船自重9947吨，创当时横向下水船舶自重"吉尼斯"世界纪录。

6月27日　时任国务院总理温家宝签署国务院第383号令，颁布《中华人民共和国渔业船舶检验条例》，于8月1日起施行，成为我国渔业船舶检验走向法治的标志。

8月13日　大连新船重工有限责任公司为美国科诺克·菲利普斯石油总公司建造的23万吨浮式生产储油（FPSO）船"巴拉耐克·那图那"号交付使用。该船总长285米，型宽58米，型深26米，入美国船级社。该船是我国当时建造的最大吨位的 FPSO 船。

8 月 25 日　时任中共中央政治局常委、全国政协主席贾庆林视察大连造船重工有限责任公司、大连新船重工有限责任公司。

8 月 28 日　我国自行设计、制造的第一只大型集装箱船用螺旋桨在大连船用推进器厂交付使用，改写了我国集装箱船用螺旋桨依赖进口的历史。该 5 叶桨直径 7.75 米，成品重量 44.34 吨，产品的质量和加工精度都达到当时国际先进水平。

8 月 31 日　时任中共中央政治局常委、国务院副总理黄菊视察大连造船重工有限责任公司。

10 月 18 日　外高桥造船有限公司一期工程通过国家验收委员会验收。

11 月 27 日　中国海事局公布《国内航行海船法定检验技术规则（2004）》《内河船舶法定检验技术规则（2004）》。

12 月 2—5 日　第 12 届中国国际海事会展在上海新国际博览中心举行。

12 月 6 日　山海关船厂建造的世界上第一艘风电安装船"五月花信念"号交付使用。该船集运输、自航与海洋平台的起升、起重船的起重功能于一体，主要用于海上风力发电设备的运输与安装，可在海上连续作业 25 天。总长 130.5 米，型宽 38 米，型深 8 米，航速 10.5 节，总吨位 14000 吨，载重 7000 吨，生活区容纳 70 人。该船由丹麦 Knud. Hansen A/S 公司设计，Gusto MSC 负责桩腿液压设备设计。

12 月 19 日　福州市船政文化研究会成立。国内外 180 多位专家学者在福州市人民大会堂举行中国（福州）船政文化学术研讨会。

是年，由国防科工委民品发展司牵头编制的首部全面反映我国船舶工业经济发展情况的统计年刊——《中国船舶工业统计年鉴（2003）》发行。该年鉴收录了 2002 年船舶工业主要统计指标数据及历史资料，并附国际造修船统计资料和主要统计指标解释。该年鉴以后年份由中国船舶工业行业协会负责编纂。

是年，据中国船舶工业行业协会统计，全国造船完工量 641 万载重吨，新接订单量 1895 万载重吨，年底手持订单量 2623 万载重吨。全国纳入统计 587 家船舶工业企业全年实现主营业务收入 636 亿元，利润总额 96 亿元。

2004 年

1 月 6 日 大连新船重工有限责任公司为丹麦 A·P·穆勒-马士基集团建造 6（3＋1＋1＋1）艘 VLCC 船合同签字仪式在丹麦哥本哈根举行。该项目是大连新船重工有限责任公司成功承接伊朗油轮公司 5 艘 VLCC 和中海集团公司两艘 VLCC 船之后又一重大进展。

同日 上海交通大学船舶与海洋工程学院和建筑与力学学院合并，组建成立上海交通大学船舶海洋与建筑工程学院。新学院是该校构建学科大平台，向世界一流大学迈进的一项重大举措，也为培养和造就更多的船舶与海洋工程人材搭建更好更大的平台。

1 月 9 日 由黄埔造船厂和上海船舶研究设计院共同研制的我国自行开发的第一艘小水线面双体油田交通船"新世纪一号"完工交付中海油田服务有限公司使用。该船总长 39.78 米，型宽 15 米，排水量 439.64 吨，航速不小于 18 节，乘员 98 人。

1 月 16 日 中船重工船舶设计研究中心有限公司揭牌。该中心是中船重工旗下的大型民船设计单位，由中国船舶重工集团公司控股发起，中船重工国际贸易有限公司、中国舰船研究院、大连造船重工有限责任公司、大连新船重工有限责任公司、渤海船舶重工有限责任公司、武昌造船厂、七〇一研究所、七〇二研究所等 8 家单位共同出资组建，发展定位为外向型的船舶及海洋工程设计研发企业和国家级技术中心。

同日 七〇八研究所完成 9 万吨双舷侧结构散货船的开发。这是我国首次开发出具有自主知识产权的双舷侧超巴拿马型散货船，是中国造船工程学会确定的中国自主开发的 4 型优选型散货船之一。七〇八研究所于 2003 年 4 月开始研发。该船总长 240 米，型宽 38 米，型深 20.3 米，设计吃水 12.75 米，满足国际海事组织有关散货船新规则的要求。

1 月 27 日 时任中共中央政治局常委、国务院副总理黄菊视察外高桥造船基地。

2月7日　当时国内最大的 ZDQ-350/1.55 型加压水电解制氢装置在中船重工集团公司七一八研究所一次调试成功，并通过有关部门的验收。该装置每小时生产氢气 350 立方米。

2月13日　国务院国有资产监督管理委员会发布《关于加快东北地区中央企业调整改造的指导意见》，提出了东北地区中央国有企业调整改造的 4 项政策、调整改造时间表以及具体目标和要求。其中，中船重工集团公司东北地区企业被列入企业改造的第一个层次。

2月20日　武汉重工铸锻有限责任公司为德国加工制作 3.2 万载重吨双壳散货船用螺旋桨轴和中间轴取得成功。该公司成为当时国内能完成桨轴成套从毛坯、粗加工到精加工整个生产过程唯一的专业化生产厂家。

同日　中远大型修造船基地落户浙江舟山，总投资超过 20 亿元，基地岸线长 5000 米，有 7 个修船坞。按照规划，基地建成后形成 170 万吨以上修造船能力。

2月26日　中国船舶工业集团公司、中国船舶重工集团公司在人民大会堂分别与丹麦 A·P·穆勒-马士基公司签订两艘 3 万吨级成品油/化学品船和两艘 11 万吨原油/成品油船的建造合同。国务院总理温家宝和来访的丹麦首相拉斯穆森出席了签字仪式。

2月27日　江西江州造船厂为德国凤凰航运公司建造的 4 艘 12000 吨散货船首制船"BBC·玛丽兰"号在上海交付使用。该船是当时江西省建造的第一艘万吨级出口船。

3月6日　台州市宏冠造船有限公司建造的耙吸挖泥船"海江浚 1"号竣工投产。该船是国内民营疏浚企业投资建造的首艘耙吸挖泥船，也是当时国内民营船厂建造的当时国内最大耙吸挖泥船。"海江浚 1"号长 85.8 米，舱容 2200 立方米，装有一台 750 马力泥泵，最大挖深 18 米，拥有先进的卫星定位和自动控制系统。

3月11日　山东潍柴动力股份有限公司 H 股在香港联交所正式挂牌上市交易，成为内地柴油机行业首支在香港上市的股票。

3月　陕西柴油机厂引进日本技术生产的首台 8DKM-28 型柴油机顺利通过型式认可试验，并交付船厂装船使用。8DKM-28 型柴油机为四冲程、单作用、直接喷射式、废气涡轮增压、中冷、不可逆转的直列式船用柴油机。首台8DKM-28 型柴油机的质量已经达到当时日本大发公司原装机的水平，获得中国船检局的认可。

3 月　江南重工股份有限公司首次为 23000 立方米全冷式 LPG 船配套的大型液化气罐完工提交。江南重工制作大型 LPG 船用液化气罐已形成系列，施工设计、制作工艺技术在当时居国内首位。

4 月 12 日　我国自行设计建造的当时最大的双臂架全液压起重船"四航奋进"号在上海中港装备工程有限公司交付。该船总长 100 米，型宽 41 米，型深 7.6 米，最大吊高 80 米，最大跨距 77 米，入中国船级社船级。

4 月 16—19 日　2004 年中国（上海）国际游艇展暨第九届中国国际船艇及其技术设备展览会在上海展览中心举行。

4 月 24 日　时任中共中央政治局常委、国家副主席曾庆红视察江南造船（集团）有限责任公司和沪东中华造船（集团）有限公司。

4 月 30 日　由南京金陵船厂建造的空中客车 A380 飞机部件运输滚装船"波尔多城"号交付使用。这艘船是为当时世界上最大、最先进的客机——空中客车 A380 提供大型部件的运输服务。"波尔多城"号为 5200 吨级的滚装船，总长 154 米，型宽 24 米，型深 21.85 米，航速 21 节，双机双桨。

4 月　中国进出口银行成立 10 周年。截至 2003 年末，中国进出口银行累计对船舶出口发放贷款 616 亿元，支持各类船舶出口 976 艘，总吨位达 2515 万载重吨，合同金额 162 亿美元。中国进出口银行在运用出口卖方信贷支持船舶出口的同时，还进行金融创新，为中国船舶出口提供"一站式"融资服务。

5 月 3 日　中国船舶工业集团公司与德国莱恩哈特及布隆伯格航运公司和卡尔休特航运公司在德国总理府分别签订了两艘 1700 标准箱集装箱船和两艘 1400 标准箱集装箱船的建造合同。正在德国访问的国务院总理温家宝和德国总理施罗德出席了签约仪式。两型四艘集装箱船由广州文冲船舶修造厂有限公司承造。

5 月 15 日　大连新船重工有限责任公司为中国海洋石油总公司建造的 15 万吨浮式生产储油船（FPSO）"海洋石油 112"号交付使用。该船总长 276 米，型深 23.6 米，型宽 51 米，入挪威船级社（DNV）船级，是当时国内首次按照 DNV 发布的最新海洋工程规范设计建造的 FPSO。

5月25日　时任中共中央政治局常委、国务院总理温家宝视察上海外高桥造船基地。

5月28日　华东船舶工业学院更名为江苏科技大学，揭牌仪式在镇江举行，同时成立了跨学科的船舶工业学院。

6月1日　镇江中船瓦锡兰螺旋桨有限公司正式成立。该公司主要应用Lips的设计技术，生产直径在12米以内、重量在85吨以下的Lips牌和"凯达"牌各型船用螺旋桨、轴系及辅件，实现设计制造一体化。

6月8日　由我国自行设计制造的当时最大吨位、非自航式海上浮式生产储油船"海洋石油113"号在上海外高桥造船有限公司交付使用。该船总长287.4米，型宽51米，型深20.6米，双底双壳，有10个货油舱，总储油量100万桶，集原油处理、储存、外输于一体。

6月14日　由中船集团公司控股投资建设的上海卢浦大桥获得了世界著名桥梁大奖——尤金·菲戈奖（Eugene C. FiggMedal）。卢浦大桥于2000年10月18日开工，2003年6月28日建成通车，建设总投资22亿元。卢浦大桥创下了当时世界造桥史多项第一：世界上跨度最大的钢结构拱桥；集斜拉桥、拱桥、悬索桥3种不同类型桥梁的工艺于一身，在世界上是第一次；世界上单座桥梁建造中施工工艺最复杂、投钢量最多的大桥；世界上首座采用箱形拱结构的大型拱桥；世界上首座除合龙接口一端采用拴接外，完全采用焊接工艺连接的大型拱桥；创世界钢结构桥梁建造单体构件吊装重量和河中跨拱肋吊装重量两项世界纪录。

6月16日　江苏省船舶工业行业协会成立。江苏省船协共有98家会员单位。

6月22日　七〇三研究所与清华大学在哈尔滨正式签订10兆瓦高温气冷堆氦气透平压气机组研制项目。该项目被列为国家"863"计划能源领域重点项目。氦气透平压气机组是高温气冷氦气透平发电项目的心脏，当时，这一设备研制技术在国际上尚属空白。

6月22—25日　第六届中国大连国际海事展览会在大连星海会展中心举行。

7月14日　中船重工集团公司所属风帆股份有限公司8000万A股在上海证券交易所正式挂牌上市。

7月27日　时任中共中央总书记、国家主席胡锦涛一行视察上海外高桥造船有限公司。

7月29日　七二五研究所研制生产的高纤维素型焊条通过专家鉴定，打破了国外高纤维素型焊条的技术垄断。

7月30日　国家重大科研项目、我国下潜深度最大的水下机器人在上海交通大学水下工程研究所诞生。该水下机器人长约3米，宽和高为1.8米，重量超过3吨。两个机械手长度为1.5~1.75米，其抓力和举力均超过100公斤，装有1台照相机和5台不同功能的摄像机。该机器人在水中能够自己"行走"，前进后退速度可达3.5节，侧向移动速度可达2.5节，上下运动速度分别为1.8节和2.2节，30分钟内就可以下潜到3500米水深进行作业，活动直径范围达600米，总体性能达到世界领先水平。

7月30日　我国首台拥有完全自主知识产权的GW70/76大功率船用齿轮箱在杭州前进齿轮集团有限公司研制成功。该齿轮箱自重23吨，传动比为2时输出的最大功率为6250千瓦（8500马力），并能承受70吨的螺旋桨推力，可用于功率为5000~10000马力的各类船舶。该齿轮箱的研制成功，标志着国产大功率船用齿轮箱制造技术获重大突破，从根本上解决了长期以来制约我国船舶传动技术开发的一大难题。

7月31日　广州文冲船厂有限责任公司为中国龙湾港集团建造的3000立方米/小时绞吸式挖泥船"福岷9"号出坞。该船总长118米，型深4.9米，型宽18.2米，吃水3.15米，最大挖泥深度25米，是当时国内建造的最大的非自航绞吸式挖泥船。

8月1日　《中华人民共和国渔业船舶检验条例》开始实施。这是国家第一次以行政法规的形式确立渔业船舶法定检验制度，第一次明确渔业船舶强制检验制度，更是我国渔业船舶检验工作进入法制化轨道的重要标志。

8月7日　时任中共中央政治局常委、国务院副总理黄菊视察西安船舶设备工业公司、华雷集团、西安精密机械研究所。

8月16日　时任中共中央政治局常委、中纪委书记吴官正视察福建省马尾造船股份有限公司，并参观马尾造船厂厂史陈列馆。

8月23日　海军第四八〇五厂、象山修船厂、镇江修船厂和军械修理厂4家海军企业根据海军《海军工厂合并管理实施意见》合并，实行模拟集团化运作的总厂分厂制。这标志着四八〇五工厂集团化运作进入实质性启动阶段。

8月28日　时任中共中央政治局常委、全国人大常委会委员长吴邦国视察大连新船重工有限责任公司和大连造船重工有限责任公司。

8月31日　我国当时最大、科技含量最高的消磁船经过海军第四八〇五厂两年的攻关，正式交付。

9月23日　中俄界江第一艘新型汽车滚装船在松花江试航成功。该船由哈尔滨北方船舶工程有限公司设计制造，投入黑龙江中俄国际航线，用于国际贸易运输和旅客运送。总长58米，宽13.6米，吃水1.5米，推进器选用双"Z"形新技术装置，操纵灵活。

9月25日　1800千瓦功率船用发电机在南昌泰豪科技股份有限公司诞生，填补了国内大型船用柴油发电机的空白。该产品已通过中国船级社和中国渔检型式认可。

10月6日　时任中共中央政治局常委、国务院总理温家宝视察昆明船舶设备集团公司。

10月13—15日　第十三届日欧中韩美造船高峰会议（简称JECKU会议）在荷兰马斯特里赫特市举行。来自日本、欧盟、中国、韩国、美国的5家造船协会和12个国家的33个主要造船企业的72名代表出席了会议。

10月18—22日　2004年国际标准化组织/船舶及海洋技术委员会（ISO/TC8）年会在大连举行。来自国际船级社协会、TC8各分技委等组织的60多名中外国际标准化和船舶行业的专家参加了会议。

11月12日　国防科工委首次正式出台《国防科工委关于加快建立现代造船模式的指导意见》。意见提出，到2015年我国船舶工业全面建立现代造船模式，造船周期和生产效率接近或达到国际先进水平。

11月13日　时任中共中央政治局常委、国务院总理温家宝视察渤海船舶重工有限责任公司。

11月19日　时任中共中央政治局常委、全国政协主席贾庆林视察武昌造船厂。

11月24日　时任中共中央政治局常委李长春到马尾船厂视察船政文化建设工作，并参观马尾船政文化博物馆。

11月29日　我国首台兆瓦级（1000千瓦）风机增速齿轮箱在重庆齿轮

箱有限责任公司研制成功。这是当时国内试制成功的最大功率风力发电机组。

12月14日 大连船用推进器厂为丹麦 A·P·穆勒-马士基集团奥登希船厂制造的我国首只超大型集装箱船用螺旋桨制造成功并交付用户。该船用螺旋桨的成功制造标志着我国造桨技术跻身世界一流行列。该桨有 6 个桨叶，直径 8.95 米，共重 98.4 吨，入美国船级社。

12月20日 大连新船重工有限责任公司为中国海运（集团）总公司建造的 29.8 万吨原油船（VLCC）"新金洋"号交付。该船是我国船厂为国内船东建造的第一艘超大型原油船。

是年，江苏扬子江船厂有限公司、江苏新世纪造船有限公司进行了二次改制，国有股全部退出，成为真正意义上的民营企业。

是年，据中国船舶工业行业协会统计，全国造船完工量 880 万载重吨，新接订单量 1712 万载重吨，年底手持订单量 3459 万载重吨。全国纳入统计的 645 家船舶工业企业全年实现主营业务收入 847 亿元，利润总额 19 亿元。其中，上海外高桥造船有限公司造船完工 174.5 万载重吨，居全国之首。

2005 年

1月8日 七〇八研究所和上海航道局联合设计，龙山船厂、草镇船厂联合改建的当时国内最大、最先进的大型多功能深水挖泥船"新海狮"号正式投入运营。"新海狮"号船挖泥深度 70 米，排水量 2.99 万吨，最大舱容 1.3 万立方米。

1月15日 中海长兴修（造）船基地滩涂圈围工程在上海长兴岛的大型修（造）船基地开工建设。项目岸线长度约 3 公里，圈围面积 729.7 亩（1 平方米 = 0.0015 亩）。

1月21日 2004 年度中国建筑工程鲁班奖（国家优质工程）评选工作结束。全国共有 84 项工程获奖。其中，中船集团公司控股投资建设的卢浦大桥、沪东中华造船（集团）公司的东华科技大楼榜上有名。

1月31日　上海船用曲轴有限公司研制的我国第一根大型船用曲轴交付。该曲轴为沪东重机股份有限公司制造的 MANB&W6S60MC-C 主机配套设备，长8.03米，重71.49吨。它的制造成功标志着我国在大型船用曲轴国产化道路上向前迈出了重要一步。

2月6日　山海关船舶重工有限责任公司为河北远洋运输集团公司改装"河北创新"号交付使用。该船为面临淘汰的超大型单壳油船（VLCC），经改装成为超大型矿砂船（VLOC），入中国船级社船级。该船总长319米，型宽54.5米，最大载重量25万吨，具有载重大、成本低、安全性能好等优点。其成功改装，在世界航运史上开创了超大型船舶改造的先河，填补了当时世界上超大吨位船舶重大改建项目的空白。

2月9日　时任中共中央政治局常委、国务院副总理黄菊考察马尾船政文化博物馆。

2月22日　广州广船国际股份有限公司建造的"海巡31号"大型海上巡视船交付使用。该船是我国首艘3000吨级装备船载直升机的海上巡视船，是当时我国海事系统吨位最大、装备最先进的适于无限航区的国际航行入级船舶。该船总长112.6米，型宽13.8米，吃水4.38米，设计航速22节，自持力40天，入中国船级社船级。

2月　由沪东中华造船（集团）有限公司信息技术研究所和上海交大CIMS研究所共同承担的数字化制造关键技术研究及其工程应用项目获国家科学技术进步奖二等奖。

3月1日　中国船级社（CCS）《国内海船入级规则（2005）》和《内河船舶入级规则（2005）》生效。新规则首次对国内船舶检验实行分级制度，有效推动国内航行船舶的入级工作。两项规则是 CCS 进行国内船舶入级检验的依据。新规则使 CCS 入级规则和规范体系更加清晰和完整，对提升国内造船和航运的安全质量水平起到积极的促进作用。

3月18日　国家发展和改革委批复大连海事大学牵头组建的船舶导航系统国家工程研究中心立项。该项目被列入国家高技术产业发展项目计划。

3月24日　圆满完成科学考察工作的我国第21次南极考察队乘极地科学考察船"雪龙"号返回上海。这次科考活动行程26500余海里，完成了27项科考任务，并完成了人类历史上首次从地面进入冰穹 A 地区的壮举。2004年，江南造船（集团）有限责任公司承担了该船维修工作，为这次顺利完成科考之旅创造了良好条件。

3月28日　总投资为12亿元的上海外高桥造船有限公司二期工程全面开工。二期工程建设期为3年，纲领目标年造船260万载重吨以上。2004年12月，国家发展和改革委正式批准建设该项目。项目建成后外高桥造船公司成为我国目前规模最大、技术设施最先进、现代化程度最高的大型船舶总装厂。国家发展和改革委称之为中国造船企业建设的典范。

3月31日　中国船舶重工集团公司大型船用柴油机曲轴基地在青岛经济技术开发区海西湾奠基。项目一期工程规划年产大型船用曲轴50根，由武汉重工铸锻有限责任公司投资建设。

3月　七〇三研究所研制的首台新型国产化船舶/工业用燃气轮机全面完成耐久性试验。这标志着我国舰船动力研发能力迈上新台阶。

3月　潍柴动力股份有限公司率先推出我国第一台拥有完全自主知识产权的10升、12升大功率欧Ⅲ柴油机。该系列发动机命名为"蓝擎WP10""蓝擎WP12"，基本性能和各项指标已经达到或超过国外同类型先进产品水平。

4月8—11日　2005年中国（上海）国际游艇展暨第十届中国国际船艇及其技术设备展览会在上海举行。共有19个国家和地区的268家展商参展，其中法国、意大利、新西兰和澳大利亚分别以国家展团的方式参展。

4月11—13日　国际独立油船船东协会（INTERTANKO）在希腊雅典召开年度大会和理事会议。中国船级社（CCS）经理事会批准正式加入INTERTANKO，成为该组织的副会员（10家船级社均为副会员）。加入INTERTANKO，为CCS加快与相关国际组织的交流和沟通，掌握国际油船运输的高端技术，进一步拓展国际市场提供了契机。

4月17日　国际海事公约研究中心在大连海事大学揭牌。该研究中心是国内第一个研究国际海事公约的机构，旨在为我国对国际海事公约的制订、修改、接受、履行提供决策依据，为主管部门提供保障水路交通安全、保护海洋环境的咨询，为国内航运企业提供信息服务。

4月25日　沪东重机股份有限公司制造的国内第一台7RT-flex60C新型电喷式智能型船用柴油机完成台架试验。该机是当时我国制造的RT-flex系列柴油机中功率最大的，其先进的WECS-9520控制系统在全球RT-flex系列柴油机中尚属首次使用。

4 月 26 日 广州中船黄埔造船有限公司正式挂牌。改制后，该公司性质为国有独资有限责任公司。

4 月 26 日 新加坡万邦集团与民营企业浙江永跃船务有限公司签订正式合作协议，双方组建舟山万邦永跃船舶修造有限公司，共同打造马峙岛大型修造船基地。该项目总投资 6000 万美元，建设 30 万吨级、10 万吨级干船坞各 1 座及配套的舾装码头等。

5 月 30 日 江南造船（集团）有限责任公司为中海客轮有限公司建造的 1.6 万吨豪华客/车滚装船"普陀岛"号交船。该船总长 137.5 米，载客定额 1428 人，可载大车 84 辆/小车 232 辆，设有直升机起降平台。该船按短程国际航线设计，是我国自行设计、自行建造的当时国内设备最先进、性能最优良的大型客滚船。

6 月 1 日 我国拆船业首部绿色通用规范《绿色拆船通用规范》正式实施。该规范从环境保护、安全生产、人员健康保障等方面对拆船企业做了规定，对我国船舶再循环经济的健康良性发展具有深远意义。规范引用了有关噪声、污水、大气污染物、固体废物排放、安全、职业健康等方面的 13 项国家标准、条例及《巴塞尔国际公约》条款。

6 月 10 日 中国国民党主席连战夫人连方瑀女士在上海外高桥造船公司 3 号码头的观礼台上，命名 17.5 万吨好望角型散货船为"中华和平"号。

6 月 24 日 我国第一艘气象船"青岛海风一号"在青岛松本造船有限公司下水。该船长 10.6 米，宽 2.9 米，高 3.5 米，可乘坐 12 人。作为我国气象部门第一艘海上气象探测船，"青岛海风一号"投入使用后主要担负奥帆赛现场气象探测、气象服务以及赛场通信服务任务。实际使用中，在胶州湾和黄海采集数据，为奥帆赛、海上作业等及时提供预警预报。

6 月 受交通部上海打捞局委托，七〇八研究所承担并完成了 3000 吨自航全回转起重船的开发设计任务及方案设计。这是我国第一型高技术、高附加值的海上大型起重打捞工程船。该船总长约 135 米，型宽约 42 米，型深 12 米，最大起重时吃水约 8 米，航速约 10 节；主要用于海上大件、模块、导管架的起重吊运及吊装，并能用于水下沉物的打捞吊重和水下快速清障打捞，对遇难船舶有封舱、堵漏、排水、绞曳等救助能力。

7月4日　时任中共中央政治局常委、中纪委书记吴官正视察上海外高桥造船有限公司。

7月11日　国内各界隆重纪念郑和下西洋600周年。国务院批准，将郑和下西洋600周年纪念日7月11日作为中国"航海日"。

8月12日　南通中远川崎船舶工程有限公司二期扩建工程项目获国家发展和改革委批准。该工程新增岸线680米，新建50万吨级船坞一座，总造船能力达到200万载重吨以上。

8月12日　中国船舶重工国际贸易有限公司、大连船用柴油机厂和宜昌船舶柴油机厂同瑞士瓦锡兰公司正式签署了RTA型和RT-flex型船用低速柴油机两个新的许可证合同。

8月18日　中船集团公司安庆柴油机生产基地开工。该基地占地252亩，主要生产日本大发公司DK-20、DK-26、DK-28等专利机型。一期工程形成年产300台中速柴油机的能力，二期工程形成年产500台的能力，三期工程最终形成年产800台的能力。

8月23日　时任中共中央总书记、国家主席、中央军委主席胡锦涛到武昌造船厂和七〇一研究所视察。

同日，南通中远川崎船舶工程有限公司建造的5000车位汽车专用运输船"上海高速"号命名。该船能装载5000辆小汽车，是当时国内建造的载容量最大、现代化程度最高的汽车滚装船。有13层汽车甲板，总长179.99米，型宽32.20米，航速20节。它也是当时中国船厂首次承接日本船东的大型高附加值船舶。

8月　中船集团公司长兴造船基地民船项目可行性研究报告通过了国务院的批准。作为新世纪我国兴建的环渤海湾、长三角、珠三角三大造船基地中首个通过国务院审批的造船基地项目，长兴基地建成后将成为世界最大、最先进、最具竞争力的现代化造船基地，对我国船舶工业的发展产生重要影响。长兴基地一期工程岸线长3700米，占地面积达560万平方米，将建设4座30万吨级船坞、9座舾装码头、1座材料码头。

11月19日　中宣部公布了第三批66个全国爱国主义教育示范基地名单，"江南造船博物馆""船政文化建筑"跻身其中。

11月22日　中船重工集团公司海西湾造修船基地大造船项目开工仪式在青岛举行。

12月6日　作为亚洲最具权威的海事展览会，第13届中国国际海事展览会在上海新国际博览中心隆重开幕。

12月9日　大连造船重工有限责任公司与大连新船重工有限责任公司整合重组为大连船舶重工集团有限公司，成为国内最大的造船企业。

12月27日　《中国造船质量标准》由国防科工委正式发布并开始实施。这是我国首个全国性造船质量行业标准。该标准共分3篇，适用于3000吨以上的钢质船舶，可为我国造船企业船舶建造质量控制和管理，以及船东、船检、设计单位、船厂相互间协调质量意见提供依据，也可为船舶经营、贸易谈判活动提供我国造船质量技术标准。

是年，由烟台来福士海洋工程有限公司设计建造的"亚洲女士（ASEAN LADY）"号豪华游艇在摩纳哥举行的Show-Boats杂志2005年度评选中荣获"游艇最具创意奖"。"亚洲女士（ASEAN LADY）"号是当时国内建造的尺度最大的私人游艇。

是年，据中国船舶工业行业协会统计，全国造船完工量1310万载重吨，首次突破1000万载重吨大关，新接订单量1874万载重吨，年底手持订单量4118万载重吨。全国纳入统计的814家船舶工业企业全年实现主营业务收入1244亿元，利润总额49亿元。

2006 年

1月9—11日　在全国科学技术大会上，由中船集团公司投资建设、江南造船（集团）有限责任公司等单位参与的"上海卢浦大桥设计与施工关键技术研究"项目，中国海洋石油有限公司、中海石油研究中心、海洋石油工程股份有限公司、七〇八研究所、原大连新船重工、上海外高桥造船有限公司、上海交通大学等参与的"百万吨级海上油田浮式生产储运系统研制与开发"项目，以及由中铁大桥局股份有限公司、上海船舶研究设计院、靖江苏美达船舶工程有限公司开发的"海上长桥整孔箱梁运架技术及装备"项目获得国家科学技术进步奖二等奖。

1月15日　时任中共中央总书记、国家主席、中央军委主席胡锦涛视察马尾造船股份有限公司。

1月16日　2005年度中国建筑工程"鲁班奖"（国家优质工程奖）颁奖，武昌造船厂凭借参建的宜昌长江公路大桥工程捧得"鲁班奖"。

1月17日　我国首艘穿浪型双体专业救助船——"北海救201"号交付。该船由英辉南方造船（广州番禺）公司建造，全铝质结构，船长49.9米，型宽13.1米，满载吃水1.8米，552总吨。采用双机、双喷水推进装置，主机额定功率2240千瓦，设计航速30节。

2月18日　福建省船舶工业行业协会正式成立。首批申请入会的单位涵盖全省船舶工业企业100多家。第一届理事会理事由30人组成，常务理事由20人组成。

3月2日　由重庆东风船舶工业公司设计、建造的豪华游船"世纪辉煌"号首航三峡。该船耗资8000余万元，是当时长江上最大、最豪华的一艘旅游船，航行于重庆至上海间。"世纪辉煌"号船长126.8米，型宽17.2米，型深4.2米，航速27千米/小时，可装载游客318人、船员150人。

3月15日　浙江造船有限公司为杭州湾跨海大桥量身定做的"天一号"起重船交付使用。该船是特殊水上施工架梁工作船，最大起重能力3000吨，起吊高度53米。

3月23日　"中国十大名船"颁奖典礼在人民大会堂金色大厅举行。10艘船舶分别是：我国第一艘自行设计建造的万吨级远洋船"东风"号，第一代导弹驱逐舰"济南"号，第一艘多功能远洋综合调查船"向阳红10"号，第一艘按国际标准建造的出口船"长城"号，第一代弹道导弹核潜艇，第一艘自行设计建造的浮式生产储油船"渤海友谊"号，新型常规潜艇，新型导弹驱逐舰"哈尔滨"号，被誉为"海上科学城"的航天测控船"远望3"号，第一艘VLCC"德尔瓦"号。

3月27日　沪东重机股份有限公司向国内外用户宣布，国内首台MAN B&W 7K90MC-C型大缸径柴油机和首台MAN B&W 8S60ME-C型电控柴油机研制成功。其中7K90MC-C型机研制成功，使我国船用大功率低速柴油机首次突破了900毫米缸径大关。该机额定最大持续功率为31990千瓦，是当时国内制造的缸径最大、功率最大的船用柴油机。

4月1日　中国船级社公布了纳入首版国际船级社协会（IACS）共同规范

内容的新版 CCS《钢质海船入级规范（2006）》。

4月3日 烟台来福士船业有限公司为挪威 SEVAN MARINE ASA 公司建造的世界第一艘圆筒形储油加工船（SSP Piranema FPSO）下水。该船有一座日加工 3 万桶原油的炼油厂、一座日压缩能力达 360 万立方米的注气站，并拥有 30 万桶原油的存储能力。

4月6—9日 由中国船舶工业行业协会船艇分会、上海船舶工业行业协会主办的"2006 年中国（上海）国际游艇展暨第十一届中国国际船艇及其技术设备展览会"在上海展览中心举行。据主办方统计，本次参展商有 320 余家，比去年的游艇展增长了 25%，成交额也超过了预期。

4月19日 时任中共中央政治局常委、全国人大常委会委员长吴邦国视察上海船用曲轴有限公司。

4月21日 时任中共中央政治局常委、全国人大常委会委员长吴邦国视察江南长兴造船基地。

4月22日 时任中共中央政治局常委、全国政协主席贾庆林视察南通中远川崎船舶工程有限公司。

5月10日 我国第一座自主设计制造、拥有自主知识产权的 30 万吨级浮船坞"大连号"在中远船务工程集团有限公司正式投产。坞长 340 米，型宽 76 米，型深 27 米，举力 75000 吨。该坞由上海船舶研究设计院和中远船务按照中国船级社有关国际标准设计，由大连中远船务承造。

5月14日 时任中共中央总书记、国家主席、中央军委主席胡锦涛视察昆明船舶设备集团公司。

5月23日 由山西汾西重工有限责任公司联合无锡市电仪资产经营有限公司、中船重工科技投资发展有限公司、七一一研究所、七一二研究所、七〇四研究所 6 家单位共同出资组建的中船重工电机科技股份有限公司在北京挂牌成立。该公司主要从事设计、生产与销售电机产品、发电机组、空分设备等。总部和研发中心均设在北京，在太原、无锡有两个生产基地，具备各种机电产品装配调试及生产加工能力。

5月23日 中国船舶工业行业协会第三次会员代表大会在武汉召开。全国政协委员、国家国防科学技术工业委员会专家咨询委副主任、国防科工委原副主任张广钦当选会长。

5月31日 大连船舶重工集团海洋工程有限公司建造的"海洋石油941"钻井平台交付使用。这是我国第一座400尺自升式钻井平台。该平台是一艘用于海上石油和天然气勘探、开采工程作业的钻井装置,适合于世界范围122米水深以内各种海域环境条件下的钻井作业。该船型长70.36米,型宽76.00米,型深9.45米,吃水6.40米,最大作业深度122米,最大钻井深度9150米,入中国船级社、美国船级社双重船级。

6月13日上午 时任中共中央总书记、国家主席、中央军委主席胡锦涛视察中船江南长兴造船基地。

6月28日 新华社受权发布《国务院关于加快振兴装备制造业的若干意见》。意见的第二部分"确定主要任务,实现重点突破"中明确提出,重点开发大型海洋石油工程装备、30万吨矿石和原油运输船、海上浮式生产储油(FPSO)船、10000箱以上集装箱船、LNG运输船等大型高技术、高附加值船舶以及大功率柴油机等配套装备。意见的出台,标志着具有政策背景、代表国家意志的振兴装备制造业工作正式启动。

6月29日 由芬兰瓦锡兰集团与中船重工集团公司第七一一研究所共同投资1000万欧元组建的上海瓦锡兰齐耀柴油机有限公司开业典礼在临港新城举行。瓦锡兰齐耀公司拥有世界一流的生产设施,制造瓦锡兰Auxpac系列船用发电机组,包括Aux-pac20和Auxpac26两种型号的船用发电机组。产品除供应中国市场外,还将通过瓦锡兰的全球销售网络向国外出口。

7月1日 在国际船级社协会(IACS)第53次理事会上,中国船级社社长李科浚当选为2006至2007年度IACS理事会轮值主席。在中国船级社社长第二次担任IACS理事会主席的任期(2006年7月1日至2007年6月30日)中,参与主导了IACS的重大决策,推行了IACS的一些重大改革,解决了一系列敏感而棘手的问题,展示了船检体制改革后中国船级社的进步和发展。

7月17日 中国海事局印发《船舶检验机构道德准则》《国内航行船舶船体建造检验管理暂行规定》《国内航行船舶图纸审核管理规定》和《国内航行船舶变更船舶检验机构管理规定》。

7月 8000千瓦海洋救助船首制船"北海救112号"在广州中船黄埔造船有限公司交付使用。该船为全焊接式钢质船体,采用双机、双可调螺距螺旋桨、双流线型悬挂式襟翼舵、巡洋舰式船艉。总长97.789米,型宽15.2米,型深 7.6 米，排水量 4405.885 吨，航速 20.35 节。该船具有一级对外消防灭火作业能力和营救作业能力，能搭载获救人员 100 人，并能拖曳浮筒和起浮的沉船，以及进行海上船、驳的拖运工作。

9 月 16 日　中国船舶工业集团公司、沪东重机股份有限公司和日本三井造船株式会社共同投资组建的上海中船三井造船柴油机有限公司正式成立。该公司坐落在上海临港重装备产业区，占地 40 万平方米，总投资 22.7 亿元。全面竣工后形成年产 300 万马力柴油机的能力，主要生产缸径 600 毫米以上的船用大功率柴油机。

9 月 17 日　由武昌造船厂技术中心设计、黄海造船有限公司为山东渤海轮渡有限公司建造的 1300 客位/1800 米车道客滚船"渤海金珠"号交船。该型船除发动机外，其他设备及材料全部实现国产化，多项关键技术获得突破，是我国当时自行设计建造的最大的客滚船，主要用于我国渤海湾地区的烟台、蓬莱至大连等国内近海航线，承担大型汽车和旅客的运输。

10 月 12 日　新港船厂建造的我国首艘全电力推进火车渡船"中铁渤海 1 号"交付。该船是国家重点工程烟大铁路轮渡项目的首制船，是我国首艘运距超百公里的火车渡船，也是我国当时自行设计及建造的最大、技术最先进的集火车、汽车、旅客运输为一体的客滚船，由上海船舶研究设计院设计。总长 182.6 米，型宽 24.8 米，设计吃水 5.8 米，航速 18 节，可装载 50 节货运列车车厢、25 辆小轿车、50 辆 20 吨载重汽车，同时能载运旅客 480 人。其姊妹船"中铁渤海 3 号"于 2008 年 6 月 18 日交付。

10 月 20 日　中船重工集团公司七〇三研究所大功率船用主动力研发基地科研试验基地正式开工。该基地由研究设计、试验验证、总装集成测试和技术保障服务等四大平台组成。

10 月 20 日　由七〇八研究所独立研发设计，南通港闸船舶有限公司建造的当时国内最大绞吸式挖泥船——3500 立方米绞吸式挖泥船"新海鳄"号交付。

10 月 25—28 日　第七届中国大连国际海事展览会在大连星海会展中心举行，展览规模达到 1.5 万平方米，参展企业 360 余家。

10 月　由中国船级社统一规划、上海规范所编制的《国内航行海船建造规范（2006）》发布，12 月 1 日起正式生效。这是我国第一部专门针对国内航行海船建造的规范性文件，它的实施对于促进国内海船航行安全和航运市场的发展有着重大意义。该规范适用于新建造的船长 20 米及以上的国内航行钢质海船。

11 月 21 日　上海振华港口机械集团股份有限公司为广州打捞局建造的当时亚洲最大的 4000 吨全回转浮吊"华天龙"号在上海振华长兴基地举行交船仪式。该浮吊入中国船级社船级。

12 月 8 日　国际海事组织（IMO）第 82 届海安会通过《船舶专用海水压载舱和散货船双舷侧处所保护涂层性能标准》（简称 PSPC），并列入《SOLAS 74 公约》附则第 II-1 章中，于 2008 年 7 月 1 日正式生效。2012 年 7 月 1 日及以后交船的船舶将全部满足 PSPC。

12 月　芜湖造船厂进入破产司法程序，通过中船集团和芜湖市协调，由奇瑞汽车公司接盘。

是年，据中国船舶工业行业协会统计，全国造船完工量 1587 万载重吨，新接订单量 5205 万载重吨，年底手持订单量 7822 万载重吨。全国纳入统计的 913 家船舶工业企业全年实现主营业务收入 1560 亿元，利润总额 96 亿元。

2007 年

1 月 8 日　时任中共中央政治局委员、国务院副总理曾培炎在国防科技工业工作会议上明确指出，船舶工业已经成为我国装备制造的一个重要产业。他希望船舶工业继续加快发展，进一步参与国际竞争，使我国真正成为世界造船强国。

1 月 22 日　中船第九设计研究院工程有限公司正式挂牌成立。该公司由九院和中船建设公司整合改制而成。此次改制是其参与国际竞争的需要，即依照国际通行的建设领域相关模式，把原来单一功能的设计院改成具备咨询、规划、设计、采购、施工、调试、试运行等多种功能的国际型工程公司。

1 月 26 日　"中海九华山"浮船坞竣工投产暨中海长兴基地码头工程开工

仪式在上海国际会议中心举行。由中国船舶工业集团公司七〇八研究所与欣业船舶设计有限公司共同承担设计的 20 万吨级"中海九华山"浮船坞于 2006 年 10 月建成交工。其长 305 米，型宽 59 米，内宽 50 米，型深 25.3 米，浮箱甲板高 6.1 米，抬船吃水 5.4 米，举重量 38000 吨，最大沉深 17.5 米，最大沉深排水量 11.2 万吨。

2 月 3 日　时任中共中央政治局常委、全国人大常委会委员长吴邦国到大连船舶重工集团有限公司视察。

2 月 22 日　英国克拉克松研究公司公布的统计数据显示，1 月中国承接新船订单达到 140 万修正总吨，占全球总量的一半，跃居世界第一位。

3 月 6 日　由南通中远川崎船舶工程有限公司设计、建造的世界首艘可承运重质加温原油（高黏度石油）的巨型油船（VLCC）在大连命名。这是当时我国建造的吨位最大的 VLCC。该船总长 333 米，型宽 60 米，型深 29 米，设计吃水 21.15 米，载重量为 31.5 万吨。

3 月 23 日　国防科工委《船舶生产企业生产条件基本要求及评价方法》（简称《船企评价标准》）正式颁布。该标准于 2007 年 10 月 1 日正式实施，是我国第一部船舶生产企业的行业准入标准。

3 月 28 日　上海船厂船舶有限公司在崇明岛造修船基地举行揭牌仪式。

4 月 5—8 日　由中国船舶工业行业协会船艇分会、上海船舶工业行业协会主办的 2007 年中国（上海）国际游艇展暨第十二届中国国际船艇及其技术设备展览会在上海展览中心举行，水上展区在上海亚廷游艇会举行。

4 月 21 日　中国远洋运输（集团）总公司在海南博鳌与中国船舶重工集团公司、中远造船工业公司、中远船务工程集团有限公司、中远国际船舶贸易有限公司 4 家企业签署了 66 艘、514 万载重吨的船舶建造合同和意向协议。时任中共中央政治局常委、全国人大常委会委员长吴邦国出席了协议签署仪式。本次造船合同、意向的规模和金额创造了中远集团一次性下单新的历史纪录。

4 月 28 日　中国海运（集团）总公司江苏造船基地奠基仪式在江都沿江开发区举行。该基地是中海集团做强做大航运主业的重要配套支持项目，是在重组江都船舶公司的基础上组建的，该基地总投资约 38 亿元，占地约 2800 亩，利用岸线 3500 米，年设计造船能力 150 万吨。

4 月 30 日　我国迄今为止建造的吨位最大、造价最高、技术最新的 30 万吨海上浮式生产储油船（FPSO）在上海外高桥造船有限公司被命名为"海洋石油117"号，并成功交付船体工程。这是我国第一艘完全自主设计并建造的30万吨级FPSO，标志着我国在FPSO的设计与建造领域已跻身世界先进行列。

5月19日　中船重工集团公司旗下重庆海装公司投资的风力发电产业基地在重庆奠基。该基地占地225亩，总投资50亿元。其投资额为10亿元的一期工程完成后，可以形成年产100万千瓦风电机组的总装和配套能力。

5月25日　河北远洋运输股份有限公司向中船重工集团公司订造16艘18万吨大型散货船新闻发布会在人民大会堂举行。

5月26日　我国自行设计、建造的当时最大耙吸式挖泥船"新海虎"号交付仪式在广州文冲船厂有限责任公司举行。该船以总长150.7米、舱容量13569立方米成为我国的"挖泥船之王"，被誉为"神州第一挖"。该船由七〇八研究所负责设计，文船公司负责生产设计并为中交上海航道局属下的中港疏浚股份有限公司建造，入中国船级社船级。它的建造完成填补了国内建造大型耙吸式挖泥船的空白，改写了我国船企只能建造1万立方米以下挖泥船的历史，打破了长期以来大型挖泥船被欧洲少数国家垄断的局面。

5月28日　江南造船集团有限责任公司荣获中共中央、国务院、中央军委授予的高技术武器装备发展建设工程重大贡献奖。

5月31日　山海关船舶重工有限责任公司为中国石油集团海洋工程有限公司建造的"中油海3"号坐底式钻井平台交付使用。该平台是当时世界上最大的坐底式钻井平台，也是我国自主设计的新一代钻井平台，主要用于石油钻井作业和试油修井作业。该平台由七〇八研究所设计，作业水深10米，最大钻井深度可达7000米，可供90人居住，生活楼顶部为直升机平台。

6月1日　中船集团公司和上海建工（集团）总公司签署《西藏南路隧道浦西段工作井及三号码头拔桩工程配合施工协议书》和《黄楼异地迁建安置协议》，标志着中船集团公司支持上海世博会建设迈出了实质性步伐。

6月4—6日　波罗的海国际海事公会（BIM-CO）在我国香港召开的2007年会员大会正式向国际航运界推出标准造船合同。

6月11日　江苏新扬子造船有限公司新建的30万吨级船坞正式投入使用。该船坞于2005年10月12日开工，总长440米，宽16米，深11.2米。

6月19日　中船重工集团公司武汉重工铸锻有限责任公司海西重工船用

大型柴油机曲轴建设项目竣工。该项目位于青岛经济技术开发区,注册资本1.1亿元,规划占地面积3万平方米,2003年11月18日破土动工。该项目主要制造50厘米、60厘米缸径大型船用柴油机曲轴,将形成年产50根半组合卧式曲轴的装配机械加工能力。

6月26—28日 第一届中国大连国际工作船/艇展览会在大连星海会展中心举行。本届展会的主角是航运等企业生产用工作艇,游艇作为辅助展品展出。

7月10日 上海中船三井造船柴油机有限公司制造的7K90MC-C6型柴油机总装试生产在上海临港新城产业区重装备产业区中船三井柴油机制造基地启动。这是中船三井公司投产后制造的首台柴油机,标志着这一当时我国规模最大的船用大功率低速柴油机制造企业开始释放其强大的产能。

7月27日 渤海船舶重工有限责任公司大型造船设施投产暨29.7万吨超大型油船(VLCC)1号船开工典礼举行。该项目主要设施包括:一座长480米、宽107米、深12.7米的30万吨级船坞,配有两座600吨龙门起重机、浮箱式坞门等配套设备;一座长750米、一座长400米的综合码头,均可停靠30万吨级大型船舶;一座长259.5米的材料码头。该项目被列为国务院批准的首批振兴东北老工业基地建设项目之一,总投资25.3亿元。

8月1日 中国船舶工业集团公司所属沪东重机股份有限公司通过向特定对象非公开发行股票后更名为"中国船舶"。本次重组后,公司集造船、修船、船舶配套三位一体,三大业务构成完整的产业链,成为中国船舶集团公司旗下具有国际竞争力的旗舰上市公司和行业领军企业。

8月6日 中远造船工业公司旗下第二家大型现代化船舶制造企业——大连中远造船工业有限公司揭牌仪式在大连市旅顺经济开发区举行。该公司占地面积180万平方米,占用海域1.5平方公里,总投资50亿元。

8月13日 上海红双喜游艇有限公司出口法国的CORTRNZO86英尺大型豪华游艇完工。这是当时我国自行建造的最大游艇。

8月13日 中船龙穴造船基地民船项目一期工程可行性研究报告获得国家发展和改革委批复。基地民船项目一期工程主要建设大型造船坞两座,30万吨级和20万吨级修船干坞各一座。一期工程建成后,基地的年造船能力将达到212万载重吨,满足30万吨级油船、LNG船、集装箱船等船舶的建造和

30万吨级船舶的修理需要，成为华南地区当时最大的船舶及海洋工程生产基地。

8月20日　国家发展改革委、国务院振兴东北地区等老工业基地领导小组办公室公布的《东北地区振兴规划》中提出：经过10~15年的努力，将东北地区建设成为具有国际先进水平的船舶制造基地。规划将大型船舶装备——30万吨级原油运输船、大型及超大型集装箱船、专用汽车滚装船、新型客滚船、大型散货船及矿砂船、不锈钢舱化学品船以及船用配套装备、大型海洋石油工程装备、海上浮式生产储油船等列为东北地区装备制造业振兴的重点。

8月24日　英国克拉克松研究公司发表的国际船市统计数据显示，以修正总吨计，7月底在全球造船企业手持船舶订单10强中，中国造船企业首次占据了4个席位。截至当年7月底，大连船舶重工手持订单108艘、316.6万修正总吨，居全球第六位；上海外高桥造船公司手持订单79艘、236.3万修正总吨，居第八位；江南长兴基地手持订单79艘、225.7万修正总吨，居第九位；沪东中华造船（集团）公司手持订单86艘、217.5万修正总吨，居第十位。

9月1日　大连船舶重工集团有限公司为美国诺贝尔钻井公司自行设计、建造的400英尺自升式钻井平台交付使用。它是我国首次为国外专业钻井承包公司自主设计、建造的深水自升式钻井平台。该平台全部实现自动控制，设备安装与调试都达到世界先进水平。

9月3日　拥有我国自主知识产权的齿轮齿条升降自升式钻井平台"中油海5"号在青岛北海船舶重工有限责任公司交付使用。该平台自2006年8月31日开工，至2007年9月3日完工交付，创造了国内自升式平台建造工期的最短纪录。

9月8日　我国首艘自行设计、建造的载箱量最大、技术最先进的集装箱船——8530标准箱超大型集装箱船在沪东中华造船（集团）有限公司被命名为"新亚洲"号。9日交付船东中海集装箱运输股份有限公司。该船的建成交付标志着我国在高技术船舶设计、建造领域坚持自主创新取得又一重大突破，成为继韩国、日本、丹麦之后第四个能够自主设计、建造超大型集装箱船的国家。

9月11日　国家质量监督检验检疫总局在人民大会堂召开2007年中国名牌产品暨中国世界名牌产品表彰大会，856种产品获2007年"中国名牌产品"

称号。经过造船企业和有关部门 3 年的不懈努力，由大连船舶重工集团有限公司建造的 30 万吨原油船、11 万吨成品油船，上海外高桥造船有限公司建造的 10.5 万吨原油船，昆明船舶设备集团有限公司生产的"昆船"牌仓储自动化物流系统，重庆齿轮箱有限责任公司生产的"重齿"牌减速机、船用齿轮箱，杭州前进齿轮箱集团有限公司生产的"前进"牌船用齿轮箱，上海红双喜股份有限公司建造的"红双喜"牌赛艇等船舶行业企业生产的产品被评为 2007 年中国名牌产品。

9 月 29 日　由我国自主设计、建造的新一代航天远洋测量船——"远望 5"号在江南造船（集团）有限责任公司交付中国卫星海上测控部使用。"远望 5"号集当今船舶建造、航海气象、电子、机械、光学、通信、计算器等领域最新技术于一身，是一艘具有远洋和海上跟踪、测轨、遥测、遥控、通信能力，综合性能优良的新型航天测量船。该船满载排水量为 2.5 万吨，抗风能力达 12 级以上，能在南北纬 60 度以内的任何海域航行。

9 月　国家发展和改革委批复了青岛海西湾造修船基地建设项目可行性研究报告。青岛海西湾造修船基地建设规模为年造船能力 204 万载重吨，修船 212 艘。

10 月 15 日　青岛北海船舶重工有限责任公司建造的 10 万吨级海上浮式生产储油船"海洋石油 115"号在青岛海西湾造修船基地交付使用。这是海西湾基地建成的第一艘 10 万吨级大型船舶。

10 月 22—27 日　中国海运（集团）总公司旗下的中海发展股份有限公司一周内向国内船企订造了 8 艘大型矿砂船（VLOC）：与大连船舶重工集团有限公司签订建造 4 艘 30 万吨 VLOC 合同；与中船龙穴造船基地核心企业龙穴造船公司签订 4 艘 23 万吨 VLOC 建造合同。

11 月 6 日　经过全面改造和升级换代，我国目前唯一的极地科考船"雪龙"号在上海船厂船舶有限公司交付使用，为 11 月 12 日起程的中国第 24 次南极科学考察工作顺利进行提供了充分的保障条件。全面改造后的"雪龙"号满载排水量超过 2 万吨，最大航速为 18 节，续航能力为 2 万海里，达到国际一流极地科考船水平。

11 月 17 日　由中船重工（重庆）海装风电设备有限公司与德国 Aerodyn 公司联合设计、自主研制的 2 兆瓦风力发电机组样机在重庆下线。这是当时国内具有自主知识产权的最大功率变速恒频风力发电机组，该机组样机的成功下线标志着中船重工与重庆市合力打造的百亿元风电装备产业取得阶段性成果，为我国大功率风电机组自主开发能力的形成奠定了坚实的基础。

11月18日　被誉为"中国第一救"的14000千瓦远洋专业救助船"南海救101"号在广州中船黄埔造船有限公司交付。该船总长109.70米，型宽16.20米，满载排水量6256吨，最大航速为22节，自持力30天，续航力10000海里，入中国船级社船级，为全天候大功率海洋救助船。这艘船是国内自行设计建造的尺度最大、功率最大、航速最快、抗风能力最强、装备最先进、救助功能最齐全的远洋救助船。

11月24日　中国企业联合会、中国企业家协会在北京发布了第十二批中国企业新纪录。其中，船舶行业共有25家企事业单位创造的40余项新纪录入围。

这些新纪录主要是：

中船集团公司2006年造船完工602万吨，承接新船订单2652万吨，手持订单3330万吨，均居当时国内之首。

中船重工船舶设计研究中心开发设计的18万吨新型好望角型散货船为当时国内首创。

沪东中华造船（集团）公司自主建造的液化天然气船2007年3月下水，为当时国内首创。

外高桥造船公司2006年造船完工19艘、311.5万载重吨，居当时国内之首；自主建造的30万吨海上浮式生产储油船为当时国内首创。

大连船舶重工建造的400英尺自升式钻井平台"海洋石油941"号，创当时国内同类设备规模最大、自动化程度最高、作业水深最深新纪录；2007年3月20日交付的4250标准箱集装箱船建造总周期314天，创当时国内同型船新纪录。

南通中远川崎建造的5000车位汽车运输船建造工时为48.62万个，创当时国内同型船新纪录；2006年人均销售额206.06万元/年，人均利润25.09万元/年，造船生产率16.02工时/修正总吨，万美元产值耗电量985度，均创当时国内新纪录；建造的31.5万吨VLCC是世界上首艘可承运重质加温原油的超大型油船，建造工时81.36万个，创当时国内船型规格和建造工时新纪录。

广船国际建造的 5.18 万吨冰区加强型成品油/化学品船为国内首创。

黄埔造船公司设计建造的 8000 千瓦海洋救助船"北海救 111"号，可抗击 15 级台风，为当时国内首创。

澄西船舶公司建造的第八艘 5.3 万吨系列双壳散货船船台周期 43 天，创当时国内同型船新纪录；2006 年改装大型船舶 14 艘，创当时国内新纪录；为加拿大船东改装的自卸船"娜丽"号单船产值 2.52 亿元，创当时国内单船改装产值最高、船舶整合改装技术工艺水平最高新纪录。

天津新港船厂在烟大火车渡船试验中，船舶中心电站最高电压 6600 伏、最大功率 12000 千瓦，创当时国内船舶试验新纪录。

深圳市海斯比船艇公司设计建造的 SD928 型高速救助艇、SD808 型执法巡逻艇、HP1420 型高速巡逻艇，均为当时国内首创；为验证 SD1088 型超高速艇艇体强度，在 12 米高处进行了跌落试验，创当时国内复合材料高速艇首次成功进行类似试验新纪录；设计建造的 HP1100 型高速巡逻艇满舵回转直径相当于 1.2 倍船长，创当时国内同类尺度高速艇操纵性能新纪录。

中远船务集团公司 2006 年完成修船总产值 55.5 亿元，居当时国内修船业之首。

中海工业公司 2006 年修理船舶 445 艘，创当时国内同行业年厂修船舶艘数新纪录。

华润大东公司承接的 VLCC 单壳改双壳工程创当时国内修船业新纪录。

沪东重机研制的 8S60ME-C 和 7K90ME-C 两种新型柴油机，均创当时国内首台同型机新纪录；研制的 6K80ME-C 新型柴油机，创当时世界首台同型机新纪录。

武汉船用机械公司研制的 VLCC 锚绞机，创当时国内最大吨位锚绞机新纪录。

重庆红江机械厂生产的 6S60ME-C 型机核心部件——液压缸单元和蓄压器总成，为当时国内首创。

11 月 27—29 日　第 14 届中国国际海事技术学术会议和展览会在上海新国际博览中心举行。30 多个国家和地区的 1100 多家公司参展，境外展商占 2/3，其中 17 个国家和地区组团参展。展览总面积 36500 平方米，比上届增加 30%

以上。

11月28日　中国海运（集团）总公司江苏造船基地100亿元造船订单签约仪式在扬州举行。此次签约的船舶主要是5.7万吨级散货船，共32艘、183万吨。船东分别为APANDA公司、中海发展股份有限公司、中国海运（香港）控股有限公司、上海时代航运有限公司、广州珠江电力燃料有限公司、广州蓝海海运有限公司、洋浦鸿阳海运有限公司、振洋船务有限公司。

12月10日　中船重工天津临港造修船基地在天津临港工业区开工建设。基地规划陆域面积350万平方米，岸线长度3900米，建设大型造船坞、修船坞各两座和海洋工程滑道一座，到2015年具备年造船300万载重吨、建造海洋平台4座的能力。

12月11日　青岛双瑞防腐防污工程有限公司"东海大桥（外海超长桥梁）工程关键技术应用项目"获得国家科学技术进步一等奖。

12月18日　由江南造船（集团）有限责任公司为挪威船东建造的长兴基地首制船16400吨化学品船"STEN ARNOLD"号顺利交付使用。该船总长144米，型宽23米，型深12.4米。首制船的成功交付标志着长兴三号线第一条生产线流程全面打通。

12月18日　扬州国裕船舶制造有限公司建造的4.5万吨铰接式顶推驳船（ATB）交付使用。该船是国际同型船中吨位最大的平底江海直达船。

12月21日　上海船厂有限公司举行145周年华诞庆典活动。上船公司特地组织了厂史编写出版、厂史图片展、百日劳动竞赛等系列活动，举办了主题为"百年上船"（1862—2007年）的史料图片展。同日还举行了3500标准箱集装箱船下水仪式。这艘3500标准箱集装箱船是上船公司为德国NV公司建造的第九艘同型船，船台周期仅49天，刷新了由该公司自己创造的国内同型船船台周期纪录。

12月22日　在水中沉睡了800多年的"南海一号"成功出水。该船于28日入住广东海上丝绸之路博物馆"水晶宫"。这是目前世界上发现的年代最久远、船体最大、保存最完整的沉船，为我国古代造船工艺、航海技术等研究提供了典型标本。"南海一号"整体浮出水面，采用了世界首创的整体打捞方式。

12月26日　江南造船（集团）有限责任公司作为中国船舶工业的唯一入

选企业，在首届中国工业大奖表彰大会上获得"中国工业大奖表彰奖"。

12月27日　上海外高桥造船有限公司为日本邮船株式会社（NYK）建造的绿色环保型17.7万吨好望角型散货船"海上胜境"号交付使用。至此，该公司2007年造船总量达到353.16万载重吨，居中国各船厂之首，跻身世界先进船厂之列。

是年，据中国船舶工业行业协会统计，全国造船完工量2164万载重吨，突破2000万载重吨，新接订单量10752万载重吨，年底手持订单量16798万载重吨。全国纳入统计的1101家船舶工业企业全年实现主营业务收入2414亿元，利润总额227亿元。我国和英国克拉克松研究公司对世界造船总量的统计数据显示，我国三大指标占世界市场份额分别达到23%、42%和33%，其中新接船舶订单量跃居当时的全球首位。

2008 年

1月13日　时任中共中央政治局常委、国家副主席习近平视察汉光机械厂。

1月18日　由国家发展和改革委首批启动并批准组建的船舶行业首个国家工程实验室——数字化造船国家工程实验室在上海成立。这是国家发展和改革委100个工程实验室中首批启动的实验室之一。该实验室以上海船舶工艺研究所为技术依托单位并设在该所，是数字化造船技术的研发和推广中心，可为行业提供全方位数字化造船技术服务。

2月26日　川东造船厂与挪威奥德菲尔（Odfjell）亚洲有限公司签订了10艘9000吨级不锈钢化学品船建造合同。这批特种船舶总价值高达3亿美元，是奥德菲尔公司在中国签下的第一份造船订单。

2月28日　由上海船舶研究设计院设计，青岛北海船舶重工有限责任公司为中国海洋石油股份有限公司建造的3万吨导管架下水驳船"海洋石油229"号交付使用，结束了我国租用大型导管架下水驳船的历史。该船主尺度和载重量在现有专用下水驳船中的排名是亚洲第一、世界第三。

2月28日　国内建造完工的最大功率绞吸式挖泥船"长狮1号"在江苏省南通市港闸船舶制造有限公司交付。"长狮1号"由七〇八研究所设计，武汉航道工程局投资1.7亿元。该船总长103米，型宽19米，吃水3.8米，最大挖深28米。

3月8日　亚洲最先进的地球物理勘探船"海洋石油719"号，经上海船厂船舶有限公司全面改装提升能力后，交付给中海油田服务股份有限公司。这艘改装后的8缆物探船主要从事三维地震采集作业。船上设有直升机起降平台，艉部新增设了一个由电动机驱动的辅助推进装置。

3月12日　深圳海斯比船艇科技发展有限公司建造的航速超过70节的柴油机快艇试航成功，标志着我国在超高速艇研制领域取得重大突破。

3月12日　中船重工（重庆）海装风电设备有限公司与华能集团内蒙古北方龙源风力发电有限责任公司签订23.1兆瓦风力发电机组设备购销合同。这是中船重工集团公司承接的第一个风电整机订单，合同总金额1.57亿元。

3月23日　我国首根由国产机床加工出的大型船用曲轴在青岛海西重工有限责任公司顺利下线。这标志着大型船用曲轴国产化又取得了重大突破，改变了我国制造加工曲轴的大型机床长期依赖进口的局面。该曲轴长5.495米，重5.831吨，全部由国产毛坯加工而成。中国大型船用曲轴完成从完全依赖进口，到批量建造，最后到批量出口的历史转折。

3月27日　由中远船务集团有限公司和连云港港口股份公司共同出资兴建的连云港中远船务工程公司正式揭牌成立。

3月28日　我国自主研发设计的30万吨级VLCC在广州中船南沙龙穴造船基地开工建造。同日，中船集团公司、宝钢集团有限公司、中国海运（集团）总公司正式签订龙穴基地造船项目合作意向书。这标志着国家三大造船基地之一的珠江口造船基地已初具规模。中船、宝钢、中海将分别按照60%、30%和10%的比例注资龙穴造船公司。

3月　风帆股份有限公司"动力型锂离子电池及电极材料研发"项目通过了国家级认定。该项目于2005年由国家发展和改革委立项，是国家认定的企业技术中心创新能力建设专门项目。

4月3日　我国首艘自行建造的液化天然气（LNG）船"大鹏昊"命名交船仪式在沪东中华造船（集团）有限公司码头举行。中国造船人终于摘下了

LNG 船这颗璀璨的造船"皇冠上的明珠",在世界顶级船舶建造领域获得了"零"的突破。该船总长 292 米,型宽 43.35 米,型深 26.25 米,航速 19.5 节,入美国船级社(ABS)和中国船级社(CCS)双重船级。"大鹏昊"号于 2004 年 12 月 15 日开工建造,建造速度快于日、韩等国首艘 LNG 船。

4 月 3 日 由南通中远川崎船舶工程公司建造的首艘 1 万标准箱集装箱船"中远大洋洲"号交付。该船总长 348.5 米、型宽 45.6 米、型深 27.2 米、设计吃水 13 米、总吨位 11.8 万吨。

4 月 6—7 日 上海船厂船舶有限公司利用"浮力顶升"技术将上海外白渡桥南北两跨钢桁架(即桥身)相继移送至修桥场地,从而开始为期 1 年的修缮工程。修缮工程完毕后,外白渡桥复位架设于原址,可望再连续使用 50 年。

4 月 8 日 我国第一艘自行设计、建造的专用航海教学实习船"育鲲"号在大连海事大学交付。"育鲲"号总造价近 2 亿元,总长 116 米,总吨位 6000 吨,航速 18 节,每个航次可供 196 名学生实习,是当时世界上最先进的专用远洋教学实习船,由上海船舶研究设计院设计、武昌造船厂建造。

4 月 8 日 中国船舶重工股份有限公司在北京隆重举行揭牌仪式。中船重工股份公司是经国务院国资委批准,由中船重工集团公司作为主发起人,联合鞍山钢铁集团公司、中国航天科技集团公司共同设立的股份有限公司,注册资本 46.56 亿元。其中,中船重工持有 97.21% 的股权,鞍钢和航天科技分别持有 2.15% 和 0.64% 的股权。

4 月 9 日 我国首艘自行研制并具有自主知识产权的千吨级小水线面双体船"北调 991"号试验船在大连交船。该船的成功研制标志着我国小水线面双体船研制已进入国际先进行列。该船由中船重工集团公司七〇一研究所、七〇二研究所联合设计,武昌造船厂建造。

4 月 10—13 日 2008 中国(上海)国际游艇展暨第十三届中国国际船艇及其技术设备展览会在上海举行。本届船艇展展览面积达 26000 平方米,来自 17 个国家和地区的 400 多家中外展商参展。10 日举办了中国国际游艇经济暨景观水系资源开发论坛,11 日举行了 2008 年中国国际高性能船学术报告会。

4 月 12 日 时任中共中央政治局常委、全国政协主席贾庆林视察龙穴造船基地。

4月12日　我国自主设计建造的第二艘新一代航天远洋测量船"远望6"号在上海正式交付中国卫星海上测控部使用。它与2007年9月交付使用的另一艘远望船"远望5"号构成了我国航天远洋测量船队新一代"姊妹船"。

4月15日　上海江南长兴造船有限责任公司为中国长航南京油运股份有限公司建造的29.7万吨VLCC"长江之珠"号，在中船长兴造船基地1号船坞命名下水。"长江之珠"号总长333米，型宽60米，型深29.7米，由中船集团公司七〇八研究所自主开发设计，为国内第一艘拥有自主知识产权的VLCC，也是上海造船工业有史以来建造的最大吨位油船。

4月28日　我国大型海洋工程制造基地——上海临港海洋工程有限公司海洋工程及高技术船舶工程配套项目，在上海南汇临港新城重型装备产业区开工。

5月7日　上海振华港机（集团）股份有限公司为中海油海洋石油工程股份有限公司建造的7500吨全回转自航浮吊"蓝鲸"号完工。这标志着目前世界最大的全回转自航浮吊正式建成。"蓝鲸"号顶点最高130米，最大起重高度可达110米，浮吊上设有直升机停机坪，自航速度达到11节，入中国船级社船级。"蓝鲸"号拥有自主知识产权。

5月12日　镇江中船设备有限公司大功率柴油机生产基地在镇江市润州工业园区正式开工。基地占地约400亩，一期总投资8亿元，建设厂房6万多平方米。该基地主要生产MAN系列L32/40、L32/44CR、L48/60CR型等大功率柴油机，将形成100台（约80万马力）的年生产能力。

5月23日　我国船舶行业最大的勘察设计公司中船勘察设计研究院有限公司正式揭牌成立。该公司是国家综合甲级工程勘察单位，同时具有工程测绘、工程咨询、工程监理甲级资质和对外承包工程、地质灾害评估等资质。

5月24日　国内首根自主研制的6PC2-6型中速柴油机曲轴在武汉重工铸锻有限责任公司下线，装车发往陕西柴油机重工有限公司。该曲轴研制成功，打破了大型中速柴油机曲轴长期依赖进口的局面，填补了国内空白，产品质量达到国际先进水平。

6月3日　江南造船（集团）有限责任公司建厂143周年，在江南原址举行隆重的庆祝活动，祝贺江南造船（集团）公司胜利完成整体搬迁、中船江南长兴造船基地一期工程提前竣工。时任中共中央政治局常委、全国人大常委会委员长吴邦国，中共中央政治局常委、国家副主席习近平，中共中央政治局委员、国务院副总理张德江、王岐山，中共中央政治局委员、上海市委书记俞正声对江南造船（集团）分别发来贺信、贺词。上海市、国家发展和改革委、海军、中船集团等有关领导出席庆祝大会。

6 月 12 日　江苏蛟龙重工集团有限公司与德国斯迪芬那船公司在南通举行了首批 10 艘 3200TEU 集装箱船建造签约仪式。合约总造价达 50 亿元，创下南通民营船企单笔签约金额的新纪录。

6 月 19 日　英辉南方造船（广州番禺）有限公司为土耳其船东建造的当时亚洲最大铝质高速车客渡船下水。该船为全铝质全焊接双体船，是亚洲建造的最大铝合金船舶，由达门造船集团设计。该船主要用于伊斯坦布尔市海港与岛屿之间的车客运输，可载旅客 600 人、小车 112 辆。其开阔的甲板能保证车辆从两边快速上下船。

7 月 17 日　中远船务工程集团有限公司首个海洋工程产品 35 万桶浮式储油船（FSO）JVPC FSO "曙光 MV17" 号，在舟山中远船务交付船东日本 MODEC 公司。

7 月 24 日　上海中船三井造船柴油机有限公司成功交付中国首台、世界最大缸径柴油机 8K98MC-C。该 8K98MC 柴油机填补了国内空白，使我国可以制造 MAN 全系列低速柴油机。该企业是国内唯一具有批量建造该机型实绩的低速机企业。

7 月　中船重工汉光机械厂非磁性单组分激光打印机墨粉获得科技部等联合颁发的国家重点新产品证书，成为该厂继有机光导鼓后又一个国家重点新产品。汉光机械厂拥有该产品完全自主知识产权。

8 月 8 日　江西中船航海仪器有限公司举行了成立及揭牌仪式。江西中船航海仪器公司由江西航海仪器厂改制而成。

8 月 11 日　江苏新时代造船有限公司首制 11.4 万吨阿芙拉型油船命名为 "CLIO" 号。这是该公司投产后命名的第一艘船舶。该船总长 250 米，型宽 44 米，型深 21 米，服务航速 15 节，货舱舱容 13 万立方米。

10 月 11 日　乳山市造船有限责任公司为中交第三航务工程局有限公司建造的 "三航风范" 号起重船顺利交付使用。该船船体长 96 米，型宽 40.5 米，型深 7.8 米，起重高度达到 120 米，为亚洲第一。该船主要用于上海洋山港国内最大单机容量3兆瓦电力发电机海上整机安装及海上跨海大桥桥梁安装和大型构件的安装。

10月17日 南通中远川崎船舶工程有限公司举行了二期工程竣工投产庆典仪式。二期工程总投资23.6亿元,新建50万吨级船坞、30万吨级舾装码头各1座,配有2台800吨龙门吊。该工程2005年7月29日获国家发展和改革委批准,12月正式开工建设,船坞及相应的陆域工程于2008年5月份初步建成并投入试运行,全部工程于2008年10月初建成。

10月23日 广船国际为海军建造的"866岱山岛号医院船"(常被称为"和平方舟")成功交付。该船于12月22日在浙江舟山举行命名授旗仪式入役。"和平方舟"医院船是我国自行设计研制的一艘万吨级大型专业医院船,全长178米,最大宽度24米,满载排水量14000吨,最高航速20节,续航力5000海里。该船拥有10个科室和医疗信息中心,医疗设备配置相当于国内三级甲等医院水平,堪称一座"安静型"的现代化海上流动医院,被官兵们誉为驶向大洋的"生命之舟"。

10月27日 中国造船工程学会主办的首届船舶设计大师及2008年度品牌船型评选活动揭晓。6位船舶设计专家被评为首届船舶设计大师,10个船型被评为2008年度品牌船型。荣获首届"船舶设计大师"称号的船舶设计专家分别是:中船重工七一九研究所研究员、中国工程院院士张金麟,中船集团公司七〇八研究所研究员、博士生导师杨葆和,中船重工七一九研究所研究员宋学斌,中船集团公司七〇八研究所研究员、博士生导师俞宝均,大连船舶重工集团有限公司副总工程师兼船研所所长、研究员级高级工程师马延德,江南造船(集团)有限责任公司总工程师兼技术中心主任、研究员级高级工程师胡可一。被评为2008年度品牌船型10个船型分别是:大连船舶重工设计、建造的30.8万吨超大型原油船、7.6万吨级巴拿马型成品油船和11万吨阿芙拉型成品油船,外高桥造船公司设计、建造的17.5万吨级好望角型散货船,沪东中华造船(集团)公司设计、建造的7.5万吨级巴拿马型散货船和8530TEU集装箱船,中船集团公司七〇八研究所设计、广船国际等5家船企建造的4万吨级灵便型油船/成品油船,上海船舶研究设计院设计、天津新港船舶重工建造的烟大铁路轮渡渡船,上海船舶研究设计院设计、国内17家船企建造的5.7万吨散货船,上海船舶研究设计院设计、上船公司建造的3500TEU集装箱船。

10月　总投资3亿元的珠海南国游艇俱乐部建设项目在珠海海泉湾动工。该项目陆地面积3万平方米，水域面积20多万平方米，首期建设游艇泊位200个，远期建设泊位超过500个。

11月5—8日　第八届中国大连国际海事展览会在大连世界博览广场举行。本届展会展览面积突破2万平方米，参展单位达到462家。

11月15日　时任中共中央政治局常委、国务院总理温家宝视察广州中船龙穴造船基地。

11月20日　大连中远船务工程有限公司建造的当时世界最大的12万吨举力浮船坞正式交付使用。该浮船坞是大连中远船务为韩国三星重工建造的，长430米，宽82米，高23.5米，钢结构总重37600吨，管子总重1000吨，可建造40万吨级超大型船舶。

11月22日　时任中共中央政治局常委、国务院总理温家宝视察上海外高桥造船公司、上海中船三井造船柴油机有限公司。

11月22日　烟台来福士海洋工程有限公司2万吨固定桥式起重机"泰山"将自重1.4万吨的中海油服半潜式钻井平台甲板模块成功吊装，并与下船体合拢。这一建造工艺是世界造船史上的首创。

11月28日　上海中船三井造船柴油机有限公司和瓦锡兰瑞士有限公司举行瓦锡兰船用低速柴油机生产和销售许可证协议签字仪式。根据协议，中船三井可在中国生产和销售瓦锡兰RTA和RT-Flex各种规格的现代化低速船用柴油机。

11月28日　我国目前建造的最大、最先进自航耙吸式挖泥船——16888立方米自航耙吸式挖泥船"新海凤"号在广州文冲船厂有限责任公司完工交付。该船总长160.9米，型宽27米，型深11.8米，满载航速16节，载泥量23750吨，舱容16888立方米，具有耙吸装舱、吹岸、艏喷及低浓度自动排放功能。

11月29日　大型浮船坞"中海峨眉山"号在中海工业长兴修船基地正式投入使用，填补了我国在万箱级集装箱船和30万吨级原油船等超大型船舶坞修设施方面的空白。这座浮船坞可承接当今全球各类船舶的维修和改装工程，最大可承修45万吨级的船舶，对于增强我国远洋运输船队安全保障能力和提升我国修造船整体实力具有重要意义。"中海峨眉山"号浮船坞由上海船舶设计研究院自主设计，中海工业江苏造船基地建造。该坞总长 410 米、型宽 82 米，内坞墙间宽 72 米，型深 28 米，最大沉深 20 米，最大举力 85000 吨，主要性能已达到国际先进水平。

11 月　大连船舶重工集团有限公司自主研发成功 1.3 万 TEU 新巴拿马型集装箱船。该船型总长 365.6 米，型宽 48.2 米，型深 29.8 米。

12 月 1 日　第十三批中国企业新纪录发布表彰大会暨中国企业新纪录高峰论坛在北京举行。船舶行业共有 20 多家企事业单位创造的 40 余项新纪录入围。中国船舶工业行业协会被授予"中国企业新纪录（第十三批）优秀组织单位"称号。

这些新纪录主要有：

沪东中华造船（集团）公司建造的液化天然气（LNG）船和 8530TEU 第六代巴拿马型超大型集装箱船，均为国内首创。

上船公司建造的第六艘 3500TEU 集装箱船船台周期为 49 天，创国内中型集装箱船船台周期新纪录。

上海船舶研究设计院设计、黄埔造船公司建造的 14000 千瓦海洋救助船"南海救 101"号，居国内海洋专业救助船之首。

文船公司 2007 年完工交付的 13500 立方米自航耙吸式挖泥船"新海虎"号为国内首创。

中船重工集团公司与河北远洋运输集团联合研发设计的新好望角型散货船，符合结构共同规范、涂层新标准等最新要求，为国内首创。

中船重工船舶设计研究中心研发的船舶三维模型参数化设计技术应用开发研究项目，能够提高船型方案研发设计效率，节约设计工时 3% ~ 5%、节约生产设计工时 1% ~ 2%，为国内首创。

大连船舶重工建造的 7.6 万吨成品油船 7 号船水下建造周期 79 天，11 万吨成品油船 28 号船水下建造周期 68 天，30 万吨超大型原油船（VLCC）13 号船水下建造周期 38 天，均为当时国内同型船最短水下建造周期。

渤海船舶重工建造的 38.8 万吨矿砂船，创国内最大吨位散货船建造新纪录；17.4 万吨双舷侧散货船船台周期 100 天，为国内同型船最短船台周期。

天津新港船舶重工完成的烟大铁路轮渡船岸交通信号控制系统为国内

首创。

南通中远川崎公司自主建造的1万TEU集装箱船"中远大洋洲"号，居国内同型船之首；30万吨VLCC的工时为83万个，为国内同型船最短建造工时；2007年人均销售额221.23万元，万美元产值耗电量870度，均创国内船舶行业新纪录；建立的具有自身特色的生产管理体系，为国内首创。

中海工业公司2007年全年厂修船舶521艘，修船产值19亿元，比上年增长74.4%，实现利润1.7亿元，比上年增长21%，创国内同行业新纪录。

中远船务工程集团有限公司2007年修船2833万载重吨，完成工业总产值78.8亿元，实现销售收入75.8亿元，出口创汇25亿美元，均居国内同行业之首；编制《船舶修理技术标准》，制订137项修船标准和55个修船技术文件，为国内首创。

江苏熔盛重工公司研制并交付船东的7.55万吨冰区加强型巴拿马散货船为国内首创。

深圳海斯比船艇公司设计、建造的SD1688Ⅰ型30吨级大型全天候自扶正多用途巡逻艇，成功实现15秒内自扶正，为国内首创；建造的HP1500-J型高速艇，采用深V滑行艇船型，应用双喷泵推进，最高航速超过45节，创国内同类舰艇航速新纪录；建造的HP1300-Ⅰ型高速艇，采用国产柴油机、齿轮箱和表面桨，航速达40节，创国产表面桨高速艇航速新纪录。

南京中船绿洲机器公司制造的双卷筒结构特种绞车，卷筒最大直径达5800毫米，为国内首创；研制的900千牛·米、1300千牛·米、1600千牛·米系列转叶式舵机，为国内首创；2007年制造并交付救生艇吊放装置824台/付，居国内同行业之首；2007年生产船用焚烧炉420台，国内市场占有率80%，创国内同类产品质量、市场占有率新纪录。

武汉船用机械公司2007年为国外船东配套多套主推调距桨和轴系装置，为国内首创。

宜昌船舶柴油机公司研制的6RT-flex50-B智能型二冲程船用低速大功率柴油机，为世界首创。

重庆奔腾传动技术公司与重庆大学联合研制的新型船用水润滑橡胶合金轴承，使用普通天然水就能实现轴承润滑，为国内首创。

重庆长江涂装机械厂研制的第六代气动型无气喷涂机、电子配比双组分喷涂机、由 PLC 过程控制的单作用式双组分打胶机、石油管道在线修复喷涂设备等 4 项产品，均为国内首创。

12 月 6 日　大连中远船务工程公司承造的世界首艘浮式钻井生产储油船（FDPSO）船体 MPF1000 顺利完工。MPF1000 是全球首制产品，集油矿钻探、原油生产和储备及船舶动态定位等多种功能于一身，建造质量要求很高。

12 月 17 日　我国建成的首艘 30 万吨级矿砂运输船（VLOC）"HE HENG（合恒）"号在南通中远川崎船舶工程有限公司完工交付使用。该船总长 327 米，型宽 55 米，型深 29 米，服务航速 17 节。

12 月 20 日　时任中共中央政治局常委、全国政协主席贾庆林视察上海中船三井造船柴油机有限公司。

12 月 26 日　我国自主设计建造的"武汉"号、"海口"号驱逐舰和"微山湖"号综合补给舰组成中国人民解放军海军舰艇编队赴亚丁湾、索马里海域执行护航任务。这是我国首次使用军事力量，赴海外维护国家战略利益，履行国际人道主义义务。

是年，据中国船舶工业行业协会统计，全国造船完工量 3040 万载重吨，新接订单量 6055 万载重吨，年底手持订单量 20146 万载重吨。全国纳入统计的 1242 家船舶工业企业全年实现主营业务收入 3532 亿元，利润总额 333 亿元。

是年，我国造船完工量、新接订单量和年底手持订单量三大指标全面超过日本，跃居全球第二位。

2009 年

1 月 5 日　大连船舶重工集团有限公司为美国 NOBLE 公司建造的，也是国内船企第一次完整建造的半潜式深海钻井平台交付使用。该平台总长 111.6 米，宽 66.4 米。作业水域最大水深 3048 米，钻井最大深度为 10668 米。此前国内建造半潜式深海钻井平台大都是造其主体部分及部分上体，而此次交付的半潜式深海钻井平台则全部在国内完成。

1月24日　中船龙穴修船迎来了首艘进坞修理的船舶——中海集团2200TEU集装箱船"新锦州"号。中船龙穴修船基地总投资20余亿元，拥有30万吨级和20万吨级大型修船干船坞各1座，以及6个修船码头，是华南地区最大的修船基地，总设计生产能力为年修理各类船舶约240艘。

2月11日　国务院总理温家宝主持召开国务院常务会议，审议并原则通过了船舶工业调整振兴规划。我国船舶工业处于由大到强转变的关键时期，制订和实施船舶工业调整振兴规划，对于巩固和提升我国船舶工业的国际地位，促进国民经济平稳较快发展，具有重要战略意义。

3月10日　中国长航船舶重工总公司青山船厂建造的第一艘5.7万吨散货船"卡瓦-普拉塔诺斯"号在上海正式交付希腊船东，成为当时华中地区建造的最大吨位船舶。该船由上海船舶研究院设计，总长189.99米，型宽32.26米，型深18米，航速约为14.2节，入法国船级社。

4月15日　渤海船舶重工有限责任公司建造的我国第一艘小水线面双体综合科学考察船"实验1号"交付使用。该船由中国科学院声学所、南海海洋所、沈阳自动化所联合订造，中船重工集团公司七〇二研究所设计，总长60米，型宽26米，总吨位3071吨，续航力8000海里，自持力40天，最大航速15节，在6级海况下可正常作业，能在近海及远洋进行水声、海洋物理、地质生物、海洋和大气环境等多学科和交叉学科的考察，由中国船级社执行建造检验，是我国第一艘最先进的小水线面综合科考船。

4月16—19日　由中国船舶工业行业协会船艇分会、上海船舶工业行业协会主办的2009年中国（上海）国际游艇展暨第十四届中国国际船艇及其技术设备展览会在上海展览中心举行。

4月17日　青岛北海船舶重工有限责任公司建造的当时国内最大、装备最新的坐底式海洋钻井平台"中海油33"号在海西湾造修船基地竣工交付使用。该平台为中国自主研制，总长74.4米，型宽36.4米，型深5.2米，主要用于石油钻井作业、试油修井作业，适用于浅海10米以内的滩涂，最大钻井深度达7000米。

4月23日　我国在青岛附近黄海海域举行历史上最大规模的海上阅兵，国产装备接受了全面检阅。时任中共中央总书记、国家主席、中央军委主席胡锦涛乘坐"石家庄"号导弹驱逐舰检阅了中外舰艇。中方受阅部队中的25艘舰艇，全部是我国自主研制的装备，其中核动力潜艇、"兰州"号导弹驱逐舰等是中国海军当时的最新型装备。

6月2日　上海振华重工（集团）股份公司为上海航道局建造的27立方米抓斗式挖泥船"新海蚌"号交付。这是当时我国自行设计、建造的最先进的抓斗式挖泥船。该船由长江船舶设计院设计，总长65.8米，型宽24米，型深4.8米，设计吃水2.7米，最大挖深56米，标准工况下挖泥能力为747立方米/小时，适用于各种土质及岩石。

6月5日　浙江欧华造船有限公司为德国赫尔曼-布斯公司建造的5300TEU集装箱船交付。该船总长294.13米，型宽32.2米，型深21.6米，航速25.6节，入德国船级社。该船是浙江省有史以来建造的最大的集装箱船。

6月9日　国务院办公厅正式公布《船舶工业调整和振兴规划》。该规划从信贷、扩大国内需求、船舶报废更新、严控新增产能和加大科研投入等方面作出了明确规定，是对《船舶工业中长期发展规划（2006—2015）》的补充和完善，将有力支持中国船舶工业摆脱国际金融危机带来的困境，使其能够持续、健康、稳定地发展。

6月15日　时任中共中央政治局常委李长春视察江南造船（集团）有限责任公司。

6月20日　招商局重工（深圳）有限公司为中海油能源发展股份有限公司建造的华南地区首座自升式多功能支持平台"海洋石油281"号，在深圳孖洲岛修船基地交付使用。该平台总长75米，宽49.8米，型深5.2米，由我国自行研发，主要用于渤海湾油田建设。

7月1日　中国船级社《2009年钢质海船入级规范》公布实施。该规范将IACS、IMO最新要求和共同规范最新规定纳入其中。

同日　中国船级社新编的《浮船坞入级规范（2009）》，自即日起生效。该规范是在《浮船坞入级与建造规范（1992）》的基础上，综合了我国浮船坞领域近年来在设计、建造、营运和检验的实践经验以及中国船级社对国外相关技术标准的研究成果而编制的换版规范。

7月9—12日　第二届中国大连国际工作船/游艇展览会在大连星海会展中心举行。游艇首次取代工作船成为不可撼动的展会主角。

7月22日　大连船用柴油机有限公司制造的6S50ME—B型电控船用柴油机通过台架试验。该机缸径500毫米，单缸功率为1660千瓦，总功率达9960千瓦，可实现远程操控和机舱24小时无人值守。与同功率其他机型相比，在全生命周期内，该机可节省燃油费100万美元以上。

7月22日　工信部发布会上宣布"全国造船能力过剩1600万载重吨，约占造船能力四分之一，属于严重过剩"。同年，国务院颁布的《船舶工业调整和振兴规划》明确规定，今后3年内暂停审批现有造船企业船坞、船台扩建项目。

8月8日　中共中央政治局常委、国务院总理温家宝视察南通中远川崎船舶工程有限公司。

8月13日　上海交通大学开发设计、青岛前进船厂为中交天津航道局有限公司建造的首艘4000立方米/小时非自航绞吸式挖泥船"天麒"号，在青岛前湾港海域项目施工现场正式投产。该船最大挖泥深度30米，总装机功率17280千瓦，设计最大挖泥能力4000立方米/小时。

8月20日　中船重工青岛海西湾造修船基地在青岛北海船舶重工有限责任公司建成。作为《船舶工业中长期发展规划》中三大造船的重点项目之一和中船重工环渤海造修船业的重要一环，青岛海西湾造修船基地的建成对于我国船舶工业长远发展和中船重工持续发展具有重要意义。

8月20日　沪东中华造船（集团）有限公司正式推出新一代三维设计软件SPD系统——SPD V3.0。SPD软件是在Windows操作系统下，基于OpenGL图形库开发的，能满足船体结构、机装、电装、居装、甲装等专业设计的三维全数字化船舶产品设计系统。该设计系统能为设计院所和造船企业协同设计、数据集成创造良好的条件，部分功能达到和超过国内外同类软件的水平。

9月26日　金海重工有限公司建造的17.6万吨散货船"浙远嘉兴"号交付浙江远洋运输股份有限公司使用。该船是浙江省造船企业有史以来建造的最大吨位的散货船，总长291.8米，型宽45米，型深24.75米。

9月28日　黄海造船有限公司建造的"海巡11"号举行列编仪式。"海巡11"号及其配套设施是由交通运输部投资2.6亿多元建设的北方海区3000吨级巡视船，是当时我国海事系统排水量最大、技术含量最高的一艘海上巡视船舶。

10月12日　武昌船舶重工有限责任公司建造的我国第一艘海洋天然气水合物（可燃冰）调查船"海洋六号"在上海交付广州海洋地质调查局使用。"海洋六号"是以海洋天然气水合物资源调查为主，兼顾其他海洋地质、矿产资源调查工作的远洋调查船，总长 106 米，型宽 17.4 米，型深 8.3 米，设计吃水 5.5 米，设计排水量 4600 吨，续航力 15000 海里。

10月　我国自行设计、建造的最大吨位液态硫黄专用运输船——4309 吨液态硫磺运输船"红洋丸"号，在浙江舟山盘峙船厂交付日本 KSK 公司使用。该船由上海京荣船舶设计有限公司设计，入法国船级社。"红洋丸"号为Ⅲ类化学品船，总长 91.8 米，型宽 14.8 米，型深 8 米，最大吃水 6 米。

11月15日　世界第一艘配备再液化装置的小型多用途 LNG 船"诺捷创新"号在张家港正式命名。该船为半冷/全冷（半冷）式气体运输船，由挪威斯考根海运集团订造和设计，浙江台州五州船业有限公司和张家港圣汇气体化工装备有限公司共同建造。

11月18日　南通中远船务工程有限公司交付改装的超深水海洋铺管船"凯撒"号。改装此类船舶在我国尚属首次。

11月19日　时任中共中央政治局常委李长春视察中船龙穴造船基地。

11月23日　由南通中远船务工程有限公司建造的世界首座圆筒型超深水钻探储油平台"塞旺钻井"号（SEVAN DRILLER）交付巴西石油公司投入使用。"塞旺钻井"号属于第六代半潜式钻井平台，总高 135 米，直径 84 米，设计水深 3810 米，钻井深度 12192 米，甲板可变载荷 1.5 万吨，拥有 15 万桶原油的存储能力，生活楼可容纳 150 人居住，适合英国北海 –26℃的恶劣海况。

12月1日　第 15 届中国国际海事会展在上海新国际博览中心开幕。

12月16日　中船重工集团公司的上市旗舰和融资平台——中国船舶重工股份有限公司（简称中国重工）在上海证券交易所挂牌上市，共募集资金 147.2 亿元。

12月20日　大连船舶重工集团海洋工程有限公司为中海油田服务股份有限公司建造的世界首座 CJ46 型自升式钻井平台"海洋石油 937"号交付。该平台是具有世界先进水平的 350 英尺自升式钻井平台，型长 65.25 米，型宽 62 米，型深 8 ~ 7.75 米，最大作业水深 106 米，最大钻井深度 9144 米，由美国船级社和中国船级社联合检验。

12月29日　国家"十一五"重大建设工程《船舶工业中长期发展规划》中重点建设的三大造船基地之一的中船长兴造船基地一期工程——民品造船区建设项目竣工，并通过国家验收。

12月30日　招商局重工（深圳）有限公司为中海油田服务股份有限公司建造的华南第一座106.68米自升式钻井平台"海洋石油936"号在深圳孖洲岛修造船基地交付。"海洋石油936"号总长65.25米，型宽62米，型深7.75～8米，设计吃水线5米，总装机容量8000千瓦，最大钻井深度9144米，可在水深为95～100米水域作业，入美国船级社和中国船级社。

是年，我国救生艇产量为5000余艘，玻璃钢全封闭救生艇产量稳居世界第一。

是年，据中国船舶工业行业协会统计，全国造船完工量4307万载重吨，新接订单量2659万载重吨，年底手持订单18591万载重吨。全国纳入统计的2020家船舶工业企业全年实现主营业务收入5137亿元，利润总额417亿元。

2010 年

1月6日　时任中共中央政府局常委、国务院副总理李克强到中国船舶重工集团公司视察。

1月6日　国家能源局在中国船舶重工集团公司总部举行首批16家国家能源研发（实验）中心授牌仪式。其中，国家能源海洋工程装备研发中心落户中船重工集团公司。该中心以中船重工所属科研院所和骨干企业为主，依托中船重工七〇二研究所、中船重工船舶设计研究中心有限公司、大连船舶重工、武昌船舶重工等单位，联合国内海洋工程领域优势单位共同组建。目标是将其建成产学研用一体，完全具备海洋工程装备研究、试验、设计、建造和配套能力的国家级能源装备研发中心。

1月15日　时任中共中央政治局常委、全国人大常委会委员长吴邦国视察南通中远船务工程有限公司。

1月19日　装机功率与疏浚能力均为亚洲第一、世界第三的国内首艘自行设计与建造的超大型自航绞吸式挖泥船"天鲸"号在招商局重工（深圳）有限公司深圳孖洲岛修造船基地交付使用。"天鲸"号自航绞吸式挖泥船总长127.5米，型宽22米，吃水6米，设计航速12节，总装机功率为19200千瓦，最大挖深－30米，最大排泥距离6000米，挖掘效率为4500立方米/小时，入中国船级社船级。"天鲸"号的技术先进性和结构复杂程度在世界同类船舶中位居前列。

1月22日　广州中船龙穴造船有限公司为中海发展股份有限公司建造的30.8万载重吨超大型原油船（VLCC）"新浦洋"号交付使用。"新浦洋"号总长333米，型宽60米，型深29.8米，服务航速达15.7节，续航力约2万海里，满载的原油通过货油控制系统仅需一天就可全部卸载。该船由龙穴造船公司联合中船集团公司七〇八所自主研发、设计，符合国际船级社协会共同机构规范（CSR）要求。

1月22日　时任中共中央政治局常委、全国政协主席贾庆林视察江南造船（集团）有限责任公司。

1月28日　半潜式石油钻井平台"南海五号"在广州中船远航船坞有限公司龙穴修船基地完工。"南海五号"是中国海洋石油服务股份有限公司拥有的目前国内领先的半潜式石油钻井平台。该平台高117.7米，长92.35米，重11640吨，可变载荷达3200多吨，钻井水深457米，作业水深60～70米，井深7800米，可同时进行高温、高压作业，入级挪威船级社。

2月1日　亚洲船级社协会在印度尼西亚成立，中国船级社理事长兼社长李科浚当选为首任主席。

2月　沪东中华造船（集团）有限公司的专利"液化天然气船用殷瓦三面体的装焊方法"获得第十一届中国专利奖优秀奖。该装焊方法攻克了液化天然气（LNG）船殷瓦部件制造难关，实现了LNG船殷瓦部件100%自主制造，打破了国外船厂对殷瓦部件制造的垄断。

3月2日　我国国内最大的仿古船"不肯去观音"号从浙江舟山凯灵船厂码头起航。该船为木包钢结构，长43米，宽11.5米，设置98个客位，船上三道桅杆可以挂三道帆。该仿古帆船体现传统帆船的风格，又符合当今海事、船检等要求。

3月10日 财政部和交通运输部联合下发《长江干线船型标准化补贴资金管理办法》。该办法的实施将对在长江运营的老旧内河运输船的提前淘汰发挥积极推动作用，有利于激发市场产生新需求，支持、促进我国船舶工业的可持续发展。

4月2—4日 首届"海天盛宴"中国游艇、航空及时尚生活方式展览会在海南省三亚市鸿洲国际游艇会举行。展会海域面积88000平方米，陆域面积32000平方米，吸引了150个参展商和5000余名观众参会。世界六大游艇产业巨头在内的60多个世界知名游艇品牌、7大公务商务飞机品牌、顶级名车品牌、金融理财品牌、洋酒品牌等纷纷亮相，使此次展会成为国内数量最多的超级游艇在水上汇集的展会，吸引了国内和亚欧地区100余家媒体采访报道。

4月8—11日 由中国船舶工业行业协会船艇分会、上海船舶工业行业协会主办的2010年中国（上海）国际游艇展、第十五届中国国际船艇及其技术设备展览会在上海展览中心举行。

4月15日 九江中船长安消防设备有限公司研制的船用七氟丙烷灭火系统、船用阀门遥控系统、400兆帕高压空气阀等3个项目通过专家鉴定。其中，船用七氟丙烷灭火系统还获得了中国船级社的认可。

5月17日 国内第一艘满足涂层新标准（PSPC）的5.3万吨散货船"银平"号在中船澄西船舶修造有限公司交付上海时代航运有限公司。"银平"号是中国船级社检验的第一艘PSPC实船取证船。

5月26日 上海华利船舶工程有限公司与台湾庆富造船股份有限公司合作建造的我国第一艘1100吨大型金枪鱼围网渔船"LOMETO"号交付上海开创国际海洋资源股份有限公司。"LOMETO"号总长71.79米，型宽12.20米，型深7.2米，吃水4.75米，试航时航速15.7节，渔舱容积1485立方米，其中盐水舱容积970立方米、保冷舱容积515立方米。

同日 江苏太平洋造船集团下属扬州大洋造船有限公司建造的首艘1.65万立方米液化石油气（LPG）船交付希腊船东。该船总长155米，型宽23.1米，设计吃水约9.6米，载重量1.7万吨，配置3个5500立方米半冷半压式大型液化气罐，极限冷却温度为−48℃，入法国船级社。该船的成功建造，使太平洋造船集团成为国内首家建造LPG船的民营造船企业。

5月28日　我国第一艘太阳能船"尚德国盛"号由四八〇五厂建成。该船由中船重工集团公司七〇二研究所设计，为双体结构，总长31.85米，型宽9.2米，型深2.45米，设计吃水1.35米，采用太阳能、电力混合能源技术，配备全电脑控制太阳能收集器，可高效收集太阳能。

5月31日　大连船舶重工集团海洋工程有限公司为中国石化集团胜利石油管理局建造的"胜利十号"自升式钻井平台签字交付。"胜利十号"钻井平台是一座三桩腿自升式带臂梁的钻井平台，用于海上石油和天然气的勘探、开采作业。该平台总长75.21米，型宽53米，型深5.5米，作业水深50米，最大钻井深度7000米，入中国船级社船级，具备钻井、固井和辅助试油等能力。

6月1日　由工业和信息化部组织的《船舶设计单位条件基本要求及评价方法》和《船舶修理企业生产条件基本要求及评价方法》两项推荐性行业标准正式实施。这两项标准分别是对船舶设计单位、船舶修理企业分级分类管理的依据，是进行行业准入管理的评价标准。

6月23日　国内首台7RT-flex82T船用低速柴油发动机在安徽合肥熔安动力机械有限公司顺利交验。该机型号为RONGAN-WART-SILA-flex82T，专为20万~35万载重吨以上的大型油船、超大型油船（VLCC）和超大型矿砂船（VLOC）量身定制的经济型推进系统主动力船机。

6月　交通运输部、财政部、工业和信息化部、国家发展和改革委联合出台《促进老旧运输船舶和单壳油船更新实施方案》。该方案决定在规定的时间内，淘汰报废旧船，并购置符合条件的新船，由中央财政给予相应的补贴。此举对促进我国航运业的船舶升级换代、促进节能减排、加强环境保护具有重大意义，同时对我国船舶制造业扩大船舶市场需求、稳定或增加船舶产能、拉动国内消费需求、稳定和扩大就业也具有促进作用。

7月2日　秦皇岛中港船舶重工有限公司建造的当时国内最大的BA1100型反铲式挖泥船"津泰"号交付使用。该船总长66.85米，型宽20米，型深4.25米，铲斗容积25立方米，挖深26米，采用先进的液压控制系统，由特殊材料制作的定位桩可保证船舶在2.5波高时正常作业，入中国船级社船级。"津泰"号是当时国内乃至亚洲地区性能最优、挖掘能力最强的反铲式挖泥船。

7月8—11日　第三届中国大连国际游艇展览会在大连星海湾游艇港

举行。

7月22日　福建省冠海造船公司为香港龙运船务有限公司建造的8.03万吨散货船"寿山"号交付使用。

7月23日　沪东中华14.7万立方米大型液化天然气船国产化项目获首届国家能源科学技术进步奖一等奖。

7月　由七〇八研究所自主研发、设计，江苏韩通船舶重工有限公司建造的我国首艘自升式海上风电安装船"海洋38"号交付使用。"海洋38"号按中国船级社规范设计，总长89.4米，型宽36米，型深5米，配备一台250吨×30米电动全回转起重机，可吊装3.6兆瓦风机，吊高甲板以上110米，适用于沿海浅水区及类似海域的无冰期作业。

8月3日　我国第一艘自行设计建造、拥有自主知识产权的综合性海洋渔业资源与环境科学调查船"南锋"号正式启用。该船总吨位1537吨，总长66.66米，型宽12.4米，航速14节，续航力为8000海里，自持力60个昼夜。"南锋"号由七〇一研究所设计，山东乳山造船厂建造，是我国当时最先进的渔业科学调查船。

8月9日　中国交通建设股份有限公司正式收购世界著名的海上钻井平台设计公司——美国海上钻井平台设计和装备商Friede Goldman United-Ltd（F&G）100%股权，收购总对价为1.25亿美元。收购完成后，中交股份研发实力、设计能力、建造技术都将得到很大提升。

8月10日　泰州口岸船舶有限公司为THOMASSCHULTE公司建造的9.25万吨散货船交付使用。该船总长230米，型宽38米，型深20.7米，吃水12.5米，航速14.9节，续航力2.2万海里，主机功率1.356万千瓦，入美国船级社，是口岸公司迄今为止建造的最大载重吨位的船舶。

8月24日　国家发展和改革委正式核准了长兴基地二期工程项目，规划建设4座大型造船坞，形成年造船能力350万载重吨，总用地面积541公顷，占用岸线约4154米。

8月25日　时任国务院总理温家宝主持召开国务院常务会议，研究部署长江等内河水运发展工作。会议指出，力争用10年左右时间，建成畅通、高效、平安、绿色的现代化内河水运体系。

8月26日　由长江船舶设计院设计、益阳中海船舶有限责任公司建造的

40 米铺排船"长雁 22"号交付长江重庆航道工程局使用。该船是当时国内最大的航道铺排船，为钢质非自航工作船，软体排宽度为 40 米，连续放排达 400 米，主要用于长江 AB 级航区及海上遮蔽航区水域软基础河床上的软体排铺设和进行沿海调遣。

8 月 26 日　科学技术部、国家海洋局在北京联合宣布，由中船重工集团公司七〇二研究所和七〇一研究所参与研制的我国第一台自行设计、自主集成研制的载人潜水器"蛟龙"号在 3000 米级海上试验中取得成功，最大下潜深度达 3759 米，并创下水下和海底工作 9 小时零 3 分的纪录。这标志着我国继美国、法国、俄罗斯、日本之后，成为世界上第五个掌握 3500 米以上大深度载人深潜技术的国家。

9 月 8 日　扬子江船业（控股）有限公司在台湾证券交易所发行 2.4 亿存托凭证（TDR），并挂牌上市交易，筹资约 45.6 亿新台币，成为首家在中国台湾地区上市的大陆企业。

9 月 8 日　国务院常务会议审议并原则通过了《国务院关于加快培育和发展战略性新兴产业的决定》，高端装备制造被列入战略性新兴产业七大产业，其中海洋工程装备制造成为高端装备制造的重点发展领域。

9 月 9 日　大连中远船务工程有限公司为韩国三星重工建造的世界最大浮船坞——13 万吨举力浮船坞（50 万吨级）"GREENDOCK IV"号交付使用。该浮船坞总长 449.2 米，型宽 84 米，型深 23.5 米，可用于巨型原油船（UL-CC）的修理及建造。

9 月 13 日　世界上首艘采用单支柱柔性设计的滚装船（PCTC）"维金琥珀"号在南通明德重工有限公司交付使用。该船总长 164.8 米，型宽 28 米，型深 30.09 米，共有 12 层甲板，可装载各类汽车 4300 辆。该船是我国民营船企首次自主建造的 4300 车位汽车滚装船。

9 月 26 日　时任中共中央政治局常委、中央书记处书记、国家副主席习近平到中船江南长兴造船基地视察。

10 月 26—28 日　第九届中国大连国际海事展览会在大连世界博览广场举行。本届大连海事展会吸引了来自 19 个国家和地区 436 家机构参展，其中国际参展机构 135 家，占参展商总数的 31%。

10 月 31 日　中国 2010 年上海世博会落下帷幕，本届世博会最大的企业馆——中国船舶馆圆满完成了 184 天开馆迎客使命胜利闭馆。该展馆是上海世博会 18 家企业馆中占地面积最大、结构最复杂、展项最多的永久性场馆，也是世博会有史以来船舶工业首次以独立展馆的形式向世人展示。经过 184 天无故障运营，共接待贵宾近 1.2 万批次、10.6 万人，接待游客总数约 668 万人，居世博会浦西园区游客接待量第一位。

11 月 8 日　由上海振华重工（集团）股份有限公司设计建造的当时世界最大的海上作业浮式起重机"Samsung 5"号交付韩国三星重工。"Samsung 5"号最大起重量为 8000 吨，起升高度达水平面 120 米。

11 月 9 日　南通中远川崎船舶工程有限公司重点研发和建造的首艘 6200车位汽车滚装船"CHESAPEAKE HIGHWAY"号交付使用。该船设置 12 层甲板，并配备了提升式甲板，在满吃水条件下航速可达 20 节。

11 月 16 日　我国 3500 米级无人缆控潜水器（ROV）"海龙"号顺利回收到"大洋一号"科考船。"海龙"号是由国家海洋局委托上海交通大学水下工程研究所研制的大型深海作业无人遥控潜水器，主要用于 3500 米深度以内的大洋海底调查活动，包括海底热液矿物取样、大洋深海生物基因和极端微生物研究、探索人类起源的秘密等。

12 月 6 日　苏州恒鼎船舶重工有限公司生产的大功率小规格船用柴油机半组合式曲轴首次交付。该曲轴全长 4.766 米，重 15.463 吨，由中国船级社检验发证，为全球首台 6RT Flex35 型船用柴油机配套。

12 月　青岛北海船舶重工有限责任公司与全球最大的铝合金游艇设计和制造商——法国 ARTHUB 公司合作建造的 58 英尺铝合金豪华游艇交船。该艇长 17.06 米，宽 5.12 米，高 3.01 米，船体为铝合金结构，上层建筑由 GRP、碳纤维等其他高性能复合材料构成，航行动力为风帆，柴油机作为辅助动力供游艇离靠岸使用。

是年，据中国船舶工业行业协会统计，全国造船完工量 6757 万载重吨，新接订单量 7608 万载重吨，年底手持订单量 19504 万载重吨。全国纳入统计的 2179 家船舶工业企业全年实现主营业务收入 6312 亿元，利润总额 550亿元。

是年，我国造船完工量、新接订单量和年底手持订单量三大造船指标全面超过韩国，跃居全球首位。

2011 年

1 月 1 日　国际船级社协会（IACS）最新修改的 UR W13 "钢板和宽扁钢厚度公差"统一要求生效。新版 UR W13 "钢板和宽扁钢厚度公差"统一要求适用于 2011 年 1 月 1 日及以后签订建造合同的船舶和 2011 年 1 月 1 日及以后申请检验和发证的船体结构用钢板。新统一要求对船体结构用钢板的厚度公差进行了修改。这一新规对 IACS 成员船级社是强制性的。

1 月 7 日　渤海船舶重工有限责任公司建造的当时国内最大的 32 万吨超大型油船（VLCC）"荷花"号交付使用。该船总长 331.93 米，型宽 60 米，型深 30.5 米，设计吃水 21 米，是国内建造的载重吨位最大的油船。

1 月 14 日　2010 年度国家科技进步奖在京揭晓，船舶和海洋工程领域的 3 项科技成果获得国家科学技术进步奖（通用项目）二等奖。这 3 个船舶和海洋工程项目是："大功率中速船用柴油机关键技术研究及产业化"项目，由宁波中策动力机电集团有限公司、浙江大学、宁波大学和天津市三焱电渣钢有限公司共同完成；"造船重大装备机械手肋骨冷弯机的创新与应用"项目，由武汉理工大学和湖北三环锻压设备有限公司联合完成；"海上重型起重装备全回转浮吊关键技术及应用"项目，由上海振华重工（集团）股份有限公司、上海交通大学、同济大学和上海海事大学共同完成。

1 月 20 日　广州广船国际股份有限公司与广州中船黄埔造船有限公司联手打造的亚洲最大、世界领先的大型海上工程装备专业运输船——5 万吨半潜船"祥云口"号交付使用。"祥云口"号总长 216.7 米，型宽 43 米，型深 13 米，航速 14.7 节，载重量 5 万吨，最大下潜深度 26 米，具有挪威船级社与中国船级社双重船级。该船可下潜 26 米，被誉为"海上叉车大力神"，主要用于装运海洋平台、导管架、门式起重机等。

2 月 28 日　中船集团公司下属的九江海天设备制造有限公司与日本三菱重工业株式会社在上海举行"三菱船用锅炉许可协议"的签约仪式。九江海天将引进日本三菱船用锅炉许可证技术。

3月4日 烟台中集来福士海洋工程有限公司建造的世界上最大的超深水海上石油管道铺设船"CASTORONE"号从烟台港出航。该船是到新加坡和迪拜进行剩余部件的组装，待全部部件组装完成后交付葡萄牙 SAIPEM 公司使用。该船总长 325 米，型宽 39 米，型深 27 米。

4月14—17日 由中国船舶工业行业协会船艇分会、上海船舶工业行业协会主办的 2011 年中国（上海）国际游艇展、第 16 届中国国际船艇及其技术设备展览会在上海展览中心举行。

4月22日 上海船厂船舶有限公司为中海油服股份有限公司建造的 12 缆地球物理勘探船"海洋石油 720"交付使用，入中国船级社船级。该船是当时亚洲地区首艘最新一代三维地震物探船，工作水深达 3000 米，全电力推进，实现了动力分配智能化。"海洋石油 720"号配备了世界上最先进的探测和预处理系统，使我国海洋深水勘探能力迈上一个新台阶。

5月23日 上海外高桥造船有限公司为中国海洋石油总公司建造的世界最先进的第六代 3000 米深水半潜式钻井平台"海洋石油 981"号在上海正式交付使用。该平台由中国海油全额投资建造，七〇八研究所承担详细设计任务，入中国船级社船级。"海洋石油 981"号的成功建造交付填补了我国在深水钻井特大型装备项目上的空白，是我国船舶工业和海洋石油工业发展史上的一个重要里程碑，标志着我国深水油气资源的勘探开发能力和大型海洋装备建造水平跨入世界先进行列。该平台设计、建造关键技术攻关被列入"十一五"期间国家重点"863"项目和国家重大科技专项，为高科技发展规划的重点项目，并拥有自主知识产权。

5月24日 时任中共中央政治局常委、中纪委书记贺国强在上海视察了江南造船（集团）有限责任公司。

5月24日 同时具备 3000 米级深水铺管能力和 4000 吨级起重能力的"海洋石油 201"深水铺管起重船在江苏如皋正式命名。该船由中国海洋石油总公司投资，上海船舶研究设计院自主完成详细设计，中国熔盛重工集团控股有限公司建造。总投资约 30 亿元，总长 204.65 米、型宽 39.2 米、型深 14米。它是国内自主设计建造的第一艘具有自航能力的深水铺管起重船，能在除北极外的全球无限航区作业，由中国船级社执行建造检验。

6月3日　江苏柏伦宝船业有限公司为浙江舟山东海水下工程有限公司建设的2600吨双吊臂自航起重船在镇江下水。该船主要用于沿海水下打捞作业，是当时国内建造的最大吨位的双吊臂自航起重船，总长109米，型宽44.6米，型深7.8米，最大起重高度和水下起吊深度分别为89米和100米。

6月13日　中航鼎衡江苏造船有限公司为挪威斯考根航运集团建造的世界首制1.2万立方米多用途液化气船交付使用，开始赴新加坡的首航之旅。该船总长152.3米，型深11.5米，经济航速约为17节，属半冷半压式，可用于运输液化天然气、液态乙烯、液化石油气，是目前世界上首艘能运输上述3种介质的同型液化气船。

6月16—19日　第四届中国大连国际游艇展览会在大连星海湾游艇港举行。本届展会以"商务休闲运动时尚"为主题，分设海上、陆地两大展区，内容包括游艇及配套类和服务、运动休闲、现代生活方式4个方面。

7月1—2日　时任中共中央政治局常委、全国政协主席贾庆林在辽宁分别视察了大连船舶重工集团有限公司和大连中远船务工程有限公司。

7月19日　我国自主研发、拥有自主知识产权、完全满足各种国际规范要求的首艘绿色环保型38.8万吨超大型矿砂船（VLOC）"BERGE·EVEREST（百国山·埃佛勒斯）"号在渤海船舶重工有限责任公司命名。该船总长360.92米，垂线间长345.6米，型宽65米，型深30.5米，续航力25000海里，入挪威船级社船级。

7月28日　时任中共中央政治局常委李长春在辽宁视察了大船集团。

8月28日　由上海京荣船舶设计有限公司设计、福建白马船厂建造的12000载重吨石油沥青/重油运输船"三都澳"号正式交付使用。该船是当时亚洲地区载重吨位最大的石油沥青运输船。"三都澳"号总长146米，垂线间长137.2米，型宽22米，型深10.8米，结构设计吃水7米，主机功率4440千瓦，服务航速13.1节，入法国船级社。

9月1日　由中国海事局制订的《船舶吨位丈量统一管理实施细则试行》正式实施。这对全国船舶吨位丈量工作统一管理长效机制的建立和有效抑制"大船小证"现象的发生发挥重要作用。此次船舶吨位丈量统一管理规定的实施范围为在我国登记或拟在我国登记的船长20米及以上的国内航行船舶。自2011年9月1日起，各级船舶检验机构不再对国内航行船舶签发"船舶吨位证书"。

11 月 23 日 安庆中船柴油机有限公司与卡特彼勒（中国）投资有限公司合资合同签约仪式在北京举行。合资公司成立后，制造卡特彼勒的马克柴油机。

11 月 26 日 我国第一代航天远洋测量船"远望 1"号成功驶入上海江南造船厂原址 2 号船坞，光荣回到其"生命"的起点，将与中国船舶馆、翻译馆以及江南原址 2 号船坞一道，共同谱写爱国主义教育、国防教育、科普教育的新篇章。"远望 1"号是由我国自行设计、江南造船（集团）有限责任公司建造的第一代综合性航天远洋测量船，总长 191 米，型宽 22.6 米，型深 38 米，最高时速 20 节，续航力 100 天。该船于 1977 年 8 月下水，1978 年交付。2008 年 9 月，该船完成"神舟七号"飞船和委内瑞拉通信卫星海上测控任务后，于 11 月 12 日安全返回祖国，圆满完成"收山"之战。2010 年 10 月 22 日，该船被中国卫星海上测控部赠予江南造船（集团）有限责任公司。

11 月 28 日 中国船舶工业行业协会与日本舶用工业会在上海签署了推进规范使用船用配件合作意向书。此次签订的意向书主要内容包括：就规范使用船用配件的情况和存在的问题进行信息交流，对有关企业开展共同维护知识产权的宣传活动，探讨合作建立船用备件的全球销售、服务供应网络等。

11 月 29 日 第 16 届中国国际海事会展开幕。本次展会有来自 31 个国家和地区的超过 1650 家参展单位。展览面积近 7 万平方米，与上一届相比，增加了 40%，占据上海新国际博览中心 6 个场馆，规模为历届之最。

12 月 14 日 我国"远望 4"号航天远洋测量船在圆满完成所承担的历史使命后，正式退出海上测控舞台。"远望 4"号是由我国自行设计、建造的"向阳红 10"号远洋科学考察船于 1999 年中修改装而成的综合性航天远洋测量船。其中修改装设计工作由中船集团公司七〇八研究所承担，修理改装任务由中船澄西船舶修造有限公司承担。

12 月 16 日 全球首艘具备起重、勘探和钻井 3 种功能的 3000 米深水工程勘察船"海洋石油 708"号在广州中船黄埔造船有限公司龙穴海工区码头交付使用。该船使我国海洋工程勘察作业能力得以极大提升，作业水深从 500 米提升到 3000 米，为我国开发深水油气资源提供了装备保障。3000 米深水勘察船"海洋石油 708"号由挪威 Vik-Sandvik 公司承担基本设计，上海船舶研究设计院与黄埔造船分别承担详细设计与生产设计，技术达到国际一流水平，是我国在海洋深水勘察方面的创新最新成果之一，也是国内第一艘取得一人桥楼和挪威船级社（DNV）C3V3、CLEAN入级符号的船舶，同时具有中国船级社船级。

是年，我国船舶进出口贸易仍然保持低速增长的态势。据海关统计，船舶进出口总额为455亿美元，同比增长8.38%。其中，船舶出口额为436.9亿美元，同比增长8.41%；船舶进口额为18.1亿美元，同比增长7.74%。

是年，据中国船舶工业行业协会统计，全国造船完工量7696万载重吨，新接订单量3972万载重吨，年底手持订单量15454万载重吨。全国纳入统计的1591家船舶工业企业全年实现主营业务收入5481亿元，利润总额500亿元。

2012 年

2月14日　在国家科学技术奖励大会上，由中远船务工程集团有限公司研发的"深海高稳性圆筒型钻探储油平台的关键设计与制造技术"项目获2011年度国家科技进步一等奖。研发团队代表赴京，受到胡锦涛等党和国家领导人的亲切会见。这是中国远洋运输（集团）总公司成立50年来在科学技术领域获得的最高奖项，标志着我国深海钻探成套装备的设计、制造水平实现重大突破。

2月16日　时任中共中央政治局常委、国务院副总理李克强视察江南造船（集团）有限责任公司。

3月15日　招商局重工（深圳）有限公司为海洋石油工程股份有限公司建造的5万吨半潜式自航工程船"海洋石油278"号，在深圳招商局孖洲岛修造船基地交付使用。该船是世界上第一艘配有DPⅡ动力定位系统的5万吨级以上自航半潜船，自动化程度为目前国际上同类船中最高，载重量排名第二。该船船体总长221.6米，型宽42米，型深13.3米，设计吃水10.15米，半潜吃水26.8米，总载重量为53500吨，入中国船级社船级。

4月3日　全国最大的玻璃钢冷海水保鲜金枪鱼延绳钓渔船"华远渔11号"在西港水产集团船舶修造厂交船，经山东船检局检验合格后赴斐济进行金枪鱼钓作业。

4月18日　我国建造的首艘13000TEU级集装箱船在南通中远川崎船舶工程有限公司点火开工。该船总长366米，型宽51.2米，总箱位13360个，最多可装载13500个20英尺标准集装箱，具有油耗低、装箱量大、建造精度高、适港性强等优势。其能效设计指标比国际同类标准船型低25%，船舶装载量、营运快速性、灵活性和安全性能指标堪与国外同类产品比肩。该船的开工建造填补了我国超大型集装箱船建造的空白。

4月19—22日　由中国船舶工业行业协会船艇分会、上海船舶工业行业协会主办的2012年中国（上海）国际游艇展、第十七届中国国际船艇及其技术设备展览会在上海世博展览馆举行。

4月28日　"南海挑战"号平台升级改造完工仪式在广州中船黄埔造船有限公司龙穴厂区举行。历时160天，我国首艘半潜式浮式石油生产平台"南海挑战"号升级改造工作圆满完成。平台总长89.9米，型宽74.6米，型深39.6米，总高110米，自重16735吨，定员130人，入美国船级社船级。"南海挑战"号是我国首座，也是当时国内唯一的半潜式浮式石油生产平台。这也是同类设施首次在国内进行坞修。

5月9日　中国首座当今世界最先进的第六代3000米半潜式深水钻井平台"海洋石油981"号开钻仪式在北京举行。作为中国首座自主设计、建造的第六代3000米深水半潜式钻井平台，"海洋石油981"号代表了当今世界海洋石油钻井平台技术的最高水平，创造了多项"世界第一"和"国内第一"。该平台由中船集团公司七〇八研究所负责详细设计，上海外高桥造船有限公司承担建造任务。平台长114米，宽89米，高117米，最大钻井深度12000米，最大作业水深3000米，配备国际最先进的第三代动力定位系统。其关键技术攻关被列入"十一五"期间国家重点"863"项目和国家科技重大专项。它的成功建造和使用，填补了我国在深水钻井特大型装备领域的空白。

5月18日　亚洲最大的吊高臂架式起重船——3200吨双臂架变幅式起重船"长大海升"号在青岛武船重工有限责任公司交船。该船长110米，宽48米，型深8.4米，安装两座A字桁架臂起重机，单座起重量为1600吨，最大起吊高度为120米，入中国船级社船级。该起重船为目前国内公路桥梁以及水工施工领域最先进的同类产品，技术参数领先，产品性能优良。

5月23日　《渔业船舶报废暂行规定》出台。该规定对渔船报废工作的主管部门、报废标准、报废程序和监督管理等都作出了明确的规定。

6月15—18日　第五届中国大连国际游艇展览会在大连星海湾游艇港举行。

6月24日　9时7分"蛟龙"号载人潜水器在西太平洋马里亚纳海沟下潜至7020米，创造了中国载人深潜新纪录。这是迄今为止世界载人作业类潜水器的最大下潜深度。中共中央政治局常委、国务院副总理李克强在发来的贺信中说："欣闻'蛟龙'号载人潜水器成功到达7000米水深，实现了深海技术发展的新突破和重大跨越。这标志着我国海底载人科学研究和资源勘探能力达到国际领先水平，意义十分重大。"6月27日，"蛟龙"号载人潜水器最大下潜深度达到7062米，又创造了新的纪录。"蛟龙"号由中船重工集团公司七〇二研究所和七〇一研究所参与研制，中国船级社提供科研、规范、审图和检验等一系列专业技术服务。

7月10日　全球首部《绿色船舶规范（2012）》发布。

7月22日　我国第五次北极科考队乘坐"雪龙"号科学考察船正式驶入北极东北航道，向西穿越北冰洋挺进大西洋。这是我国北极科考队首次进入北冰洋大西洋扇区进行综合考察。

8月6日　惠生海洋工程有限公司为BPZ能源公司设计建造的全球首座浮力塔式海洋石油钻井及生产平台成功装载并起航奔赴秘鲁。

8月6日　青岛武船重工有限责任公司建造的全国首艘300米饱和潜水母船"深潜号"交船，交付交通运输部上海打捞局使用。"深潜"号系中国自主设计建造的新一代饱和潜水支持母船，自动化程度高，配备先进。该船总长125.7米，满载排水量15864吨，入中国船级社船级。"深潜号"的最大亮点是配置了一套300米饱和潜水系统，成为我国唯一一艘支持300米饱和潜水作业的工作母船，填补了我国深潜水支持船的空白。

9月24日　大连渔轮公司设计、建造的我国首艘拥有自主知识产权的大型远洋金枪鱼围网渔船"金汇8"号交付上海开创远洋渔业有限公司使用。该船是国家"863"计划专项支持项目，其成功设计、建造标志着我国远洋渔业装备制造正式由小型过洋型装备迈入大型大洋型高附加值装备领域。"金汇8"号总长75.47米，型宽12.8米，航速16节，作业能力达到世界同类船先进水平。

9月25日　我国第一艘航空母舰"辽宁舰"已按计划完成建造和试验试航工作，在中国船舶重工集团公司大连造船厂正式交付海军。时任中共中央总书记、国家主席、中央军委主席胡锦涛出席交接入列仪式并登舰视察。时任中共中央政治局常委、国务院总理温家宝一同出席并宣读党中央、国务院、中央军委的贺电。经中央军委批准，我国第一艘航空母舰命名为"中国人民解放军海军辽宁舰"，舷号为"16"。"辽宁舰"交接入列后将继续开展相关科研试验和军事训练等。

9月29日　我国自主设计建造的海洋科学综合考察船"科学"号由武昌船舶重工集团有限责任公司交付给中国科学院海洋研究所使用。该船总吨位4471吨，总长99.6米，型宽17.8米，设计吃水5.6米，设计排水量约4660吨，续航力1.5万海里，自持力60天，可承载80人，最大航速超过15节，造价5.5亿元。该船型是我国深远海科学考察的主力船型。

10月23—26日　第十届中国大连国际海事展览会在大连世界博览广场举行。适逢中国大连国际海事展览会创办20周年，大连海事会以"中国创造"的精神不断提升展会的规模和档次，以打造"国际海事展会中国品牌"为目标，形成了"市场拓展、技术交流、投资合作"三大功能和诸多亮点。

10月25日　工业和信息化部以工信部装〔2012〕488号印发《关于进一步推进建立现代造船模式工作的指导意见》。

10月31日　广州中船黄埔造船有限公司为交通运输部东海救助局建造的全天候远洋专业救助船"东海救101"号交付使用。该船总长116.95米，型宽16.2米，型深7.8米，满载排水量6638.5吨，推进功率14000千瓦，最大救助航速22节，自持力30天，续航力10000海里，由上海船舶研究设计院设计，入中国船级社船级。"东海救101"号是当时我国现役救助船中排水量最大、尺度最大、功率最大、航速最快、抗风能力最强、装备最先进的远洋救助船。

11月20日　江苏新时代造船有限公司自主设计建造的首艘32万吨超大型油船（VLCC）交付希腊船东DYNACOM公司。该船总长333米，型宽60

米，型深 30.5 米，设计吃水 21 米，入 ABS 船级。该型船按建造合同共计要建造 4 艘，合同总价 3.8 亿美元。这是江苏省内和全国民营企业承接的最大吨位船舶。

11 月 30 日　国内首艘危险品滚装船——40 车/680 客客滚船/危险品滚装船"双泰 16"号在泰州口岸船舶有限公司签字交船。该船长 111.98 米，型宽 20.5 米，型深 6.1 米，设计吃水 4.2 米，入中国船级社船级。

12 月 11 日　5800 吨级渔政船"中国渔政 206"号入列及首航仪式在上海举行。这标志着"中国渔政 206"号正式编入渔政船序列，标志着我国渔政能力建设得到大力加强。该船总长 129.28 米，满载排水量 5872 吨，最大设计航速 18 节，是我国目前吨位最大、性能最先进的大型渔政船之一，隶属中国渔政东海总队，在我国东海海域执行护渔维权任务。该船的入列将进一步提升中国渔政在专属经济区巡航和护渔维权执法的能力，对有效保护渔民合法权益和生产安全、维持海洋正常渔业生产秩序、维护国家海洋权益具有重要意义。

12 月 12 日　中海工业（江苏）有限公司建造的 48000 吨远洋教学实习船在上海港国际客运中心码头正式交付上海海事大学使用。经上海海事局批准，该实习船正式命名为"育明"轮。该船总长 189.9 米，型宽 32.26 米，型深 15.7 米，航速 17 级，集航运教学、科研及货物运输为一体。"育明"轮汇集了国际先进的航海教学实习与科研设施，可同时供 160 名学生进行海上实习，被誉为"海上移动校园"。该船的交付是校企双方共同努力、积极参与上海国际航运中心建设的标志性成果，对探索适应形势发展、服务地方经济、符合需求的产学研联合新模式具有示范作用。

12 月 25 日　江南造船（集团）有限责任公司建造的第 100 艘"中国江南型"散货船——7.6 万载重吨巴拿马型散货船"玉霄峰"号命名，并交付船东中海发展股份有限公司。该船属于"中国江南型"散货船的第六代船型，具有结构坚固、性能优异、绿色环保等特点。其总长 255 米，型宽 32.26 米，型深 19.6 米，设计吃水 12.2 米，入中国船级社（CCS）船级。

是年，据中国船舶工业行业协会统计，全国造船完工量 6440 万载重吨，新接订单量 2165 万载重吨，年底手持订单量 11000 万载重吨。全国纳入统计的 1650 家船舶工业企业全年实现主营业务收入 7216 亿元，利润总额 383 亿元。

2013 年

1月1日　船舶能效设计指数（EEDI）正式生效。这是第一个以法律条文形式规定的专门针对国际海运温室气体减排的强制性船舶设计要求。它强调了船舶的节能减排增效目标，对船舶设计、生产工艺技术、配套设备提出了更高的要求，对船舶行业的发展产生了非常大的影响。

1月5日　中航国际北京公司通过新加坡上市公司中航国际投资有限公司收购芬兰德他马林船舶设计公司79.57%的股份，初步建立集研发、设计、建造、销售于一体的船舶产业体系。芬兰德他马林船舶设计公司是国际一流的船舶设计公司，也是全球独立于船舶企业之外的最大的船舶设计公司之一。

1月7日　瓦锡兰芬兰有限公司与中国船舶工业集团公司、中国船舶重工集团公司两大集团旗下的7家船用低速发动机制造企业在上海成功续签新一期许可证协议。

1月17日　《全国海洋经济发展"十二五"规划》发布。规划提出，"十二五"期间，我国海洋经济发展要推进形成北部、东部和南部3个海洋经济圈，改造提升海洋传统产业，做强做优海洋船舶工业，巩固壮大海洋工程装备制造业，进一步提升海洋经济总体实力，加强海洋科技创新能力，增强海洋可持续发展能力，优化海洋产业结构。

1月18日　潍柴控股集团有限公司开发的"重型高速柴油发动机关键技术及产业化"项目获国家科技进步二等奖。潍柴动力拥有该项技术的完全自主知识产权，填补了国内自主研发重型高速柴油发动机的空白，打破了国外的技术垄断。

1月22日　工业和信息化部、国家发展改革委、财政部等12部委联合发布《关于加快推进重点行业企业兼并重组的指导意见》，旨在加快推进包括船舶工业在内的九大行业的企业兼并重组。该指导意见明确，到2015年前10家造船企业造船完工量占全国总量的70%以上；进入世界造船前十强企业超过5

家；形成 56 个具有国际影响力的海洋工程装备总承包商和一批专业化分包商；形成若干具有较强国际竞争力的品牌修船企业。

2 月 8 日　中国国际海运集装箱（集团）股份有限公司旗下的中集海洋工程控股有限公司完成了对中集来福士海洋工程（新加坡）有限公司余下股份的收购，使中集来福士成为使中集海洋工程拥有全部股权的子公司。

3 月 5 日　第十二届全国人大第一次会议召开，政府工作报告中提出"加强海洋综合管理，发展海洋经济，提高海洋资源开发能力，保护海洋生态环境，维护国家海洋权益"。

3 月 8 日　国务院发布《关于促进海洋渔业持续健康发展的若干意见》。该意见指出，要加强渔船更新改造，发展钢制渔船，鼓励发展选择性好、高效节能的捕捞渔船；全面提升远洋渔业装备水平，培育一批现代化远洋渔业船队；加强渔业装备研发，整合科研资源，系统开展渔业装备共性和关键技术研究。

3 月 19 日　国内首艘电力推进长江游船"世纪神话"号首航仪式在重庆朝天门码头举行。该船由长航重工长江船舶设计院为重庆新世纪游轮股份有限公司设计，重庆东港船舶产业有限公司建造，总长 141.8 米，设计航速 24 公里/小时，标准载客 408 人。

3 月 29 日　我国首套大型枢纽机场行李处理系统智能成套装备——昆明长水国际机场行李处理系统，通过由中国船舶重工集团公司和云南省发改委共同组织的验收专家委员会的验收。机场行李处理系统是地勤设施最重要的技术基础装备之一，技术一直由国外集成商把控。昆明长水国际机场行李处理系统由中国船舶重工集团公司旗下昆明船舶设备集团有限公司自主研发，打破了国外垄断。

3 月　高技术船舶科研项目——"L32/44CR、DK36 系列大功率中速柴油机国产化研制"通过了工业和信息化部组织的验收。该项目由镇江中船设备有限公司作为牵头单位，安庆中船柴油机有限公司和大连理工大学参与研制，目前已取得多项创新性技术成果，经济效益显著，大大提高了我国大功率中速柴油机自主研发能力。L32/44CR、DK36 两型中速柴油机整机国产化率达到 60% 以上。

4 月 11 日　国家海洋局发布《国家海洋事业发展"十二五"规划》。该规划提出，"十二五"期间，我国要在深海油气开发、深海资源勘探技术的自主研发能力上取得实质性突破，加强特种船舶装备技术研发，重点发展深海钻井船、大洋渔业船舶、深远海多功能可移动式人工岛等关键技术和装备，实现海上风能工程装备、海水淡化和综合利用装备的大规模产业化。

4月11—14日 由中国船舶工业行业协会船艇分会、上海船舶工业行业协会主办的2013年中国（上海）国际游艇展、第18届中国国际船艇及其技术设备展览会在上海世博展览馆举行。

4月16日 上海海事局综合执法船"海巡01"号交接暨列编仪式于上海国际客运中心码头举行。该船排水量5418吨，设计总长128.6米，设计航速大于20节，续航能力1万海里，入中国船级社船级。"海巡01"号由武昌船舶重工有限公司建造，是我国海事部门船舶规模最大、装备最先进、综合能力最强，兼具海事巡航监管和救助功能的综合执法船。

4月 由上海船厂船舶有限公司牵头，七〇八研究所、上海船舶工艺研究所及武汉理工大学共同参与的高技术船舶科研项目"高性能物探船自主研发"通过工业和信息化部验收，填补了12缆物探船国内自主设计的空白。

5月6日 由七〇八研究所设计，江南造船（集团）有限责任公司为中国卫星海上测控部建造的第一艘新一代运载火箭运输船"远望21"号交付使用。该船满载排水量9080吨，设计船长130米，型宽19米，型深12米，吃水约5.8米，担负新型大火箭运输任务。

5月20日 我国首部海洋经济发展报告《中国海洋经济发展报告（2013）》在北京发布。

5月 工业和信息化部、财政部下达了"豪华游船典型舱室布置与装潢技术制造技术研究"科研课题。该课题由广州广船国际股份有限公司牵头，沪东中华造船（集团）有限公司和中船第九设计研究院工程有限公司参加研究。

6月9日 由蓬莱中柏京鲁船业有限公司自主研发并为台湾著名的渔业公司隆顺渔业集团建造的国内最先进的秋刀鱼/鱿鱼钓船"海洋发展6"交船。该船是国内首次与国际全面接轨的秋刀鱼兼鱿鱼捕捞船，船体总长76.07米，型宽11.30米，型深7.40米，最大吃水4.50米。

6月19日 中海油田服务有限公司与国内5家造船企业签订了15艘海洋工程船舶建造合同。这批船舶包括1艘油田增产船、4艘6000马力供应船、2艘9000马力供应船、2艘8000马力三用工作船、4艘12000马力三用工作船和 2 艘 15000 马力三用工作船。建造这批船舶,是中海油服实施大型装备"调整结构、进军深水、走向高端"的重要举措,将进一步提升该公司在深水油气作业方面的能力,满足我国近海油气勘探开发的不同需求。

6 月 20 日　南通明德重工有限公司建造的当时亚洲最大吨位的不锈钢化学品船下水。该船长 183 米,宽 28.4 米,型深 15.2 米,吃水深度为 10 米,为单桨低速柴油主机的无限航区的化学品船,满载货能力为 3 万吨。

6 月 21—23 日　第六届中国大连国际游艇展览会在大连星海湾游艇港举行。

6 月 25 日　由武昌船舶重工有限责任公司建造的 Sapinhoa-Lula NE BSR 水下浮体和深海锚座交付巴西国家石油公司。该产品是迄今世界上建造的最大型水下立管支撑浮体系统。

6 月 28 日　由七〇八研究所设计,江南造船(集团)有限责任公司为中国卫星海上测控部建造的新一代运载火箭运输船"远望 22"号交付使用。"远望 22"号是"远望 21"号的姊妹船。

6 月　国务院颁布《"十二五"国家自主创新能力建设规划》,将船舶纳入重点建设产业。船舶领域的散货船、油船、集装箱船等传统船型升级换代,船用中低速柴油机、船用电站,高技术船舶、绿色船舶设计制造,数字化船型设计数据库等被纳入创新能力建设重点。

7 月 1 日　江南造船(集团)有限责任公司举行 GTT MK-Ⅲ FLEX 薄膜型液化天然气围护系统模拟舱完工仪式。这是世界上首个组合型 MK-Ⅲ 薄膜型 LNG 围护系统模拟舱。

7 月 18 日　由中船三井造船柴油机有限公司制造的国内首台 CMD-MAN 10S90ME-C9.2 型船用低速柴油机交付船东。10S90ME-C9.2 型机为我国首制的最大功率船用柴油机,单机功率达到 7.9 万马力(约 5.8 万千瓦),是 MAN 公司最新设计的电控智能型柴油机,具有低油耗、低排放、高效率的特点,较好地迎合了市场需求,可配套万箱级集装箱船。

7 月 22 日　国家海洋局重组后正式挂牌。重新组建的国家海洋局由国土资源部管理,并以中国海警局名义开展海上维权、执法,接受公安部业务指导,结束了海洋维权由海洋局、中国海监、公安部边防海警、农业部中国渔政、海关总署海上缉私警察等 5 个部门执法的状况。

7月26日　我国完全自主设计建造的18000吨海洋工程导管架下水驳船"海洋石油228"号交付中国海洋石油总公司旗下海洋石油工程股份有限公司。该船由上海船舶研究设计院设计，中船黄埔造船有限公司建造，入中国船级社船级。"海洋石油228"号是首艘获中国船级社签发IHM符号证明（满足《2009年香港国际安全与无害环境拆船公约》有害物质清单符合证明）的绿色船舶。其交付使用对实现我国海上石油开采向深海转移的战略目标和提高海洋能源开发能力具有十分重要的意义。

7月31日　国务院印发《船舶工业加快结构调整促进转型升级实施方案(2013—2015年)》，明确了今后3年我国船舶工业结构调整和转型升级的主要任务，为船舶工业持续健康发展指明了方向，更增强了船舶企业转方式、调结构、实现全面转型发展的信心和决心。

8月28日　中共中央总书记、国家主席、中央军委主席习近平先后视察了海军某舰载机综合试验训练基地和停泊在大连港的辽宁舰，以及大连船舶重工集团有限公司。

9月2日　交通运输部发布《关于促进航运业转型升级健康发展的若干意见》，指出要大力发展节能环保、经济高效船舶。

9月5日　工业和信息化部正式发布《信息化和工业化深度融合专项行动计划（2013—2018）》，提出了"深化物联网、互联网在工业中的应用，促进工业全产业链、全价值链信息交互和集成协作，创新要素配置、生产制造和产业组织方式，加快工业生产向网络化、智能化、柔性化和服务化转变，延伸产业链，培育新业态，推动中国制造向中国创造转变"的行动目标。

9月6日　工业和信息化部发布《船舶行业准入条件（征求意见稿）》，明确企业建造技术能力、技术创新、节能环保、职业卫生等方面的要求，旨在贯彻国务院近期发布的《船舶工业加快结构调整促进转型发展实施方案(2013—2015年)》，通过完善船舶行业准入条件，进一步强化国家产业政策、规划、标准的引导作用，鼓励船舶企业做优做强，化解产能过剩矛盾，加快结构调整，促进船舶工业全面转型升级。

9月14日　上海船厂船舶有限公司于2011年9月28日开工建造的三维高性能多缆物探船"发现6"号在崇明岛基地交付使用。该船由罗尔斯·罗伊斯公司设计，中国石化集团上海海洋石油局订造，入中国船级社船级。"发现6"

号船长 100.10 米，型宽 24 米，主机功率 4000 千瓦×2，总重 10882 吨，航速 16 节，配有 14 根 10000 米固体电缆和双震源（共 8 排）气枪阵列及地震综合导航系统，可在 5 级海况和 3 节海流情况下采集地震数据，是海洋油气勘探、开发、利用产业链上的重要装备。

9 月 16 日　工业和信息化部正式印发《产业关键共性技术发展指南 (2013)》。深水浮式结构物总体和结构设计分析技术，深水浮式结构物安全性分析评估、监测和检测技术，深水浮式结构物定位性能分析评估技术等 8 项船舶与海洋工程装备技术项目位列其中。

9 月 29 日　中国（上海）自由贸易试验区在上海外高桥正式挂牌，公布了《外商投资准入特别管理措施》（负面清单），其中有关船舶与海洋工程装备的规定有 6 项。

9 月　我国首艘具有自主知识产权的 5000 吨级豪华游船"侨乡"号首航仪式在威海海港码头举行。"侨乡"号由威海侨乡集团投资，上海佳豪船舶工程设计股份有限公司负责开发、设计及内装总承包，山东威海东海船舶修造有限公司建造。

10 月 6 日　国务院印发了《关于化解产能严重过剩矛盾的指导意见》。这是中央政府统筹稳增长、调结构、促转型，打造中国经济升级版的重大举措，也是当前和今后一个时期转变经济发展方式、推进产业结构调整的工作重点，加快了我国船舶工业结构调整、转型升级的步伐，对我国船舶工业实现健康有序发展起到极大的促进作用。

10 月 19 日　青岛造船厂有限公司为中国海洋大学建造的海洋科学调查船"海大号"交船。"海大号"总长 68 米，型宽 15.6 米，型深 7.6 米，入中国船级社船级。"海大"号科学调查船的交付使用填补了国内海底三维地震监测和海洋电法调查深拖作业领域的空白。

10 月 22 日　欧洲议会投票通过了欧盟拆船法案，其要求高于《2009 香港国际安全与无害环境拆船公约》。

10 月 25 日　工业和信息化部以工信部装〔2012〕488 号印发《关于进一步推进建立现代造船模式工作的指导意见》。该意见充分认识新形势下进一步推进全面建立现代造船模式工作的重要意义、指导方针和发展目标、总体要求、工作重点、保障措施 5 部分。工作重点是：全面提高造船总装化水平、全面提高管理精细化水平、全面提高信息集成化水平、建立精益造船生产设计模式、推进和深化精度造船、改进完善企业用工管理、大力推进绿色造船。

10月30日　中国海洋石油总公司旗下中海油田服务股份有限公司与大连船舶重工集团海洋工程有限公司、招商局重工（深圳）有限公司分别签订了"海洋石油982"号深水半潜式钻井平台、"海洋石油943"号和"海洋石油944"号自升式钻井平台建造合同。

11月4日　工业和信息化部正式发布《船舶行业规范条件》。文件对船舶建造企业的生产设施、设备和计量检测、建造技术能力、技术创新、质量保证体系、节能环保等多方面提出了明确的要求。

11月19日　大船重工集团海洋工程有限公司为 Bass Drill 公司建造的半潜钻井支持平台"BT3500-01"交付使用。这是我国首次建造半潜钻井支持平台。该平台总长83米，总宽77.35米，基线到上层甲板高度31.2米，入 ABS 船级社，挂巴拿马旗。

11月25日　中集来福士海洋工程有限公司建造的深水半潜式起重生活平台 OOS Gretha、OOS Prometheus 在烟台交付使用。这是我国自主设计建造的两座深水半潜式起重生活平台。

12月3—6日　2013年中国国际海事技术学术会议和第17届中国国际海事会展在上海举行。在为期4天的海事盛会中，来自欧、美、亚、澳四大洲34个国家和地区1700余家企业参展。

12月5日　为加快船舶工业结构调整，促进转型升级，提高航运企业船舶技术水平，优化船队结构，促进节能减排，加强环境保护，交通运输部、财政部、国家发展改革委、工业和信息化部联合发布《老旧运输船舶和单壳油轮提前报废更新实施方案》。

12月12日　第十四届中国经济年度人物评选获奖名单揭晓，"蛟龙"号载人潜水器研发团队荣获中国经济年度人物创新奖。此次中央电视台中国经济年度人物评选主题是"转型升级的智慧与行动"，而技术创新是推进企业转型的核心驱动力。

是年，青岛海洋化工研究院有限公司研发的系列化专用防滑涂料，满足了我国重点型号船舶对防滑涂料的急需，填补了国内该类防滑涂料空白，经国防科学技术成果鉴定，综合性能达到国际先进水平。该防滑涂料研制成功后应用效果良好，获国防科学技术进步奖一等奖。

是年，据中国船舶工业行业协会统计，全国造船完工量 4514 万载重吨，新接订单量 7459 万载重吨，年底手持订单量 13578 万载重吨。全国纳入统计的 1680 家船舶工业企业全年实现主营业务收入 6820 亿元，利润总额 301 亿元。

2014 年

1 月 8 日　由我国完全自主研发、设计、建造的首艘 1 万 TEU（标准箱）集装箱船"中海之春"号在中船重工大连船舶重工集团有限公司签字交付使用。该船总长 335 米，型宽 48.60 米，型深 27.20 米，结构吃水 15.00 米，载重量（结构吃水）12.18 万吨，可装载 10036 只 20 英尺标准集装箱，续航力达到 2 万海里，入中国船级社船级。该船的交付，不仅实现了国内建造超大型集装箱船新的飞跃，而且使我国成为继韩国、日本之后能够自主研发、设计、建造超大型集装箱船的国家。

1 月 10 日　由中船黄埔文冲船舶有限公司建造的国内最大、最先进海警船"中国海警 3401"号在广州交付，并正式入列中国海监南海总队。"中国海警 3401"是以 8000 千瓦海洋救助船为原型建造的 4000 吨级海警船。

1 月 10 日　中国船舶重工集团公司获得了国家科技进步奖一等奖，摘取了"企业技术创新工程奖"桂冠。

1 月 12 日　中船重工武昌船舶重工集团有限公司建造的"深潜"号潜水工作母船完成我国首次 300 米饱和潜水作业。该船总造价 7 亿元，总长 123.70 米，型宽 25.00 米，型深 10.60 米，最大吃水 7.60 米，配备一套 300 米饱和潜水和常规潜水装备，具有水下探测打捞、拖曳搁浅、触礁船舶脱险、难船封舱、堵漏、排水、对外消防灭火等多种工程作业能力。"深潜"号采用了国际先进的海洋工程船舶设计理念和专业设备配置，完美地体现了深潜水专业工程支持船的高技术水准，达到行业领先水平。

1月23日　中船重工（重庆）海装风电设备有限公司首个自建风场一期并网发电。

2月28日　财政部会同国家发展和改革委、工业和信息化部、海关总署、国家税务总局、国家能源局发布了《关于调整重大技术装备进口税收政策的通知》。调整之后的重大技术装备进口税收政策于3月1日开始正式实施。享受税收政策的船舶及海洋工程装备新增3种。

3月18日　由江苏扬子江船业集团公司为加拿大西斯班（Seaspan）集团公司建造的首制1万TEU集装箱船"韩进·布达"号在上海长兴码头命名交船。该船宽近50米，长330多米，排水量达到12万吨。该型万箱船由扬子江船业联合七〇八研究所、DNV船级社，秉承"4E"设计理念全新研发，具有自主知识产权。江苏扬子江船业集团公司与加拿大西斯班（Seaspan）集团公司共签订了建造25艘1万TEU集装箱船合同。

3月22日　国内首个光伏太阳能在大型汽车滚装船上的应用项目——"中远腾飞"号5000车位汽车滚装船改装工程在舟山中远船务工程有限公司完成。

3月24日　中央政府门户网站发布了国务院《关于进一步优化企业兼并重组市场环境的意见》，为发挥船舶企业主体作用、解决融资难问题、降低兼并重组税收负担等提供了重要的政策支撑。

3月28日　以"北极航道，改变世界的未来"为主题的首届极地论坛在上海举行。

3月28日　上海江南造船厂为中国极地研究中心建造的"雪燕01"号工作艇（"雪龙"号极地科考船的配套工作艇）交付使用。

3月28日　由国家海洋局第二研究所和浙江太和航运有限公司合作建造，中国船级社负责建造检验的新"向阳红10"号科考船在广州正式入列国家海洋调查船队。该船是我国海洋科考事业首次尝试引入民间资本参与共建的高科技创新船舶。

4月2日　山东省高级人民法院做出终审判决，荷兰西特福船运有限公司、瓦锡兰芬兰有限公司的行为构成共同侵权，须赔偿西霞口船业有限公司各类损失，折价后共计1.27亿余元。这是国内船企首次在跨国官司中胜诉，也是国内船企与外国船商纠纷案中首例经裁定在国内法院审理的案件。

4月3日　七○二研究所研制的我国首型商用地效翼船"翔州1"号顺利完成海上试验，正式入中国船级社船级，填补了国内空白。该船总长12.7米，总宽11米，总高3.9米，最大起飞重量2500千克，巡航速度140～160公里/小时，飞行高度0.5～30米，起降抗浪高度0.5米，最大航程400公里。全船采用组合翼总体布局，单发动机驱动推力桨高置，船身设有水密舱，舱内布置4排座椅，可乘坐7名乘员，并排双驾驶布置，操纵系统联动，可用于培训驾驶员。

4月10日　工业和信息化部在浙江省舟山市召开全国船舶工业结构调整转型升级工作会议，提出全面推进造船强国建设，迎接船舶工业3.0时代。

4月10日　由上海航盛船舶设计有限公司自主研发设计的我国首座具有完全自主知识产权的自升式海上风电作业平台"蓝潮1001"号通过上海市船舶与海洋工程学会鉴定委员会的成果鉴定。该平台集运输、打桩、风电机组组装、整机安装、调试、维护及风场机动位移等多项功能于一身，不需辅助船舶，单船就可完成全套海上风电机组的安装工作。

4月10—13日　由中国船舶工业行业协会船艇分会、上海船舶工业行业协会主办的2014年中国（上海）国际游艇展、第十九届中国国际船艇及其技术设备展览会在上海世博展览馆举行。

4月22日　由上海海乐应用技术研究所与七○二研究所合作研发设计的新型节能环保船"华海601"轮在湖北华海船舶重工有限公司交付。中国船级社（CCS）为该轮签发EEDI Ⅲ级（最高级）入级证书和附加标志。这是国内第一艘获得EEDI身份证明的绿色船舶。该船总长99.9米，型宽16米，型深8.4米，结构吃水6.2米，设计吃水5.8米，载重6600吨，在满载航速10.2节的情况下24小时油耗3.2吨。该船与市场上的同类型船舶相比，营运成本可下降约30%。

4月28日　在上海吴淞船厂码头，"大庆435"号油船改装工程正式启动。这是我国船用耐蚀钢首个实船应用工程项目。

5月5日　海洋石油工程（青岛）有限公司自主研发的亚洲最大的深海油气平台"荔湾3-1"天然气综合处理平台交付。"荔湾3-1"上部组块和导管架被誉为"海底鸟巢"，设计重量均超过3万吨，为亚洲最大的桩基式海洋工程平台。

5月7日　国家发展和改革委公布《海洋工程装备工程实施方案》。该实施方案由国家发展和改革委、财政部、工业和信息化部会同科技部、国家海洋局、国家能源局、国务院国资委、教育部、国家知识产权局等部门联合编制，旨在贯彻落实《"十二五"国家战略性新兴产业发展规划》，加快推进海洋工程装备制造业持续健康发展。

5月7—9日　国际标准化组织/船舶与海上技术委员会/救生与消防分技术委员会（ISO/TC8/SC1）第20届全会及工作组会议在上海举行。这是我国首次举办该项国际会议。

5月9日　沪东中华造船（集团）有限公司为中国海运（集团）总公司建造的1万标准集装箱船首制船"中海之秋"号交付使用。该型船是沪东中华拥有自主知识产权的产品，总长335米，型宽48米，型深27.2米，设计吃水14米，总载重12.127万吨，采用能节省2%~3%燃料的高效舵设计，入中国船级社船级。

5月17日　中国工业大奖第三届表彰大会在人民大会堂举行。其中，"蛟龙"号载人潜水器获得中国工业大奖，烟台中集来福士海洋工程有限公司系列深水半潜式钻井平台项目获得中国工业大奖表彰奖。

5月27日　2014年国际造船专家预测会在韩国庆州召开。会议探讨了各主要造船国家造船市场形势、分船型未来市场预测及目前市场上的热点问题。

5月29日　青岛北海船舶重工有限责任公司游艇厂与上海大学、上海海事局3方联合开发、自行设计研制的我国第一艘"无人艇"——水面无人智能测量平台工程样机，通过了由交通运输部海事局组织的工程样机及海上试验项目验收专家评审。2014年10月22日，8.5米"无人艇"——水面无人智能测量平台通过海上调试后交付使用，25日搭载"雪龙号"科考船赴南极执行测量任务。

5月30日　中国船舶重工集团公司洛阳船舶材料研究所开工建造我国首台具有自主知识产权的LNG气化器。

6月1日　广州广船国际股份有限公司为著名矿山机械公司山特维克制造的4台世界最大的移动式破碎机，开始陆续装船发货，运送给最终用户巴西淡水河谷公司。

6月6日　由中国石油化工集团公司自主设计、中集来福士海洋工程有限公司建造的"新胜利一号"自升式钻井平台交付中石化胜利石油工程有限公司使用。"新胜利一号"成为胜利油田拥有的尺寸最大、配套最先进的海上钻井平台。该平台由胜利钻井工艺研究院自主设计,设备国产化率达90%,最大作业水深50米,钻井能力达7000米,一次就位可钻30口油井。

6月10日　工业和信息化部发布2014年版《高技术船舶科研项目指南》,除明确重大环保工程、关键配套设备、国际新标准新规范等研究外,还突出了极地船舶与设备开发专项的总目标、重点方向、研究内容和成果形式,并将中型豪华游船研发列为高技术特种船专项的重点研究方向。

同日　交通运输部长江航务管理局印发《加快推进"十二五"期长江水系船型标准化工作方案(试行)》,对船型标准化率、节能减排和防污染、干线船舶平均吨位提出总体任务要求,并对日后新建非标准船舶做出了硬性限制规定。

6月13日　工业和信息化部发布《海洋工程装备科研项目指南(2014年版)》,明确深海天然气浮式装备、自升式平台、水下油气生产系统等重点工程与专项的科研方向。

同日　由中交集团上海振华重工(集团)股份有限公司自主设计、建造的国内最大800吨自升式风电安装平台"龙源振华2号"顺利建成并交付用户。该平台型长76.8米、宽42米、深6米,桩腿长67米,起重量达800吨,可在30米水深以内的近海进行作业,是国内起重能力最大、适用海域最广、抬升系统最先进、功能最全面的海上风电专业施工平台。它的投入使用,将有效降低海上风电施工成本,提高施工效率,实现海上风电规模化施工。

6月17日　商务部发布公告,对丹麦A·P·穆勒-马士基集团、地中海航运公司、法国达飞海运集团公司3家航运企业设立网络中心经营者集中反垄断审查案作出禁止决定。

6月19—23日　第七届中国大连国际游艇展览会在大连星海湾游艇港举行。

6月20日　国务院总理李克强在希腊雅典出席中希海洋合作论坛时发表演讲,系统阐述了中国海洋观。中希就造船、航运、物流等领域的商业合作达成多项协议,总价值48亿美元。

6月24日　世界首艘同时具备海上救助与破冰功能的救助船"北海救

117"号在中船黄埔文冲船舶有限公司交付使用。该船总长99米，型宽15.2米，型深7.6米，入中国船级社船级。"北海救117"号除具有同类船型的优点外，还首次采用铸造船艏柱、冰区加强船体和舵桨冰刀保护，成为国内首艘具备B1级破冰能力的现代化专业救助船。

6月24日　中船重工武汉船舶设计研究所自主研制，重庆长航东风船舶工业公司建造的国内首艘水上考古工作船"中国考古01"号完成首次航行试验。8月6日"中国考古01"建造完工交船仪式在山东青岛举行，标志着我国结束了没有水下考古专业船的历史。"中国考古01"号船使用全电力推进动力方式，排水量950吨，全长56米，型宽10.8米，型深4.8米，设计吃水2.6米，入中国船级社船级。其主要工作海域为我国沿海，包括西沙海域。

6月26日　大连市中级人民法院发布公告，首次公开宣布受理债务人STX（大连）造船有限公司等STX（大连）集团下属6家企业破产重整案。

7月6日　由镇江丹徒新兴船舶修造有限公司建造的桩架高达128米的当时亚洲最大打桩船正式交付使用。

7月25日　交通运输部公布了《内河示范船技术评估和认定办法》，对新建内河液化天然气（LNG）动力示范船的LNG替代率、氮氧化物和甲烷的排放水平以及高能效示范船的船舶能效设计指数（EEDI）等作出明确规定。

7月28日至8月1日　在日本北海道函馆市举行2014年度三边交流会，与会代表就三国经济和船舶工业形势、世界造船市场、造船市场供求关系、三国造船数据一致性等共同关心的问题交换了意见。

8月6日　国务院公布了《关于加快发展生产性服务业促进产业结构调整升级的指导意见》，为我国船舶工业战略转型、结构升级指明了新方向，带来了难得的发展机遇。

8月6日　上海船厂船舶有限公司交付12缆深水物探船"海洋石油721"号。该船是中国自主建造的大型深水物探船，工作水深达3000米，可在5级海况和3节海流情况下采集地震数据。该船长107.4米，垂线间长96.6米，型宽24米，型深9.6米，实现了动力系统智能化分配，执行PSPC标准，入中国船级社船级。

8月9日　全国政协主席俞正声主持召开主席办公会议，研究重点提案办理工作，并听取关于"发挥市场决定性作用，化解造船产能过剩，促进海工产业健康发展"重点提案办理落实情况的汇报。

8月9日　国务院出台《关于促进旅游业改革发展的若干意见》，再次提出积极鼓励邮轮、游艇旅游发展。

8月13日　中国船舶工业行业协会举行第五届会员代表大会，郭大成当选会长。

8月16日　由黄海造船有限公司改装的我国第一艘全资、自主经营、自主管理的豪华邮轮"中华泰山"号交付渤海邮轮有限公司运营。这是我国第一次改装豪华邮轮。该船原为嘉年华集团"歌诗达旅行者"号，渤海邮轮有限公司购买后更名为"中华泰山"号。船长180.45米，船宽25.5米，总吨位2.45万吨，拥有927个客位。

8月27日　海军在山东省威海刘公岛海域举行甲午战争120周年海上祭奠仪式。

8月28日　亚太经合组织（APEC）第四届海洋部长会议在厦门举行。

9月3日　国务院公布了《关于促进海运业健康发展的若干意见》。这是新中国成立以来第一次全面系统地明确海运发展的战略目标和主要任务。

9月15日　江苏省镇江船厂（集团）有限公司建造的国内首艘电力推进海洋石油平台供应船（PSV）首制船——"CAMPOS TIDE"顺利交付使用。

9月17日　由工业和信息化部批准立项的"基于IMO标准的船用耐蚀钢应用技术研究"再次取得重大进展，首个实船应用项目"大庆435"号油船改装工程宣布完工，随后转入为期两年半的跟踪考核阶段。

9月18日　工业和信息化部船舶和海洋工程装备用高性能钢材推广应用协调组在江苏南京召开第一次会议。工信部原材料司、装备工业司的领导，以及中国船舶工业行业协会、中国钢铁工业协会、中国船东协会、中国船级社和国内骨干造船企业、钢铁企业、航运企业、海洋石油开发企业、相关科研单位的代表参加会议。

9月21日　中集来福士海洋工程有限公司建造和运营的大型海洋工程项目——Super M2型自升式钻井平台Caspian Driller驶离哈萨克斯坦船厂，前往里海土库曼斯坦切列肯海上油田运营作业。Caspian Driller是我国船厂首个在海外EPC总包建造和运营的项目。该平台总长59.74米，型宽55.78米，型深7.6米，作业水深91.44米，最大钻深9144米，载员110人，入ABS船级。

9月24日 中国船舶工业集团公司与中国远洋运输（集团）总公司在上海举行新造船合同签字仪式。双方一次性签订了包括5艘1.45万TEU集装箱船、4艘20.8万载重吨散货船和6艘8.2万载重吨散货船等在内的总计210万载重吨新船建造合同及合作备忘录，创下了中船集团有史以来一次性接单总量最高纪录。

9月25日 上海船舶研究设计院建院50周年庆祝大会在上海举行。上海船舶研究设计院（SDARI）成立于1964年，是中国船舶工业集团公司旗下具有国际影响力的民用船舶设计单位。

9月29日 工业和信息化部公布了符合《船舶行业规范条件》要求的企业名单（第一批）。经省级船舶工业主管部门和中央企业集团（公司）初审，中国船舶工业行业协会和中国船级社组织专家评审和复核，符合《船舶行业规范条件》的企业总计50家。

10月4日 国务院印发《物流业发展中长期规划（2014—2020年)》，部署加快现代物流业发展，建立和完善现代物流服务体系，提升物流业发展水平，为全面建成小康社会提供物流服务保障。该规划明确提出多项重要任务，并要求加快多式联运设施建设，探索构建水路滚装运输等多式联运体系。

10月10日 由中国船舶工业集团公司主办、中船集团海洋装备智能信息管理与应用技术创新中心承办的全国首届"大数据与智能船舶发展"高峰论坛在北京举行。论坛提出了船舶工业与航运业在"工业4.0"时代面临的机遇和挑战，并期待通过此次交流，使论坛成为我国海洋装备领域甚至智能技术装备发展的智慧源泉、交流窗口和合作平台，为我国在大数据时代的工业智能化变革作出积极的贡献。

10月15日、11月21日 中国船舶工业集团公司分别与嘉年华集团、意大利芬坎蒂尼集团签署谅解备忘录、战略合作谅解备忘录，携手推进豪华邮轮在中国落地。

10月17日 中船黄埔文冲船舶有限公司建造的"中国海警3402"号新型4000吨级海警船正式入列中国海监南海总队。

10月21—24日 第十一届中国大连国际海事展览会在大连世界博览广场举行。本届展会主题是"依托国际海事盛会，服务海洋强国建议"，使其真正定义为走向海洋，成为国际海事展会中更具海洋特色的专业会展。本届展会设立"海洋产业馆"和"海洋科技馆",集中展示海水淡化、海洋能源开发利用、海洋监测、水下潜器等领域的新技术和产品。

10月22日　福建省船舶工业集团公司组建福建船政重工有限公司,下辖福建省马尾造船股份有限公司、福建东南造船有限公司。

10月24日　由上海中船三井造船柴油机有限公司研制的我国最大功率船用低速柴油机——11S90ME-C9.2型船用低速柴油机顺利通过车间台架试验。这不仅标志着该型船用低速机研制成功,也标志我国船用低速机制造水平再上新台阶,为进一步提升我国船舶配套率提供了有力保障。

10月30—31日　2014年造船、船检、航运国际三方会议在上海举行。与会代表围绕"合作促进国际海事立法更有效,加大力度推动海事技术发展"主题,对有关国际海事规则、规范的制订进展情况以及相关各方在目前发展中所关注的问题进行了研讨。

10月31日　交通运输部公布《贯彻落实〈国务院关于促进海运业健康发展的若干意见〉的实施方案》。该实施方案提出,至2018年年底,在海运结构调整、航运业转型升级、构建全球海运网络、提升海运国际竞争力、推进海运安全绿色发展、海运科技进步等方面力争有步骤、分阶段取得成果,老旧运输船舶提前报废更新政策延续实施。

10月　中国船级社为鞍钢集团签发首张船用钢板电子质保书,开启中国船级社签发电子证书时代。

11月6日　第23届日欧中韩美高峰会议在法国巴黎举行。会议就全球经济与能源、区域造船业发展形势、市场供给和需求、细分船型市场发展态势、造船成本和政府出台的产业政策、环境问题等热点问题进行了深入讨论。

11月8日　国内首艘拥有自主知识产权的深海钻井船在上海船厂船舶有限公司正式命名为"华彬OPUS TIGER1"号。该船长170米、型宽32米,设计排水量4.6万吨,工作水深1700米,钻井深度可达1.2万米,配有世界最先进防喷器、水下和井控系统等设备,可用于勘探井与生产井施工。该船具有自航能力,可配备150名船员,入级美国船级社(ABS)。建造中首创巨型总段浮船坞合拢技术,运营中首创国内钻井包在国际海洋工程的应用。该项目于2011年9月21日签署合同,2012年6月1日开工。

11月19日　由上海外高桥造船有限公司控股子公司江南长兴重工有限责

任公司为挪威 Frontline 公司建造的 3 艘 8.3 万立方米超大型气体运输船（VL-GC）"MISTRAL"号、"MONSOON"号和"BREEZE"号同时命名。这是我国首次自主研发、设计并建造的超大型全冷式液化气体运输船，一举打破了日本、韩国在该型船领域的技术封锁和长期垄断。

11 月 19 日　由惠生（南通）重工有限公司制造的世界首座浮式 LNG 生产装置"CARIBBEANFLNG"在南通惠生船坞出坞。浮式 LNG 生产装置"CARIBBEANFLNG"为非自航驳船，船长 144 米，型宽 32 米，型深 20 米。位于主甲板上的净化冷却装置每小时可将 72 百万标准立方英尺天然气转化为液态天然气。转化出来的液化天然气可临时储存在该装置上的容量达 16100 立方米的储罐中。储罐里面的液态天然气随后可被输送至永久锚泊定位的浮式储存装置或者 LNG 运输船上。

11 月 21 日　在英国伦敦举行的国际海事组织（IMO）海上安全委员会（MSC）第 94 次会议上，IMO 批准了具有强制性的《极地水域航行船舶国际准则》。同时，该会议还审议通过了对我国北斗卫星导航系统（BDS）认可的航行安全通函。这使得 BDS 成为全球无线电导航系统的组成部分，也标志着 BDS 正式成为继美国全球定位系统（GPS）、俄罗斯格洛纳斯卫星导航系统（GLONASS）后的第三个全球卫星导航系统，并取得了面向海事应用的国际合法地位。

11 月 27 日　第八届亚洲造船技术论坛在韩国济州岛召开。本届论坛围绕"安全"和"环保"两大主题，通过主论坛和分论坛的形式就影响船舶工业发展的重要问题进行了深入讨论。

12 月 20 日　渤海船舶重工集团有限公司建造的"三沙 1 号"交通补给船交付三沙市。该船长 122.3 米，宽 21 米，吃水 5.4 米，排水量 7800 吨，设计航速 19 节，载重量 2400 吨，可搭载旅客 456 人，装载 20 辆标准集装箱车。设有直升机起降平台，方便执行海上救援和岛礁巡查等任务。从海南岛出发至三沙永兴岛的航行时间为 10 小时。

12 月 28 日　武昌船舶重工集团有限公司承建的当时世界跨度最大的三塔四跨悬索桥——鹦鹉洲长江大桥正式通车。

12 月 28 日　中船黄埔文冲船舶有限公司为海洋石油工程股份有限公司建造的国内首艘 3000 米深水多功能水下工程船"海洋石油 286"号正式交付使

用。该船总长约 140.75 米，型宽约 29 米，型深 12.80 米。其建造成功，引领了我国海上油气开发的方向，大大提升了我国深水工程的国际竞争力，填补了多项国内空白，对我国实现海洋石油开发由浅水向深海转移的战略目标具有重要意义。

12 月　由中船集团第七〇八研究所设计、厦门船舶重工股份有限公司建造的 1000 吨级渔政船系列船型中的首制船"中国渔政 45005"号在广西顺利交付使用。该船长 83.35 米，型深 5.0 米，满载排水量 1764 吨，可航行于国际无限航区，航速不小于 20 节，采用双机并车驱动单可调距桨推进，设艏侧推、非收放式减摇鳍和舭龙骨，抗风能力为 11 级。该系列船型设计时适当考虑了我国南北区气候差异的影响。本批次共建造 13 艘，由 4 家船厂建造。

是年，据中国船舶工业行业协会统计，全国造船完工量 4007 万载重吨，新接订单量 6331 万载重吨，年底手持订单量 15908 万载重吨。全国纳入统计的 1556 家船舶工业企业全年实现主营业务收入 8253 亿元，利润总额 354 亿元。

2015 年

1 月 4 日　"大西洋"号大型豪华邮轮在上海华润大东船务工程有限公司开始接受为期近 20 天的常规坞修和房间改装。这是我国首次承接国际邮轮旅游公司现役大型豪华邮轮修理和改装工程。

1 月 8 日　武昌船舶重工集团有限公司交付我国自主设计建造的最大功率海洋平台工作船"华虎"号。该船长 89.2 米，宽 22 米，满载排水量 10867 吨，可航行于无限航区，入中国船级社船级。主机功率 1.6 万千瓦，载重 5000 吨，均为同级最大。该船交付上海打捞局后可为海洋石油钻井平台提供远洋拖航、深水操锚、货物供应、守护等服务，同时具有消防、深海起吊、ROV 水下遥控机器人和饱和潜水支持等功能。

同日，沪东中华造船（集团）有限公司建造的世界首制 17.2 万立方米薄膜型液化天然气（LNG）船举行命名仪式，被命名为"巴布亚"号。"巴布亚"号总长290米，型宽46.95米，型深26.25米，设计吃水11.50米，设计航速19.50节。该船配备了容量达到货舱气体挥发率110%的再液化设备，可以确保货舱中挥发的气体能够100%被回收，最大限度地减少了LNG在货运过程中的挥发损失。世界上现有的近400艘LNG船中，仅有约50艘配备了这种再液化设备。

1月9日　2014年度国家科技奖励大会在人民大会堂举行，中海石油（中国）有限公司、中海油研究总院、上海外高桥造船有限公司、七〇八研究所、西南石油大学、上海交通大学、中海油田服务股份有限公司、海洋石油工程股份有限公司、中海石油深海开发有限公司、中国科学院力学研究所、中国船级社、大连理工大学、哈尔滨工程大学、江苏亚星锚链股份有限公司、山东悦龙橡塑科技有限公司、无锡市东舟船舶附件有限公司、江苏科技大学和重庆科技学院共同开展的超深水半潜式钻井平台研发与应用获国家科技进步奖特等奖。

1月13日　由江南造船（集团）有限责任公司自行研发、上海江南长兴重工有限责任公司为挪威Frontline公司建造的两艘8.3万立方米超大型全冷式液化石油气运输船（VLGC）"MISTRAL"号和"MONSOON"号同时签字交付使用。这是我国首次交付VLGC。该型船总长226米，型宽36.6米，型深22.2米，设计吃水11.4米，设有4个IMOA型自支承式独立菱形货舱，设计温度为-50℃，设计压力0.25帕，总容积8.3万立方米。它有两套液相、两套气相的装卸总管，可以同时进行两种不同货物的装卸。

1月14日　中远船务工程集团有限公司成功交付全球可居住人数最多的半潜式海洋生活平台"高德1号"。该平台全长91米，型宽67米，型深27.5米，总高近60米，可供750名船员居住。

1月19日　山东邹城市30米上跨京沪线转体桥成功转体97.3度与边跨现浇段合龙。支撑这次"空中漫舞"的核心装备是洛阳船舶材料研究所自行研发制造的转体球铰。转体球铰集成了多项专有技术，拥有国家授权专利，直径4.2米，自重近20吨。该转体桥主桥转体重量达2.24万吨，是当时世界上最重的转体桥。

1月20日　交通运输部发布《内河运输船舶标准化管理规定》，对内河运输船舶标准化管理以及新建、改建内河运输船舶的报批、检验、通航等提出了要求。

1月23日 由沪东重机有限公司和中船三井造船柴油机有限公司联合研制、用于瓦锡兰公司低速柴油机的全球首台选择性催化还原（SCR）设备在上海成功通过平台验证并交付船东使用。

1月29日 由上海船舶研究设计院自主研发设计、中外运长航重工金陵船厂建造的6700车位汽车滚装船"维京·奇遇"号顺利交付挪威船东 Gram Car Carriers（挪威格拉姆汽车运输公司）。"维京·奇遇"号为国内当时交付的最大的汽车滚装船，上海船舶研究设计院拥有独立知识产权。该船总长199.9米，型宽32.26米，型深36.68米，设计航速19.35节，实船试航速度达19.44节，入级挪威船级社（DNV）。船上共有12层汽车甲板，其中4层为活动甲板，可一次装载小汽车6700辆。

2月2日 沪东中华造船（集团）有限公司高质量完成了与挪威船东 HOEGH 公司签订的一艘带气化外输装置的17万立方米液化天然气浮式储存和再气化装置（LNG-FSRU）船的改装修理项目。这是国内船舶企业首次承接 LNG-FSRU 改装修理项目。该船由韩国现代重工建造。

2月7日 立丰集团旗下辽产业重机（江苏）有限公司建造的全球首艘天然气动力多功能远洋运输船正式交付并开始首次航行。该船是 Rolls-Royce Marine AS 公司开发设计的高技术、高附加值新船型，露天甲板可装运集装箱或固体化学品，主甲板可装运汽车等滚装货物，二层甲板和底舱有可达 -27℃ 的4150立方米冷库用于装载冷藏货物。该船于2012年8月28日开工建造，总长120米，垂线间长117.6米，型宽20.8米，型深7.9米，设计吃水5.5米，结构吃水6米，载重量5000吨。

2月12日 国内迄今为止成功建造的最大吨位半潜船——7.2万吨半潜船"DOCKWISE WHITE MARLIN"号在广东南沙区龙穴造船基地交付使用。该船由广州广船国际股份有限公司建造。总长216米，型宽63米，型高近50米，甲板长197米，装货甲板面积1.24万平方米，设计载重量7.2万多吨，满载航速14节。该船主要用于海洋资源开发以及海上石油钻井平台、浮式生产储油船（FPSO）、大型构件、失去动力的船舶与舰船运输等。

2月28日 最高人民法院召开新闻发布会，发布《最高人民法院关于扣押与拍卖船舶适用法律若干问题的规定》。该规定于2015年3月1日起施行。

3月13日　工业和信息化部下发了《2015年智能制造试点示范专项行动实施方案》，船舶工业被列入该实施方案的相关规划中。

3月18日　上海佳豪集团旗下江苏大津重工有限公司建造的国内首艘纯液化天然气（LNG）动力船"绿动6002"号正式交付绿色动力水上运输有限公司。

3月20日　南通中远船务工程有限公司设计建造的半潜式圆筒型海洋生活平台"希望7号"在浙江嵊泗海域顺利装载到半潜船"祥云口"轮上，准备运往巴西海域作业。这艘以安全和稳定著称的海洋生活平台采用挪威塞旺海事（Sevan Marine）的圆筒式船体设计，具有稳性和运动性方面的独特优势。这是我国制造的世界上第一台半潜式圆筒型海洋生活平台。平台主船体直径60米，主甲板直径66米，型深27米，操作吃水14米，甲板工作面积2200平方米，拥有DP3动力定位系统、6台5535千瓦全回转螺旋桨、9点定位锚泊系统，设计使用年限20年。

3月　青岛海洋化工研究院有限公司发明的"船舶内舱用环保型水性防护装饰涂料（ZL201210014745.4）"获得"中国化工专利优秀奖"。

4月9日　瓦锡兰集团宣布，在中国生产的首台采用高压选择性催化还原（SCR）系统的瓦锡兰二冲程发动机已经通过台架试验，并获得英国劳氏船级社（LR）的认可，将正式推向船舶市场。

4月9—12日　由中国船舶工业行业协会船艇分会、上海船舶工业行业协会主办的2015中国（上海）国际游艇展、第二十届中国国际船艇及其技术设备展览会在上海世博展览馆举行。

4月16日　江南造船（集团）有限责任公司焊工陈国淦在第19届"林德金杯"国际青工焊接大赛熔化极混合气体保护焊青年组的比赛中获得第一名。

5月8日　由上海船舶研究设计院设计、江南造船（集团）有限责任公司建造的国内首制3万立方米液化天然气（LNG）船"海洋石油301"号交船。该船长184.7米，型宽28.1米，总吨位25041吨，设计服务航速16.5节；采用双燃料电力推进系统；机舱配备2台360°全回转推进器，3台双燃料发电机。作为货物的液化天然气储藏在4个双叶圆柱形的压力罐中，压力容器的设计温度为−164℃，设计压力大约为3.5帕。该船主要服务于国内LNG二程转运和调峰，兼顾国际间LNG短程运输。

5月19日　国务院发布《中国制造2025》，部署全面推进实施制造强国战略，海洋工程装备及高技术船舶为十大重点领域之一。

5月20日　国务院总理李克强在巴西考察"面包山"号渡轮。"面包山"号渡轮由中船重工控股英辉南方造船（广州番禺）有限公司建造，主客舱为上下两层，可容纳2000人，空调、卫生间、饮水机、残疾人专座、盲人专用道、自行车架等设备齐全。该渡轮为里约州政府订购的7艘渡轮中的第一艘。

5月25日　中共中央总书记、国家主席、中央军委主席习近平视察舟山长宏国际船舶修造有限公司，考察了30万吨船坞作业码头，在码头坞门察看了正在建造的25万吨级矿砂船和正在修理的大型货轮。

6月3日　江南造船（集团）有限责任公司在上海隆重举行建厂150周年纪念大会。江南造船创建于1865年（清朝同治四年），曾用名江南机器制造总局、江南船坞、海军江南造船所、江南造船厂，1996年改制为江南造船（集团）有限责任公司。150年来，江南造船创下100多项"中国第一"，成为我国"军工造船第一厂"、中国船舶工业的排头兵。作为中国民族工业和军事工业的发祥地，江南造船150年的发展史也是一部中国民族工业和现代军事工业的奋斗史。

6月3日　厦门船舶重工股份有限公司建造的8500PCTC汽车滚装船首制船举行命名仪式，命名为"礼诺·目标"号。这是世界最大的汽车滚装船。该船总长199.9米，垂线间长193.11米，型宽36.5米，设计吃水9.35米，共有14层装车甲板，最大装车量达到8500辆标准小汽车，停车甲板总面积为71400平方米，能满足多种高度车型的装载需要。自2004年4月22日第一艘4900PCTC开工建造以来，厦船重工公司共交付4900PCTC 18艘、8500PCTC 6艘，2100PCTC 3艘，一直保持着全球汽车船建造专业厂商的领先地位。

6月11—15日　第八届中国大连国际游艇展览会在大连星海湾游艇港举行。

6月17—19日　"船舶主机和轴系安装"比赛在武汉举行。这是全国职业院校技能大赛首次设置涉船类赛项。

6月18日　世界首艘集装箱船加长加宽改装船"MSC GENEVA"号交付仪式在上海华润大东船务工程有限公司举行。经过改装，"MSC GENEVA"号加长7.8米、加宽7.56米，增加了4列箱位，集装箱装载量也由4872TEU提高至 6336TEU，装载量增加接近 30%。

7月2日　工业和信息化部公布 2015 年智能制造试点示范项目名单。南通中远川崎船舶工程有限公司智能车间项目位列其中，成为我国船舶行业唯一一家试点示范项目企业。

7月3日　江苏省镇江船厂（集团）有限公司建造的亚洲第一艘 LNG（液化天然气）单燃料动力全回转工作船"海洋石油 525"号完工交付使用。该船不使用任何传统燃料油，可实现二氧化碳减排 25%，氮氧化物减排 90%，SOx 和 PM2.5 及油污水和生活污水零排放，节约燃料费用约 30%。

7月27日　七〇八研究所设计、上海外高桥造船有限公司建造的迄今为止我国自行设计建造的最大集装箱船——1.8 万 TEU 集装箱船"达飞·瓦斯科·达伽马"号在上海外高桥造船有限公司交付使用。该船总长 399.2 米，型宽 54 米，型深 30.2 米，设计吃水 14.5 米，服务航速 22.2 节，入级法国船级社。

7月29日　中国船舶工业集团公司与中国海运（集团）总公司签订 8 艘 13500TEU 集装箱船建造合同，每艘造价约 1.168 亿美元。该系列集装箱船在中船集团子公司沪东中华造船（集团）有限公司建造。

8月4日　国家发展改革委发布《关于实施新兴产业重大工程包的通知》和《关于实施增强制造业核心竞争力重大工程包的通知》。

8月11日　武昌船舶重工集团有限公司为上海打捞局建造的我国首艘大型溢油回收船"德濠"号交付使用。"德濠"号是当时排水量最大的溢油回收船，入中国船级社船级，总长约 90.9 米，型宽 20 米，型深 8.2 米，排水量约 4000 吨，全回转电力推进。其溢油回收率为 400 立方米/小时，溢油储油能力约 2968 立方米。

9月9日　中共中央政治局常委、国务院总理李克强视察大连船舶重工集团海洋工程公司。

9月10日　俄罗斯副总理兼总统驻远东联邦区全权代表尤里·特鲁特涅夫到大连船舶重工集团有限公司参观访问。

9月18日　武昌船舶重工集团有限公司建造的具有世界领先水平的深水三用工作船"海洋石油 691"交付使用。"海洋石油 691"由中海油田服务股份有限公司定制，主要服务于大型深海钻井平台"海洋石油 981"，由罗尔斯

·罗伊斯设计公司与武船集团联合设计，造价超过 8 亿元。该船系柱拖力达到 366 吨，为亚洲第一。可装备 ROV 水下机器人，实现深海 3000 米起抛锚作业。

9 月 19 日　时任中共中央政治局常委、中央书记处书记刘云山等领导参加全国科普日活动，参观七一四研究所主办的航母编队和蛟龙号深潜器体验项目。

9 月 28 日　七一四研究所所长李彦庆当选为国际标准化组织船舶与海洋技术委员会（ISO/TC8）主席，任期为 6 年（2016—2021 年）。

10 月 21 日　在国家主席习近平和英国首相卡梅伦的见证下，中国船舶工业集团公司联合中国主权财富基金中国投资有限责任公司与全球最大的邮轮运营商嘉年华集团，在英国伦敦正式签署了在华合资合作设立豪华邮轮船东公司合资协议。

10 月 27 日　沪东中华造船（集团）有限公司为大西洋货运（ACL）公司建造的世界首艘 G4 型 4.5 万吨集装箱滚装船"大西洋之星"号顺利交付使用。该船长 296 米，型宽 37.6 米，型深 22.95 米，共有 7 层汽车滚装甲板。"大西洋之星"号是目前世界上最大、最新、最先进的集滚船，最大可停放 35 米长特种车辆，甚至可以装载类似于 C919 大型商用飞机的分段机身。其中汽车装载面积达 28900 平方米，最大搭载集装箱数为 3800 个标准箱。

11 月 4—6 日　第 24 届日欧中韩美造船企业高峰会议（JECKU）在广东省中山市召开。本届会议由中国船舶工业行业协会主办，123 名来自日本、欧洲、中国、韩国、美国造船企业的首脑和行业专家出席会议，共商全球造船业发展大计。

11 月 26 日　活跃造船专家联盟（ASEF）成立大会在江苏省南通市召开。会议的召开标志着亚洲造船技术论坛在争取国际海事组织非政府组织观察员地位方面取得实质性进展。中国船舶工业行业协会陈民俊常务副会长当选为联盟副主席。亚洲造船技术论坛（英文缩写为 ASEF）组织化设想最早由日本船舶技术研究协会于 2007 年提出，在中国船舶工业行业协会、日本造船协会、韩国海洋工程和造船协会积极响应和推动下，经过亚洲各国 8 年的共同努力，使活跃造船专家联盟终于得以正式成立。

11 月 27 日　6 艘当时世界最大的 2.1 万 TEU 集装箱船在由上海外高桥造船有限公司控股的上海江南长兴重工有限公司同时点火开工，创下了我国船企批量建造超大型集装箱船的最高纪录。

12月1—4日　2015年中国国际海事技术学术会议和展览会（Marintec China 2015）在上海成功举行。本届会展共有34个国家和地区的2000多家企业参展，并吸引了来自116个国家和地区的61997名专业观众参观，规模再创历届新高。作为亚洲第一、世界第二大海事会展，中国国际海事会展继续发挥着中国与国际海事界寻求全方位、多层次合作重要桥梁和纽带的作用。

12月1—4日　中国船级社（CCS）编制的《智能船舶规范》在第18届中国国际海事会展期间正式对外发布。CCS智能船舶规范体系由智能航行、智能船体、智能机舱、智能能效管理、智能货物管理和智能集成平台六大功能组成。在智能化程度上，分别从船舶数据感知、分析、评估、诊断、预测、决策支持、自主响应实施等方面对应不同的智能功能，并提出了相应要求。该规范于2016年3月1日生效。

12月1日　中国船舶工业集团公司在第18届中国国际海事会展期间举办自主品牌中、低速柴油机12MV390、6EX340EF发布仪式。6EX340EF小缸径船用低速柴油机是为我国江海联运和近海航运定制的绿色环保、经济型低速柴油机，满足小型集装箱船、5万吨以下散货船和油船等内贸船型的动力需求；12MV390大功率中速柴油机，单缸功率达850千瓦，系列整机功率范围从10200～17000千瓦，满足1万～5万吨级近海和内河船舶推进，以及大型工程船、液化天然气（LNG）船、大型船舶电站、大型陆用电站、核电应急柴油发电机组、海工平台、豪华邮轮等高端重大装备的动力需求。

12月1日　《液化天然气燃料加注船舶规范》生效。

12月2日　交通运输部发布了《珠三角、长三角、环渤海（京津冀）水域船舶排放控制区实施方案》，首次设立船舶大气污染物排放控制区。

12月4日　上海外高桥造船有限公司建造的1.8万TEU超大型集装箱系列船中的最后一艘"本杰明·富兰克林"号交付使用。至此，我国船企首次承接的3艘超大型集装箱船全部交付使用。这批船舶的建成，打破了此前国外企业在该领域的长期垄断。上述3艘船的船东为中国船舶（香港）航运租赁有限公司，承租人为法国达飞海运集团，项目得到了中国进出口银行的融资支持。

12月15日　由中航船舶承接、中航鼎衡造船有限公司为美国船东Sargeant Marine 公司建造的 3.7 万吨沥青船 "ASPHALT SPLENDOR" 交付使用。这是当时我国建造的最大吨位沥青船。

是年，据中国船舶工业行业协会统计，全国造船完工量 4318 万载重吨，新接订单量 3357 万载重吨，年底手持订单量 13558 万载重吨。全国纳入统计的 1521 家船舶工业企业全年实现主营业务收入 8365 亿元，利润总额 180 亿元。

2016 年

1 月 15 日　由上海船舶研究设计院为交通运输部救助打捞局研发设计，中船黄埔文冲船舶有限公司建造的 8000 千瓦破冰型救助船 "北海救 118" 号顺利交付使用。该船入中国船级社船级，主要用于我国北方海域的航道破冰、维护和失事船只的人命救生及船舶救助。该型救助船的设计，兼顾我国航天事业发展的需要，具备为 "神舟" 系列飞船提供保障的能力。

1 月 22 日　广船国际有限公司建造的全球首艘极地重载甲板运输船 "奥达克斯" 号交付使用。"奥达克斯" 号载重 2.85 万吨，总长 206.3 米，垂线间长 193.8 米，型宽 43 米，型深 13.5 米，设计吃水 7.5 米，主要用于运输大型海工模块。该船是目前世界上唯一可以在北冰洋冬春冰冻季节连续运输 LNG 大型设备模块至 Yamal LNG 项目基地塞贝塔港的重载甲板运输船，能在 1.5 米冰层厚度的海况下保持 2 节的航速，同时能在 −50℃ 的超低温环境下正常工作。同系列第二艘船名为 "PUGNAX"（普拉克斯）号，于 2016 年 4 月 10 日交付使用。该类型极地重载甲板运输船全球仅有两艘。

1 月 25 日　全球首创压缩天然气（CNG）运输船 "Jayanti Baruna" 号在江苏韩通船舶重工成功下水。该运输船的建造是中集集团总包某海外项目中的一部分。它的成功建造标志着中集集团全球首创的 CNG 船从概念到实现商业化取得了阶段性进展。

2 月 18 日　由中国远洋运输（集团）总公司和中国海运（集团）总公司

重组而成的中国远洋海运集团有限公司在上海正式宣告成立。

2月18日　国务院办公厅印发《关于加快众创空间发展服务实体经济转型升级的指导意见》，提出在高端装备制造等产业领域加快建设一批众创空间。

2月25日　《中国拆船协会拆解废船买卖标准合同》（简称《标准拆船合同》）在北京发布，并开始试行。《标准拆船合同》由中国拆船协会、中国海事仲裁委员会联合编制。

2月28日　四八〇一厂建造的我国第一艘自航式浮船坞"华船一号"投入运营，可为3万吨以下船舶提供进坞维修保障，实现了船舶岸基定点修理向远海机动保障的拓展。

3月4日　工业和信息化部发布《船舶配套产业能力提升行动计划(2016—2020年)》，旨在尽快提升我国船用设备配套能力和水平，支撑造船强国建设。

3月5日　第十二届全国人民代表大会第四次会议在人民大会堂开幕。《政府工作报告》中提出要制定国家海洋战略，保护海洋生态环境，拓展蓝色经济空间，建设海洋强国。

3月9日　大连中远船务工程有限公司为交通运输部烟台打捞局建造的首制1.2万吨打捞工程船"德渤2"号成功交付，正式列编渤海湾交通救捞队伍。该船为当时我国最大单边抬浮力打捞工程船，总长159.6米，最大船宽38.8米，型深10.9米，最大载重量20500吨，单边最大抬浮力1.2万吨，全电力推进，最大航速12节，具备DP1动力定位和4点锚泊定位系统，具有快速调载功能，入中国船级社船级。

3月9日　国家发展和改革委、科技部、工业和信息化部联合印发《长江经济带创新驱动产业转型升级方案》。

3月23日　招商局能源运输股份有限公司分别与上海外高桥造船有限公司、青岛北海船舶重工有限责任公司和招商局重工（江苏）有限公司签署10艘40万载重吨超大型矿砂船（VLOC）建造合同。

3月　中国船级社发布《散装运输液化气体船舶构造与设备规范(2016)》。

4月1日　长三角水域率先实施船舶"减排令"，即所有船舶到港以后须按要求采取换用低硫燃油或使用岸电、尾气后处理等替代措施。我国船舶减排迈出第一步。

4月7—10日 由中国船舶工业行业协会船艇分会、上海船舶工业行业协会主办的2016中国（上海）国际游艇展、第二十一届中国国际船艇及其技术设备展览会在上海世博展览馆举行。

4月12日 武昌船舶重工有限责任公司建造的当时国内最大双体船"瑞利10号"下水。该船总长82米，型宽32米，设计排水量5300吨。

4月 厦门船舶重工股份有限公司为挪威礼诺航运公司建造的超巴拿马型8500PCTC汽车滚装船"礼诺·目标"号入围"欧洲海洋工程奖"中的"年度最佳船舶奖"。

5月1日 交通运输部修订的《中华人民共和国防治船舶污染内河水域环境管理规定》正式实施。

5月5日 中船澄西船舶（广州）有限公司承修的我国首个深海科考通用平台"探索一号"正式交付中国科学院。本次改修由原来的海洋工程船扩展为深海科考船。"探索一号"船长94.45米，型宽17.9米，满载排水量6250吨，续航超过1万海里，自持力大于60天。"探索一号"用作我国全国产的4500米载人潜水器的支持母船，也作为万米深海的海上作业平台及支持母船，支撑着我国万米载人、无人潜水器的海试及深潜作业。

5月13日 上海振华重工（集团）股份有限公司自主建造的世界最大起重船"振华30号"在上海长兴岛基地交付使用，进一步巩固了振华重工在巨型起重船领域的地位，为我国打捞救助事业向深海延伸提供了装备支撑。"振华30号"起重船总重达14万吨，具备起重12000吨的能力。该船还安装了12个推进器，满足动力定位功能，包括2个2750千瓦的侧推、6个3800千瓦的可伸缩式全回转推进器以及4个3250千瓦吊舱式推进器。

5月25日 中共中央总书记、国家主席、中央军委主席习近平视察七〇三研究所。

5月 国内首套海洋浮标全方位目标识别系统问世。哈尔滨工程大学历经10年的研究，成功研制了国内首套应用于海洋浮标的可视化全方位目标探测识别系统，在国内首次实现了海洋浮标360度无死角的无人、可视化、大范围环境自主监测。

6月10日　大连船舶重工集团海洋工程有限公司交付世界首座具备生活居住、重型设施海上起重安装、完井（指裸眼井钻达设计井深后，使井底和油层以一定结构连通起来的工艺）以及修井等多功能的"AJ46－1"号自升式生活平台。该生活平台作业水深超过350英尺，定员354人，配有200吨主吊机。它是世界知名设计公司Gusto MSC研发的AJ46-360-C型自升式生活平台，为三角形船体，配有3个三角形桁架桩腿，V形生活区。

6月17—20日　第九届中国大连国际游艇展览会在大连星海湾游艇港举行。本届游艇展分为陆地和水上两个部分，规划面积大于上届，集中展示国内外品牌游艇、豪华游艇、帆船，覆盖各类中小型游艇、公务艇、钓鱼艇，实艇数量超过80余艘，同时还展示游艇船用设施及配套产品、游艇产业及相关服务、码头运营与服务设施、设备等。

6月18日　由七〇八研究所设计，武昌船舶重工有限责任公司为国家海洋局第一海洋研究所建造的海洋科学考察船"向阳红01"号交付国家海洋调查船队入列。"向阳红01"号船长99.8米，宽17.8米，吃水5.6米，满载排水量4980吨，船舶定员80人，具备12级抗风能力，续航力1.5万海里，自持力60天，最快航速15.8节，入中国船级社船级。该船具备海洋动力环境、地质环境、生态环境、海底资源、能源综合探测等多方面海洋调查能力。2017年8月28日，"向阳红01"号开始执行我国首次环球海洋综合科学考察任务。

6月22日至8月12日　中国"探索一号"科考船在马里亚纳海域开展首次综合性万米深渊科考活动。其中，"海斗号"无人潜水器最大潜深达10767米。中国由此成为第三个研制出万米级无人潜水器的国家。

6月29日　中国船级社（CCS）总裁孙立成于美国华盛顿召开的国际船级社协会（IACS）第73次理事会上当选为IACS主席，任期自2016年7月1日至2017年6月30日。

7月3日　武昌船舶重工有限责任公司承担的世界最大单口径球面射电望远镜FAST完工。FAST工程是国家科教领导小组审议确定的国家九大科技基础设施之一，是目前世界最大的单口径射电望远镜，也是利用我国科学家独创设计及贵州南部喀斯特洼地独特地形条件建设的一个高灵敏度巨型射电望远镜。它突破了射电望远镜的百米极限，开创了建造巨型射电望远镜的新模式，将在未来20～30年保持世界一流设备的地位。武船集团通过技术创新，形成了包括大跨径、大幅度的空间转移和吊装技术等在内的一批重大成果。

7月7日　启东道达重工有限公司建造的全球首艘一步式海上风机运输安装船"道达风能"号顺利下水。该船由道达重工自主研发、设计、建造，总长103米、宽度50米、高度72米，吨位达1.2万吨，是目前全球开工建造的起重能力最大、作业效率最高的海上风机起重、运输、安装作业船，具备在高海况下实现一步式安装作业能力。

7月12日　由七〇八研究所自主设计、江南造船（集团）有限责任公司建造的具有国际先进水平的新一代大型远洋航天测量船"远望7"号正式入列中国卫星海上测控部。

7月　中国船级社（CCS）制订的《液化天然气（LNG）运输船兼作浮式储存装置实施指南》正式实施。

7月　江苏新时代造船有限公司全资收购江苏新世纪造船有限公司及靖江新世纪钢结构制造有限公司。

8月2日　江南造船（集团）有限责任公司为英国航海人气体运输公司（Navigator Gas）建造的当时世界上最大的乙烯（LEG）运输船——3.75万立方米LEG船签字交付使用。该船于5月3日被正式命名为"NAVIGATOR AURORA"号。它的货物围护系统采用三个Type C双耳型液罐、设计温度为–104℃，单个液罐重达1100吨。此外，甲板上还有两个1250立方甲板罐、设计温度为–163℃，既可装载LNG燃料，又可装载货物，使最大舱容达到37500立方米。

8月9日　我国自主建造的第一艘大型深水物探船"海洋石油720"号完成我国首次北极海域勘探作业，填补了我国对北极海域实施三维地震勘探的空白，同时创造了我国三维地震采集月产最高纪录。该船由上海船厂船舶有限公司建造，总长107.4米，垂线间长96.6米，型宽24米，型深9.6米，船舶自持力75天，设计航速16节，载员75人，入级中国船级社，配备了新一代的地震数据采集系统、综合导航系统、电缆横向控制系统及全套物探机械设备遥控操作系统。

8月11日　由广州船舶及海洋工程设计研究院负责设计、建造工程总包的我国首艘海洋信息设备综合试验船"电科1号"交付使用。

8月12日　黄海造船有限公司为上海远洋渔业有限公司建造的两艘

LJX8630型5200吨冷藏运输船"开创101""开创102"交船。该型船是根据我国远洋渔业发展的需要而设计的远洋渔业运输船，航区为无限航区，主要用于冷藏品运输，设计总长115米，型宽16.5米，型深9.75米，设计排水量8353.8吨，主机总功率4500千瓦，设计航速15.5节。七〇四研究所为该船提供的新型主机遥控系统通过试航考验，填补国内大功率主机遥控产品的空白。

8月18日　由同方江新造船有限公司为中海油田服务股份有限公司建造的我国首制、亚洲最先进的物探采集作业支持船"海洋石油771"号交付使用。该船由英国欧赛德船舶设计公司承担方案设计，上海佳豪船舶工程（天海防务）设计公司承担详细设计，入中国船级社船级。

8月22日　环境保护部会同国家质量监督检验检疫总局发布《船舶发动机排气污染物排放限值及测量方法（中国第一、二阶段）》，并从2018年7月1日起实施。

8月26日　国内单支最重、回转直径和冲程全球最大的船用大型曲轴——曼恩系列7G80ME-C曲轴在大连华锐重工集团股份有限公司下线。该曲轴总长12.575米，全冲程3.72米，回转直径4.74米，重237.131吨。它将安装在大连船柴4万多马力的船用低速柴油机，应用于大连船舶重工建造的一艘31.9万载重吨油轮上。以前只有3家国外企业具备该型号曲轴的加工能力。

9月9日　青岛北海船舶重工有限责任公司为美国ABE公司建造的55000长吨举力浮船坞交付使用。

9月18日　武汉船用机械有限责任公司承建的三峡升船机正式进入试通航阶段。该升船机是世界上规模最大、技术和施工难度系数最高的升船机。

9月20日　2016年全国船舶新闻宣传工作会暨全国船舶记协成立20周年纪念会议在北京召开。

9月23日　第十一届中国邮轮产业发展大会暨国际邮轮博览会在天津开幕。会上，中国船舶工业集团公司与中投海外直接投资有限责任公司、美国嘉年华集团、意大利芬坎蒂尼集团、中船邮轮科技发展有限公司、上海外高桥造船有限公司共同签署2+2艘13.35万总吨大型豪华邮轮建造意向书。

9月28日　全球首制4000车位LNG双燃料汽车运输船"TBN AUTO ECO"号在南通中远川崎船舶工程有限公司建成，并交付挪威船东欧洲联合汽车运输公司。该船总长 181 米，型宽 30 米，型深 30.22 米；内部设置 10 层甲板，其中两层为提升甲板，可根据货物大小灵活调整高度，各层甲板总面积 31900 平方米，共设置约 4000 个车位。它是国内设计冰级最高的商船，在波罗的海和北海地区可以全年航行。

10 月 25 日　第十二届中国大连国际海事展览会在大连市世界博览广场开幕。

12 月 7 日　中国船舶工业行业协会在第七届中国广州国际海事贸易展览会暨 2016 中国船舶工业转型升级促发展论坛正式发布中国造船产能利用监测指数（CCI）。该指数能够切实和及时地反映我国造船产能实际利用情况，为政府部门政策决策、企业生产经营以及社会各界提供参考。

12 月 8 日　广船国际有限公司为中远海运特种运输股份有限公司建造的我国最大、全球第二大半潜船"新光华"号交付使用。"新光华"号总长 255 米，型宽 68 米，型深 14.5 米，满载航行吃水 10.5 米，最大下潜深度 30.5 米，甲板均布载荷 25 吨/平方米，载货甲板长达 210 米，有效载货面积 14280 平方米。其空载下潜时间小于 6 小时，最大载重能力 98500 吨。

12 月 11 日　第四届中国工业大奖发布会在人民大会堂举行，4 家船企摘得中国工业大奖。沪东中华造船（集团）有限公司获中国工业大奖企业奖，大连船舶重工集团有限公司的航母工程获中国工业大奖项目奖，上海外高桥造船有限公司 JU2000E 型自升式钻井平台获中国工业大奖项目提名奖，渤海船舶重工有限责任公司获中国工业大奖企业提名奖。

12 月 12 日　国家海洋局印发《全国科技兴海规划（2016—2020 年)》。

12 月 16 日　中船黄埔文冲船舶有限公司交付全球首制 R-550D 型自升式钻井平台"HARMONI VICTORY"号。该平台是我国第一座核心装备国产化率达到 90% 的自升式钻井平台，也是黄埔文冲进入主流海工装备制造高端领域的首个平台产品。R-550D 平台船体为三角形，长 79.2 米，型宽 79.6 米，型深 8.2 米，甲板面积 3152 平方米，工作水深 400 英尺（约 122 米），钻井深度 30000 英尺（约 9144 米），配有 3 条三角形桁架桩腿，桩腿全长 170.22 米，居住区域有 5 层，可居住 150 人。

12 月 16 日　中远海运集团宣布整合旗下的造船业务，成立中远海运重工有限公司。中远海运装备制造板块包括中远船务工程集团有限公司、中远造船工业公司、中海工业有限公司等，所属企业主要分布在长三角、珠三角、渤海湾等港口城市，共有13家大型船厂和20多家配套服务公司，主要从事船舶和海洋工程装备建造、修理改装业务及配套服务。

12月20日　中国船级社发布《极地水域操作手册编制指南（2017）》。

12月20日　江苏太平洋造船集团股份有限公司下属浙江造船厂为荷兰Van Oord（凡诺德）公司建造的全球首制X-BOW抛石船"BRAVENES"号交付使用。该船由USOS承担基本设计，上海船舶研究设计院负责详细设计及生产设计，长154.4米，作业水深600米（可扩展至1000米），设计吃水载重量1.2万吨，采用目前最先进的抛石技术、DP3动力定位系统，有先进的落石管抛石系统及抛石作业专用ROV。

12月23日　福建省马尾造船股份有限公司在粗芦岛生产基地举行福建船政创办150周年纪念活动，标志着传承福建船政150年的马尾造船厂进入全新的发展时期。粗芦岛生产基地于2011年12月23日在连江粗芦岛奠基。

12月28日　《中国造船质量标准》《中国修船质量标准》两项国家标准中英文版在北京发布。两项国标的发布推动我国船舶建造质量控制和管理水平全面提升，且第一次实现了国家标准中英文版同步发布。

12月30日　工业和信息化部联合国家发展改革委、科技部、财政部研究编制的《新材料产业发展指南》发布，明确了海洋工程装备及高技术船舶急需材料的突破方向。

是年，据中国船舶工业行业协会统计，全国造船完工量4263万载重吨，新接订单量2526万载重吨，年底手持订单量11184万载重吨。全国纳入统计的1520家船舶工业企业全年实现主营业务收入7593亿元，利润总额182亿元。

2017 年

1月5日　2016年度国家科学技术进步奖名单和2016年度国家技术发明奖项目名单公布。中国船舶工业集团公司的中船集团高端海洋装备科技创新工程，浙江大学、杭州前进齿轮箱集团股份有限公司、重庆齿轮箱有限责任公司、七○二研究所、无锡东方长风船用推进器有限公司联合开展的"大功率船用齿轮箱传动与推进系统关键技术研究及应用"获2016年度国家科技进步二等奖。上海大学、上海海事测绘中心和青岛北海船舶重工有限责任公司联合开展的"复杂岛礁水域无人自主测量关键技术及装备（8.5米水面无人智能测量平台）"获2016年度国家技术发明二等奖。

1月9日 广州航通船业有限公司建造的"四航固基"号深层水泥搅拌船（即Deep Cement Mixing，简称DCM船）交付。该船为非自航工程船，长72米，型宽30米，型深4.8米，设计吃水2.9米，入中国船级社船级，为国内第一艘自主设计建造、设备完全国产化的船型，适用于沿海港口、码头、防波堤、护岸、人工岛围海造地的基础处理施工。该船建成后曾在香港大屿山机场海域参与香港机场第三跑道扩建围海造地的软基处理工程施工建设。

1月12日 由工业和信息化部、国家发展改革委、财政部、中国人民银行、银监会、国防科工局联合编制的《船舶工业深化结构调整加快转型升级行动计划（2016—2020年）》正式发布。

1月25日 山东丛林凯瓦铝合金船舶有限公司为上海港引航站建造的国内首艘喷水推进全铝合金引航艇交船。该船采用深V形船体线形，总长18.5米，型宽4.56米，型深2.15米，最大航速达到27节。整船采用优质进口船用铝合金制造，机舱内设置双机双喷泵推进系统，可搭载引航员12人，具有快速安全，运行平稳的特点。

2月7日 农业部印发《渔船标准船型评价方法（试行）》。

2月13日 烟台中集来福士海洋工程有限公司建造的全球最先进超深水双钻塔半潜式钻井平台"蓝鲸1号"在烟台交付使用。这是我国船厂在海洋工程超深水领域的首个"交钥匙"工程。该平台采用Frigstad D90基础设计，由中集来福士完成全部的详细设计、施工设计、建造和调试，配备DP3动力定位系统，入级挪威船级社。平台长117米，宽92.7米，高118米，最大作业水深3658米，最大钻井深度15240米，是目前全球作业水深、钻井深度最深的半潜式钻井平台，适用于全球深海作业。2017年5月18日，我国海域天然气水合物（可燃冰）试采宣布成功，"蓝鲸1号"承担了该项开采任务。

2月22日 在国家主席习近平和来华访问的意大利总统马塔雷拉见证下，

中国船舶工业集团公司与美国嘉年华集团、意大利芬坎蒂尼集团签署我国首艘国产大型邮轮建造备忘录协议（MOA）。

2月28日　我国首艘深海救助母船——由中船黄埔文冲船舶有限公司建造的1.2万千瓦大型巡航救助船"南海救102"号交付入列。该船长127米、型宽16米，满载排水量7300吨，续航力达1.6万海里，入中国船级社船级，具备在6000米水深水下扫测定位的救助能力，是我国第一艘同时具备空中、水面、水下综合搜寻能力的海上专业救助船。

3月10日　武汉船用机械有限责任公司自主研制的国内首台200吨深海作业主动升沉补偿起重机完成调试，顺利通过船检。深海作业主动升沉补偿起重机是进行深海补给和水下吊装作业时必备的装置，对扩大海上作业范围、延长海上作业时间、提高船舶综合保障能力具有重要的意义。

3月24日　环境保护部、国家发展改革委等10部委联合印发《近岸海域污染防治方案》，对船舶和港口污染防治工作提出具体要求。

3月28日　中国人民银行、工业和信息化部、中国银监会、中国证监会、中国保监会联合印发《关于金融支持制造强国建设的指导意见》，对改善我国船舶工业融资环境、优化债务结构、防控金融风险将起到积极作用。

4月18日　交通运输部发布《关于推进特定航线江海直达运输发展的意见》，明确了我国江海直达运输发展的总体要求、主要任务和保障措施。

4月24日　由人力资源和社会保障部、国家海洋局共同举办的中国极地考察表彰大会在北京举行。这是我国自行开展极地科考30多年来首次对在极地科考过程中作出突出贡献的集体和个人进行表彰。江南造船（集团）有限责任公司"雪龙"号考察船维修改造管理团队、中国船舶工业集团公司第七〇八研究所民船部荣获"中国极地考察先进集体"称号。

4月24日　科技部印发《"十三五"国家技术创新工程规划》。深海装备被列入"国家技术创新中心布局重点领域"的重大关键领域，海洋和空间先进适用技术成为"促进科技成果转移转化"中的一项重要内容。

4月25日　中国船舶工业行业协会标准化分会在北京成立。

4月25日　由七〇八研究所牵头申报，哈尔滨工程大学、上海外高桥造船有限公司、上海船厂船舶有限公司、沪东中华造船（集团）有限公司、中船黄埔文冲船舶有限公司、广船国际有限公司等10家单位参与的海洋工程总装研发设计国家工程实验室在上海正式成立。

4月26—29日 由中国船舶工业行业协会船艇分会、上海船舶工业行业协会主办的2017中国（上海）国际游艇展、第二十二届中国国际船艇及其技术设备展览会在上海新国际博览中心举行。

4月26日 我国第二艘航空母舰下水仪式在大连船舶重工集团有限公司举行。第二艘航空母舰由我国自行研制，2013年11月开工，2015年3月开始坞内建造。出坞下水是航空母舰建设的重大节点之一，标志着我国自主设计建造航空母舰取得重大阶段性成果。

5月3日 中国海事仲裁委员会正式独立运营。

5月4日 国家发展和改革委、国家海洋局联合印发《全国海洋经济发展"十三五"规划（公开版）》，从6个方面对我国船舶工业提出具体要求。规划指出，加快海洋船舶工业产能调整，推进企业兼并重组与转型转产，通过市场供需淘汰落后产能；调整优化船舶产品结构，提升高技术船舶的自主设计建造能力；培育提升船舶设计开发研究机构的能力和水平，引导和支持重点骨干企业建设在国内具有影响力的研发中心；推进军民船舶装备科研生产融合发展和成果共享；推进重点船用设备集成化、智能化、模块化发展，促进船舶配套业由设备加工制造向系统集成转变；鼓励有实力的企业建立海外销售服务基地。

5月15日 亚洲海事技术合作中心（MTCC Asia）在上海海事大学成立。该中心是我国第一个经国际海事组织（IMO）授权设立的实体性机构，也是亚洲唯一具有全球海事技术协调资格和能力的合作中心。

5月31日 科学技术部、教育部、中国科学院、国家自然科学基金委员会联合印发《"十三五"国家基础研究专项规划》，要求围绕海洋环境安全、深海技术装备、海洋生态环境与可持续发展等开展重大科学问题研究。

6月1日 《"十三五"交通领域科技创新专项规划的通知》发布，将绿色船舶设计与优化技术、高性能公务船舶技术、船舶先进推进技术、智能船舶关键技术等列入发展重点。

6月3日 武昌船舶重工集团有限公司建造的全自动智能海上养殖装备"海洋渔场1号"交付挪威萨尔玛公司。"海洋渔场1号"是世界首座、规模最大的半潜式智能海上养殖装备。平台总高69米，直径110米，养殖水体25万立方米，空船重量7700吨，可抗12级台风，使用年限25年，设计工作配员7人，有3~7人即可操控，一次养鱼超过150万尾。该海上渔场养鱼平台在研发、建造过程中完成了一系列重大技术创新，填补了国内海工行业的多项科研和施工空白。

6月6日　黄海造船有限公司为渤海国际轮渡（香港）有限公司建造的800客位、460TEU集装箱客箱船"海蓝鲸"号顺利交付使用。该船是我国自主研发设计和建造的全球最大现代化客箱船。船舶总长182.6米、型宽25.2米、型深12.1米，载重1.9万吨，航速最高可达23节。

6月6—8日　国际造船专家预测会在丹麦哥本哈根市召开。

6月16—19日　第十届中国大连国际游艇展览会在大连星海湾游艇码头成功举行。中国大连国际游艇展转型升级为海上嘉年华，荣获国家农业农村部颁发的"国家级示范性休闲渔业文化节庆（会展）"称号，成为国内重点休闲旅游类展会项目之一。

6月19日　国家发展和改革委和国家海洋局联合发布《"一带一路"建设海上合作设想》。

6月28日　我国自主研制的具有世界先进水平的万吨级055型大型驱逐舰首舰下水。

7月3日　工业和信息化部发布了《2017年制造业与互联网融合发展试点示范项目名单》，南通中远川崎"基于两化深度融合的智能船厂建设"项目成功入选。

7月8日　山东航宇游艇发展有限公司自主研发、设计、制造的53英尺三体游艇交付使用。该艇耐波性高，兴波阻力小，航速快，能耗低，稳性好。它是我国民用船艇领域高性能船的典型代表。

7月12日　由江苏亚星锚链股份有限公司牵头编制的世界首个系泊链国际标准ISO 20438《船舶与海洋技术——系泊链》正式发布。

7月20日　中国船级社发布的《船舶网络系统要求与安全评估指南》即日生效。

8月10日　交通运输部发布《关于推进长江经济带绿色航运发展的指导意见》，提出到2020年初步建成航道网络有效衔接、港口布局科学合理、船舶装备节能环保、航运资源节约利用、运输组织先进高效的长江经济带绿色航运体系。

9月1日　由七○八研究所设计、广船国际有限公司建造的具有世界先进水平的海军新型综合补给舰首舰"呼伦湖"舰（舷号965）交付，并入役命名。该型舰的交付标志着海军远洋保障能力跃上新台阶。

9月6—8日　第六届中日韩三国造船协会交流会在山东省威海市顺利召开。

9月19日　中国船舶工业贸易公司携手上海外高桥造船有限公司、沪东中华造船（集团）有限公司与法国达飞轮船签署了9艘22000TEU超大型集装箱船建造合同。

9月26日　中国船舶行业国际产能合作企业联盟在武汉成立。

10月15日　国务院办公厅印发《关于积极推进供应链创新与应用的指导意见》，提出推进船舶供应链体系的智能化。

10月18日　工业和信息化部发布《产业关键共性技术发展指南（2017年)》，明确指出了高品质海洋工程用钢的开发与应用技术的关键内容，并对绿色化、智能化钢铁流程关键要素协同优化和集成应用技术，以及高品质特殊钢生产应用关键技术提出要求。

10月26日　国际活跃造船专家联盟（Active Shipbuilding Experts' Federation，ASEF）第五届理事会和第三届大会在韩国釜山召开。中国船舶工业行业协会常务副会长陈民俊正式担任新一届的ASEF主席，中国造船人承担起ASEF的核心管理工作。

10月30日　由农业部和上海市政府共同投资建造的我国第一艘远洋渔业资源调查船"淞航"号建成，正式交付上海海洋大学投入使用。该船由天津新港船舶重工有限责任公司建造。"淞航"号船舶总长85米，型宽14.96米，型深8.71米，吃水4.95米，最大航速15节，续航能力1万海里，自持力60天，定员59人。船上配备了渔业资源和海洋水文调查两大科考调查系统。

11月1—3日　2017年航运、造船和船级社国际三方会议在江苏省南通市举行。与会代表围绕减少船舶碳排放技术、船舶污染防治、船舶安全技术等全球海事行业发展状况及热点问题展开研讨，并就智能船舶、压载水公约、船舶减排技术等相关各方在目前发展中关注的热点问题进行专题讨论。

11月2日　由上海市宝山区政府和上海工程技术大学指导，Seatrade UBM、上海国际邮轮经济研究中心、上海吴淞口国际邮轮港发展有限公司联合主办的 2017 Seatrade 亚太邮轮大会在上海市宝山区开幕。会议同期举办"一带一路"与邮轮经济发展专题座谈会,中国船舶工业集团公司与意大利芬坎蒂尼集团、上海市宝山区正式签署发展邮轮配套产业合作意向书。

11 月 6—8 日　由工业和信息化部与丹麦海事局联合主办的"中国-丹麦船舶能效研讨会"及相关对话活动在丹麦哥本哈根顺利举办。

11 月 16—17 日　第 26 届日欧中韩美(JECKU)高峰会在美国圣地亚哥市召开。

11 月 18 日　我国新一代综合地质调查船"海洋地质十号"在广东中远船务工程有限公司交付用户中国地质调查局所属的广州海洋地质调查局。该船填补了我国小吨位大钻深海洋地质科考船的空白,对构建我国深海地质钻探船舶体系、促进天然气水合物产业化进程具有重要意义。

11 月 20 日　国家发展改革委印发《增强制造业核心竞争力三年行动计划(2018—2020 年)》重点领域关键技术产业化实施方案,其中专篇描述了《高端船舶和海洋工程装备关键技术产业化实施方案》,旨在推动我国船舶工业转型升级,提高技术水平和核心竞争力,巩固和增强国际竞争优势。

11 月 25 日　我国首艘具有自主知识产权的海上管道挖沟动力定位工程船"海洋石油295"号在中船黄埔文冲船舶有限公司交付使用。该船总长 95 米,型宽 22.6 米,型深 8.6 米,设计吃水 6.2 米,载重量 3700 吨,最大航速 14 节。船舶装备 100 吨折臂升沉补偿吊机等先进装备,同时可搭载自行走式挖沟机和拖曳式挖沟机等世界主流海底管道挖沟设备。由于采用了先进的船舶动力定位系统,"海洋石油295"能够杜绝船舶锚系刮带海底管道的隐患,大大提高了海上施工作业安全系数。

11 月 27 日至 12 月 6 日　国际海事组织(IMO)在伦敦召开第 30 次全体大会。中国船舶工业行业协会代表国际活跃造船专家联盟(ASEF)首次以非政府组织观察员身份出席会议。

12 月 5—8 日　2017 年第 19 届中国国际海事会展于上海新国际博览中心举行。本届会展吸引到超过 2100 家参展企业,展览面积达到 9 万平方米。

12 月 5 日　我国首艘自主研发建造的智能船舶"大智"号成功交付招商局集团中外运航运有限公司。该船是全球首艘通过船级社认证的智能船舶,同时获得中国船级社和英国劳氏船级社授予的智能船符号,技术性能达到世界领先水平。"大智"号总长约 180 米,型宽 32 米,型深 15 米,设计吃水 9.5 米,载重吨约 38800 吨,航速 14.0 节,由上海船舶研究设计院、中船黄埔文冲船舶有限公司、中国船舶工业系统工程研究院、沪东重机有限公司、中船动力研究院等单位联合英国劳氏船级社、中国船级社历时 3 年研制而成。

12 月 7 日　国际海事组织理事会第 119 届会议在伦敦总部召开。交通运输部国际合作司副司长张晓杰当选为会议主席。这是我国代表首次当选该理事会主席。

12 月 13 日　工业和信息化部、国家发展改革委、财政部等 12 部委联合印发《增材制造产业发展行动计划(2017—2020 年)》,提出推进增材制造在船舶与配套设备领域的应用研究。

12 月 14 日　工业和信息化部和中国工业经济联合会联合发布第二批制造业单项冠军企业和单项冠军产品名单,沪东重机有限公司(船用低速柴油机)、常熟市龙腾特种钢有限公司、烟台中集来福士海洋工程有限公司(半潜式钻井平台)、广东精铟海洋工程股份有限公司(自升式海洋工程平台升降锁紧系统)等入选单项冠军示范企业。好望角型散货船(上海外高桥造船有限公司)、双燃料液化乙烯气体运输船(江南造船(集团)有限责任公司)、中程运输(MR 型)成品油船(广船国际有限公司)、工程(工作)船(中船黄埔文冲船舶有限公司)等入选单项冠军产品。

是年,据中国船舶工业行业协会统计,全国造船完工量 4268 万载重吨,新接订单量 3373 万载重吨,年底手持订单量 8723 万载重吨。全国纳入统计的 1410 家船舶工业企业全年实现主营业务收入 6195 亿元,利润总额 147 亿元。

2018 年

1 月 8 日　中共中央、国务院隆重举行国家科学技术奖励大会,七〇二研究所、中国大洋矿产资源研究开发协会、中国科学院沈阳自动化研究所、中国科学院声学研究所、七〇一研究所、中国海监第一支队、河南新太行电源股份有限公司、北京长城电子装备有限责任公司、浙江大学和国家深海基地管理中心共同研制的"蛟龙"号载人潜水器研发与应用获国家科技进步一等奖。

1月9日 江苏新时代造船有限公司建造的一艘18万吨散货船交付使用。这是从1998年交付首艘万吨轮起，该公司完工交付的第三百艘万吨级船舶，在我国民营造船企业中处于领先地位。

1月16日 国内首制2万箱级集装箱船"中远海运白羊座"号完工交付使用。该船长400米，型宽58.6米，型深30.7米，最大载重量可达19.7万吨，是全球装箱量最大的货轮之一。"中远海运白羊座"不只是载重量和船体大，还加入更绿色环保的设计，能效指数优于行业基准值50%左右，能满足未来10年的环保要求。该船由南通中远海运川崎船舶工程有限公司建造，具有自主知识产权。

1月19日 由广东肇庆福田化学工业有限公司研发的"树脂在线混合多通道智能计量配送系统"和"自动化真空导入成形设备"获得国家专利。该专利技术已经在威海中复西港游艇有限公司等船舶生产企业获得验证，为纤维增强塑料船舶走智能制造之路奠定了基础。

3月14日 在英国伦敦举行的2018年度"OSJ"（海工支持船杂志年度奖）颁奖典礼上，福建省马尾造船股份有限公司建造的105米饱和潜水支持船"Southern Star"荣获2018年度"OSJ"深海装备技术创新奖。

3月22日 武船集团青岛北海船舶重工有限责任公司建造的世界最大的40万吨超大型矿砂船"ORE TIANJIN（矿石天津)"号命名交船。这是工银金融租赁有限公司订造的新型40万吨超大型矿砂船（VLOC）系列首制船，也是武船集团联手上海船舶设计研究院共同研发的新一代产品，入中国船级社船级。

4月12日 中央军委在南海海域隆重举行海上阅兵，展示人民海军崭新面貌，激发强国强军坚定信念。中共中央总书记、国家主席、中央军委主席习近平乘坐被誉为"中华神盾"的052D"长沙"舰，检阅了南海作训的人民海军。这是我国军改后的首次海上阅兵，也是第一次在南海海域举行海上阅兵式。48艘舰艇、万余官兵受阅。

4月20日 根据《深化党和国家机构改革方案》及相关工作部署，中国船级社承接了远洋渔船和船用产品检验业务工作，启用了新版检验证书报告及记录格式、远洋渔船检验指导性文件。

4月24日　中共中央总书记、国家主席、中央军委主席习近平视察三峡工程。随后，前往中船重工研制建造的通航船闸、升船机实地调研，听取汇报，观看升船机运行。

4月26—29日　由中国船舶工业行业协会船艇分会、上海船舶工业行业协会主办的2018中国（上海）国际游艇展、第二十三届中国国际船艇及其技术设备展览会在上海新国际博览中心举行。

5月14日　由武汉重工铸锻有限责任公司控股子公司青岛海西重工研制的首支6UEC33LSE－C2型曲轴成功下线，交付三菱重工船用机械株式会社。自此，我国制造的船用柴油机曲轴成功进入日本造船市场。

5月25日　七〇八研究所设计、江苏扬子江船业集团公司建造的万箱集装箱船"达飞·金奈"号顺利交付使用。至此，从2011年6月开始的扬子江船业与西斯班公司签订的25艘万箱集装箱船建造订单全部成功交付。这是我国首次自主设计建造万箱集装箱船，不但使我国顺利进入了世界万箱船市场，还以多项性能指标优于韩国的表现赢得了世界造船界的认可。

6月8—11日　第十一届中国大连国际游艇展览会在大连星海湾游艇码头成功举行。

6月12日　由中国船舶工业集团有限公司自主设计建造的最大箱位集装箱船"中远海运宇宙"轮在江南造船（集团）有限责任公司正式交付使用。这是我国在高端船舶建造领域的新突破，进一步提升了我国海上运输的能力。"中远海运宇宙"轮总长400米，船宽58.6米，型深33.5米，最大吃水16米，设计航速22节，最大载重量19.8万吨，最多可装载21237个标准集装箱，配备1000个冷藏箱插座，入英国劳氏（LR）和中国船级社（CCS）双船级。该船达到目前世界上的最大级别，标志着我国在相关高附加值船舶建造领域占据世界领先地位，同时在技术上代表着先进、性能优良、节能环保、高度智能，代表着中国造船的最高水平。

6月13日　中共中央总书记、国家主席、中央军委主席习近平考察中集来福士海洋工程有限公司烟台基地，强调指出要加强自主创新能力，研发和掌握更多的国之重器。

7月4日　中船黄埔文冲船舶有限公司建造的我国首艘海底管道巡检船"海洋石油791"顺利交付使用。该船是一艘电力推进海底管线巡检专用船舶，具备溢油监测、故障点查找和应急处理等功能，主要用于渤海及北部湾海域巡检作业。该船长65.2米，型宽14米，型深7.6米，最大航速13节，最大载重量约1200吨，续航力5800海里。"海洋石油791"填补了国内海底管道和海底电缆巡检领域的空白，大幅提升我国近海海底管道和海底电缆治理和维护保养能力。

8月13日　福建省马尾造船股份有限公司建造的国内首制新型海底电缆施工船"启帆9号"顺利交船。该船总长约110米，型宽32米，型深6.5米，最大吃水4.8米，最大排水量14300吨。船只续航能力增强，可满足60名施工人员60天连续施工作业，具备承接海洋输电、国内海上风电等大截面、长距离海底电缆工程的能力。

9月17日　交通运输部、国家发展和改革委、工业和信息化部、公安部、财政部、商务部、文化和旅游部、海关总署、税务总局、移民局等10部门联合制订印发了《关于促进我国邮轮经济发展的若干意见》。意见提出，以邮轮自主设计建造和本土邮轮船队发展为突破重点，强化技术创新、政策创新、制度创新，积极培育发展邮轮设计建造、邮轮运营、邮轮旅游、配套服务等新兴产业，全面推进邮轮产业链发展。

9月27日　在日内瓦召开的ISO第41届全体成员国大会上，由七一四研究所承担主席和秘书处的ISO船舶与海洋技术委员会（TC8）荣获2018年度ISO最高荣誉奖项——劳伦斯·艾彻领导奖。这是由我国独立领导的委员会首次获得这一ISO最高荣誉奖项，该委员会也是2018年度全球范围内这一奖项的唯一获得者。

9月　由大连中远船务工程有限公司建造的我国首制超深水钻井船"大连开拓者"号完工。该船全长约290米，型宽50米，储量为100万桶原油，工作水深1万英尺，钻井深度3万英尺，船上装有世界最先进的DP-3全方位动力定位系统，建成后可以在任何需要深水钻井船的工况下使用。

10月18日　上海外高桥造船有限公司邮轮总装建造2号船坞接长改造项目举行开工仪式，标志着备受关注的大型邮轮船厂适应性改造重点工程进入实质性启动阶段。为确保大型邮轮2019年顺利开工，除2号船坞接长改造项目外，外高桥造船从2018年开始还开展了引进薄板生产线、激光焊接、专业软件等一系列技术改造，解决大型邮轮制造瓶颈，完善舾装能力。

10月24—25日　第27届JECKU高峰会在日本志摩市召开。中国船舶工业行业协会组织中国代表团参加此次会议，其中包括来自中国船舶工业集团有限公司、中国船舶重工集团有限公司及其主要船厂的代表共计18人。本年度会议由日本造船工业协会主办，来自中国、日本、韩国、欧洲和美国造船企业的首脑及专家共84人参加了会议。

10月24—26日　第十三届中国大连国际海事展览会在大连世界博览广场举行。

11月1日　工业和信息化部、中国工业经济联合会联合通告第三批制造业单项冠军企业和单项冠军产品名单。其中，江苏亚星锚链股份有限公司［锚链（系泊链）］入选单项冠军企业，船舶压载水管理系统（青岛双瑞海洋环境工程股份有限公司）入选单项冠军产品。

11月6日　在首届中国国际进口博览会隆重举行之际，在国务院国资委举办的中央企业国际合作论坛上，中国船舶工业集团有限公司与美国嘉年华集团、意大利芬坎蒂尼集团合作设计建造2+4艘13.5万总吨Vista级大型豪华邮轮合同正式签订生效。这是我国首次签订的真正意义上的大型邮轮建造合同。

11月13日　大连船舶重工集团有限公司为招商轮船建造的全球首艘安装风帆装置的30.8万吨超大型原油船（VLCC）船"凯力"号成功交付使用。这是国内造船界、航运界紧密合作的重大创新成果，是大船集团与招商轮船共同打造品牌VLCC的又一重大突破。"凯力"号的交付标志着由大船集团牵头的国内研发团队成功掌握了翼型风帆研发、设计、制造与应用关键技术，填补了国际空白。

11月22日　中国船级社发布CCS首部《钢质远洋渔船建造规范（2018）》。

11月　太平洋海洋工程（舟山）有限公司建造的26000立方米浮式天然气储存再气化装置（FSRU）"KARUNIA DEWATA"号正式交付。这是我国船厂当时建造的最大FSRU。该FSRU总长149.9米，型宽31米，型深12.5米，配备4个C型液货罐，每个储存能力为6500立方米，工作温度为－163℃。船内还装有液体天然气再气化系统、蒸发气处理系统、天然气装卸系统、船舶系统、生活系统、双燃料发电系统等，以保障FSRU平稳运行。

12月8日　广船国际有限公司为瑞典格特兰（GOTLAND）航运公司建造的全球首艘"天然气/燃油"双燃料高速豪华客滚船1号船"Visborg（威斯堡）"号命名。该船长200米，型宽25.2米，设计吃水6.4米，服务航速超过28.5节，载客量1730人，设有两层车辆甲板，车道长2310米，续航力6500海里，自持力24小时。这是当今世界上航行速度最快、性能最优的节能环保型高端豪华客滚船。

12月9日　第五届中国工业大奖发布会在人民大会堂召开，5家船企获第五届中国工业大奖，即：烟台中集来福士海洋工程有限公司新一代超深水半潜式钻井平台（蓝鲸一号）和中国船舶重工集团公司第七一九研究所新一代核潜艇研制获中国工业大奖项目奖；蓬莱中柏京鲁船业有限公司新型远洋渔业船舶设计与建造技术获中国工业大奖表彰奖；广船国际有限公司极地甲板运输船研制和沪东中华造船（集团）有限公司17.2万立方米液化天然气（LNG）船研制获中国工业大奖提名奖。

12月12日　中国船级社正式发布三维船舶工程计算软件系统（Compass 3D）。

12月13日　经WinGD专利公司、法国船级社、用户上海中船三井造船柴油机有限公司的最终联检，由大连华锐船用曲轴有限公司研制的全球首支、世界最大22000标箱集装箱船用W12X92型曲轴成功下线。

12月27日　工业和信息化部、国防科工局联合发出《关于印发〈推进船舶总装建造智能化转型行动计划（2019—2021年）〉的通知》（工信部联装〔2018〕287号），对船舶总装建造智能化转型进行了部署。

12月27日　工业和信息化部、交通运输部、国防科工局联合发出《关于印发〈智能船舶发展行动计划（2019—2021年）〉的通知》（工信部联装〔2018〕288号），对智能船舶发展进行了部署。

是年，据中国船舶工业行业协会统计，全国造船完工量3458万载重吨，新接订单量3667万载重吨，年底手持订单量8931万载重吨。全国纳入统计的1213家船舶工业企业全年实现主营业务收入4578亿元，利润总额112亿元。

2019 年

1 月 8 日 2018 年度国家科学技术奖励大会在人民大会堂隆重举行。哈尔滨工业大学教授、两院院士刘永坦获得了 2018 年度国家最高科学技术奖。作为著名雷达与信号处理技术专家，刘永坦是我国对海探测新体制雷达理论与技术奠基人和引领者。西安交通大学、东方电气集团东方汽轮机有限公司、上海电气电站设备有限公司上海汽轮机厂、杭州汽轮机股份有限公司、上海发电设备成套设计研究院有限责任公司和七〇四研究所共同开展的"汽轮机系列化减振阻尼叶片设计关键技术及应用"获国家科技进步二等奖。上海交通大学、中海油研究总院有限责任公司和七〇八研究所共同开展的"4000 米级深海工程装备水动力学试验能力建设及应用"获国家科技进步二等奖。

1 月 9 日 经过近 3 个月的挖泥、挖岩试验，由中交天津航道局有限公司投资、七〇八研究所设计、上海振华重工建造的亚洲最大重型自航式绞吸挖泥船"天鲲号"顺利返航至江苏启东船厂，正式具备投产能力。"天鲲号"入中国船级社船级，长 140 米，宽 27.8 米，最大挖深 35 米，标准疏浚能力 6000 立方米/小时，绞刀功率 6600 千瓦。"天鲲号"装备了强大的泥泵远程输送系统和挖掘系统，泥泵输送功率达到 1.7 万千瓦，最大排泥距离 15 公里，配置通用、黏土、挖岩及重型挖岩 4 种不同类型的绞刀，可以开挖单侧抗压强度 50 兆帕以内的岩石。该船是国内首艘全电力驱动自航绞吸船，配备智能集成控制系统，可实现自动挖泥，提高作业效率。"天鲲号"的成功研制投产填补了我国设计建造重型自航式绞吸挖泥船的空白，为我国远洋填海作业和航道疏浚提供了重要装备支撑。

1 月 11 日 中国海事局发布《关于印发〈船舶压载水和沉积物管理监督管理办法（试行）〉的通知》，2019 年 1 月 22 日起国际海事组织编制的《国际船舶压载水和沉积物控制和管理公约》在我国正式生效。

1 月 15 日 全球首艘 85000 立方米超大型乙烷、乙烯运输船（VLEC）交船仪式在大连船舶重工集团海洋工程有限公司举行。该船总长231.6米，宽36.6米，采用当今世界上重量最大、尺度最大、容积最大的Type C液罐，通过最先进的三耳（Tri-lobe）形技术设计，装载容积提高20%。该船在甲板上布置有两个燃料罐和燃料气体系统，机舱配置了世界首台双燃料低速主机，在营运航行中将以乙烷作主机燃料，主机的运转又通过轴带发电机给全船供电，具有较高的经济性。

3月25日　国家主席习近平访问法国，与法国总统马克龙共同见证中国船舶工业集团有限公司与达飞海运集团签署战略合作协议，中国船舶工业贸易公司携手江南造船（集团）有限责任公司、沪东中华造船（集团）有限公司与法国达飞海运集团签署10艘15000TEU超大型集装箱船建造合同。

3月29日　福建省马尾造船股份有限公司建造的全球首制227米深海采矿船"鹦鹉螺新纪元"出坞。该船入级美国ABS船级社，总长227米，型宽40米，型深18.2米，吃水13.2米；配置有性能强大的深海矿物开采、提升、脱水和装卸系统，推进系统和动力定位系统、高智能的自动化控制系统以及全球首制的各类采矿系统，具备在2500米深海区域采矿作业的能力，主要用于深海多金属硫化物的开采，可以装载矿货3.9万吨；集采矿作业、航行、居住生活服务功能于一体，能持续海上定位作业长达5年。

4月23日　庆祝人民海军成立70周年海上阅兵活动在青岛举行。中共中央总书记、国家主席、中央军委主席习近平出席并检阅舰队。来自61个国家的海军代表团、13个国家的18艘舰艇远涉重洋，汇聚黄海，共贺海军华诞。

5月16日　交通运输部等七部门制订的《智能航运发展指导意见》发布，提出加快现代信息、人工智能等高新技术与航运要素的深度融合，培育和发展智能航运，抢抓国际智能航运发展先机。按照该指导意见，我国将努力促进智能船舶技术迭代提升和快速进步，引导和鼓励现有船舶应用成熟的智能船舶技术与产品，推动公务船舶率先应用智能船舶技术等。

5月30日　新型深远海大型综合科学考察实习船"东方红3"号在上海交付使用。"东方红3"号由七〇八研究所设计、江南造船（集团）有限责任公司建造，是国内首艘获得DNV GL签发的船舶水下辐射噪声最高等级-静音科考级（SILENT-R）认证证书的海洋综合科考船，也是世界上获得这一等级证书排水量最大的海洋综合科考船。作为一艘"海上实验室"，该船承担着深远海科学研究、高新技术研发和人才培养相融合的重任，成为国际海洋科教领域开展交流与合作的重要平台。

6月5日　我国在黄海海域使用长征十一号运载火箭（CZ－11 WEY号）成功完成"一箭七星"海上发射技术试验。这是我国首次在海上进行航天发射，首次采用民用船舶为发射平台实现"航天＋海工"技术融合，填补了我国运载火箭海上发射的空白，为我国快速进入太空提供了新的发射方式。海阳中集来福士海洋工程公司的"泰瑞"号船舶承载了此次发射。

6月8日　由黄海造船有限公司为渤海轮渡集团股份有限公司建造的2000客位/3000米车道大型豪华客滚船"中华复兴"号顺利下水。"中华复兴"号是我国自主设计、自行建造的新型、邮轮型客滚船，再次刷新了亚洲最大、最安全、最先进、最豪华客滚船的纪录，成为新的"亚洲之最"。

6月13日　由中国船舶工业行业协会、福建省工业和信息化厅、宁德市人民政府、福建宁德时代新能源科技有限公司共同举办的"电动船舶创新发展研讨会"在福建省宁德市举行。此次会议为电动船舶相关企业、科研机构等各方面打造了交流合作平台，进一步推动国内电动船舶产业向高质量发展。

6月13日　江南造船（集团）有限责任公司与上海交通大学、中国联合网络通信集团有限公司、南京理工大学等分别签订了战略合作协议，并举行5G智能制造创新实验室、焊接制造联合实验室揭牌仪式。协议各方将共同探索基于5G技术的船舶建造新模式、新业态，促进5G技术和新工业革命的深度融合，开创5G技术引领的中国船舶工业智能制造新未来。

6月17日　中国船舶租赁在香港联合证券交易所挂牌交易。至此，我国第一家船厂系租赁公司正式上市。

6月20—23日　由中国船舶工业行业协会船艇分会、上海船舶工业行业协会主办的2019中国（上海）国际游艇展第二十四届中国国际船艇及其技术设备展览会在国家会展中心（上海）举行。

6月22日　中船重工大连船舶重工集团有限公司为招商轮船建造的全球首艘30.8万吨超大型智能原油船"凯征"号成功交付使用。"凯征"轮是智能船舶1.0研发专项——超大型智能原油船示范应用项目依托工程。该船的成功交付在世界大型远洋智能船舶发展进程中具有里程碑意义。

6月28日　海洋渔业综合科学调查船——"蓝海101"和"蓝海201"在

沪东中华造船（集团）有限公司交船。该型船总长 84.5 米，排水量约 3200 吨，巡航航速 12 节，定员 60 人，续航力 1 万海里，自持力 60 天。"蓝海 101"和"蓝海 201"分别由中国水产科学研究院黄海水产研究所、东海水产研究所负责建设和具体运行维护，主要承担海洋渔业资源与渔业环境的常规、专项和应急调查监测以及海洋综合调查和研究工作，为我国完善海洋渔业管理制度、科学利用海洋渔业资源、促进渔业可持续发展提供有力的科技支撑。

6 月 29 日　江南造船（集团）有限责任公司为东海航海保障中心建造的大型航标船"海巡 160"号正式交付使用。"海巡 160"号是世界首艘全专业、全要素使用三维体验平台设计，实现全船大规模三维设计交付物（三维"图纸"）、采取全过程无纸化建造的大型钢质船舶。

7 月 1 日　中国船舶工业集团有限公司和中国船舶重工集团有限公司旗下合计 8 家上市公司同日发布公告，称当日接到控股股东/实际控制人通知，中船集团正与中船重工筹划战略性重组。

7 月 11 日　我国首艘自主建造的"雪龙 2"号极地科学考察破冰船在上海正式交付中国极地研究中心使用。"雪龙 2"号具备全球航行能力，采用了国际先进的艏艉双向破冰船型设计，具备全回转电力推进功能和冲撞破冰能力，可实现极区原地 360° 自由转动。该船长 122.5 米，宽 22.3 米，深 11.8 米，吃水 7.85 米，吃水排水量约 13990 吨，装载能力约 4500 吨，航速 12～15 节。"雪龙 2"号由七〇八研究所负责总体设计，江南造船（集团）有限责任公司负责总装建造，入中国船级社船级。

7 月 12 日　国家市场监督管理总局发布公告，同意附加限制性条件批准通过卡哥特科收购德瑞斯集团部分业务案反垄断审查。

7 月 15 日　由中国船级社（CCS）主导制订的国际标准化组织（ISO）21593《船舶与海洋技术——液化天然气加注干式接头的技术要求》国际标准正式对外发布。这标志着 CCS 在国际标准制订领域实现了零的突破。同时，该标准的发布进一步推动了水上 LNG 燃料加注的安全、高效发展。

7 月 23 日　我国首艘甲醇燃料动力船艇下水仪式在中山市神湾江龙船艇科技园举行。该船艇为我国首艘甲醇燃料动力船艇，填补了我国在甲醇船艇设计建造领域的空白。

7 月 26 日　我国自主研制的 4000 吨级大洋综合资源调查船"大洋"号交

付使用。"大洋"号船东为中国大洋协会。该船由七〇一研究所设计,中船黄埔文冲船舶有限公司建造,以大洋多种资源探查为主,同时兼顾深海多领域研究需求。"大洋"号总长 98.5 米,型宽 17.0 米,型深 8.8 米,设计吃水 5.5 米,设计排水量 4591.7 吨,经济航速 12 节,最大航速 16.34 节,定员 60 人,续航力 14000 海里,自持力 60 天,入中国船级社船级,可在全球四大洋开展深海资源环境调查作业。

7 月 28 日 上海振华重工(集团)股份有限公司建造的深水多功能饱和潜水支持船"ZPMC PELAGIC"完成 300 米饱和潜水系统深海调试,船舶总体性能达到世界最先进水平。该船总长 145.9 米,型宽 27 米,最大吃水 7.65 米,入籍 DNV – GL 船级社,配有全球最先进的 24 人全自动化双钟饱和潜水系统,可同时搭载 24 名潜水员分批次进行最大深度 300 米的饱和潜水作业,完全满足 IMCA 标准及挪威科技标准协会的 NORSOK 潜水系统标准。主甲板装有 400 吨主动波浪补偿起重机,最大工作水深可达 3000 米。

8 月 1 日 由扬子江船业集团与日本三井 E&S 造船和三井物产共同成立的合资船厂——江苏扬子三井造船有限公司正式开始运营。

8 月 2—5 日 第十二届中国大连国际游艇展览会在大连星海湾游艇码头成功举行,主打海钓主题。

8 月 26 日 沪东中华造船(集团)有限公司为挪威 ODFJELL 集团旗下子公司 ODFJELL CHEMICAL TANKERS AS 建造的第一艘 49000 吨双相不锈钢化学品船"宝·奥利安"号签字交付使用。这款世界最大、最先进的双相不锈钢化学品船总长 182.88 米,型宽 32.20 米,型深 19.80 米,设计吃水 11.00 米。该船有 33 个双相不锈钢货舱,一舱一泵,可以装载近千种化学品及成品油,最大满载货物比重为 1.67 吨/立方米,最大载重量为 49000 吨,舱容为 54000 立方米。

9 月 6 日 由招商局工业集团有限公司建造的我国首制极地探险邮轮交付仪式在江苏南通顺利举行,新交付的船舶命名为"Greg Mortimer"号。"Greg Mortimer"号总长 104.4 米,型宽 18.4 米,设计吃水 5.1 米,总吨 8035 吨,最高航速 16.3 节。挪威 ULSTEIN 公司和芬兰 MAKINEN 公司分别负责该船基本设计和内装设计。2017 年 4 月 27 日,招商局工业集团在法国巴黎与美国 SunStone Ships 公司正式签订了 4 + 6 艘极地探险邮轮建造合同。首艘船于 2018

年 3 月 16 日开工，建造周期一年半，比合同工期提前两个月交付。

9 月 6 日　江南造船（集团）有限责任公司为中国远洋海运集团有限公司建造的 21000TEU 超大型集装箱船 6 艘系列船中的最后一艘中远海运"行星"号（COSCO SHIPPING PLANET）交付使用。"行星"号总长 400 米，船宽 58.6 米，型深 33.5 米，最大吃水 16 米，设计航速 22 节，最大载重量 19.8 万吨，最大载箱量 21237TEU，配备 1000 个冷藏箱插座，入中国船级社（CCS）和 DNV GL 双船级。

9 月 17 日　国家主席习近平签署主席令，根据第十三届全国人大常委会第十三次会议表决通过的全国人大常委会关于授予国家勋章和国家荣誉称号的决定，授予 42 人国家勋章、国家荣誉称号。其中，中国工程院院士、中国船舶重工集团有限公司第七一九研究所名誉所长黄旭华被授予"共和国勋章"。9 月 29 日，习近平在人民大会堂亲自颁发勋章。

9 月 19 日　中共中央、国务院印发《交通强国建设纲要》，提出加强新型载运工具研发，强化大中型邮轮、大型液化天然气船、极地航行船舶、智能船舶、新能源船舶等自主设计建造能力；加强特种装备研发，研发水下机器人、深潜水装备、大型溢油回收船、大型深远海多功能救助船等新型装备。

9 月 25 日　我国海军首艘两栖攻击舰下水仪式在上海举行。该舰是我国自主研制的首型两栖攻击舰，由中国船舶工业集团有限公司设计建造，具有较强的两栖作战和执行多样化任务的能力。

同日，世界第一艘现代中式帆船"顺风相送"号在海南儋州进行首次正式试航。这是香港爱国同胞邝向荣在香港爱国公益学术机构"中华传统舟船协会"支持下联合举行的欢庆新中国成立 70 周年海洋文化特别献礼活动。活动现场还举行了升国旗仪式。

9 月 26 日　中集来福士海洋工程有限公司建造的深水半潜式钻井平台"蓝鲸 2 号"命名仪式在中集来福士烟台基地深水码头举行。"蓝鲸 2 号"作为"蓝鲸 1 号"的姊妹船，与"蓝鲸 1 号"整体设计相同，是目前全球作业水深、钻井深度最深的半潜式钻井平台。平台长 117 米，宽 92.7 米，高 118 米，最大作业水深 3658 米，最大钻井深度 15250 米，可以在全球 95% 的海域作业。与传统单钻塔平台相比，该平台配置了高效的液压双钻塔和全球领先的 DP3 闭环动力管理系统，可提升 30% 作业效率，节省 10% 的燃料消耗。

同日，中船黄埔文冲船舶有限公司为中交一航局建造的深中通道核心装备自航式沉管运输安装一体船"一航津安1"在龙穴厂区顺利交船。这是世界首制集沉管隧道浮运安装于一体的专用船舶，相比传统管节浮运安装方式，可大幅减少浮运航道的疏浚量。另外，该船配备沉管沉放姿态控制系统，可实现沉管水下50米的精准沉放与毫米级对接。

10月16—18日　2019年造船、船检、航运国际三方会议在日本东京召开，来自全球的航运公司、造船厂、船级社、配套设备厂、科研机构的91名代表参加了会议。本次会议围绕着航运及造船界战略，就温室气体排放、数字化、温室气体策略的实施、海事污染治理、压载水、硫排放限额、船舶噪声、温室气体依从性、船舶设计安全等热点问题进行了专题讨论。

10月18日　上海外高桥造船有限公司举行我国首艘大型邮轮开工仪式。

10月23—25日　第28届日欧中韩美造船企业高峰会议（JECKU）在意大利维亚雷焦市召开。来自中国、日本、韩国、美国和欧洲的船舶工业行业协会、造船企业高层管理人员和行业专家代表参加了会议。会议提出：应对变化不能安常习故。世界船舶工业需要通权达变才能尽快走出产能过剩、盈利能力低下的困局。会议呼吁有关各方携手解决困扰世界船舶工业发展的关键问题，为实现健康可持续发展不断努力。

10月25日　国务院国资委发布公告称：中国船舶工业集团有限公司与中国船舶重工集团有限公司实施联合重组。

11月8日　大连船舶重工集团有限公司为招商局能源运输股份有限公司建造的30万吨VLCC"凯福"号签字交工。"凯福"号是大船集团自主设计建造的第一艘增加脱硫系统，并通过中国船级社脱硫系统检验程序试验取证的全球首艘VLCC。

11月12日　活跃的造船专家联盟（ASEF）年度会议在日本大阪召开，日本船舶协会会长斋藤保任ASEF新一届主席，中国船舶工业行业协会常务副会长陈民俊和韩国船舶及海洋工程协会副会长李炳哲任副主席。

11月15日　厦门船舶重工股份有限公司举行两艘7500车LNG汽车滚装船命名仪式。一艘命名为"西姆孔子"号，一艘命名为"西姆亚里士多德"号。该型船的建造填补了我国双燃料大型汽车滚装船自主设计建造技术的空白。

11月18日　招商局金陵船舶（威海）有限公司为瑞典STENA公司建造

的 E-Flexer 高端客滚船首制船"STENA ESTRID"号举行交付仪式。该船是全球第一艘按照 DNV-GL 新规范建造并交付的高端客滚船，是目前全球同级船型中最为节能的船舶之一。

12 月 26 日 中国船舶集团有限公司成立大会在京隆重举行。中国船舶集团由原中国船舶工业集团有限公司与原中国船舶重工集团有限公司联合重组成立，有科研院所、企业单位和上市公司 147 家，资产总额 7900 亿元，员工 31 万人，拥有我国最大的造修船基地和最完整的船舶及配套产品研发能力，能够设计建造符合全球船级社规范、满足国际通用技术标准和安全公约要求的船舶海工装备。

12 月 2 日 中国船舶工业行业协会第五届常务理事会第七次会议、第五届理事会第六次会议在上海召开。为进一步贯彻落实党的十九大精神，进一步扩大开放，经大会审议通过，中国船舶工业行业协会开始受理外资独资企业入会申请。

12 月 2—6 日 2019 年中国国际海事技术学术会议和展览会在上海举行。本届会展展览面积超过 9 万平方米，共吸引超过 30 个国家和地区的 2200 家参展企业参展，约 2/3 为境外企业，丹麦、德国、日本、韩国、挪威、美国、英国、中国等 16 个国家和地区的企业以国家或地区馆的形式参展。同时，本届会展还吸引了超过 100 个国家和地区的 65000 多名专业观众，各项数据再创历届新高。

12 月 4 日 历时 18 个月，由我国自主集成的世界最大吨位级 FPSO（海上浮式生产储卸油装置）P70 当日在青岛成功交付巴西业主，创造了国际超大型 FPSO 交付的新速度。

12 月 13 日 中央宣传部在浙江舟山某军港向全社会宣传发布海军"和平方舟"号医院船的先进事迹，授予医院船"时代楷模"称号。海军"和平方舟"号医院船，是我国第一艘制式远洋医院船，先后 9 次走出国门，航行 24 万余海里，服务 43 个国家和地区、23 万余人次。

12 月 16 日 由七○八研究所设计，启东中远海运海工承建的国内首艘 1300 吨自升自航式风电安装船"铁建风电 01"交付使用，船全长 105 米、宽 42 米，型深 8.5 米，桩腿总长 85 米，甲板作业面积约 2500 平方米，是目前国内最先进、综合性能最高的海上风电安装船舶之一。

12 月 17 日 我国第一艘国产航空母舰"山东舰"在海南三亚某军港交付海军。中共中央总书记、国家主席、中央军委主席习近平出席交接入列仪式并登舰视察。

后　记

"建设海洋强国，我一直有这样一个信念。"这是 2018 年 6 月 12 日，习近平在青岛考察时发出的亲切嘱托，也是号召我们"一定要向海洋进军"的动员令。

我国既是陆地大国，也是海洋大国，拥有广泛的海洋战略利益。建设海洋强国，船舶工业承担着先行的重任。新中国成立 70 年来，我国船舶工业从小到大，从弱到强，现已在造船规模上位居世界第一，为我国国民经济建设、国防建设、海洋科考，以及世界经济的发展，都做出了巨大贡献。同时，也为我们建设海洋强国打下了坚实基础。

总结过去是为了发展未来。值此庆祝新中国成立 70 周年之际，中国船舶工业行业协会组织编辑了《强船报国——新中国船舶工业七十年大事记》，目的就是为了通过对新中国船舶工业 70 年发展历程的回顾，为我们落实习近平总书记的指示，进一步关心海洋、认识海洋、经略海洋，推动我国海洋强国建设不断取得新成就，提供一份有价值的参考资料。

由于资料有限，本次出版的《强船报国——新中国船舶工业七十年大事记》未包含香港特别行政区、澳门特别行政区和台湾地区的船舶工业发展情况，我们将在后续再版时给予补充。

在本书编辑出版的过程中，得到了船舶工业老领导、有关专家的指导，他们对本书的出版提出了很多宝贵意见。中国船级社、上海船舶工业行业协会、广东省船舶工业协会、山东省船舶工业行业协会、福建省船舶工业行业协会、江苏省船舶工业行业协会、辽宁省船舶工业行业协会、浙江省船舶行业协会等，为本书的编写提供了大量资料。常熟龙腾特殊钢有限公司为本书的编辑出版给予了大力支持。在此一并表示感谢。

由于编纂时间和编者水平所限，我们所搜集的资料可能并不完整，编纂中也难免有遗漏和错误的地方，在这里恳请广大读者不吝赐教，以便在本书再版时予以更正。本书编辑出版期间，我们同时还在开展《中国工业史·船舶卷》的编纂工作，有兴趣的读者也可以与我们联系，参与撰写或提供相关史料。我们的联系电话是010-59518751。

本书编纂工作委员会

2019 年 12 月 20 日　于北京

70 年精彩瞬间 ——

我国自制新中国第一艘 55 甲型小炮艇（1955 年）

我国接受苏联援助建造的 6601 护卫舰首舰"昆明"舰舷号 205（1957 年）

5000 吨级蒸汽机动力沿海货船"和平 28 号"（1958 年）

采购苏联图纸与材料建造的第一艘万吨级货轮"跃进"号(1958年)

我国第一艘仿制苏联威士忌级常规动力潜艇试航(1959年)

我国第一艘自行设计建造的 1.34 万吨远洋货船"东风"号(1965 年)

我国自主研制的第一代导弹驱逐舰"济南"号(1971 年)

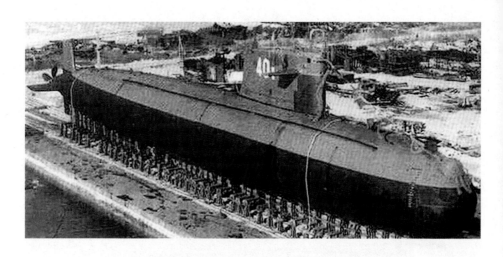

我国自主研制的第一艘核潜艇"长征一号"（1974 年）

蛟龙号深潜器母船"向阳红 09"号科考船（1978 年）田小明　摄

我国自行建造的第一座坐底式钻井平台"胜利1号"(1978年)

海上科学城"远望"号航天测量船(1979年)

我国第一艘多功能大型远洋综合调查船"向阳红10"号(1979年)

我国第一艘按照国际标准设计建造的出口船2.7万吨散货轮"长城"号在大连造船厂下水
（1982年）

我国自主研制的第一代弹道导弹核潜艇406号艇（1983年）

在全世界享有盛誉的"江南型"散货船首制船(1987年)

我国设计建造的第一艘浮式生产储油卸油船"渤海友谊"号(1989年)

我国第一艘改装极地科考船"雪龙"号(1993 年)

被誉为"中华第一舰"的导弹驱逐舰"哈尔滨"号(1994 年)　查春明　摄

我国设计建造的远洋航天测量船"远望3"号(1995年)

我国设计建造的"南新"号穿浪双体船
(2000年)雷电 摄

我国自主研制的"远舟2"号水翼船
(2000年)雷电 摄

我国第一艘 30 万吨级超大型原油船"德尔瓦"号(2002 年)

我国自主研制的导弹快艇

我国自主研制的小水线面双体测量船"东测 233"号

我国设计建造的 30 万吨超大型油船（VLCC）（2003 年）

我国的品牌船型——17.5 万吨绿色环保好望角型散货船（2004 年）

我国企业建造交付亚洲最大的 88 米超级豪华游艇"亚洲女士"号（2005 年）

我国设计建造 400 英尺自升式钻井平台"海洋石油 941"号

（2006 年）刘培强　摄

我国设计建造的 30 万吨浮式生产储油轮（FPSO）（2007 年）

我国自主研制的 071 型两栖登陆舰首舰"昆仑山"号（2007 年）

我国自主研制铁路轮渡"中铁渤海2号"（2007年）

我国企业建造的首艘大型液化天然气（LNG）船（2008年）

我国设计建造的"866 岱山岛号医院船"（常被称为"和平方舟"）(2008 年)

我国建造的世界首座圆筒型超深水钻探储油平台(2009 年)

我国建造的大型气垫登陆艇

我国设计建造的世界最先进的第六代 3000 米深水半潜式钻井平台"海洋石油 981"号
（2011 年）

我国建造全球首艘具备起重、勘探和钻井三种功能的 3000 米深水工程勘察船
"海洋石油 708"号（2011 年）

我国设计建造的 5 万吨半潜船"祥云口"号(2011 年)

我国首艘航空母舰"辽宁"号(2012 年)

我国自主研制的万米深潜器"蛟龙"号(2012 年)

我国设计建造的全天候远洋专业救助船"东海救 101"号(2012 年)

我国设计建造的大型海上巡视船"海巡01"号（2013年）陈振杰　摄

我国设计建造的1200总吨金枪鱼围网渔船（2014年）郭述远　摄

我国首艘052D驱逐舰"昆明舰"加入人民海军序列（2014年）

我国首艘考古工作船"中国考古01"号（2014年）

我国自主设计建造的首艘万箱集装箱船"中海之春"号（2014年）

我国自主研制的掠海地效翼船（2014年）

我国第一艘大型出口LNG船"巴布亚"号(2015年)

我国设计建造的5200吨远洋冷藏渔业运输船"开创101"号(2016年)汤鑫　摄

我国设计建造的风电安装船在运输作业途中(2016年)

我国设计建造的全球首艘极地重载甲板运输船"奥达克斯"号在极地航行(2016年)

我国设计建造的双相不锈钢化学品船(2016年)

我国设计建造的远洋航天测量船"远望7"号(2016年)

我国船企建造的全自动智能海上养殖装备"海洋渔场1号"(2017年)

我国建造全球首艘智能船舶"大智"号(2017年)

我国设计建造开采可燃冰的大国重器"蓝鲸一号"
超深水半潜式钻井平台(2017 年)

我国自主研制的海警船"中国海警 2901"号(2017 年)

我国自主研制深水潜器"深海勇士"号(2017 年)

我国企业建造的全球首艘双燃料动力豪华客滚船"威斯堡"号(2018 年)

我国自主研制大型驱逐舰首舰下水（2018 年）

我国设计建造的新一代极地科考船"雪龙 2"号船首发南极（2019 年）　德子发　摄

我国设计建造的亚洲最大重型自航绞吸式挖泥船"天鲲号"（2019 年）

我国建成全球首艘安装风帆的 30.8 万吨超大型原油船（2019 年）

我国企业建造的首艘极地探险邮轮(2019年)唐蜀全　摄

我国设计建造的南海交通补给船"三沙2号"(2019年)

我国设计建造的双燃料动力的 7500 车滚装船"西姆孔子"号(2019 年)高铭　摄

我国设计建造的渔政船"中国渔政 44616"号(2019 年)

我国首次运载火箭从海上发射平台发射(2019 年)

我国自主研制的科学考察船"东方红 3"号(2019 年)

我国第一艘国产航空母舰"山东"号在海南三亚某军港交付海军(2019年)

　　新中国船舶工业在中国共产党的领导下取得了举世瞩目的成绩，每一位船舶工业的从业者都为之无比自豪，为纪念新中国成立70周年，我们精选了70张船舶(包含海洋工程)照片，与《新中国船舶工业七十年大事记》共同出版。70张照片基本涵盖了我国建造船舶的主要种类。在照片选择搜集时，我们尽量选择最有代表性的船舶船型，但受资料所限，也可能存在更有代表性的船型未被收录的情况，请予以谅解。有相关资料的读者请与我们联系，以便在本书再版时予以更新。